国家社科基金
GUOJIA SHEKE JIJIN HOUQI ZIZHU XIANGMU
后期资助项目

中国当代寻根文学思潮论

Contemporary Chinese Root-Seeking Literature

熊修雨 著

中国人民大学出版社
· 北京 ·

国家社科基金后期资助项目
出版说明

后期资助项目是国家社科基金设立的一类重要项目，旨在鼓励广大社科研究者潜心治学，支持基础研究多出优秀成果。它是经过严格评审，从接近完成的科研成果中遴选立项的。为扩大后期资助项目的影响，更好地推动学术发展，促进成果转化，全国哲学社会科学工作办公室按照“统一设计、统一标识、统一版式、形成系列”的总体要求，组织出版国家社科基金后期资助项目成果。

全国哲学社会科学工作办公室

自　序

千呼万唤始出来，《中国当代寻根文学思潮论》这本书几经波折，终于要得以面世了。它的出版，是对我这些年来关于中国当代寻根文学研究的一个学术总结，当然是一个阶段性的学术总结，我对寻根文学及其研究还会继续关注下去。

我对寻根文学的学术关注，早在多年前就已经开始了。最初关注这个课题时，我对其认识并不深入，只是觉得在20世纪80年代中国当代文学发展过程中，寻根文学的地位很特殊很重要，在很多方面都可以说是中国当代文学发展的一个分水岭，值得进行文学史梳理和分析。但在匆忙介入之后，由于准备并不充分，加上学术积累有限，我并未能很好地驾驭这个课题，研究视野比较狭小，研究深度也不够。所以，在做了一番粗浅的探讨、发表了几篇关于寻根文学研究的学术论文后，我便将这个课题搁下了，一放便是很多年。

这些年来，这个没有完成的学术课题一直纠缠着我，如同心头一块没有落地的石头。在这期间，我一直关注着中国当代文学中的文化寻根书写，对寻根文学研究的发展动态和最新成果，也保持着高度的学术关注。虽然寻根文学运动在20世纪80年代中期存在的时间非常短暂，成就也非常有限，但是，其所开创的文化寻根却在当代文学中生根立足，成为后来文学书写的一个常态，出现了许多重要的文化力作。对寻根文学的学术研究也日新月异，研究理论和研究视角多样化，出现了许多重要的学术研究成果。这种持续的发展和变化，是这个曾经的研究课题得以长期存在的理由，也是其学术意义得以体现的前提和保障。寻根文学以文化发掘为宗旨，突出民族传统文化的当代意义，吻合了近些年来中国当代社会文化建设的发展趋势和需要。尤其是党的十八大以来，国家文化部门有意识地在全社会倡导传统文化建设，相应地，中国当代文学中也掀起了传统文化书写的热潮，文化寻根又一次成为当今时代文学和文化关注的重心。在此背景下，以一种历时性的发展眼光，重评中国当代寻根文学思潮，并结合当下文学和文化发展实际，探讨当代文学中的传统文化书写，就成为一种学术研究的必要。这种文学的和学术的发展变化，使这个看似比较陈旧的学术研究课题，获得了新的时代意义。所以，近几年来，我把这个搁置多年的研究课题予以了重新发掘，尽可能地扩大研究视野，及时吸纳新的研究成果，用已有的研究积累积极申报国家社科基金后期资助项目，并获准立项。现在呈现在读者面前的这本小书，就是这个课题项目的最终研究成果，也是我多年来对寻根文学研究的学术结晶。

文学和文化本是一对孪生姐妹，文学是文化的组成部分，同时又是文化的载体。对寻根文学的研究其实也是对中国当代文学中文化书写的审美关注。总体来讲，中国当代文学中的传统文化书写很不充分，相应地，当代文学文化批评也极为薄弱。正是因为有了20世纪50—70年代对待民族传统文化的虚无主义态度，才有了后来寻根文学运动出现的必然性。寻根文学是中国当代文学民族文化身份意识的一次自我觉醒，但其运动大旗尚未充分展开时，中国当代文学就遭遇了西方现代文学与文化的猛烈冲击，以致新时期以来的中国当代文学整体面貌欧化，民族身份面目模糊，本土文化气息微弱。这种逼仄的文化处境，对于有着悠久历史文明和正在成长为世界经济大国的中国来讲，显然不相匹配。这种文化发展和传播的不对称及滞后状况，已经引起了相当一些有识之士的警惕和担忧。所以，通过对寻根文学思潮的研究，来探讨中国当代文学中的传统文化书写，进而促进当下中国社会的传统文化建设，在当前的语境下，还具有即时性和现实针对性的学术意义。

对中国当代文学来讲，寻根文学不过是一个特定的文学思潮，放眼世界，文化寻根却是一个永远的普遍性的文学现象。所以，当代文学中的文化寻根及其审美研究，将会伴随着当代文学的发展，长期存在。这是寻根文学研究的历史延续，也可以说是一种广义的寻根文学研究。近些年来，从创作界到评论界，寻根文学研究领域出现了众多新的声音和新的研究成果，研究方法和理论也出现多样化，共同推动了这个课题研究的深入发展。本书在撰写过程中，积极采用新的研究方法，运用新的研究理论，吸纳新的研究成果，尽可能地让旧题出新意，体现出新的时代内涵和精神特征。所以，在本人看来，中国当代寻根文学思潮研究这个课题貌似陈旧，但其实并不过时，而是常说常新，很有意义，还需要得到更多学者同人的学术关注。

这本书获得国家社科基金后期资助。感谢全国哲学社会科学工作办公室，是你们的立项，最终促使我下定决心完成这个旷日持久的研究课题；是你们的资助，让这本姗姗来迟的小书，得以有机会面世。感谢中国人民大学出版社的刘静和郦益编辑同志，谢谢你们为这本书的出版所做的一切工作和努力。这本书的出版在让我如释重负的同时，也让我惶恐不安。一本书的出版犹如一个孩子即将独自走向社会，家长总难免会感到担忧，作者也是一样。限于能力和水平，该书中肯定还会存在很多缺憾与不足，恳请读者和方家批评与指正。谢谢你们。

熊修雨

2019 年 6 月 15 日

目　录

绪　论　寻根文学的意义

寻根文学是发端于20世纪80年代中期中国当代文坛的一股重要的文学思潮。1984年底召开的著名的“杭州会议”可以被视作寻根文学运动的滥觞。1985年4月，韩少功在《作家》杂志发表理论文章《文学的“根”》，张扬起寻根文学的大旗，一时应者云集，轰轰烈烈的寻根文学运动就此展开。迄今为止，寻根文学的发展已经历时三十余年。三十余年来，作为文学思潮和文学运动的寻根文学早已落幕，但文化寻根却在当代文学中生根立足，成为文学的常态，并时有佳作问世。在文学研究方面，翻开任何一本中国当代文学史，都能看到关于寻根文学的章节，每年都会有若干关于寻根文学研究的论文发表，还有一些硕士和博士学位论文出现。但是与20世纪80年代其他的文学思潮相比，寻根文学的研究整体薄弱，大部分研究是简单的重复。除了80年代末出现了一些有分量的研究外，近些年来有突破性的研究并不算多，系统的研究专著更是少见。就笔者目力所及，仅有的几本与寻根文学相关的研究著作，基本上也只是打擦边球而已，并非针对寻根文学的系统专门论述。这与寻根文学在文学史上所占的重要地位并不相称，对寻根文学的研究还有待深入和加强，尤其是在拉开了时间距离的今天，随着中国社会文化语境的整体改变，这种回溯式的总结性研究更有必要，也更有意义。希望本论题的研究能在这方面做些补益工作。

时间沉淀一切，三十余年来的文学风雨铸就了寻根文学特定的文学价值，奠定了寻根文学独特的文学史地位。寻根文学以文化发掘为宗旨，恢复了中国当代文学中的文化意识，深刻地影响了中国当代文学的格局和发展走向，积极参与了中国当代社会的思想与文化建构，具有重要的文学史意义。

一、文化的文学意义

寻根文学以对民族传统文化的发掘为宗旨，使文学中的文化书写从可有可无的边缘状态，一跃成为文学表达的中心，在客观上复苏了当代文学中的文化意识，这可以说是寻根文学对中国当代文学的一个重要贡献。

文学与文化密不可分，文学是文化的组成部分，同时又是文化的载体。文化之于文学，既是一种内容呈现，又是一种审美表达。文化之中，本来就包含审美的成分，属于文学表达的必然内容。但是，文学与文化的这种天然关系，在特定的条件下，往往会遭到人为的割裂。

中国传统文学中，文学与文化相互交织，水乳不分。一部《诗经》，既是中国最早的诗歌总集，又是最早记录中国人生活的文化著作；《史记》《春秋》《左传》等，既是历史文献，又是文学巨著，同样的情况也见于《三国演义》和《水浒传》等著作；甚至像《金瓶梅》《红楼梦》这样的白话小说，也可以被看成当时社会生活的百科全书，是集文化之大成者。总体来看，中国传统文化的血液潺潺流淌在中国传统文学之中，这是中国文学与文化之关系的自然状态。

但是，这种情况到“五四”时期发生了剧变。“五四”新文化运动向传统文化猛烈开火，以现代西方的民主、科学、自由、个性解放等思想学说，批判和扫荡了中国传统文化，这就导致了“五四”时期传统文化的失落，出现了后来被寻根作家集体抨击的所谓的“文化断裂带”。但是，“五四”新文化运动并未能真正阻断中国现代文学与传统文化的交流。这主要有两方面的原因。一方面是为适应现实社会政治斗争的需要，“五四”新文学逐渐改变了对传统文化的批判态度，传统文化在革命文学中得到了部分的复归。陈思和认为：“‘五四’新文学对传统文化的基本态度，依据的是历史的标准，而不是审美的标准。或者说，文学不是从其自身的角度来选择传统文化，而是借用了社会斗争和历史进化的角度来决定自己对传统文化的态度。”① 例如，从 20 世纪 20 年代末的革命文学开始，一直到 40 年代的解放区文学，围绕着文艺大众化问题，人们一直争论不休，其实就涉及如何对待传统文化的态度问题；抗日战争的爆发，要求文艺为抗战服务，为振奋民族精神，鼓舞士气，从内容到形式，人们都呼唤着传统文化的回归。另一方面，由于“五四”一代作家与传统文化有着千丝万缕的联系，传统文化短时期内并不能被轻易地一刀斩断，而是潜移默化地渗入现代文学的血液之中，并由此形成中国现代文学的民族文化特色。这方面典型的例子就是“京派”文人及其写作，例如，周作人、沈从文、

① 陈思和．中国新文学对文化传统的认识及其演变．复旦学报（社会科学版），1986（3）．

师陀等人的作品，都具有浓厚的传统文化意味，体现出传统文化的魅力和美。

在20世纪50—70年代，受激进社会文化思潮影响，当代文学与传统文化之间的交流某种意义上被人为阻断，出现了继“五四”之后的又一个“文化断裂带”。从艺术审美角度来看，传统文化的缺失也导致了这段时期文学作品审美质地的粗糙与恶劣。新时期以来，中国当代文学开始了艰难的文化重建。在汪曾祺、王蒙、张承志、冯骥才、陆文夫等人的作品中，我们可以看到为这种文化重建而做出的努力。从反思文学对传统文化的隐约表达，到寻根文学的大张旗鼓，当代文学中的传统文化意识终于复苏。

寻根文学所要寻找的“根”，指向的是传统文化。虽然寻根文学的文化主张有许多悖谬之处，文化寻根运动最终也潦草收场，但寻根文学对传统文化的发掘，却为当代文学唤回了那种失落已久的传统文化意识，推动了当代文学中文化意识的全面复苏。这对中国当代文学的健康发展具有重要意义。

第一，文化视角的植入，打破了中国当代文学长期以来单一的社会政治视角，将文学从政治的束缚中解放出来，让文学获得了自由。仅凭这一点，寻根文学就功不可没。中国当代文学长期深受政治的影响。从现代文学开始，文学就被纳入为政治服务的轨道，这也成为当时文学必然的无法回避的历史使命。20世纪50—70年代依然如此，就是新时期之初的“伤痕”文学、反思文学和改革文学，其中依然充满了政治视角，仍然是文学为政治服务这种写作理念的延续。但是到了寻根文学，这种情况为之一变。寻根文学是一种历史文化审美，而不是社会政治表达。寻根文学中，传统文化以一种独立的话语姿态与惯常的政治话语相区别，在政治话语之外，为当代文学开辟了新的话语空间，同时也给作家们带来了更多写作自由。这就为当代文学的多元化发展创造了条件。稍后出现的先锋文学，其实也是对政治化写作模式的突围。二者本质相同，区别在于，寻根文学方向向内，以文化复古的方式来进行艺术革新，而先锋文学则是面向西方，以频繁的艺术实验，从形式变革角度为当代文学开辟新路。这两股文学思潮后来形成合流，便有了新历史主义小说的出现。新历史主义小说介于小说与作为正史的历史之间，既不遵从历史叙事的准则，又挣脱了现实逻辑的约束，在一种虚构的历史时空里，使作者的才情和想象自由驰骋。新历史主义小说规模巨大，影响至今，体现出中国当代文学多元和自由的写作特征。在当代文学这种艺术转化的过程中，寻根文学在文化领域的开辟，功不可没。

第二，审美意识的凸显。文化意识的复苏，改变了当代文学内容的构成，从而也导致了当代文学审美风格的蜕变。长期以来，中国当代文学追求的是一种政治化的文学表达。但自寻根文学开始，这种情况发生了改变。文化意识的凸显，恢复了当代文学的纯文学特征。由于文化本身就包含审美的成分，寻根文学对文化的发掘，很自然地就体现出文化审美的特征。由于历史文化的非当下性，寻根文学的文化审美，往往与现实无涉，是一种历史文化审美，体现出非功利性的审美特征。这就改变了当代文学的审美走向，使其不自觉地从功利走向了审美。同时，在艺术形式上，寻根文学也突破了传统现实主义僵化的反映论认知模式，运用了众多的现代主义表现手法，体现出现代主义的形式审美特征。这种内容和形式的统一，使当代文学的审美意识得到了强化。

审美意识的凸显是当代文学自我觉醒的标志。正是经过寻根文学的审美变革，当代文学才逐渐走出政治的影响，向艺术本身回归。同时，审美意识的出现，从主体和客体两方面唤起了当代文学的自觉，为后来当代文学的健康发展做好了艺术铺垫。

第三，文化意识的复苏，为中国当代文学打开了世界文学的大门。寻根文学之前，中国当代文学基本上被排除在世界文学的大门之外。除了众所周知的中西隔绝这个因素之外，在我看来，文化意识的匮乏才是阻碍中国文学走向世界的一个重要原因。真正优秀的文学，会像空气一样自然流通，最终得到世界的公认。世界各民族文学的交流，其实是基于文化差异性和共同人性的交流。文化是世界各民族文学交流中的重要因素，是一种润滑剂。20 世纪 50—70 年代的中国文学，乃至新时期初的“伤痕”文学和反思文学，基本上属于政治化的文学，文化意识极为淡薄。这段时期的文学并不是没有传到西方，而是不被西方读者认可，仅被他们当成了解中国社会状况的文献资料。这当然是一种很尴尬的传播局面。20 世纪 80 年代以来，开放的大门已经打开，中国当代文学的世界化进程开始起步。最早叩开西方文化大门的是那些带有文化寻根倾向的作品，如陆文夫的《美食家》、阿城的《棋王》、莫言的《红高粱家族》及由其改编的电影等。在这些作品中，中国传统文化以一种独特的方式呈现在世界读者面前，或博大精深，或新奇艳丽，从而引起广泛关注。沿着这条道路，越来越多的中国当代文学走向了世界，如苏童的《妻妾成群》、贾平凹的《废都》、陈忠实的《白鹿原》、阿来的《尘埃落定》、王安忆的《长恨歌》等，文化成为中国当代文学海外传播的一个重要的影响力因素。

文化意识的复苏，还有一个重要的作用，那就是为中国当代文学带来了一种全新的文化人类学视角，有利于推动中国文学的世界化进程。文化人类学研究是人类对自身文化发展的研究，具有世界文学和文化的意义。文化人类学视角在19世纪的西方就已出现，但在中国文学中却出现得很晚。中国现代文学时期，在启蒙和救亡双重主题的交替下，文学黏滞于现实，对超乎政治和现实之外的文化人类学问题根本无暇顾及。20世纪50—70年代文学遵从着为政治服务的艺术宗旨，新时期初的"伤痕"文学、反思文学和改革文学基本上也延续着这一思路。但是，寻根文学却以文化发掘的姿态，有意拉开了与现实的距离，使中国这个没有文化人类学传统的国度第一次开始了文化人类学思考，这无疑是一个巨大的进步。这种文化人类学视角的采用，是对长期以来文学中政治社会学视角的规避，是寻根文学文化发掘的必然结果。因为寻根文学所要寻找的"根"，其实就是民族（人类）的文化，对这种"根"的挖掘和表现，当然会体现出作家的特定的思考。这种表现和思考，就是一种文化人类学的审美观照。从寻根文学自身来讲，文化寻根本身就是一种世界性的文化思潮，是人类的一种文化返祖现象。20世纪六七十年代出现了一次世界性的文化寻根思潮，寻根文学则是这种世界性的文化寻根思潮在中国的回应。所以，在这个意义上，中国的寻根文学具有世界文化的内涵，是世界文学的一部分。这对中国当代文学来讲，是第一次，所以意义重大。

文化人类学视角的采用，使寻根文学获得了超越国家和民族的文化内涵，具有世界文学的意义。自寻根文学开始，当代文学中出现了越来越多的带有文化人类学意味的文化书写，其中有不少被搬上影视舞台，得到了世界性的广泛关注，如韩少功的《爸爸爸》《女女女》、莫言的《红高粱家族》、阿来的《尘埃落定》、贾平凹的《怀念狼》、姜戎的《狼图腾》、迟子建的《额尔古纳河右岸》等。在全球化进程日益加快的今天，这种文化人类学视角的书写，受到了广泛认可，并在海外产生了广泛影响。这表明了中国当代文学世界化的努力，体现出中国当代文学的进步。

二、寻根文学与当代文学的格局

三十多年来，中国当代文学获得了长足的发展，呈现出多元化的发展态势。在当代文学的艺术发展过程中，寻根文学在很多方面都具有转折性的意义。虽然从理论到实践，寻根文学都发育不良，其作为一种文学思潮存在的时间很短暂，但是，在整个中国当代文学史上，还没有哪一种文学思潮能像寻根文学一样，能够如此深刻地影响到中国当代文学的格局和发展走向。

寻根文学出现的1985年，正是中国当代文学整体出现哗变的年代，李陀将之形容为“雪崩式的地震”①。传统的文学大厦正在崩塌，新的文学格局正在生成。在内力和外力作用下，当代文学长期以来累积的各种矛盾和问题，汇聚到一起，如同汹涌的急流，挤到一个狭窄的出口，迫切需要宣泄。寻根文学就是这个狭窄的文学出口，是各种文学矛盾的聚积点。在当代文学的发展过程中，寻根文学可谓是一个重要节点，一头联系着传统和过去，一头联系着现代和未来。正是经过寻根文学的艺术转化，当代文学才有了蓬勃发展的今天。所以，在某种意义上，寻根文学可以被视作当代文学的一次战略大转移，深刻地影响了当代文学的发展走向。

从当代文学的创作主体结构来看，寻根文学可以被视作当代文学的“更年期”，不过是从年老向年轻的逆向更新，文学气质也随之发生新变。寻根文学出现之前，活跃在文坛上的主要是一些饱经沧桑的老一辈作家，如王蒙、茹志鹃、张贤亮、周克芹等人。自寻根文学开始，当代文学创作主体出现了整体性的更新，一批批风格各异的作家，以群体的姿态活跃于文坛，朝气蓬勃，多姿多彩。寻根文学的创作主体是年轻的知青作家，如韩少功、阿城、李锐等；先锋文学的创作主体是另外一批年轻的作家，如马原、余华、格非、苏童等；新写实小说的创作主体则是又一批年轻的作家，如方方、池莉、刘恒、刘震云等；至于20世纪90年代后出现的新生代写作和80后写作现象等，那就更不必说了。这些作家走进文坛的时候，都很年轻，与王蒙那一辈作家相比，他们无所背负，充满朝气和活力。总体来看，低龄化是当代文学的发展趋势，活跃是其特征。在中国当代文学新老交替的变革过程中，寻根文学是一个重要的转折点。

从写作方式来看，20世纪80年代以来，中国当代文学经历了从群体性写作到个人化写作的发展演变，寻根文学是这种演变的转折点。20世纪50—70年代的写作，抹杀作家的艺术个性，因而呈现出公式化、概念化和模式化特征。这种类型化的写作其实就是一种群体性的写作。新时期初的“伤痕”文学、反思文学和改革文学，整体上讲，仍然是一种群体性

① 林伟平，李陀．新时期文学一席谈：访作家李陀．上海文学，1986（10）．

的写作，只见思潮，却难见个人。众多写作者不分你我，争相书写着一个既定的时代主题，却难见个性区别。从寻根文学开始，当代文学中开始出现风格意识。季红真认为，"'文化寻根'思潮的真正作用，不在文学价值抉择方面的科学与否，而是在文学自身的观念蜕变和风格更新"①；李庆西则将寻根文学的出现视为"风格意识中的文化意识"②。两人都注意到了寻根文学风格意识的觉醒。寻根作家们各具艺术个性，比如：韩少功，晦涩浪漫；李杭育，幽默风骚；阿城，朴拙洗练；贾平凹，浑厚拙重；等等。文学创作本来就是个人化的精神行为，个人化写作是文学的本来状态，也是文学自由和繁荣的标志。寻根文学之后，当代文学迎来了个人化写作的热潮，个人化写作逐渐成为当代文学的常态，直至今天。

三十多年来，当代文学实现了从"一体化"③ 到多元化的艺术变革，在这种艺术转变过程中，寻根文学是一个重要的转折点。多元化是当代文学的总体发展态势，这既是中国当代文学繁荣的表现，也是保证。这种向多元化发展的努力，从新时期之初就已经开始了。"伤痕"文学、反思文学就已经在酝酿着突破"一体化"文学规范的藩篱，如"伤痕"文学、反思文学中"人"的话语的凸显，就是对传统写作范式的突破；反思文学中文化意识的出现，拉开了文学与现实的距离；反思文学中的艺术实验，带来了当代小说文体的解放和审美意识的增强等。所有这些，都冲击着传统的文学规范。这些都可谓当代文学艺术发展过程中的量变，而质变则发生在寻根文学身上。寻根文学从多方面推动了当代文学的艺术变革，在叙事话语、艺术形式和艺术观念等方面都推动了当代文学的发展。在这种多元化的艺术发展过程中，寻根文学是一个重要的艺术过渡。

从文学现代化的角度来看，寻根文学是当代文学现代化道路上的一个重要里程碑。文学的现代化包括内容的现代化和形式的现代化。话语即内容，从叙事话语来看，寻根文学出现之前，当代文学的话语主体是革命政治，20 世纪 50—70 年代文学自不必说，"伤痕"文学、反思文学和改革文学也是如此。直到寻根文学出现，由于历史文化话语的开辟，当代文学的叙事话语才出现了整体性的变革。寻根文学使当代文学的叙事话语实现了从社会现实层面向历史文化领域的位移。李庆西曾将之具体

① 季红真．文化"寻根"与当代文学．文艺研究，1989（2）．

② 李庆西．寻根：回到事物本身．文学评论，1988（4）．

③ 洪子诚．当代文学的"一体化"．中国现代文学研究丛刊，2000（3）．

地描述为"从原有的'政治、经济、道德与法'的范畴过渡到'自然、历史、文化与人'的范畴"[①]。寻根文学正是通过引入历史文化意识，拉开了文学与现实的距离，突出了文学中的审美意识，从而为当代文学叙事话语的自由发展创造了条件。寻根文学之后，当代文学叙事话语呈多元化发展态势，相继出现了先锋文学的叙事革命和话语狂欢、新写实小说的日常生活书写、20 世纪 90 年代后的欲望化和个人化写作、21 世纪以来的底层写作和非虚构性写作等等，多种话语的出现营造了当代文学众声喧哗而又多姿多彩的繁荣局面。这种多元化话语局面的出现，可以说都与寻根文学的历史文化书写有关。

从形式角度来看，寻根文学之前，当代文学主要采用传统现实主义的表现手法，艺术面貌僵化陈旧，正受到现代主义的强有力挑战。寻根文学出现之前，20 世纪 80 年代上半期，当代文学曾经出现过一次"现代派热"，王蒙、茹志鹃、冯骥才、刘心武、李陀等人在《上海文学》上以通信讨论的方式，放出了一只只现代派的"小风筝"，做着向现代主义发展的努力，但后来由于受到冷遇，遭遇挫折，难以为继，现代派的发展陷入低谷。寻根文学延续了这种向现代派艺术探索的势头，不过是以复古的方式，以退为进，来进行现代主义的努力。在寻根文学身上，体现出很多现代主义的审美特征，不论是在艺术观念、叙述方式，还是在表现技巧等方面，都有很多现代主义的审美元素。比如表现主义美学的兴起，从写实到写意叙述策略的演变，以及魔幻、象征、变形、夸张等现代派表现手法的运用，等等。韩少功的《爸爸爸》作为寻根文学的代表作，就是一部高度成功的现代主义文本。这种形式主义的追求，体现了寻根文学的现代化努力。经过寻根文学的艺术转化，再经过先锋文学的艺术张扬，中国当代文学终于迎来了现代化的发展热潮。

从民族化角度来看，寻根文学让中国当代文学民族化追求达到一次顶点，但也走向崩溃。从现代文学时期对文艺大众化的追求，到 20 世纪 50—70 年代对"中国作风和中国气派"的倡导，都体现出文学民族化的努力。20 世纪 80 年代上半期，当代文学延续了这种民族化的追求，在汪曾祺、林斤澜、陆文夫、邓友梅、冯骥才、莫言等人笔下，从内容到形式，民族化多姿多彩，可以看到民族化追求的有意努力，寻根文学更是集中地表达了这种民族化诉求。对寻根文学来讲，其民族化追求更多地表现

① 李庆西．寻根：回到事物本身．文学评论，1988（4）．

为内容上的民族文化书写，而非简单的民族形式招徕，这是一条非常本色、质朴的民族化道路。但是，寻根文学运动后期，由于内容上文化启蒙意图的落空，出现了对文本故事化和形式化的追逐。失去了内容的支撑，形式也就无所附丽，这就导致寻根文学民族化追求在内容和形式层面出现双重落空。特别是一些寻根文学作品经过影视包装，流传到海外后，为取悦西方读者和观众，竞相卖弄和表演，从而出现了后殖民主义文化景观和现象。这就导致寻根文学的民族化追求流于片面，并最终走向衰落。寻根文学之后，在先锋文学和新写实小说等身上，已经难见民族化追求的痕迹。20 世纪 90 年代后，中国当代文学世界化的进程加速，群体性的民族化追求已不可能。不过在部分作家那里，如莫言、贾平凹、格非、迟子建等，我们还是能够看到一些民族化的努力，这在一定程度上体现出当代文学民族化意识的回归。

从美学形态来看，寻根文学从整体上带来了当代文学审美意识的更新，影响到当代文学的审美走向。这种表现是多方面的，其中最重要的一点，是促成了当代文学从政治化审美向日常生活审美的转变。这种审美走势，经过 20 世纪 80 年代的不懈努力，到 90 年代之后已经成为当代文学的常态。寻根文学可谓是这种审美的转折。寻根文学之前，政治化审美是当代文学的主流，但自寻根文学开始，文学有意向日常生活靠拢。寻根文学的历史文化审美、先锋文学的形式实验，都表现了大量的日常生活内容，随后出现的专以日常生活为表现对象的新写实小说就更不必说。日常生活书写是文学的本来的书写内容，是文学回归人、回归世俗生活的标志，是文学现代性的直接体现。寻根文学中，阿城的《棋王》就是这样的一部标志性的作品。在这部作品中，政治话语作为一种潜叙事隐藏在文本的背后，而主人公的日常生活却得到了详细的书写，并从中提炼出了特别的意义。所以，旷新年认为："通过阿城的《棋王》，'新时期文学'开始回归和拥抱被革命所悬置的'日常生活'。90 年代'日常生活'被神话化，而'寻根文学'则成为沦入日常生活的一个重要线索和标志。"①

三、思想意义

作为一股影响巨大和意义深远的文学思潮，寻根文学处于传统与现代、东方与西方文化思想的交汇点，其文化择取和价值取向，对于当代中

① 旷新年．"寻根文学"的指向．文艺研究，2005（6）．

国社会的思想建构，具有深刻的影响。

寻根文学属于现代性话语范畴，文化寻根是一种世界性的文化现象。文化寻根思潮来源于人类对现代化进程的迷惘和担忧。现代性的物质呈现是现代化，但现代化是一种“历史怪兽”，具有极大的破坏性。现代化进程的加剧，在给人类带来大量便利的同时，也造成传统性的失落和对人性的破坏，造成包括环境污染、资源枯竭、病毒泛滥、物种灭绝、两次世界大战、人性异化等在内的一系列的灾难，使人类尝遍现代化的恶果，产生对现代化的担忧，进而产生回归传统、寻根问祖的冲动。这种情绪的蔓延，催生出世界性的文化寻根思潮。叶舒宪先生认为，“文化寻根是以向后回望来路的方式代替直接的前瞻”，文化“寻根的实质是文化（身份）认同问题，处在文化变迁加剧时代的人，如何在传统与现代、西方化与本土化的冲突背景中确认自己的文化价值取向的问题。因此，它既是每个人都无法回避的普遍性问题，又是迫在眉睫的当下性难题”[①]。可以说，从18世纪欧洲的浪漫主义文学运动开始，文化寻根就已经开始了。以卢梭、华兹华斯等为代表的浪漫主义作家，主张回归大自然，讴歌农业文明，抵制城市文明对农业文明的侵袭，可以说就是一种最早的文化寻根。随着西方现代化进程的加剧，文化寻根意识日渐强烈，并逐渐向世界蔓延，最终在20世纪六七十年代达到高峰，20世纪80年代中国的寻根文学运动不过是世界文化寻根运动的一部分。对于20世纪80年代的中国社会来讲，由于特殊的历史语境，文化寻根还具有特别的文化启蒙意义。

寻根文学参与了20世纪80年代以来中国社会的新启蒙主义文化运动，是一种文化启蒙。新启蒙主义是在传统的政治启蒙之外，开辟的新的启蒙途径。传统的旧启蒙主义追求思想的统一性，而新启蒙主义则倡导思想的自由和文化的多样性。在经过“文革”十年摧残之后，中国传统文化元气大伤，传统文化园地一片荒芜。为振兴国人精神，复苏民族传统文化，追赶世界文化潮流，寻根文学开始了艰难的文化重建。寻根文学致力于发掘传统文化，对传统文化予以现代再审视：一方面表现传统文化的魅力和美，唤醒国民对传统文化的热爱；一方面对传统文化的劣根性予以批判，使人们在一种纵向的时间维度上，深化对传统文化的认识。这样的思想激发过程，就是一种文化启蒙。这种文化启蒙，在20世纪80年代初那样一个文化重建的特殊历史时期，具有特别的针对性。文化寻根成为当时

---

① 叶舒宪．文化寻根的学术意义与思想意义．文艺理论与批评，2003（6）．

中国社会的一种文化补课，当时轰轰烈烈的文化热及遍布全国各地的文化讲习所，就是一个证明。

寻根文学的文化启蒙具有不同的维度。一是对“五四”国民性话语的延续。寻根文学一定程度上继承了“五四”时期的国民性批判的写作思路，在韩少功的《爸爸爸》和李锐的《厚土》系列中，都可以见到这种“五四”国民性话语批判的遗风。二是表现“文明与愚昧的冲突”。季红真曾将20世纪80年代中国社会的文化矛盾概括为“文明与愚昧的冲突”，后来成为经典之论。显然，这是一个启蒙性的文化命题。从反思文学开始，就有相当多的作品表现了这种文化冲突，如古华的《爬满青藤的木屋》、张承志的《黑骏马》、郑万隆的《黄烟》等。三是弘扬民族传统文化的魅力和美，如汪曾祺的《受戒》《岁寒三友》、阿城的《棋王》、张承志的《北方的河》等。这种对民族传统文化的弘扬，激发了国人对民族传统文化的热爱，成为寻根文学文化启蒙最主要的意义所在。

作为一种现代性话语，寻根文学还表现出文化反思的特征。吉登斯认为，现代社会的一个重要特征就是“知识的反思性”。他认为，现代性“并不是为新事物而接受新事物，而是对整个反思性的认定，这当然也包括对反思性自身的反思”①。现代性充满不确定性，无例可循，在不断的自我否定和自我批判中前行。伊夫·瓦岱认为：“现代性面对的是既不明确又难以预料的未来：没有任何的传统参照对象可以为某些未来道路的选择做保证，因为现代性不断地制造断裂，任何建立在科学基础上的知识都不能辨别它们。因为它的行动本身就提高了不确定性的程度。”② 所以，在这种意义上，我们可以将中国的寻根文学视为一次文化反思，是在现代性话语范畴内的自我质疑和自我批判。

寻根文学的文化启蒙之中，包含两种相对立的态度，一种是文化激进主义，一种是文化保守主义。文化激进主义在20世纪中国不同的历史时期有不同的表现，比如“五四”时期对传统文化的激进否定态度、20世纪50—70年代激进的政治文化思潮、20世纪80年代以来一些人文化上的全盘西化主张等。文化保守主义则是在社会现代化的过程中，出于对现代化负面效应的担忧和抗拒而产生的文化眷恋和文化怀旧心理。文化保守主义具有反现代化倾向，体现出现代性的反思特征。寻根作家中，李杭育和

① 吉登斯．现代性的后果．田禾，译．南京：译林出版社，2000：34.

② 瓦岱．文学与现代性．田庆生，译．北京：北京大学出版社，2001：119.

张炜都表现出这种文化反思特征。李杭育的《最后一个渔佬儿》通过对葛川江上最后的一位渔民福奎古朴、伟岸而又倔强的个性和其不乏凄凉的人生境遇的描写，表现了传统文明和现代文明的冲突，体现出审美现代性特征；张炜的《九月寓言》则通过对小村人艰苦而又浪漫的乡村生活和小村最终被工业文明毁灭的描写，表现了工业文明对农业文明的破坏，也体现出反思现代性特征，具有浪漫主义审美风格。这两部作品都表达了对前行中的中国社会现代化的某种抗拒和担忧。

文化反思是现代性的固有特征，是对历史主体自我的一种逆向检视。改革开放拉开了中国社会现代化的大幕，时至今日，现代化依然如火如荼。在全球化时代的今天，中国传统文化正在快速地失落，这种状况已经引起国家相关文化部门的担忧，传统文化重建工作正在有意识有计划地进行着。现代化带来中国经济快速增长的同时，也让我们切切实实地感受到诸多的威胁，如雾霾、水污染、癌症村、人性异化和道德沦丧等等。寻根文学所表现出来的文化反思，对当代中国的现代化进程具有实在的提醒意义。

前面已经讲过，寻根文学的文化发掘，为中国当代文学引入了文化人类学的视角。文化人类学意义上的寻根，不仅具有寻根问祖的意义，而且还包含对文化多样性的认可，在对多种文化的反顾追寻中，承认各种文化存在的理由。“20 世纪以来主要由人类学家培育出的关于珍视‘文化多样性’的宝贵思想，和同一个世纪的生态意识大觉醒培育出来的珍视生物多样性的观念，正在成为全球社会的普遍共识。人类学家不再把寻根等同于怀古、恋旧，开历史倒车。”① 文化寻根是逆全球化进程的运动，全球化抹杀文化的差异性，追求文化的同一性；而文化寻根则是发掘文化的差异性，认可文化的多样性。这种文化多样性，是 20 世纪以来得到世界各国人民普遍认可，极为珍视的多元、平等、自由的文化思想。改革开放后，中国社会迎来了历史新时期。寻根文学站在这样崭新的历史起点上，通过文化寻根，倡导文化多样性，在文化人类学的意义上，体现出了中国当代社会多元化思想的诉求。纵观三十多年来中国社会的思想发展历程，多元化思想并存已成现状和发展的趋势。在这种意义上，寻根文学顺应世界文化发展大势，推动了当代中国社会思想的多元化发展，影响深远，意义重大。

---

① 叶舒宪．文化寻根的学术意义与思想意义．文艺理论与批评，2003（6）．

第一章　寻根文学的缘起

寻根文学作为20世纪80年代中期轰轰烈烈的大规模的文学思潮，其出现源于当时中国特定的社会、历史与文化条件。法国历史学家丹纳在《英国文学史》的序言中提出文艺形成的“种族、时代、环境”三要素说，在丹纳看来，艺术作品是记录人类心理的文献。人类心理的形成，离不开一定的外在条件。因而文艺创作及其发展趋向，是由种族、时代和环境三种力量决定的，一个时代的文学是该时代社会历史文化的必然结果和反映。丹纳从外部条件来解释文艺的产生，有其合理性，当然也有片面性，马克思早就指出了一定时代历史条件下政治、经济和文艺发展的不均衡性。但将丹纳的文艺三要素说应用到寻根文学身上，倒是非常适合，可以作为探究寻根文学缘起的一个理论视角。因为20世纪80年代的中国正处在一个非常的历史时期。在这个历史时期，人们刚从“文革”中走出，面临着思想解放、改革开放、文化重建等一系列社会的、思想的和文化的重大命题。文艺是社会情绪的反映，寻根文学的出现是20世纪80年代上半期中国社会多种力量共同作用的结果，其中既有文学之外的原因，也有文学自身的原因。反过来说，从寻根文学身上，我们也可以看到20世纪80年代上半期中国特定的社会、历史、文化，乃至文学自身的发展状况。

第一节　政治话语的解禁

文学和政治之间的关系是20世纪以来中国文学不得不面对的一个最重要也是最为复杂的关系。在现代文学时期，出于满足救亡图存时代主题的需要，文学被纳入了为政治服务的轨道。20世纪50—70年代，在“政治标准第一，艺术标准第二”的文艺方针指导下，文学最大限度地发挥着为政治服务的艺术功能。20世纪80年代以来，在文艺“二为”方针

（“为人民服务，为社会主义服务”）指导下，文学继续为政治服务。但与此同时，随着思想解放运动的深入开展，文学的主体意识日渐觉醒，文学逐步向艺术本身回归。相应地，文学中的政治色彩逐渐淡化，而世俗日常色彩则得到加强。追求文学表达的艺术性，表现普通人及其日常人生，成为新时期以来中国文学发展的主要方向。

这是一个发生发展的艺术过程。新时期之初文学的发展仍然深受政治的影响。“伤痕”文学、反思文学都是政治化的启蒙写作，表达了对历史政治的控诉与反思；而改革文学则是适应国家政治经济体制改革的时代需要而出现的，是一种体制内的写作，其为政治服务的色彩依然非常鲜明。至于寻根文学，虽然表面上致力于民族历史文化发掘，有意疏远政治与现实，表现出去政治化的写作倾向，但是这种去政治化的写作，其实也可以说是一种政治写作，只是一种特别的隐含的政治表达。例如寻根文学中高扬的民族、国家和世界意识，就与新时期以来国家主流话语的价值取向高度一致，可以被视为后者的一种文学表达。

新时期以来，政治话语的解禁是寻根文学出现的前提和保障。1976年“文革”结束，1978年开展关于真理标准问题的大讨论，1979年召开第四次文代会。对文学而言，这一系列重大的政治和文化事件，使政治对文学的控制日渐松动，极大地改善了文学的外部创作环境。1979年邓小平在第四次文代会上的讲话中指出：“党对文艺工作的领导，不是发号施令，不是要求文学从属于临时的、具体的、直接的政治任务……”同时他又说：“对实现四个现代化是有利还是有害，应当成为衡量一切工作的最根本的是非标准。”“我们的文艺属于人民。……文艺创作必须充分表现我们人民的优秀品质，赞美人民在革命和建设中、在同各种敌人和各种困难的斗争中所取得的伟大胜利。”“要教育人民，必须自己先受教育。要给人民以营养，必须自己先吸收营养。由谁来教育文艺工作者，给他们以营养呢？马克思主义的回答只能是：人民。人民是文艺工作者的母亲。”① 这种表述从最高层面阐述了政治和文艺的关系，并科学地指明了文艺的归属和服务对象问题，让文艺真正地进入历史新时期，迎来了发展的春天。紧接着，1980年7月26日的《人民日报》，又发表了题为《文艺为人民服务，为社会主义服务》的社论，正式提出了“文艺为人民服务，为社会主义服务”的口

① 邓小平．在中国文学艺术工作者第四次代表大会上的祝词//邓小平文选：第2卷．北京：人民出版社，1994：207－214.

号，相较于自延安文艺座谈会以来所倡导的“文艺为政治服务，为工农兵服务”的口号，新的“二为”方针更具包容性，政治化色彩明显淡化。所有这些，都表明新时期以来政治对文学的控制逐渐松动。寻根文学就诞生于这种逐渐解禁的政治文化语境之中，并最终实现了对政治话语的超越。

政治话语的解禁带来了写作的自由。从话语内涵来看，在 20 世纪 50—70 年代，鲜明、突出的政治化几乎承载了文学话语表达的全部。新时期之初的“伤痕”文学、反思文学和改革文学等仍然是这种政治化写作思路的延续。只有寻根文学，第一次在当代文坛上拉开了文学与现实政治的距离，以那种虚无缥缈的历史文化话语实现了对当下社会政治话语的超越。这种文化书写，表明新时期文学向自身艺术的回归，同时也表明对文学自由的渴望与追求。寻根文学的这种远离政治写作的态度，使其成为 20 世纪 80 年代文学发展的历史转折。继之而起的新潮小说、先锋文学和新写实小说等，则进一步推进了这种去政治化的写作态势。在这些写作中，要么以形式实验来代替政治表达，要么让文学视线下移，去表现普通人及其世俗日常人生。从文学发展现状来看，这种日常生活书写早已成为中国当代文学的主流，也是中国当代文学现代性的最大体现。在这一过程中，寻根文学既是一个关键转折，也是一个重要起点。

政治话语的解禁还引起新时期启蒙主义文化语境的重现。“文革”结束后，思想解放运动的开展，使长期失落的启蒙文学传统得以复苏，20 世纪 80 年代也因此被视为又一个启蒙主义历史时期。但与“五四”启蒙主义相比，20 世纪 80 年代以来的启蒙主义具有新的时代特点。寻根文学是 20 世纪 80 年代新启蒙主义的一个重要动向。与“五四”时期那种侧重于思想层面的启蒙不同，20 世纪 80 年代的“伤痕”文学、反思文学侧重于从政治层面对普通民众进行启蒙，改革文学则在传统的政治表达基础上，从科技和经济层面对中国普通民众进行启蒙，先锋文学通过频繁的艺术实验呼唤文学的自觉，进行文学艺术启蒙，而寻根文学则是一场文化领域的启蒙，通过对文化意识的发掘来唤醒国人的文化热情。寻根文学拓展了新时期启蒙主义的表现视野，更新了新时期文学的话语内涵，对当代中国文学乃至文化的发展都产生了深远的影响。所以，20 世纪 80 年代新启蒙主义思潮的兴起是寻根文学得以发生的一个重要背景，同时，寻根文学也以其自身的成就参与了新启蒙主义运动，并有力地推动了新启蒙主义思潮的发展。而决定这一切的，是政治话语的解禁。只有宽松的政治文化环境，才会带来文学自由和思想的繁荣。

第二节　文化热的兴起

新时期以来，在思想解放和中西文化交流的背景下，中国社会掀起了一股轰轰烈烈的文化热潮，并直接影响和刺激了寻根文学的产生。

文化热的兴起是20世纪80年代中国社会出现的一个引人注目的文化现象。文化热的兴起在当时主要基于两个因素。

一是“文革”十年对传统文化的肆意摧残，导致传统文化园地一片荒芜，使历经“文革”之后的中国人普遍存在着一种文化失落感。自“五四”新文化运动以来，民族传统文化往往被视作落后的封建文化因素而遭到批判，历经多次围剿，元气大伤。“文革”结束之后，思想解放运动的开展，使长期备受摧残的传统文化重新引起人们的关注。社会经济的发展和日常生活的运行，使人们逐渐认识到传统文化的重要性，传统文化与我们此在的生活须臾不可分离，绝不可能完全凭借外来的西方文化去建设本土的社会主义强国。因此，对昔日辉煌灿烂的民族传统文化的缅怀和渴望，对传统文化价值的重新发现，成为一种普遍的时代心理。

二是外来文化的激发。中华人民共和国成立之后，在西方资本主义世界的孤立和封锁之下，被迫“闭关自守”，在相当长的时间内，中断了与西方世界的文化交流，仅仅只是与苏联和一些同样隶属于第三世界的贫困落后国家交往，比如东欧和非洲的一些国家等。“文革”后期，这种状况逐渐有所改变。1972年，中美建交。随后一系列西方资本主义老牌国家纷纷与中国建交，中国终于叩开了西方资本主义世界的大门，同时也向西方世界敞开了自己。在这种中西文化交流重启的背景下，大量的西方文学和文化思想纷纷涌入中国，对中国的知识界和文化界产生了深刻的影响。如“文革”后期出现的“白洋淀诗群”，可以说就与当时西方文化思潮对中国的影响直接相关，当时很多知青秘密传诵的启蒙读本，其实很多都是遭查禁的关于西方文化和社会理论的书籍。“文革”结束之后，中国以改革开放的姿态主动融入国际社会，中西文化交流频繁，西方现代文化对中国当代社会的影响更为突出。

一方面是中国文化进入西方，使西方出现了自19世纪以来就持续不断的“中国文化热”。其中最典型的就是英国大历史学家汤因比，他的观点对20世纪80年代的中国文化界影响巨大，对寻根文学的兴起作用深远。汤因比面对西方资本主义文明的衰落和东方文明的崛起，对比双方之后，提出了著名的“东方文明优胜论”观点。他认为人类社会各种文明的存在和发展，如一个有机体一样，具有一般的规律性，都会经历起源、成长、衰落和解体四个阶段。在他看来，西方的基督教文明已经度过了鼎盛期，正在走向衰落，虽然不会灭亡，但必须借助外力才能获得新生。而东方文明在经过长时期的沉睡之后，正在苏醒，有可能在西方文明的刺激之下，经过整合，获得新生，从而焕发活力并光照全球。在汤因比看来，19世纪是英国人的世纪，20世纪是美国人的世纪，而21世纪将是中国人的世纪。当然，值得强调的是，汤因比说21世纪是中国人的世纪，主要是寄希望于中国的文化，尤其是儒家思想和从印度传入中国的大乘佛教，希望它们引领人类走出迷雾和苦难，走向和平安定的康庄大道。汤因比认为，以中华文明为主的东方文化和以基督教文明为主的现代西方文化相结合，将会诞生出人类未来最美好和最永恒的新文化。值得注意的是，汤因比并不认为未来的东方文明会取代西方文明，而是认为未来东方文明将会与西方文明互补，共同光耀全球。汤因比的历史研究超越了国别和地域的限制，而从文明着眼，这使他摆脱了狭隘的“西方中心主义”立场，比较客观公正。在西方，能够像汤因比这么充满热情地看待东方文化，特别是中国儒家文化，并对其充满期待的学者和思想家，非常罕见。日本思想家池田大作曾问汤因比希望出生在哪个历史时期的哪个国家，汤因比说他希望出生在公元1世纪佛教已经传入的中国新疆，这表明他对中国文明颇有好感。

另一方面，对中国知识界和文化界影响更大的，则是西方文化大量涌入中国。“文革”结束之后，大量西方现代社会理论和文化思潮涌入中国，在异域文化的刺激下，在中国社会大范围地掀起了一股西方文化热。萨特的存在主义，弗洛伊德的精神分析学说，尼采、叔本华的唯意志论和生命哲学，西方女权主义理论等各种西方社会的主流哲学和文化思潮，在中国引起了一波又一波社会反响；系统论、控制论、信息论和模糊数学理论等自然科学方法被引入人文科学领域，引起了人们的极大关注；神话学、民俗学、文化人类学、发生学、现象学、原型批评理论、结构主义、解构主义等文化哲学理论，在当时都极大地开阔了人们传统的知识眼界。来自现代西方的种种自然科学和哲学文化思潮，对新时期以来的中国读者来讲，无疑是一种强烈的刺激，在文化发展和文明对比下，他们普遍产生了一种落后感和紧迫感。例如，在20世纪80年代，有一本西方书籍在中国影响巨大，那就是美国未来学家阿尔文·托夫勒于1980年出版的未来学著作

《第三次浪潮》，该书 1983 年开始在中国传播。在这本书中，托夫勒将人类发展史划分为第一次浪潮的“农业文明”、第二次浪潮的“工业文明”以及第三次浪潮的“信息社会”，给历史研究与未来思想带来了全新的视角。该书第一次向中国输入了“后工业社会”和“信息社会”的概念，其对当时刚走出“文革”、尚处于现代化起步阶段的中国的冲击力度之大，可想而知。

在多种内外合力作用之下，20 世纪 80 年代上半期的中国社会掀起了一股轰轰烈烈的文化热潮。文化视野逐渐取代传统的政治视野，成为人们关注的新的中心。由传统向现代转型的中国文化的出路和选择，成为一个时代性的全民性的课题。当时对这一课题的探讨主要从两个方面展开：一是对中西文化的横向比较，孰优孰劣以及如何优劣互补；二是对中国传统文化的纵向再认识，如何认识和评价中国传统文化。这种文化热在当时有两种主要表现：“新儒学”热和图书市场上对西方文化的传播。“新儒学”热是 20 世纪 80 年代上半期兴起的国学热潮，是用新的现代理论来重新检视传统文化，在当时中国社会影响颇深。其活动的重要标志就是在全国各地办起了各种中华文化讲习所，众多中外文化国学大师，不计名利，热情参与文化讲堂，共商振兴民族文化大计。例如 1985 年 3 月在北京举办的中国文化讲习班，来自全国各地的两百多名学员参加了学习，冯友兰、张岱年、汤一介、李泽厚、杜维明、任继愈、梁漱溟等著名学者都登台主讲。他们讲授与探讨的问题有两个：一是中国传统文化的性质、要义、基本精神是什么？二是中国传统文化的价值和前途在哪里？而听众则济济满堂，据人记载：“1986 年 7 月青岛的中西文化讲习研讨会的规模与规格、会风和影响都令人惊叹。会议邀请了各派学者张岱年、常任侠、梁漱溟、周谷城、李泽厚、成中英、陈鼓应、杜维明等十二人，每天上午主讲，下午答问讨论。与会者八百余人，当时我国已毕业和在读的人文社科类博士仅一百六十余人，与会者竟过百人，三分天下有其二，硕士两百多人，大学教授讲师不下四百，集学界一时之盛。海外媒体赞为‘名流荟萃，高论爆棚’。”[①] 这种研讨会的内容、规模和参与者的热情，可以充分见出当时文化热潮之状。而在图书市场上，则是另一种景观，现代西方文化书籍成为国内各出版社的香饽饽。据徐友渔回忆，20 世纪 80 年代有两套译介西方文化理论的书籍非常火爆，“一个就是金观涛、刘青峰他们的‘走向未

① 宋君健．二十世纪八十年代文化热回瞻．云梦学刊，2008（6）.

来’丛书，已经干得非常成功”，还有一个就是甘阳任主编的“文化：中国与世界”丛书。这两套丛书都是译介西方现代文化理论的，深受读者喜爱，成为各出版社竞相追逐的出版对象。①

文化热在当时是一种社会现象，最初在自然科学领域兴起，后蔓延至文学领域。在 20 世纪 80 年代，对中国知识阶层最具吸引力的其实还是来自西方的自然科技文明。有一本西方的自然科学著作对中国的知识界影响巨大，那就是美国的高能物理学家 F. 卡普拉于 1975 年出版的《物理学之“道”》。在这本书中，作者在广泛探讨了近代物理学的最新成果与东方神秘主义哲学佛教、道教的系统理论之后，将二者进行了深入比较，得出“近代物理学的新概念与东方宗教哲学思想惊人地相似”的结论，认为近代西方的物理学新发现与两千多年前的东方神秘主义哲学竟是平行相通的。这种奇特大胆的观点冲击着人们传统的思维模式与进化论思想，正如该书内容提要所指出的，“启示读者从东方文化传统中汲取新的养料”。该书由灌耕编译成《现代物理学与东方神秘主义》，最早由四川人民出版社于 1983 年出版，在中国广为传播，对中国的科学界和文化界产生了深刻影响。寻根文学是对“文化热”的主动加盟，并以自身的特殊形式，积极探寻中国文化由传统向现代的转型之路。

这种文化热，在 20 世纪 80 年代上半期的中国，经历了一次从西方文化到东方文化、从外来文化到本土文化的发展演变。这两次文化热潮的转变，体现出中国社会对文化发展的选择和探寻。很显然，首先在中国掀起热潮的是随着改革开放蜂拥而入的西方现代文化，但由于这种外来文化的超前性、异质性，以及良莠不齐，中国社会在一个较短的时间内应接不暇，消化不良，进而产生抵触心理，从而出现了西方现代文化在中国遇冷的局面。从文学的层面来讲，20 世纪 80 年代上半期中国文学出现的“现代派”的低谷，就是一个证明。这表明，中国社会对西方现代文化的接受还需要一个过程。既然外来的文化道路一时走不通，那本土的文化道路又如何呢？随着当时海外种种关于重新评价东方文明的声音的出现，以及“亚洲四小龙”经济的腾飞，一些探求者很自然地将目光转向了国内本土的文化资源，以退为进，借助西方现代文明，来重新打量和审视本土文化传统，寻找西方现代文化与中国传统文化之间的结合点，从而出现了中国本土传统文化热潮。但其实，这种国内的文化热不过是外来文化热的延

① 徐友渔，丁东，刑小群，等．我对 80 年代“文化热”的回顾．人物，2011（5）．

续，二者都是为西方现代文化在中国的传播创造条件，探寻中国社会的现代发展道路。正是在这种国内的文化热大潮中，寻根文学运动得以出现，并推动了这股文化热潮的发展。随着 1985 年西方现代文化的强势进入，面对着西方文化霸权，中国本土传统文化受到重创，这种本土的文化热很快沉寂。与之相应，寻根文学运动很快偃旗息鼓，寻根作家也风流云散。

第三节　域外成功文学的激励

在 20 世纪七八十年代，文化寻根是一种全球性的文化思潮。随着现代文明进程的加快，现代化带来全球一体化及对传统农业文明的破坏，使文化怀乡一时成为全球性的共同情思。相当多的不同民族和国家的作家都在作品中表达了对本民族历史文化的关注。中国的寻根文学就是在这种全球性的文化寻根思潮的影响之下产生，并最终汇入这股洪流，成为世界文学的一个重要组成部分。中国寻根文学的出现深受一些域外作家成功写作的激励和启发。这些作家要么来自政治、经济、文化都比较落后的第三世界，要么有着特定的地域和民族文化背景。他们在写作上取得的成功，对于当时中国的作家们而言，是样板，更是动力。

1976 年，美国黑人作家亚历克斯·哈利（1921—1992）出版了一本家族自传式长篇小说《根》，首开文学作品中的寻根之旅。亚历克斯·哈利出生于美国纽约，是非洲移民的后裔。作者自称经过十二年的考证研究，追溯到他的六代以上的祖先昆塔·肯特，一个被白人奴隶贩子从非洲西海岸掳到北美当奴隶的黑人。小说具体而形象地描写了一个黑人家族长达两百多年的历史，包括黑人祖先在非洲的自由生活、黑人子孙在美国奴隶制下的苦难历程，以及这个家族重获自由后的经历。小说揭露了美国社会种族歧视政策的罪恶，黑人仅仅因为天生的黑皮肤，就备受压迫侮辱。他们被捕捉，被贩卖，被压迫为奴，被剥夺一切，甚至丧失姓氏，成为无所归依的“黑鬼游魂”。但是这些黑人却顽强地、固执地保持他们的习俗，以口耳相传的方式维系和延续着本民族的历史文化，在文化隔阂和历史剧变过程之中，始终不忘自己的“根”——非洲。小说还以浓墨重彩的笔调，描写了非洲民族各种各样的奇风异俗，具有浓郁的文化韵味。作品对美国农奴主骄奢淫逸的生活，也进行了细腻书写，同样富有文化批判意味。该书一经出版，就成为脍炙人口的畅销书，先后被译为 30 多种文字出版，哈利也因这部书获得 1977 年“普利策”特别奖。同年，《根》还被拍成电视剧，并引发收视热潮。

《根》的副标题的是“一个美国家族的历史”，借文学作品来追溯自己及家族的由来，开了在文学作品中家族寻根的先河。作品虽然是通过一个家族来寻“根”，但其实寻找的也是美国全体黑人移民的“根”，甚至包括美国白人移民的“根”。作品中作为文化的结晶——“根”的概念的提出，更是超越了种族和国界，自此成为一个世界性的文化命题。《根》所取得的成就，对中国的寻根文学无疑是一种启发，20 世纪 80 年代后在中国大量出现的家族小说，比如莫言的《红高粱家族》、李锐的《旧址》、张炜的《古船》《家族》、陈忠实的《白鹿原》、高建群的《最后一个匈奴》、霍达的《穆斯林的葬礼》等，可以说，都难脱离《根》的家族叙事的影响。而《根》中借民俗书写来寄寓文化的写法，更成为后来寻根文学常见的创作手段。

在外来作家作品中，对中国寻根文学产生最大影响和直接刺激的，是哥伦比亚作家马尔克斯（1927—2014）和他的代表作《百年孤独》。马尔克斯出生于哥伦比亚，以西班牙语写作，代表作《百年孤独》写于 1966 年，出版后屡获国内外大奖。1982 年，马尔克斯更是获得诺贝尔文学奖。马尔克斯的成功，延续了拉美“爆炸文学”的神话——在一个贫困落后的第三世界地区绽放出了一系列璀璨的世界文学之花。在 20 世纪 80 年代的中国，马尔克斯可以说是知名度最大的外国作家，几乎家喻户晓。人人都在读马尔克斯，都在传诵《百年孤独》。甚至可以毫不夸张地说，马尔克斯和他的《百年孤独》，使中国刮起了一场魔幻现实主义的旋风，并直接刺激和推动了中国寻根文学运动的兴起和发展。其影响力几乎是空前的，以至于在当时的中国文学界和文化界，不读、不谈或不知道马尔克斯，几乎可以被视为一种文学的落伍和文化的无知。

《百年孤独》是对拉美民族历史的追寻与拷问，抒发了在现代文明进程中拉美文化被人忽略和遗忘的“孤独”与痛苦，它被誉为“再现拉丁美洲历史社会图景的鸿篇巨制”。作品通过布恩蒂亚家族七代人长达百年间充满神秘色彩的坎坷经历，来反映哥伦比亚乃至拉丁美洲的历史演变和社会现实，要求读者思考造成马贡多——拉丁美洲百年孤独的原因，进而思索民族振兴之路。《百年孤独》可以说是近代以来拉丁美洲历史文化的浓缩和投影，全书近 30 万字，内容庞杂，人物众多，情节曲折离奇，再加上神话故事、宗教典故、民间传说以及作家独创的从未来的角度来回忆过去的新颖倒叙手法等，使该书风格独特、气势恢宏又奇幻瑰丽，成为拉美魔幻现实主义文学的一大杰作。

《百年孤独》影响了20世纪80年代以来几乎所有的中国作家，直接刺激了寻根文学的产生。“马尔克斯的获奖，无法讳言是对雄心勃勃的中国年轻作家的一种强刺激。”① 《百年孤独》对中国作家们的影响，主要在于两个方面。一是文化上的启发。“马尔克斯的获奖，至少表明了一种古老民族文化被现代世界的承认，表明了世界多种文化之间的沟通、交流以及平等互渗的可能性。”② 政治经济的落后，不代表文化的沉默。这让中国作家们从中看到了一条落后国家的民族文化复兴之路。二是艺术观念和写作技巧的更新。《百年孤独》中的魔幻笔法和时空观念，对中国作家们的影响是空前的、深远的。寻根作家如此，后起的先锋作家更是如此。几乎所有80年代后起的作家，都从中汲取了艺术技巧和灵感，并予以了本土转化。其中最典型的是莫言。莫言被视为“中国的马尔克斯”，虽然他本人对此并不接受。但无法否认的是，莫言小说创作中遍布马尔克斯的影子，从题材、艺术表现手法到艺术观念，都有模仿的痕迹。但莫言的高明之处在于，他能化他人影响为自己的血肉。他在接受《百年孤独》的艺术影响基础上，将其予以本土化，形成了自己的特色，是一种中国化的魔幻叙事。

此外，日本的川端康成（1899—1972）和苏联作家艾特玛托夫（1928—2008）的民族风情描写也影响了中国的寻根文学。在20世纪80年代，川端康成是一位在中国知名度很高的日本作家，他的代表作《伊豆的舞女》《千只鹤》《雪国》《古都》等深受中国读者欢迎，也对中国的当代文学有着深远的影响。作为一位唯美主义作家，川端康成以新感觉派的绝妙笔法，细腻传神地表达了日本文化的美。在他笔下，日本文化散发出一种东方文化特有的宁静、优雅、柔和、美丽。对于川端康成来说，这种文化更是带上了一些个人化色彩，美得令人留恋，令人惋惜，令人伤感。川端康成对日本文化的这种眷恋式的书写、对日本文化优美特征的发掘，为日本文化引起世人关注、走向世界做出了重大贡献。这种文化发掘和文化审美，以及其所带来的文化传播影响，无疑对正处在摸索中的中国作家们具有巨大的吸引力和艺术启发作用。

---

① 陈思和．当代文学中的文化寻根意识．文学评论，1986（6）.

② 同①.

艾特玛托夫是苏联时期的著名作家，一辈子都在书写自己的民族文化——吉尔吉斯民族文化。虽然他的民族只有五百多万人口，但他的浪漫主义的激情和想象，使该民族的历史和文化终于在世界舞台上绽放出灿烂的文明之花。他的主要作品《白轮船》《花狗崖》《一日长于百年》《死刑台》等，都以吉尔吉斯民族生活为背景，洋溢着浓郁的生活气息和浪漫主义激情，具有鲜明的民族风格和强烈的抒情色彩，并在其中提出了尖锐的道德和社会问题。这种民族文化和地域文化书写，对于中国的寻根作家们显然有着深深的精神触动——被发掘出来的民族文化竟能如此美丽动人。20 世纪 80 年代以来中国一些寻根作家的地域写作和一些少数民族作家的民族文化写作，显然受到了这种外来文化的影响。比如乌热尔图对鄂温克族民族文化的书写、藏族作家阿来的长篇小说《尘埃落定》、迟子建的长篇小说《额尔古纳河右岸》等，都书写了特定的民族文化，表现了这些民族文化的历史演变过程。这些作品以一种辩证的眼光，既表现了这些民族文化的优美、独特和魅力，又对其中的落后、野蛮、愚昧之处予以现代审视，并对这种民族文化的未来走向进行深入思考。这种文化发掘的思路，与那些外来地域文化的书写相一致，既受到外来文学的影响，也可以说是一种世界性的文学思考和艺术表达。其中既有现代性的文化考量，又有文化人类学的意义和思考。

第四节　文学自身变革的要求

除了各种外在的作用力之外，寻根文学的出现还是新时期文学自身发展演变的结果。寻根文学被视为在新时期文学的发展史上具有承前启后的地位和作用，其产生、发展和演变，反映了新时期文学自身的规律和要求。

寻根文学的出现与新时期文学的焦虑密切相关。这既有来自作为客体的文学本身的焦虑，也有来自作为主体的作家自身的焦虑。寻根文学的出现，可以说是这种焦虑的结果，也是这种主客体双方在特定的历史境遇下的一种妥协、一种合谋。由于缺乏明确的目标和先进的理念，当历史语境稍有改变，双方的焦虑各自得到暂时缓解之后，寻根文学主客体也就必然走向分裂，继而价值迷惘，意义虚空，并迅速走向瓦解。寻根文学在当代文坛被人视为昙花一现，但其给当代文学造成的影响却是深远的。

从文学自身来看，寻根文学的出现是对新时期文学困境的突围。“文革”结束后，“伤痕”文学、反思文学使长期失落的现实主义文学传统得以复苏，相对于“文革”十年，这无疑是一种解放、一种新生。但从根本的叙事话语和艺术观念来看，“伤痕”文学、反思文学并未实现对“文革”之前“十七年”文学的真正超越，在话语表达、写作思路和写作模式上仍然保有大量的“十七年”文学遗风，这显然不适应新时期文学发展的需要。特别是由于“伤痕”文学、反思文学政治话语的泛滥和艺术上的粗制滥造，读者对其感到厌弃和难以接受，新时期文学也就很快陷入停滞不前的困境。如何摆脱这种困境，使文学获得新生，成为摆在新时期文学面前的一个迫切问题。在这种情况下，文化领域的开辟、现代主义思潮的涌动，无疑为困境中的中国当代文学指明了发展方向。

寻根文学从内容和形式两方面实现了新时期文学的突围。在内容上，“写什么”是新时期之初文学面临的困惑。当“伤痕”文学、反思文学的高强度的政治话语表达逐渐遭到人们厌弃的时候，文化作为一种特定的话语范畴就逐渐进入了新时期文学的视野。早在“伤痕”文学的政治化写作中，文化话语其实就已经隐形地存在。在刘心武的《班主任》和卢新华的《伤痕》这两篇“伤痕”文学的代表作中，相较于个人与时代之间的外在矛盾冲突，作者更关注的显然还是人物的内心，是时代给人物造成了精神创伤，其中的文化批判和文化启蒙色彩不难体察。这种由“外”向“内”的书写，最早地开启了新时期文学“向内转”的走向，并在随后的反思文学中得到进一步强化。在朱晓平的《桑树坪纪事》、高晓声的《陈奂生上城》、张承志的《黑骏马》《北方的河》、乌热尔图的《琥珀色的篝火》等作品中，故事冲突都不再聚焦于人物的外在动作行为，而是直抵人物内心。而能打动人心、使人印象深刻的，不再是那种传统的直接的外在动作冲突，而是动作背后的某种支配性的文化力量。文化因素的植入，改变了新时期小说叙事话语的构成，文化作为一种话语表达逐渐取代了传统的政治话语。新时期文学终于跳出了政治话语的拘囿，走向了广阔的话语表达空间。

在形式上，“文革”结束后，“伤痕”文学、反思文学在经历过最初的历史控诉和情感宣泄阶段之后，由于艺术上的幼稚粗糙，很快就面临危机。“伤痕”文学、反思文学所沿用的“十七年”期间的那种传统现实主义的表现方法，在新时期开放的文化语境中，显得尤为陈旧和落伍。新时期文学在经历过“写什么”的短暂困惑之后，很快就面临“怎么写”的艺术难题，这个问题后来成为困扰 20 世纪 80 年代文学发展的最主要的问题。新时期以来，文学在现实主义的笼罩之下，存在着多种不同的声音，例如老作家汪曾祺对“京派”文学传统的恢复、王蒙和茹志鹃等人对西方意识流的改造和借鉴、宗璞和谌容等人对西方现代派荒诞手法的尝试等。1982 年，李陀、高行健、王蒙、刘心武、冯骥才等人，围绕高行健的谈论艺术的小册子《现代小说技巧初探》，展开了一场关于现代派问题的讨论，从而在新时期最早掀起了一股“现代派热”。所有的这些，都是在艺术层面对传统现实主义的冲击和瓦解。而随着后来现代派实验受到冷落和压抑，新时期文学也就暂时性地陷入了迷茫。既然传统现实主义的道路走不通，而现代主义又遭受冷遇，那文学该往何处去？虽然现代派因为读者看不懂而遭受冷遇，但现代主义的大潮已经涌动，在 20 世纪 80 年代初的中国已经势难遏止。在这种情况下，文化领域的开辟，使新时期文学获得了一个缓冲，以退为进，得以采取表面貌似复古的方式掩人耳目，而实际上则是在进行现代主义艺术实验，是为西方现代主义在中国寻找一个更有利的接受场。所以，陈思和认为，寻根文学在当代文学中的出现，其意义“还在于对当代文学审美领域的贡献”①。而季红真则认为：“‘文化寻根’思潮的真正作用，不在文化价值抉择方面的科学与否，而是在文学自身的观念蜕变和风格更新。”② 所以，从文学客体的角度来看，寻根文学是新时期文学内容和形式双方面的必然选择和结果。

从作家主体来看，寻根文学的出现还与作家们自身的焦虑有关。寻根作家们大多是年轻的知青，经历过“文革”，体验过文化断裂，是在一种文化断奶和受人歧视的状态下走上写作之路的。在 20 世纪 80 年代初的文学语境中，他们普遍地存在着一个自我定位不明确的问题。他们一方面对文坛现状不满，想寻找艺术突破，但由于现代派热受压抑，他们也感到受挫，急于寻找出路；另一方面，作为年轻一代的作家，他们都渴望得到社会关注，在文坛拥有自己的声音和位置，但却被王蒙、张贤亮等老作家所遮蔽。所以对他们而言，存在着一个如何赶超前辈作家、确立自己在文坛的位置的问题。从这种角度来看，文化领域的开辟，可以被视为这些年轻的知青作家在艺术上的另立山头和独辟蹊径，借写作空间的改变来拉开与

① 陈思和．当代文学中的文化寻根意识．文学评论，1986（6）．

② 季红真．文化“寻根”与当代文学．文艺研究，1989（2）．

老作家写作的距离。寻根文学由一批年轻的知青作家主动结盟发起，这绝无仅有的事实，充分说明了知青作家们对文化寻根的有意为之。显然，寻根作家们采取的这种文学策略是成功的，相当一批知青作家成功地推出了自己，而 20 世纪 80 年代上半期的中国当代文学也由此呈现出非常鲜明的代际化特征。

第二章　寻根文学运动

在20世纪80年代众多的文学运动中，寻根文学是很特别的一个。与其他文学运动不同的是，寻根文学是唯一一个由作家主动提出并通过聚会和发表宣言的方式有组织有意图发起的文学运动。正是由于这种“唯一”和“主动”所体现出来的独特性，寻根文学运动历来为人们所关注。

通常认为寻根文学作为一种文学运动，是在1985年发起的。1985年，韩少功的《文学的“根”》发表，被视为寻根文学运动的宣言。但在此之前，很多后来被追认为寻根的作品，其实早就在民间自发地出现了，例如汪曾祺、张承志、贾平凹的风俗文化写作等。但寻根文学最早的潮汛却要追溯到朦胧诗领域，在杨炼、江河等人的诗歌写作中，文化作为一种“朦胧”的审美因素，第一次地得到了正面的张扬，散发出巨大的审美魅力，引起广泛关注。这种文化寻根意识，从诗歌漫入小说，在20世纪80年代上半期逐渐风起云涌，最终形成寻根文学创作的蔚然大观。

1984年12月的“杭州会议”可以被视为寻根文学的创作峰会，寻根作家集体亮相。但在1985年寻根文学的大旗高举之后，寻根作家却很快偃旗息鼓，乃至最后风流云散。寻根文学运动可谓来势汹汹，去也匆匆。在1985年的文学盛世景观中，寻根文学虽是一个重要的组成部分，但显然不如新潮或先锋文学风光，以至最后干脆淡出了人们的视野。作为一场雄心勃勃的文学运动，寻根文学有始无终，几乎是发表了宣言就不了了之，最终给人的感觉是雷声大雨点小。梳理寻根文学运动，考察其发展演变，发掘其中的逻辑规律和变化原因，对于全面认识寻根文学，既有意义，也很有必要。

第一节　文化诗歌的萌动

当代文学中的文化寻根意识最早是在朦胧诗中萌芽的。在新时期文学觉醒和文化重建过程当中，朦胧诗都充当了先锋的角色。朦胧诗的前身是“白洋淀诗群”，其作者大多是一些“文革”后期的知青，经历过所谓的文化断裂，属于文化断奶的一代，在文化上先天不足。所以，朦胧诗人以挑战者的姿态来对抗既成的文学规范和文学秩序时，往往显得底气不足。“朦胧”既是他们的美学策略，借以规避来自主流价值观念的压制，其实也是他们面对未来时的态度——彷徨、犹疑、模糊和不确定。由于文化的欠缺，朦胧诗在质疑和打破旧的文学秩序和话语规范的同时，难以建立新的价值体系和精神坐标。朦胧诗对当代文坛“破”的力量有余，而“立”的贡献不够。朦胧诗在“去中心化”的同时，却没有也很难形成自己的“中心”。其最后的迅速解体，很大的一个原因就在于自身文化的贫弱，这也直接导致朦胧诗人们在价值择取时出现困惑和迷惘。

最早在诗歌中大力呼唤文化并表现出鲜明而成熟的文化意识的是诗人杨炼，与之同道的还有诗人江河。二人的文化诗歌写作，代表了朦胧诗发展的一个向度。杨炼和江河都是“今天”诗派成员，都属于朦胧诗的代表诗人。《今天》是朦胧诗早期的地下诗歌刊物，“今天”也是年轻一代诗人的自我精神标榜。但“今天”意味着与“过去”的对立，而拒绝了“过去”的“今天”只能意味着文化的断裂。作为一代人的精神探索和表达，朦胧诗虽诞生于文化废墟之上，但却不可能建立在空中楼阁之中。因此，在经过“伤痕”文学、反思文学对现实的狂热的呐喊、审视之后，在诗歌中表达对文化的景仰和呼唤，弥补文化断裂所造成的精神苍白，就成为朦胧诗必然的选择。朦胧诗后期集体的文化转向，就是对此最好的说明。

杨炼、江河的诗歌较早地表现出对这种文化断裂的自觉，在早期朦胧诗热潮当中，二人就别开生面，开始了诗歌中的文化寻根。1981 年，杨炼发表了系列组诗《自白——给一座废墟》，第一次在诗歌中扛起文化的大旗。当北岛等诗人还在纠结着“文革”历史、对现实大声宣告“我不相信”时，杨炼已经超越了具体的历史控诉和历史反思，而从民族文化着眼，寻找民族文化的新生长点，重建当代人的文化自信。“在灰色的阳光破碎的地方/拱门、石柱投下阴影/投下比焦黑的土地/更加黑暗的记忆/仿佛垂死的挣扎被固定/手臂痉挛地伸向天空/仿佛最后一次/给岁月留下遗言。”诗中，文化与个体、历史与现实，相互对立而又相互依存。“圆明园”在此成为文化的载体和象征，对圆明园废墟的凭吊，其实是对文化的缅怀，更是对当代文化的展望。

此后，杨炼又创作了《诺日朗》《屈原》《半坡》《西藏》《敦煌》等一系列大型文化诗歌，大量地将中国古代文化、民俗意象和文化典籍入诗，形成其特有的文化诗歌世界。在杨炼的诗歌文化世界里，像屈原、半坡、敦煌等这些凝聚着丰富厚重历史内涵的文化符号，和诺日朗、西藏等有着特定地域风情的文化载体，都被当作具体的文化实体加以审视。

我不是鸟，当天空急速地向后崩溃
一片黑色的海，我不是鱼
身影陷入某一瞬间、某一点
我飞翔，还是静止
超越，还是临终挣扎
升，或者降（同样轻盈的姿势）
朝千年之下，千年之上？
……
全部经历不过这堵又冷又湿的墙
诞辰和末日，整夜哭泣
沙漠那麻醉剂的咸味，被风
充满一个默默无言的女人
一小块贞操似的茫然的净土
褪色的星辰，东方的神秘

——《敦煌·飞天》

一座母亲的雕像
俯瞰这沉默的国度
站在峭崖般高大的基座上
怀抱的尖底瓶
永远空了

我在万年青一样层层叠叠的岁月中期待着
眼睛从未离开沉入波涛的祖先的夕阳
又一次梦见那片蔚蓝正从手上徐徐升起

——《半坡·祖先的太阳》

杨炼笔下的文化，饱含历史的苦难和沧桑，以及时代裂变中的痛苦和希望。他的诗歌在历史与现实的对照中，充满了对文化的忧思和对文化的展望。这种文化情怀，与寻根文学的格调和主旨非常吻合。

杨炼在诗歌中对文化的持续挖掘，源于他系统而成熟的文化诗歌理念。在《传统与我们》这篇著名的文化诗歌宣言中，杨炼阐述了关于传统的看法："我们今天所做的一切并非对于昨天的否定，昨天存在过，还会永远存在在那里。在渐渐远去的未来者眼中，昨天和今天正排成一列，成为各自时代的标志。"传统是"我们基于共同文化心理结构的独特语言形式……规定了某种特殊的感受、思维和表达方式。它在创造每一件艺术作品的过程中使我们服从。我相信，任何个人的创造，都无法根本背叛他所属的传统"。这表明了传统的无处不在，无法拒绝。他还创造性地使用了"内在因素"和"单元模式"这两个新词，用来指称传统文化对人的影响方式。在谈到如何坚持传统时，杨炼为当代诗人设立了一个坐标系："以诗人所属的文化传统为纵轴，以诗人所处时代的人类文明（哲学、文学、艺术、宗教等）为横轴，诗人不断以自己所处时代中人类文明的最新成就'反观'自己的传统，于是看到了许多过去由于认识水平原因而未被看到的东西，这就是'重新发现'。""处在'坐标交点'上的我们的诗，也因此具有了某种自觉的'纵深感'：两个领域互相渗透，使它同时成为'中国的'和'现代的'。"[①] 如果我们对照一下杨炼的这篇诗论和被视为寻根文学宣言的韩少功的《文学的"根"》，会感到二者的立场、观点、主旨是多么相近。与韩少功的那种对"根"的外在意义的发掘不同，杨炼深入"传统"的内部结构中，更见"寻根"的力度和深度。而从时间上来看，杨炼的主张比韩少功的要早得多。

与杨炼相呼应，江河的诗歌也较早地转向对历史文化的追寻。他早期的系列组诗《从这里开始》就表现出凝重的历史文化意识，对民族的历史、命运和现实，都做了富于象征意义的思考："土地的每一道裂痕渐渐地／蔓延到我的脸上，皱纹／在额头上掀起苦闷的波浪／我的眼睛沉入黑暗"（《从这里开始·苦闷》）。这是民族的历史和苦难。"我被世界不断地抛弃／太阳向西方走去我被抛弃／影子越拉越长／一条漫长的道路／曲曲折折／把我扭弯／一条巨龙／被装饰在／阴森的宫殿上／向天空发出怨诉"（《从这里开始·伤心的歌》）。这是民族的不幸的命运。"坎坎坷坷的道路闪着磷光／像是有许多陶器的碎片／把我带入梦想"，但现实却是"陶罐碎了／精美的瓷器／夺取我手上的光泽……琥珀、珍宝／被幽禁在

---

① 杨炼．传统与我们．山花，1983（9）．

一个不属于我的地方／一垄垄烧焦了似的琉璃瓦／固定在他们的屋顶上／不能随着秋天的麦浪流进我的微笑”（《从这里开始·沉思》）。现实的悖谬残酷地粉碎了诗人的梦想。文化的残败之地，就是今天我们开始的地方。贯注于全诗的是诗人浓郁的文化忧思。

政治抒情诗是江河诗歌写作中的一个亮点，与“十七年”那些空洞的理念外露式的政治抒情诗不同，江河的政治抒情诗表现出强烈的文化情怀。《没有写完的诗》是对民族悲惨历史的苦涩回忆，诗人的情感体验超越个体“自我”，直指民族的“大我”。“在英雄倒下的地方／我起来歌唱祖国”（《祖国啊，祖国》）。也有超越个体的民族情感抒发：“中华民族的历史有多沉重／我就有多少重量／中华民族有多少伤口／我就流出过多少血液”（《纪念碑》）。其中的“我”已与“中华民族”“纪念碑”实现了高度的融合。这种抽象的政治抒情，因为民族文化的强烈注入而显得厚重、深沉，引起广泛的共鸣，散发出巨大的艺术感染力。

长篇系列组诗《太阳和他的反光》是江河最重要的“文化寻根”诗作，被视为“‘文化寻根’诗歌的总结性作品”[①]。该诗创作前后历时四年，完成于1984年，可谓苦心孤诣、精心构思。从时间上看，该诗于20世纪80年代初即开始酝酿、动工，文化寻根意识早而清晰。全诗以中国古代神话为原型素材，分为十二章：《开天》《补天》《结缘》《追日》《填海》《射日》《刑天》《斫木》《移山》《燧木》《息壤》《水祭》。作者以大量的史料、丰富的历史想象、全方位的艺术构思、全景式的历史场景、现代人的理性和哲学思考，深入地再现了中华民族自创世以来的历史进程和命运，并融入了强烈的当代意识。与杨炼的文化诗歌不同的是，在江河的创作中，古代文化不仅仅是诗人挖掘和发现的依据，供人欣赏和缅怀，而是在当代意识的烛照下，成为诗人再创造和发扬光大的对象。在这首诗歌的序言中，江河说：“任何民族都有自己的神话，自己心理建构的原型。作为生命隐秘的启示，以点石生辉。神话并不提供蓝图。他把精灵传递到一代又一代人的手指上，实现远古的梦想。”[②]“神话”必须经过当代人的再造才能获得新生，这与韩少功的“释放现代观念的热能，重新铸亮民族的自我”这种主动式的寻根理念完全一致。这首诗歌代表了文化寻根诗歌的思想深度和整体水平，体现出寻根的自觉，是对文化寻根诗歌的一次综合概

① 张清华．中国当代先锋文学思潮论．南京：江苏文艺出版社，1997：57.

② 江河．小序//老木．青年诗人谈诗．北京：北京大学五四文学社，1985：26.

括。至此，诗歌领域的文化寻根已发展到顶峰，而小说中的文化寻根则正蓬勃展开。

除了杨炼、江河之外，还有一批年轻的诗人也在诗歌中表达了对民族传统文化的关注。1982 年，年轻的四川诗人宋渠、宋炜兄弟在《这是一个需要史诗的时代》一文中，表达了对“传统”的看法：“对传统需要做出新的判断。历史上被忽略了的一切都应该重新得到承认。……在今天，创造性地进行纵的集成和横的移植，才能使我们的诗人跨入世界的行列。”[①] 这种对传统的再造和新生，进而走向世界的主张，其实正是后来寻根文学的通常思路。1983 年前后，受日渐高涨的文化热等因素的影响，朦胧诗受到压制，正在集体向文化转向，诗歌中的文化寻根蔚然成风。虽然相当多的作品对文化的认识肤浅、片面，艺术表现粗糙、贫乏，受到质疑和批判，而且在此之后不久，由于社会文化的变迁，朦胧诗的热潮很快消退，文化诗歌写作也至此宣告终结，但是，发端于朦胧诗的文化寻根意识，却最早开启了 20 世纪 80 年代中期轰轰烈烈的寻根文学思潮，影响和促成了新时期文学的艺术变革。从创作到理论，文化诗歌都为后起的寻根小说做出了有益的探索，其历史贡献和意义是不容忽视的。

第二节　风俗文化小说的涌现

兴起于 20 世纪 80 年代初的风俗文化小说是寻根文学的先声，众多风格各异的作家从不同的层面发掘民族传统文化和地域风情，写出了一大批颇有艺术影响力的风俗文化之作，从而掀起了风俗文化小说写作的热潮，并于无形之中开启了寻根文学运动的发展之路。这些作家的努力，为寻根文学的出现做了有益的艺术探索，也营造了良好的文化氛围。正是在此背景下，寻根文学运动应时而生，在韩少功的振臂一呼之下，应者云集。

应该说，风俗文化小说最初在当代文坛出现时，并没有明确的寻根意图，这一意图不过是在事后的寻根运动倡导中，被强制性地纳入了寻根文学的范畴。在 20 世纪 80 年代初，风俗文化小说的出现，有着特别的文学诉求。在当时由“伤痕”文学、反思文学所营造的偏向政治化的文学语境

---

① 宋渠，宋炜．这是一个需要史诗的时代//老木．青年诗人谈诗．北京：北京大学五四文学社，1985：179.

中，风俗文化小说的那种远离政治和现实、虚无缥缈的历史文化书写，无疑是一种“另类”，是对当时文坛的抗争，为中国当代文学开辟了一条文学新路。对于这种创作倾向，当时的主流文学界并不认可，甚至在一定的程度上还予以压制。例如20世纪80年代初贾平凹的那些表现商州地区的人性和风俗文化之作，就被斥为“格调阴暗，不健康”而受到批判，类似的情况还有很多。所幸的是，来自读者层面的积极肯定的评价，维护和保证了这种小说创作的健康成长，当然这也与80年代中期逐渐松弛的文化语境有关。最终，风俗文化小说取代“伤痕”文学、反思文学和改革文学，大量兴起，蔚然成观，在20世纪80年代中期，一跃成为文坛关注的焦点。

在风俗文化小说兴起的过程中，汪曾祺是一个重要的存在。汪曾祺被视为京派文学传统在当代的传人，被视为一个比较纯粹的文人作家。正是他，最早开启了新时期文学中的民族传统文化书写。李陀就曾公开认为，20世纪80年代“文化意识的强化是从他（指汪曾祺）开始的”①。汪曾祺通常被视作寻根文学的开山人，原因就在于他对风俗和文化的最早书写。汪曾祺对风俗描写有自己的独特认识，认为“风俗是一个民族集体创造的生活抒情诗”②。他将风俗描写上升到小说本体的位置，从而超越了之前作家们对风俗的点缀式描写，赋予风俗以独立的文化价值和艺术生命。面对“文革”之后传统文化的失落，汪曾祺振臂疾呼，倡导文化重建。早在1982年，汪曾祺就在《北京文学》上发表《回到现实主义，回到民族传统》③ 一文，倡导向民族文化传统的回归。作为实践，汪曾祺在新时期发表了大量的文化小说，比如《受戒》《大淖记事》《异秉》《岁寒三友》等，张扬传统文化的旗帜，他的写作也因此被人誉为“文化写作”。

从汪曾祺的身上可以比较明显地看到当代风俗文化小说的产生过程。1980年10月，汪曾祺的短篇小说《受戒》在《北京文学》发表，引起文坛轰动，成为其在新时期复出文坛的标志。这篇小说的出现及其曲折的发表经过都已成为新时期文学的一个标志性事件。《受戒》预示了一个迥异于政治审美的、张扬美和抒情的文学新时代的到来，而《受戒》的发表经过则典型地昭示了当代风俗文化小说的难产命运。其实在《受戒》发表之

① 林伟平，李陀．新时期文学一席谈：访作家李陀．上海文学，1986（10）．

② 汪曾祺．《大淖记事》是怎样写出来的．读书，1982（8）．

③ 汪曾祺．回到现实主义，回到民族传统．北京文学，1982（2）．

前，1978年汪曾祺写了《骑兵列传》，曾试探性地向文坛靠拢，但并未得到回应。随后，他又完全以一种新的方式写了《受戒》，其格调清新，诗意盎然，是对20世纪40年代京派文学传统的继承。这部作品在当时因“不合时宜”，发表过程充满曲折。汪曾祺说：“写之前，我跟个别同志谈过，他们感到很奇怪：你为什么要写这个作品？写它有什么意义？再说到哪里去发表呢?”“我在写出这个作品之后，原本也是有顾虑的。我说过，发表这样的作品是需要勇气的。”在重重顾虑下，汪曾祺只好自嘲式地表示只是“写给自己玩玩”，在朋友间私下传看。后来还是因为《北京文学》编辑李清泉的热心和坚持，该作品才以近乎偶然的方式得以发表。而从杂志社的角度来看，他们因欣赏这部作品而希望将之发表，但又对这部作品的异质性及其可能招致的潜在风险充满了担忧。所以在发表的同时，刊物还以罕见的方式添加了一篇《编余漫话》，对《受戒》的发表予以解释：“我们尽可能争取高的思想性，当然我们也积极主张文学的教育作用。这一点我们希望取得作者的有力配合。但除此之外，我们也赞同文学的美感作用和认识作用。源于此，我们在较宽的范围内选发了某些作品。很可能会受到指斥，有的作者自己也说，发表它是需要胆量的。真不知从什么时候开始，文学和胆量问题结合得这样紧，常常是用胆大和胆小来进行评价，这是不利于正确阐明问题的。”[①] 这其实是在表达编者内心的不安。而且编者在表述中，很小心地用“审美”来化解“思想”的异质性，尽可能地将人们的关注点往审美轨道上引，可谓用心良苦。

这样的情况也出现在汪曾祺同时期的另一部短篇小说《异秉》身上。《异秉》最早发表于20世纪40年代，但旧稿毁于战火。“文革”结束后，汪曾祺将其重写，时间在《受戒》之前，但发表却一再受阻。最终，《异秉》发表于1981年第1期《雨花》杂志上，发表过程也是一波三折。时任主编叶至诚和副主编高晓声都很看好这部小说，但在编辑部讨论中却始终不能通过。后来还是二位主编强行将其刊出，小说才得以面世。但编辑部同样也有所担忧，副主编高晓声在该小说发表的同时还特别加上一份《编者附语》，对发表这部小说的缘由予以解释：“发表这篇小说，对于拓宽我们的视野，开阔我们的思路，了解文学的传统，都是有意义的。”[②] 这

① 编余漫话．北京文学，1980（5）．

② 编者附语．雨花，1981（1）．

种保护性的表态，其实表达的同样是内心的不安，是对可能出现的各种批判和攻击的预防。所幸的是，汪曾祺的这些作品，赶上了一个文学好时代。他的这些作品不但没有受到严厉的批评，反而备受好评，成为他在新时期文坛复出的标志。自此以后，他写了许多以家乡江苏高邮和云南昆明为背景的地域文化小说，在风俗文化写作道路上越走越宽，成为当代文化小说之集大成者。

从汪曾祺身上，我们可以看出当代文化小说的难产及其成长。自汪曾祺之后，风俗文化小说风起云涌，几成席卷全国之势。具有代表性的有王蒙的《在伊犁》系列、张承志的草原民族文化系列、贾平凹的“商州”系列、李杭育的“葛川江”系列、韩少功的“楚文化”小说系列、乌热尔图的东北鄂温克族狩猎小说系列、郑万隆的东北边陲鄂伦春民族文化系列、扎西达娃的藏文化小说系列、邓友梅的“京味”文化小说系列、冯骥才的“津门”文化小说系列、陆文夫的姑苏风味文化小说系列等等，以至于有人惊呼，1984 年的中国文学地理版图，几乎都被作家们瓜分了。

王蒙的《在伊犁》系列小说是对其在新疆生活的追忆。作者将自己的生活经历、情感记忆和维吾尔族文化传统结合在一起，以一位外来者的身份，对维吾尔民族文化予以了表现和反思。在新时期之初，王蒙的这类写作于无意之中参与了对民族文化的发掘，当然他还只是以外来者的身份介入，写作目的主要还是对自己那段跨民族特殊生活的温馨回忆。如果说王蒙的这种民族文化书写还只是属于无意识的话，那么张承志的草原文化系列小说则有着明确的文化寻根目的。1982 年张承志发表中篇小说《黑骏马》，该作品以浓郁的诗意和抒情，夹带着感伤的旋律，伴随着一曲名叫《刚嘎·哈拉》的蒙古草原抒情歌曲，正式奏响了向历史文化进军的号角。作者编织了一个没有实现的遭到野蛮破坏的恋爱故事。蒙古族知识青年白音宝力格和草原姑娘索米娅两小无猜，青梅竹马。但就在男主人公外出求学期间，索米娅却被草原流氓希拉强奸并怀孕。美好的爱情遭到了破坏，但更让男主人公无法接受的，却是当事人索米娅和老奶奶额吉面对此事的漠然态度。作者以现代文明的理性眼光，表现了草原文化的顽强生命力，并对其藏污纳垢、因循守旧及蒙昧落后予以审视和批判，同时对这种文化的现代走向进行了理性思考。这样的写作，恢宏大气，发人深省，意蕴深刻。1984 年张承志发表的《北方的河》，更是将这种文化寻根意识从文本的幕后推向前台。作品中那一条条流贯中国北方大地的河流，在象征的意义上，都是中国几千年历史文明的表征，而主人公“他”对这些河流的热爱和探寻，实质上就是一次次文化膜拜和文化“寻父”。主人公“他”在黄河岸边发掘的那些破碎的彩陶碎片，直接指向的正是中国五千年的历史文明，从而让历史与现实相关联，在文本层面直接突出了文化寻根的意图。沿着这条道路，张承志推出了一系列民族文化力作，如《九座宫殿》《黄泥小屋》《残月》，及1993年才修改完成的集民族文化之大成的《心灵史》等。在20世纪80年代，张承志的文化写作令人震撼，极大地强化了当代文坛的文化氛围，作者本人也因此被誉为“文化英雄”。

与张承志对民族文化的豪放式的张扬不同，陕西作家贾平凹对家乡文化的书写则平易朴实，任凭个人兴趣，发乎本心。1983年，为摆脱创作困境，舒缓心头苦闷，贾平凹开始了商州之行。他历时多日，徒步考察商州山水、风土人情、民俗传说，归来后写出了《商州初录》，发表后受到读者好评。沿着这种思路，作者后来又二下商州、三下商州，分别写下《商州又录》和《商州再录》，并将这三部作品结集为《商州》出版。“商州”系列大多属于笔记体的散文化小说，以商州为背景，表现商州的地理山水、风土人情、民风民俗、神话传说、商州人的价值观念和生存方式等，内容鲜活，趣味横生，充满文人的闲情野趣，同时又不乏当代知识分子的理性眼光。如写黑龙口“旅店”，客人与主人夫妇同睡一张土炕，男主人睡中间。期间男主人外出，也仅以一根扁担置中间，用作男女之界限。回来后，定要客人喝一碗凉水，以检验客人是否逾越男女之大防，令人感觉幽默、朴实、憨厚。这样的写作，当然没有张承志和韩少功他们那种写作刻意追求的文化效果，但却自有一份稚拙朴实、浪漫温馨，读来清新可人。贾平凹后来曾多次公开表示，他喜欢和崇尚的就是这种自由自在的性灵式写作，这与作者个人审美情趣紧密相关。

同样追求这种自由文化写作的，还有后来寻根文学的主将李杭育。他的“葛川江”系列意在表现东南吴越文化。在寻根文学理论宣言发表之前，李杭育的文化写作可以说是自发的，有着浓厚的个人情趣。他曾和韩少功通信表示“要寻求有文化背景的语言”，而且自认为“已经找到了”这种语言。他的文化小说富于个人才情和旨趣，主要作品有《土地与神》《沙灶遗风》《流浪的土地》《最后一个渔佬儿》等。在这些作品中，他塑造了一系列“最后一个”的文化意象，如“最后一副滚钩”“最后一条鲥鱼”“最后一个渔佬儿”等，用来给传统文化守灵，又对现代文明表示出犹疑和隐隐的对抗。这种传统文化与现代文明之间的冲突，是一个世界性的文学主题，尤其是在20世纪80年代的中国，与现实非常吻合。再加上作者鲜明的艺术个性，使这些作品显得异常优美、生动、感人。在寻根文学宣言发表之前，李杭育的文化写作气势蓬勃，给人以前途不可限量之感。但寻根宣言发表之后，作者本人却偃旗息鼓，从文坛沉寂，令人遗憾。真可谓率性而为，其势如虹；有意为之，难以为继。这是寻根文学的整体悖论，也是寻根作家的共同宿命。

一些少数民族作家也展开了对本民族文化的书写。藏族作家扎西达娃将拉美魔幻现实主义和西藏独特的历史文化相结合，探讨了藏族文化的独特性及其现代转化。发表于1985年的中篇《西藏隐秘岁月》和《西藏，系在皮绳扣上的魂》是其中比较有影响的两部作品。两部作品都以“时间”为线索，表现藏族文化在现代文明进程中的苦难历程及黑暗摸索，指出“时间”之于西藏文化发展的特定意义，对藏族文化的现代走向予以了历史的和理性的思考。在艺术表现上，扎西达娃的这些作品将拉美魔幻现实主义和藏族文化的神秘性与宗教色彩相结合；在主题上，其具有文化学和民族学的双重意味。在当时的文化写作中，这些作品具有世界性的高度与眼界。

另一位少数民族作家乌热尔图则致力于表现东北鄂温克族文化，先后写出了《一个猎人的恳求》《七叉犄角的公鹿》《琥珀色的篝火》等作品来表现东北鄂温克民族的狩猎文化。在《琥珀色的篝火》中，猎人尼库在妻子塔列临去世前，毅然抛下她而去营救几个迷路的考察者，归来后妻子已经去世。作品通过激烈的无声的内心冲突，形象有力地表达了鄂温克族人的自我牺牲和博爱等价值观，令人印象深刻，肃然起敬。这种对民族文化的书写，使鄂温克族这个还未形成自己民族文字的人口稀少的民族，在中国民族之林中熠熠生辉，作者文化发掘的意义也正在于此。

在20世纪80年代初的风俗文化写作中，市井文化小说是独特的一支。这方面可以邓友梅的“京味”文化小说和冯骥才的“津门”文化系列小说为代表，主要作品有邓友梅的《烟壶》《那五》和冯骥才的《神鞭》《三寸金莲》等。这一类作品大多以已经消失了的“国粹”为表现对象，比如“烟壶”“八旗子弟”“三寸金莲”“男人的辫子”等，通过编织传奇性的故事，让这些早被否定了的“国粹”重见天日，焕发光彩，引发读者关注并进行价值评判。这种写作在20世纪80年代上半期产生了很大的影响，并流传到海外，具有民俗和文化的双重价值。但价值观的错位，使作品的启蒙性让位于故事性，导致这些作品在传播过程中产生了较大的负面影响，误导了寻根文学的走向。

除了上述所列举之外，还有众多的作家加入了风俗文化小说写作的行列，比如矫健、王润滋、张炜等的山东鲁文化小说，陆文夫的姑苏风味小说，韩少功的湘楚文化小说系列，郑义以山西为背景的晋文化小说系列（《远村》和《老井》等），郑万隆的“异乡异闻”小说系列，吴若增的“蔡庄”系列，等等。风俗文化小说的普遍兴起，使寻根文学从自发的零散状态，终于汇集成为自觉的轰轰烈烈的文学大潮。

第三节　“杭州会议”前后

文化意识的高涨对文学创作提出了要求，适时地召开一次文学会议，进行思想交流和协调作家同人之间的文学立场，不仅必要，而且顺乎文学发展的自然趋势。在这种情况下，1984 年 12 月，著名的“杭州会议”在杭州西湖边上召开。这是中国当代文学创作界的一次盛会。与迄今为止几乎所有的中国当代文学会议不同，这次会议是由作家们主动倡议召开的，是文学自觉的一次强烈诉求。会上达成了比较一致的以文化为中心的观点和立场，会后通过发表宣言的方式，以比较集中的概念表达——“根”或“文化”，拉开了寻根文学运动的序幕。

关于“杭州会议”的筹备、议程等具体事项早已成为历史，对历史事件的重现，最权威的当然是当事人的描述，但历史一经叙述，就不可能回到历史本身。同是当事人，他们对“杭州会议”的描述有相同，也有明显不同。从目前可以见到的关于“杭州会议”的回忆性的文献资料来看，主要有李庆西的《寻根：回到事物本身》①、蔡翔的《有关“杭州会议”的前后》②、韩少功的《杭州会议前后》③ 和《文学史中的“寻根”》④、王安忆的《“寻根”二十年忆》⑤、陈思和的《杭州会议与寻根文学》⑥ 等。从这些历史当事人的回忆文字中，我们大致可以还原“杭州会议”的历史现场，当然这种还原是一厢情愿的，因为真实的“现场”永远不可能被重现。我们还是

① 李庆西．寻根：回到事物本身．文学评论，1988（4）．

② 蔡翔．有关“杭州会议”的前后．当代作家评论，2000（6）．

③ 韩少功．杭州会议前后．上海文学，2001（2）．

④ 韩少功，李建立．文学史中的“寻根”．南方文坛，2007（4）．

⑤ 王安忆．“寻根”二十年忆．上海文学，2006（8）．

⑥ 陈思和．杭州会议与寻根文学．文艺争鸣，2014（11）．

以当事人的文字为依托。

关于会议的背景和文献记录，会议组织者蔡翔先生的描述是：

> 我将就我的个人记忆所及，尽可能完整地描述《上海文学》1984年12月召开的“杭州会议”，而这次会议与而后兴起的“寻根文学”有着种种直接和间接的关系。需要说明的是，由于当时的特殊情况（“反自由化”和“清除精神污染”），为避免不必要的麻烦，这次会议没有邀请任何记者，事后亦没有消息见报，最遗憾的是没有留下完整的会议记录。
>
> ——蔡翔：《有关“杭州会议”的前后》

关于这一点，可以参看李庆西当年的文字，大致意思也是如此：

> 处于当时的社会气氛，与会者很不愿意让新闻界人士掺和进来。事实上，关于这次会议的情况，以后也一直没有做过详细报道。所以，对话中的关键性内容及其对此后中国文坛产生的实际影响，迄今仍鲜为人知。
>
> ——李庆西：《寻根：回到事物本身》

关于会议的发起，蔡翔先生的描述是：

> 我记得是1984年的秋天，应该是十月，秋意已很明显。《上海文学》的编辑人员到浙江湖州参加一个笔会。在那次笔会上，我第一次见到李杭育。……我和杭育一路聊得兴起，在西风中边抽烟边谈论当时的文学状况。杭育正在写作“葛川江”系列小说，有许多想法，且对韩少功、张承志、阿城等人极为赞赏。杭育当时就提出，能否由《上海文学》出面召开一次南北青年作家和评论家的会议，交流一下各自的想法。周介人先生听了，极为赞同。当时，我和介人先生已接到杭州方面的邀请，将于十一月中旬到杭州参加浙江作家徐孝鱼的作品讨论会，杭育说他届时也会去。周介人先生和他当即商定在杭州再就具体事宜讨论。从湖州回来后，周介人先生即将此事向李子云老师汇报，李子云老师亦非常支持。
>
> 得到李子云老师的支持，我和周介人先生于十一月中旬到杭州开会，会议上见到庆西和杭育，以及杭州《西湖》杂志的高松年先生。另外，上海的评论家吴亮和程德培也参加了这次会议。当时徐孝鱼的作品讨论会在杭州陆军疗养院召开，那里景色宜人，非常安静，且价

格适中。介人先生当即决定就在这里举行会议，并商定由《上海文学》、浙江文艺出版社和《西湖》杂志联合召开此次会议。由《上海文学》出面邀请作家和评论家，而浙江文艺出版社和《西湖》杂志则以地主身份负责招待和相关的会务。介人先生在电话上就具体事宜向李子云老师做了汇报，并得到批准。事后，我们即和陆军疗养院联系，并订了协议。

——蔡翔：《有关“杭州会议”的前后》

王安忆的描述则是：

有一日，阿城来到上海，住在作家协会西楼的顶层。这幢西楼早已经拆除，原地造起一幢新办公楼。虽然样式格局极力接近旧楼，但到底建筑材料与施工方式不同，一眼看去便大相径庭。那时，阿城所住的顶楼，屋顶呈三角，积着一些蛛网与灰垢，底下架一张木板床，床脚搁着阿城简单的行囊。他似乎是专程来到上海，为召集我们，上海的作家。这天晚上，我们聚集到这里，每人带一个菜，组合成一顿杂七杂八的晚宴。因没有餐桌和足够的椅子，便各人分散各处，自找地方安身。阿城则正襟危坐于床沿，无疑是晚宴的中心。他很郑重地向我们宣告，目下正酝酿着一场全国性的文学革命，那就是“寻根”。他说，意思是，中国文学应在一个新的背景下展开，那就是文化的背景。什么是“文化”？他解释道，比如陕北的剪纸，“鱼穿莲”的意味——他还告诉我们，现在，各地都在动起来了——西北，有郑义，骑自行车走黄河；江南，有李杭育，虚构了一条葛川江；韩少功，写了一篇文章，《文学的“根”》，带有誓师宣言的含义，而他最重视的人物，就是贾平凹，他所写作的《商州》，可说是“寻根”最自觉的实践。阿城没有提他自己的《遍地风流》，是谦虚，但更像是一种自持，意思是，不消说，那是开了先河。

阿城的来上海，有一点像古代哲人周游列国宣扬学说，还有点像文化起义的发动者。回想起来，十分戏剧性，可是在当时却真的很自然，并无一点造作。那时代就是这么充盈着诗情，人人都是诗人。

再然后——这个时间是明确的，1984 年和 1985 年之间，第四次作代会上。有一日听说，阿城要来拜访贾平凹，这两位“寻根”领袖的会晤，使我们很是激动。

——王安忆：《“寻根”二十年忆》

这似乎说明，寻根文学确实是由作家们有意识、有准备、有计划地发动起来的，李杭育、阿城、贾平凹都是当时寻根文学的主将，他们的行为都带有明确的目的性。但是，同是“杭州会议”的参与者，韩少功的描述却是另外一番景象：

> 不久前，正在研究中国当代文学的荷兰汉学家林格先生告诉我，某位西方汉学家出版了一本书，书中说到中国八十年代的“文化寻根”运动发起于1984年的杭州会议，完成于1900年的香港会议云云，大意如此，而有些国外的文学批评家后来都采用这种近乎权威的说法。这就让我不无惊讶。我还没有老年痴呆症，这两个会我都参加了，起码算得上一个当事人吧，起码还有点发言权吧。在我的印象中，这两个会议完全没有那位汉学家笔下那种“有组织、有计划、有纲领”的“寻根运动”；恰恰相反，所谓“寻根”的话题，所谓研究传统文化的话题，在这两个大杂烩式的会议上的发言中充其量也只占到10%左右的小小份额，仅仅是很多话题中的一个，甚至仅仅是一个枝节性的话题，哪能构成“从杭州到香港”这样电视连续片式的革命斗争和路线斗争大叙事？
>
> ——韩少功：《杭州会议前后》

这个描述似乎与前面几位作家的回忆有些出入。韩少功否定了这次会议明确的目的性，并非“有组织、有计划、有纲领”，“文化”也不是会议的中心议题，“充其量也只占到10%左右的小小份额，仅仅是很多话题中的一个，甚至仅仅是一个枝节性的话题”。这种表述，与多年后韩少功一直极力淡化他的寻根作家身份相一致。

韩少功的这个说法在蔡翔的文字中同样可以得到印证：

> 当时会议并没有一个明确的规范，只是要求大家就自己关心的文学问题作一交流，并对文学现状和未来的写作发表意见。是一个名副其实的“神仙会”。
>
> ——蔡翔：《有关“杭州会议”的前后》

这说明“杭州会议”是比较松散自由的，并没有明确的文化指向。事实上，这次会议的名称为“新时期文学：回顾与预测”，“文化”并非会议预设的讨论主题。一方面说是有意识的，一方面又说是无意识的，看似矛盾的两种表述其实并不矛盾，“杭州会议”对“文化”的倡导可谓是有意识和无意识的统一——与会者的有意识和会议组织者的无意识相结合。

关于会议的内容，蔡翔先生的表述是：

> 这次会议不约而同的话题之一，是“文化”。我记得北京作家谈得最兴起的是京城文化乃至北方文化，韩少功则谈楚文化，看得出他对文化和文学的思考由来已久并胸有成竹，李杭育则谈他的吴越文化。而由地域文化则引申至文化和文学的关系。其时，拉美文学“爆炸”，尤其是马尔克斯的《百年孤独》对中国当代文学刺激极深，由此则谈到当时文学对西方的模仿并因此造成的“主题横移”现象。
>
> ——蔡翔：《有关“杭州会议”的前后》

如同前面所引用的，韩少功的表述则是：

> ……所谓“寻根”的话题，所谓研究传统文化的话题，在这两个大杂烩式的会议上的发言中充其量也只占到10%左右的小小份额，仅仅是很多话题中的一个，甚至仅仅是一个枝节性的话题……同样，境外某些汉学家谈“寻根文学”时必谈的加西亚·马尔克斯也没有成为大家的话题，因为他的《百年孤独》似还未被译成中文，他获诺贝尔奖的消息虽然已经见报，但“魔幻现实主义”这一陌生的词还没有什么人能弄明白。在我的印象中，当时大家兴趣更浓而且也谈得更多的外国作家是海明威、卡夫卡、萨特、尤奈斯库、贝克特等。
>
> ——韩少功：《杭州会议前后》

这两种表述似乎又有些出入。而李庆西的表述则是：

> 不过，当时对话的焦点并没有完全集中到“文化寻根”上边。会议的主题是“新时期文学：回顾与预测”，如何突破原有的小说艺术规范，也是与会者谈论较多的话题。
>
> ——李庆西：《寻根：回到事物本身》

2014年，在寻根文学运动30周年之际，陈思和对这次会议的表述则是：

> 总的说来，开了几天的会议好像也没有达成过什么共识。但是有一点是明显的，大家对现代派文学完全是肯定的，对当前小说创作的形式实验有了信心，对于过去不甚注意的民族传统，尤其是民间文化传统，开始有了关注的意愿。但这种关注，绝不是拒绝西方的现代主义影响倒回到传统里去，而是努力用西方现代意识来重新发现与诠释传统。当时的主流思潮，是把“文革”及“文革”前的政治路线错误

都解释为封建余毒未肃清，所以，提倡继续发扬“五四”传统的战斗性，批判文化传统中的封建因素。而这个会议讨论的基调，与主流思潮有一点不一样。与这个游离主流的倾向相关的，还隐隐约约地涉及另外一个游离。

——陈思和：《杭州会议与寻根文学》

这似乎印证了韩少功的说法，即“文化”不过是众多话题之一，而现代主义则是大家共同关注的目标。

但在几乎所有回忆者的描述中，都对阿城讲故事印象深刻。

阿城那时极瘦，在会上说了好几个故事，每个故事都极具寓言性，把大家听得一愣一愣的。而李陀每听阿城讲毕，即兴奋地说：这是一篇好小说，快写。以至阿城戏称李陀为小说挖掘者。不过，后来阿城还真把这些故事写成小说，总题为“遍地风流”，并交《上海文学》发表。

——蔡翔：《有关“杭州会议”的前后》

被批评家们誉为“寻根文学”主将之一的阿城在正式发言时则只讲了三个小故事，打了三个哑谜，只能算是回应会上一些推崇现代主义文学的发言。

——韩少功：《杭州会议前后》

后来，许多与会者向我转达那次会议的情形，最集中描绘的是阿城发言。他讲了三个故事，内容亦已忘了，或者是转达者没说清楚，似乎阿城对那三个故事并不作任何解释，归纳出什么道理，所以，便给我一种禅机的印象。

——王安忆：《“寻根”二十年忆》

阿城讲故事之所以给人印象深刻，大概还是因为文化的魅力。

在这次会议上，还有一个令回忆者难忘的插曲是关于马原的小说《冈底斯的诱惑》的。

有一个插曲，当时在会议中，还曾传看一篇小说，这就是马原的《冈底斯的诱惑》。这篇小说在我们编辑部曾引起争论，李子云老师在会议中间审稿时，顺便给李陀等人看了一下，李陀等作家都非常肯定。这篇小说后来得以顺利发表，与此也有一定关系。这个插曲是颇有意味的，一方面说明艺术是相适的，另一方面也可看出八十年代的文学，很少门户之见，但更重要的，也可说明“寻根文学”在其叙事观念上的复杂性，而绝非一种保守主义的回归。

——蔡翔：《有关“杭州会议”的前后》

也就是在这次会上，一个陌生的名字马原受到了大家的关注。这位西藏的作家将最早期的小说《冈底斯的诱惑》投到了《上海文学》，杂志社负责人茹志鹃和李子云两位大姐觉得小说写得很奇特，至于发还是不发，一时没有拿定主意，于是嘱我和几位作家帮着把握一下。我们看完稿子后都给陌生的马原投了一张很兴奋的赞成票，并在会上就此展开过热烈的讨论。

——韩少功：《杭州会议前后》

这是一部充满现代主义色彩的新小说，与阿城充满东方禅宗智慧和文化色彩的讲故事相映成趣，正好代表了“杭州会议”的两个方面的动向：回归传统，直面现代主义。而从后来的文学事实来看，寻根文学是以回归传统的方式，来为西方现代主义在中国寻找更为有利的接受场。所以，这两个看似对立的动向，其实在根本上是一致的，是互为表里的关系。

“杭州会议”是20世纪80年代中期中国南北作家们的一次精神会师，也是当代文学的一次自我整合。当时会议参加者都是一批年轻的文坛作家和批评家，邀请的作家有北京的李陀、陈建功、郑万隆和阿城（张承志因事未来），湖南的韩少功，杭州的李庆西、李杭育，上海的陈村、曹冠龙等，评论家则有北京的黄子平、季红真，河南的鲁枢元，上海的徐俊西、吴亮、程德培、陈思和、许子东，还有南帆、宋耀良等。贾平凹和王安忆也在受邀请之列，但二人也都未能参加。会议之后不久，韩少功、阿城、李杭育、郑义等人纷纷发表了理论文章，以相同或相近的字眼“根”或“文化”表达了寻根主张，主要有韩少功的《文学的“根”》、阿城的《文化制约着人类》、李杭育的《理一理我们的“根”》《“文化”的尴尬》、郑义的《跨越文化断裂带》、郑万隆的《我的根》等。对此，评论家李洁非公开认为：“这当然就不是什么巧合，而是磋商的产物，是观点的认同和协议，是主动结成的文学联盟。”① 从创作实绩来看，“杭州会议”之后，

① 李洁非．寻根文学：更新的开始（1944—1985）．当代作家评论，1995（4）．

一些具有代表性的寻根文学作品纷纷诞生，如韩少功的《爸爸爸》、王安忆的《小鲍庄》、贾平凹的《浮躁》、莫言的《红高粱家族》等，都有着明确的文化指向性。所有的这一切，都是“杭州会议”的直接或间接的文学成果。“杭州会议”是这些寻根主张、文学联盟和文学创作的平台和契机。

有意思的是，“杭州会议”之后，随着中国当代文学环境的急遽变化，寻根作家们很快发生分野。一部分寻根文学的主将偃旗息鼓，放弃了寻根的主张，甚至干脆改行，停止了创作，典型的如阿城、李杭育等。个中原因，耐人寻味，令人惋惜。

第四节　批评的正名

在寻根文学运动过程中，来自批评界的力量不可忽视。寻根文学从最初的孕育、发起，到后来对寻根文学作品的指认、对寻根文学的理论总结和发展方向的指引，都离不开批评界的参与。在“杭州会议”上，除了南北作家们之外，还有很多当时活跃的批评家，如陈思和、李庆西、李陀、黄子平、季红真、鲁枢元等人，他们在第一时间直接参与了寻根文学运动的酝酿发起工作。从后来的文学事实来看，也主要是这些人，对寻根文学进行了多方位多角度的理论辩证和文本解读，为寻根文学正名。

1985 年 4 月，韩少功发表《文学的“根”》一文，正式祭起寻根文学的大旗。阿城、李杭育、郑义、郑万隆等人纷纷响应，一时间各路英雄云集，寻根文学轰轰烈烈登场，成为 20 世纪 80 年代中期当代文坛的一道热门景观。但不无讽刺意味的是，寻根文学运动雷声大雨点小，运动之初来势凶猛，颇有席卷文坛之势，但运动一开场，即疲软乏力，一盘散沙，找不到运动的方向，很快便偃旗息鼓。寻根文学的主将们自发表寻根宣言公开亮相后，除了韩少功勉为其难地写了几篇与寻根理论不无悖谬的《爸爸爸》《归去来》等文化之作外，其余的作家则基本上集体失声，不但理论没有拓展，创作也停滞不前。用来支撑寻根文学门面的主要还是运动发起之前的一些自发性的写作，比如阿城的《棋王》、张承志的《北方的河》、贾平凹的“商州”系列等，真正的有意识的新的寻根之作寥寥无几。

在创作一片颓靡态势之下，批评界的声音倒是居高不下，它们推动和延续了寻根文学运动的发展。一个耐人寻味的现象是，无论批评界的意见肯定与否，甚至面对激烈的抨击，竟然很少有寻根作家站出来进行辩驳。

这是没有勇气，还是没有兴趣，抑或不屑一顾？在我看来，根本的原因恐怕还是寻根作家们理论混乱，底气不足。倒是多年之后，在寻根文学的大潮已经退去之后，当年寻根文学的几个中坚力量，如韩少功、阿城、王安忆等人，却极力淡化自己与寻根文学之间的关系，仿佛当年的寻根是一次既不正确也不愉快的文学冲动。所以，在寻根文学运动过程中，寻根作家只是开了个头，挑起了一个文学话题，成功地转移了当时文坛的视线。至于文化寻根理论能否经得起考验、中国当代文学该往何处去等其他重大的文学难题，则交给了文学的义工和捍卫者——批评界。是批评界的热情参与，延续了寻根文学的话题。无论是对寻根文学的肯定还是否定，批评界都在事实上推动了寻根文学运动的进一步发展，使这场几乎是半途而废的文学运动在中国当代文学史上得以留下浓重的一笔。

批评界对寻根文学运动的参与，主要体现为两方面的工作：一是对寻根文学作品的追认；二是对寻根文学的理论辩驳。

先看第一个方面。由于后来公认的绝大多数的寻根文学作品出现在寻根文学运动正式发起之前，所以对这些作品进行追认，将其纳入寻根文学的视域之内，是批评界的首要任务。从时间来看，这是一个向后看的文学发掘过程，对一些当事的作家来讲，也是一个自我定位和自我觉醒的艺术寻找过程。由于寻根文学以文化探求为本色，所以当批评界对寻根文学进行文本界定时，文化自然而然地成为筛选的重要标准。虽然文化的表现在不同的作家那里有不同的目的，但在文化热潮裹挟之下，人们往往混淆了文化表现的不同宗旨，而习惯性地笼统地将其都纳入了寻根文学的范畴，这导致了寻根文学作品的互相悖谬和鱼龙混杂。在这种广义的文化视野观照下，20 世纪 80 年代上半期出现的一切与文化相关的作品，几乎都被放进了寻根文学的菜篓子里，有些比较得当，而有些则不无勉强之嫌。

以汪曾祺为例，汪曾祺被视为寻根文学的肇始人，这显然是一种事后的追认。作为京派文学传统在当代的传人，汪曾祺在新时期初期以《受戒》《异秉》《大淖记事》《陈小手》等作品重现文坛，赢得一片赞誉。究其实，汪曾祺不过是以个性化的方式，复活了“京派”文学传统，让中断已久的民族传统文化在“文革”结束后的中国当代文坛得以重现，让读者真切地感受到久别了的民族传统文化的温暖和光辉，因而备受欢迎。而“京派”文学具有浓厚的中国传统文化特色。尽管汪曾祺在新时期初呼唤“回到民族传统”，自觉地书写文化，但却不能说是在有意识地“寻根”，而且他对“寻根”这个概念似乎还不太认同。汪曾祺被视为中国当代最后一位“士大夫”文人，他的小说也被称为“文人小说”，“文化”是他的身份的标志，也是他的小说的标志。但在后来批评界的眼中，由于汪曾祺最早且身体力行地倡导“文化”，为给寻根文学找到一个源头和合适的发起人，所以他们非常武断地将汪曾祺视为寻根文学的“开山者”。同时，由于汪曾祺在小说文体上做了一些实验，并发表了一些相关的言论，当后来先锋文学兴起时，他们又将汪曾祺这位文学元老搬出来，将其视为先锋文学的鼻祖，而忽略了汪曾祺其实早在20世纪40年代就已开始书写传统文化并进行了一系列现代主义艺术实验。这是批评界的武断和暴力。例如，汪曾祺在20世纪40年代写的小说《复仇》《小学校的钟声》和遗失后又重写的《异秉》等，既有传统文化色彩，又有现代主义艺术特征。如果说，汪曾祺在新时期初写的那些小说可被视作最早的寻根小说，那么，早在20世纪40年代他就已经在“寻根”了。而且在他之前，其他的京派作家也都在“寻根”了。这显然有点荒谬。“寻根”不是一个宽泛无边的概念，写文化不等于就是“寻根”。

还有邓友梅和冯骥才的文化系列小说，命运也是如此。邓友梅的《那五》《烟壶》和冯骥才的《神鞭》《三寸金莲》等作品，都以已经消失了的“国粹”为表现对象。围绕这些“国粹”，作者编织了一个个现代的传奇故事，读起来具有浓厚的故事性和民俗意味。这些“国粹”大多是糟粕文化的代表，作者在写作时都带有文化批判的写作意图。但在文本操作过程中，为了追求引人入胜的阅读效果，对故事性和传奇性的追求往往压倒了文本应有的批判性和启蒙性，导致这些作品的价值观出现错位。这种对民族糟粕文化的欣赏和把玩，实际上反而与那种弘扬民族传统文化的寻根文学文化理念背道而驰。但在一些批评家的眼中，这些作品由于集中于对民族传统文化的书写，也被一并纳入寻根文学的艺术范畴，这是很令人怀疑的。这在当时也受到一些批评家的质疑，那就是——这样的寻根到底意义何在？

这种事后的“追认”，还有一个功效，那就是改变了对一些作品的评价，并影响到了一些作家的创作。以贾平凹为例，自1983年起，他先后三次走访商州，写下了《商州初录》《商州又录》和《商州再录》三部记游之作，表现商州的风土人情，挖掘其文化蕴涵和魅力。因为这种写作，贾平凹被韩少功、李杭育等视为同道，虽然他没有参加“杭州会议”，但却被视为寻根文学的重要盟友，他的“商州”系列自然而然被追认为寻根文学已有的创作成就。而且，这种“追认”显然还影响到了贾平凹该时期的创作。1985 年之后，贾平凹致力于文化挖掘，先后以“商州”为背景，自觉地致力于文化寻根工作，写下了《浮躁》《古堡》《天狗》等一系列具有浓厚地域文化内涵的小说，这些作品也奠定了贾平凹在文坛的地位和影响。而且，这种自觉的文化书写对贾平凹创作的影响延续至今，成为他的个人写作特色。还有张承志，他也受到了“杭州会议”的邀请，但因故未能出席。在寻根文学运动发起之前，张承志已经写了《骑手为什么歌唱母亲》《绿夜》《黑骏马》等作品，这些作品都具有浓厚的文化氛围，灌注了作者对草原文化的热爱和忧思，但这些作品在文学史上被习惯性地视为“知青小说”。直至 1984 年，张承志发表《北方的河》，其中文化意识膨胀，“寻根”主题呼之欲出，张承志也因此被视为当代的“文化英雄”。他之前写的那些知青草原小说也被予以了新的文化解读，特别是《黑骏马》，被认为超越了传统的男女情爱小说，是对蒙古草原文化的寻根。这样的文化解读，甚至还限定了张承志后来的写作。从张承志后来的写作来看，他在民族文化的道路上走得越来越远，但路也越走越窄。当他将文化寻根仅仅局限于本民族的文化发掘和文化坚守时，其文化寻根意义就很难被普遍接受，张承志本人也很快就从文坛中心跌落了。

这种批评的正名，最典型的莫过于阿城的《棋王》。《棋王》最初发表在《上海文学》1984 年第 7 期上，其时寻根文学尚处于自发状态。由于阿城的知青身份，再加上作品的主人公王一生也是知青，表现的也是知青的日常生活，所以一开始，人们很自然地将这部作品视为知青小说。时隔两月，仲呈祥在《当代文坛》1984 年第 9 期上发表《棋王》一文，对其进行评论，这应该是最早的一篇对《棋王》的专论。在这篇文章中，作者认为：

> 他［阿城］描写知青生活，既不像孔捷生那样，先写“伤痕”，再写“追求”，从《在小河那边》走到《南方的岸》，也不像叶辛那样，重在展示当代青年从“浩劫”之初的狂热到“九一三”事件前的消沉，从消沉到在现实的启迪下学会思考，从思考到投身于“振兴中华”的时代洪流，更不像王安忆那样，用《本次列车终点》把笔触延伸到知识青年回城后的就业生活，深沉地喊出找寻人生终点的课题……他就是他，在驾驭自己所熟悉的题材时，另辟蹊径，以奇制胜。他选择了一个奇特的切入角度，描写一位绰号叫“棋呆子”的知识青年在上山下乡前后如何拜一位以“捡废纸”为生而精通棋艺的老头为师，平时如

何忙里偷闲四处寻访棋友切磋棋艺，以及最后又如何在地区以惊人的棋艺力战“九雄”，不露声色地褒扬了他在逆境中锤炼出的正直、自尊的人格。[①]

很明显，作者采取的完全是一种知青文学的批评视角，是从题材和人格的角度来看的，认为阿城“在自己所熟悉的题材时，另辟蹊径，以奇制胜……选择了一个奇特的切入角度”，“褒扬了他［王一生］在逆境中锤炼出的正直、自尊的人格”。这是一种传统的、常规的批评思路，与传统文化无关，根本没有上升到后来对这部小说的大规模的所谓文化批评的高度。在同时期其他的评论文章中，《棋王》也是被当作知青小说中的优秀之作来对待的。从广义的知青文学角度来讲，这没有什么不妥，直到今天仍然如此。

但很快人们就注意到了这部小说与其他知青小说的不同。在这部作品中，知青只不过是一个文化符号，作者写的是人，是人与文化的关系。在1984年底召开的“杭州会议”上，《棋王》就成为会议热点话题之一。“当时《上海文学》刚发表了阿城的处女作《棋王》，反响极为强烈。我们编辑部在讨论这部作品时，觉得就题材来说，其时反映知青生活的小说已很多，因此《棋王》的成功绝不在题材上，而是其独特的叙事方式和深蕴其中的文化内涵（我们那时已对‘文化’产生兴趣）。”[②]“独特的叙事方式和深蕴其中的文化内涵”，这是《棋王》成功的秘诀，也是其与众不同的地方。编辑的这种取舍眼光和态度，表明一种新的文学审美的出现，也表明文化已经成为人们观察《棋王》的重要视角。

这个时期的阿城本人也极具文化色彩，“文化”成为他在公开场合口头和书面表达上使用频率很高的一个词，例如他的寻根理论文章《文化制约着人类》，通篇谈论的都是文化，公开认为：“文化是一个绝大的命题。文学不认真对待这个高于自己的命题，不会有出息。”在“杭州会议”上，阿城讲的也是文化故事，令人印象深刻，他“在（杭州）会上说了好几个故事，每个故事都极具寓言性，把大家听得一愣一愣的”，“听阿城说话，就像是参禅，而我们又都缺乏慧根，只感到有光明透来，却觉悟不得”[③]。这些描述中都充满文化的意味。在《棋王》获奖感言《话不在多》中，阿

① 仲呈祥．棋王．当代文坛，1984（9）．

② 蔡翔．有关“杭州会议”的前后．当代作家评论，2000（6）．

③ 王安忆．“寻根”二十年忆．上海文学，2006（8）．

城则以文化来总结该小说，让文化直接浮出了水面："以我漏见，《棋王》尚不入流，因其尚未完全浸入笔者所感知的中国文化，仍属于半文化小说。若使中国小说能与世界文化对话，非要能浸出丰厚的中国文化。"[①] 在这之后的评论文章中，《棋王》就与一般的知青小说区别开来了。"首先，把《棋王》列入知青文学是不得要领的。这部作品的主旨之一，是在树与藤、水与月一般缠绕、交映的现实世界（生道）和艺术世界（棋道）之间，借棋王的'瘦小黑魂'抒发深沉的历史感。"[②] 这就对《棋王》进行了文化提升，让其从当时众多的文化小说中脱颖而出。更有论者将《棋王》当成"寻根"的产物："《棋王》的出现，呼应了当时文学界刚刚自觉起来的'寻根'意识，并促使其成为一股创作和理论几乎同时成熟的强劲的文学思潮。"[③] 这是明显的"拿来主义"，因为《棋王》出现的时间在前，而寻根文学主张出现的时间在后。同时对主人公王一生的解读也发生了变化："《棋王》中的王一生，是民族传统精神的造型。"[④] 这就超越了一般知青文学的解读视角，让王一生从一个普通的知青变成了民族文化精神的化身。自此，《棋王》完成了身份转变，从常规意义上的知青题材小说，一跃而成为寻根文学的经典，阿城也因此成为寻根文学的典范作家，并在文学史上稳稳地站住了脚。如果说阿城真的有这么强烈明确的文化发掘意识，那他便可循着这条已然可见成功的道路奋勇前进。但事实是，在《棋王》取得轰动效应之后，阿城并没有创作出更好的文化寻根之作，而是很快便放弃了写作并转行。

这种批评的正名，还有一个重要的表现，就是对寻根文学进行理论辨证。陈思和、李庆西、季红真、黄子平等这些"杭州会议"的参加者，在寻根文学序幕拉开后，都纷纷撰写文章，从不同角度为寻根文学进行理论合理性和可行性论证。这方面具有代表性的文章有陈思和的《当代文学中的文化寻根意识》[⑤] 和《中国新文学对文化传统的认识及其演变》[⑥]、李庆西的《寻根：回到事物本身》[⑦]、季红真的《文化"寻根"与当代文学》[⑧]

① 阿城．话不在多．文汇报，1985-04-22.
② 夏刚．潮汐的骚动：1984年中篇小说巡礼．当代作家评论，1985（3）.
③ 郭银星．《棋王》和《孩子王》．文艺评论，1986（4）.
④ 辛晓征．读阿城小说散记．当代作家评论，1985（5）.
⑤ 陈思和．当代文学中的文化寻根意识．文学评论，1986（6）.
⑥ 陈思和．中国新文学对文化传统的认识及其演变．复旦学报（社会科学版），1986（3）.
⑦ 李庆西．寻根：回到事物本身．文学评论，1988（4）.
⑧ 季红真．文化"寻根"与当代文学．文艺研究，1989（2）.

和《历史的命题与时代抉择中的艺术嬗变：论“寻根文学”的发生与意义》[①] 等。这些批评家的及时介入，为处于草创期的寻根文学提供了理论依据，并进行了深入的创作解剖，推动了寻根文学运动的展开。

陈思和从考古学上发现的人类历史起源着手，探讨文化与文学之间的关系，“文学艺术为文化的审美形态，也是文化的精粹表征”，进而论证文化寻根小说的意义。“大致上看，文化寻根意识反映了如下三个方面的意义：一，在文学美学意义上对民族文化资料包括古代文学作品、古代宗教、哲学、历史文献等的重新认识与阐扬；二，以现代人的感受世界去领略古代文化遗风，诸如考察原始大自然，访问民间风格与传统；三，对当代社会生活中所存在的旧文化因素的挖掘与批判，如对国民性或民族心理深层结构的深入批判等。”值得注意的是，陈思和在论述寻根文学的意义时，将作为科学范畴的文化与作为文学艺术审美范畴的文化相区别，认为文化本来属于科学范畴，但它既然进入文学视野，那就必须遵从艺术审美规律。所以，文化寻根小说“真正的、现实的意义还在于对当代文学的审美领域的贡献”[②]。同时，陈思和还对阿城的“文化断裂说”进行了论证和辩护，并由此引申论述了中国新文学对传统文化的认识态度及其演变问题。陈思和的论述恢宏大气，高屋建瓴地对寻根文学的文化主张予以了理论辨证，这是对寻根文学的理论声援。

李庆西则从现象学的美学观点出发，溯本清源地探讨寻根文学理论的发生及其与新时期文学思潮之间的关系，认为：“‘寻找’原本是西方现代派的口头禅，但是从这个字眼里获得了某种哲学启示的中国‘寻根派’作家，找到的却不是什么洋玩意儿，而是他们自己。”所以，他认为“文化寻根，也是反文化回归”，是一批青年作家艺术上的自我寻找。[③] 李庆西从风格美学的角度，阐释了寻根文学的出现与当代文学艺术审美之间的内在关系，从而超越了那种简单的影响式的对寻根文学发生的外部原因的解读，进而深入文学本身和创作主体精神内部。季红真则探讨了寻根文学的发生与意义，认为寻根文学的出现是“历史的命题与时代抉择中的艺术嬗变”，对寻根文学产生的历史背景及其与当代文学的关系，做了非常详尽的解释。对于文化寻根小说在当代文坛的价值和意义，季红真认为：“‘文

① 季红真．历史的命题与时代抉择中的艺术嬗变：论“寻根文学”的发生与意义．当代作家评论，1989（2）.

② 陈思和．当代文学中的文化寻根意识．文学评论，1986（6）.

③ 李庆西．寻根：回到事物本身．文学评论，1988（4）.

化寻根’思潮的真正作用，不在文化价值抉择方面的科学与否，而是在文学自身的观念蜕变和风格更新。”① 这种观点与陈思和的观点相呼应，是对文化寻根小说的较为切真之论。此外，还有王晓明的《不相信的和不愿意相信的：关于三位“寻根”派作家的创作》②，以韩少功、郑义和阿城这三位寻根文学主要作家为例，由人及文，从其生平和情感经历，到其走上寻根文学创作道路，做了详尽的演绎和阐释。黄子平的《语言洪水中的坝与碑：重读〈小鲍庄〉》③，以结构主义的方法，对《小鲍庄》进行了文本重读，提出了独到的见解。

上述批评家的评论，对寻根文学从理论到创作都做了及时的和比较准确的论证，这对寻根文学运动的展开，起到了强有力的推动作用。甚至可以说，在寻根文学运动拉开帷幕后，批评的声音是推动这个底气不足的文学运动继续前行的主要力量。

---

① 季红真．文化“寻根”与当代文学．文艺研究，1989（2）．

② 王晓明．不相信的和不愿意相信的：关于三位“寻根”派作家的创作．文学评论，1988（4）．

③ 黄子平．语言洪水中的坝与碑：重读《小鲍庄》．北京文学，1989（7）．

第三章　寻根文学的策略

寻根文学是一次有准备有组织的由作家们主动发起的文学运动，一些主要的寻根作家通过发表文学宣言相互呼应，以集体亮相的方式表达了他们的寻根文学主张。1985年，韩少功率先发表《文学的“根”》[①]，正式打出了寻根的旗帜。紧接着，一些同道作家纷纷响应。同年，郑万隆发表《我的根》[②]；阿城和郑义分别在《文艺报》发表了《文化制约着人类》[③]和《跨越文化断裂带》[④]；李杭育发表《理一理我们的“根”》[⑤]，后来又发表《“文化”的尴尬》[⑥]；等等。这些作家在一个相对集中的时间段，以相同或相近的字眼（“根”和“文化”），表达了他们的寻根文学主张，并造成了良好的轰动效应。这个群体的出现有着明显的目的性，他们互相造势，制造文坛轰动效应。“这当然就不是什么巧合，而是磋商的产物，是观点的认同和协议，是主动结成的文学联盟。”[⑦] 寻根作家们在这些宣言中比较系统地提出了自己的寻根文学主张，但又不乏悖谬和矛盾之处。对这些寻根宣言进行深入细致的解读，认识其主张，分析其策略，是我们全面认识寻根文学理论及寻根文学发展演变的前提。

第一节　“根”的概念的提出

韩少功的《文学的“根”》、郑万隆的《我的根》和李杭育的《理一理

---

① 韩少功．文学的“根”．作家，1985（4）．

② 郑万隆．我的根．上海文学，1985（5）．

③ 阿城．文化制约着人类．文艺报，1985－07－06．

④ 郑义．跨越文化断裂带．文艺报，1985－07－13．

⑤ 李杭育．理一理我们的“根”．作家，1985（6）．

⑥ 李杭育．“文化”的尴尬．文学评论，1986（2）．

⑦ 李洁非．寻根文学：更新的开始（1984—1985）．当代作家评论，1995（4）．

我们的“根”》都使用了一个相同的字眼“根”。那么，这个“根”到底指的是什么？它与阿城的《文化制约着人类》和郑义的《跨越文化断裂带》两篇文章中所使用的“文化”一词又有什么样的关系？

韩少功的《文学的“根”》开篇就以提问的方式，追问：“绚丽的楚文化到哪里去了？”这是一个关于文化的设问。作者论述了楚文化在当代的断流：“那么浩荡深广的楚文化源流，是什么时候在什么地方中断干涸的呢？都流入了地下的墓穴吗？”但很快作者就通过一个去湘西少数民族地区参加歌会的诗人，找到了答案：“她在湘西那苗、侗、瑶、土家所分布的崇山峻岭里找到了还活着的楚文化。”据此，他认为：“文学有‘根’，文学之‘根’应深植于民族传统文化的土壤里，根不深，则叶难茂。”在此，韩少功正式提出了文学“寻根”的主张。

郑万隆的《我的根》则从地域文化的角度，描述了黑龙江边地汉族淘金者和鄂伦春民族杂居地带的神秘、野蛮、雄奇和绚丽的人文和自然，论述了这种边地文化对他的创作的影响。郑万隆认为：“独特的地理环境有着独特的文化。黑龙江是我生命的根，也是我小说的根。”循此，他认为：“如若把小说在内涵构成上一般分为三层的话，一层是社会生活的形态，再一层是人物的人生意识和历史意识，更深的一层则是文化背景，或曰文化结构。所以，我想，每一个作家都应该开凿自己脚下的‘文化岩层’。”

李杭育的《理一理我们的“根”》则将占主导地位的中原文化和处于边缘位置的少数民族文化进行对比，以少数民族文化的活泼丰富、多姿多彩来反证中原文化的僵化死板、老气横秋。他说：“我以为我们民族文化之精华，更多地保留在中原规范之外。规范的、传统的‘根’大多枯死了。‘五四’以来我们不断地在清除着这些根，决不让其复活。规范之外的，才是我们需要的‘根’，因为它分布在广阔的大地，深植于民间的沃土。”由此，李杭育提出了“理一理我们的‘根’”的文学主张。

阿城的《文化制约着人类》从“限制即自由”这样一个带有哲学辩证意味的命题出发，指出了“文化”对于中国当代文学创作的意义，认为：“中国文学尚没有建立在一个广泛深厚的文化开掘之中。没有一个强大的、独特的文化限制，大约是不好达到文学先进水平这种自由的，同样也是与世界文化对不起话的。”在阿城的论述中，他没有对“文化”进行细致的区分，而是将其大致等同于那种广义的民族传统文化。郑义的《跨越文化断裂带》则认为“五四”新文化运动造成了中国民族传统文化的断裂，提出了一个民族传统文化重建的迫切问题。

这些作家在宣言中，都不约而同地表达了对“根”或“文化”的热情，共同提出了“寻根”的文学主张，但他们的主张又同中有异。对比这些作家的理论主张，可以看到，他们的核心概念“根”与“文化”，有相同的地方，也有差异之处。笼统来看，将“根”与“文化”相等同，似乎没有什么问题：“根”指的就是“文化”，“文化”就是他们所要寻找的“根”。但仔细来看，他们所主张的“根”与“文化”又有着明显的区别，甚至在上述的“根”与“根”之间，也有着明显的差异。

韩少功和李杭育都将文化以著名的二分法进行划分。韩少功将文化分为“规范文化”和“不规范文化”。在他看来，“规范文化”指的是那种经典的、正宗的、官方的、文人的文化，简单地说，就是通常所谓的主流文化；而“不规范文化”指的是那些不入流的“未纳入规范的民间文化”，包括“俚语、野史、传说、笑料、民歌、神怪故事、习惯风俗、性爱方式等等，其中大部分鲜见于经典，不入正宗，更多地显示出生命的自然面貌”。韩少功将二者间的关系形容为“地壳”和“岩浆”的关系：岩浆——不规范文化，承托着地壳——规范文化。韩少功说：“这一切［不规范文化］，像巨大无比、暧昧不明、炽热翻腾的大地深层，潜伏在地壳之下，承托着地壳——我们的规范文化。在一定的时候，规范的东西总是绝处逢生，依靠对不规范的东西进行批判的吸收，来获得营养，获得更新再生的契机。宋词、元曲、明清小说，都是前鉴。因此，从某种意义上说，不是地壳而是地下的岩浆，更值得作家们注意。”[①] 作为此理论观点的逻辑证明，韩少功肯定并论证了楚文化流入湘西一说，论证了由白俄罗斯族、维吾尔族、回族等民族的文化交汇而成的新疆文化的形成，以及秦汉文化、吴越文化等地域文化的出现，从而得出文学的“根”就蕴藏于这种不规范文化之中的结论。

李杭育则将文化分为“规范的中原文化”和“不规范的少数民族文化”。所谓“规范的中原文化”，指的就是殷商以后形成的，利用皇权和文明手段（书籍的形式）加以肯定，并代代相传的汉民族封建正统文化，也即我们通常所说的传统文化。而“不规范的少数民族文化”指的是那些游离于汉民族文化之外的各种少数民族文化。对于这二者的评价，李杭育认为：“我以为我们民族文化之精华，更多地保留在中原规范之外。规范的、传统的‘根’大多枯死了。‘五四’以来我们不断地在清除着这些根，决

① 韩少功．文学的“根”．作家，1985（4）．

不让其复活。规范之外，才是我们需要的‘根’，因为它分布在广阔的大地，深植于民间的沃土。”① 在李杭育看来，“中原文化”已经丧失活力，而少数民族文化则勃勃生机，从而得出文学的“根”就存在于“不规范的少数民族文化”之中的结论。

文化本来就是一个混沌的整体，但在这两位作家的笔下，文化都被简单地一分为二，仿佛泾渭分明的两块，难脱武断之嫌。而且，韩少功所谓的“规范文化”和“不规范文化”与李杭育所主张的“中原文化”和“少数民族文化”这种二分法，思路相近，但理论依据和各自内涵却相差很大。韩少功是从“官方（庙堂）文化”和“民间文化”的等级角度来进行区分的，而李杭育则是从“中心”和“边缘”的位置角度来进行区分的；韩少功的“规范文化”和“不规范文化”大致相当于“官方主流文化”和“民间文化”，而李杭育的“中原文化”和“少数民族文化”大致相当于“汉民族文化”和“少数民族文化”。显然，“汉民族文化”并不等同于“官方主流文化”，“少数民族文化”更不等同于“民间文化”。区分的标准不同，各自的内涵就会不一样。至于郑万隆所主张的“根”，则是一种狭义的地域文化，“独特的地理环境有着独特的文化”，强调地域文化对文学创作的决定作用，与韩、李的主张相去甚远。倒是阿城和郑义所谓的“文化”，因为没有被严格的区分，所以比较笼统，大致都相当于民族传统文化。这与韩少功、李杭育和郑万隆所主张的有着各自特定内涵的“根”，又不尽相同。

可见，在寻根文学运动之初，不同的寻根作家对“根”或“文化”的内涵的认识并不统一，甚至相互抵触。这说明寻根文学运动是一个理论主张并不充分也不明晰的文学运动，从一开始，就陷入理论的多元和混乱。寻根文学最终的溃散与其理论的暧昧和矛盾不无关系。

第二节　对“五四”的批判

寻根作家在理论宣言中，不约而同地有一个共同的指向，那就是对“五四”新文化运动的批判，这成为他们理论宣言中一个引人注目的文学现象，并招致了强烈的争议。为什么要批判“五四”？那是因为“五四”

① 李杭育．理一理我们的“根”．作家，1985（6）．

是 20 世纪以来中国影响最大的文学和文化运动。寻根作家要想赢得世人的关注，必须在这个文化制高点上，以一种另类的姿态，充分展示自己。寻根作家们对“五四”的批判，采取的是欲立先破的方式，是为了给自己的理论出台造势，所以在他们的宣言中，对“五四”新文化运动的批判成为一个不约而同的理论前提。

寻根作家批判“五四”的最大的理由是，“五四”新文化运动对传统文化否定得太过，引入外来文化过滥，造成现实与传统文化之间出现隔膜和断裂。韩少功在《文学的“根”》中，在列举了古今中外文化对文学创作的影响之后，突然笔锋一转，对“五四”发动攻击：“‘五四’以后，中国文学向外国学习，学西洋的、东洋的、俄国和苏联的；也曾向外国关门，夜郎自大地把一切洋货都封禁焚烧。结果带来民族文化的毁灭，还有民族自信心的低落。”作者虽然没有对“五四”新文化运动进行直接批判，但却措辞严厉地指出“五四”新文化运动导致了传统文化的中断。阿城在《文化制约着人类》中认为：“戊戌变法、辛亥革命、‘五四’运动，无一不由民族生存而起，但所借之力，又无一不是借助西方文化……‘五四’运动在社会变革中有着不容否定的进步意义，但它较全面地对民族文化的虚无主义态度，加上中国社会一直动荡不安，使民族文化的断裂，延续至今。”这也是从文化的角度对“五四”发难，指责“五四”对传统文化发展的阻隔和破坏。将韩少功和阿城的这种意思进行集中表达的是郑义，他的文章的标题就叫作《跨越文化断裂带》，在他看来，这个“断裂带”就是由“五四”造成的。郑义说：“近来，每与友人们深谈起来，竟不约而同地，总要以不恭之词谈及‘五四’。‘五四’运动曾给我们民族带来生机，这是事实。但同时否定的多，肯定的少，有隔断民族文化之嫌，恐怕也是事实？‘打倒孔家店’，作为民族文化最丰厚积淀之一的孔孟之道被踏翻在地，不是批判，是摧毁，不是扬弃，是抛弃。痛快自是痛快，文化却从此切断。儒教尚且如此不分青红皂白地被扫荡一空，禅道二家更不待言。”这几乎是给“五四”定罪，控诉其对民族文化犯下的“罪行”，阻断了中国传统文化的正常延续。李杭育同样指责“五四”对民族文化的伤害：“‘五四’以来我们不断地在清除着这些根，决不让其复活”，也将“五四”定位为“文化凶手”。对“五四”的指责还殃及一批“五四”作家，对此持论最为激烈的是李杭育，他对“五四”一代作家普遍没有好评，就算对鲁迅，他也是冷嘲热讽，特别是对《故事新编》，尤为不恭，多次坦言“实在不怎么样”①。

如何看待寻根作家对“五四”新文化运动的群体性的发难？对于这个问题，要从客观和主观两个方面来进行回答。

从客观方面来讲，由于“五四”新文化运动和寻根文学的历史文化语境非常相似，这就让寻根作家在提出自己的文学主张时，很自然地将二者相联系，进行历史对比。这种相似主要体现为以下三点：第一，这两个时代都是启蒙主义的文学时代，参与者都有着社会变革的热情。“五四”是20世纪中国社会启蒙主义的开端，而寻根文学所处的20世纪80年代，中国刚历经“文革”，是又一个启蒙主义的历史新时期。“五四”时期面临着救亡图存的时代使命，而20世纪80年代的中国则面对着文化新生和追赶世界的变革主题。知识分子们都积极参与其中，有着极大的社会热情。第二，在介入社会和历史的运作方式上，二者都以文化为视点。“五四”运动又被称为“五四”新文化运动，说明了这场爱国学生运动的“文化”内涵，而寻根文学运动也是一场以文化发掘为宗旨的文学运动。但不同的是，“五四”运动弘扬和传播的是现代西方的思想文明，而寻根文学发掘的是本土的民族传统文化，在文化内涵上有着截然的区别。第三，从文学自身来看，这两个时代都有着艺术变革要求，要为陷入困境的文学开辟新路。“五四”时期处于一个新旧文学历史变革时期，提倡外来的新文学，反对那种迂腐、守旧的旧文学。而如前所述，寻根文学在20世纪80年代中期的兴起，也有着种种文学自身变革的要求，是对那种僵化的现实主义文学规范的破除和对自我文学位置的寻找。但这两个时代的文学变革，又有着本质的不同。正是这种历史文化语境的相近，使寻根作家在提出自己的文学主张时，很自然地就将“五四”作为参照物，进行历史对比。而对于这两个时代的实际差异，他们并没有特别的兴趣。

从主观方面来看，寻根作家对“五四”的群起而攻之，不乏文本之外的用心，难脱自我炒作的嫌疑。寻根文学的发起者大多是一些年轻的知青作家，属于文坛新秀，并没有太多的文学资历和背景，更谈不上在文坛的知名度和影响力。在这种情况下，他们要发起文学运动，发表文学宣言，赢得文坛关注，推销自己，就必须制造出轰动性的文学效应。那么怎样才能制造出轰动性的文学效应呢？最简单的方法，也是最实用的方法，当然是给自己树立一个对立面，攻击对方，制造争议，从而提出自己的文学主张。

① 李杭育．理一理我们的“根”．作家，1985（6）．

这种方式其实就是我们今天在媒体和网络上经常见到的，也是颇有实效的那种自我炒作。在这一点上，寻根作家没有也难以免俗。

那么选择一个什么样的对立面才能制造出轰动效应呢？这个对立面必须要敏感，要有价值，要能击中读者情感要害。寻根作家不约而同地选择了“五四”。因为“五四”是20世纪以来中国文学和社会现代变革的开端，各种各样的社会思潮和文学论争都可以在“五四”那里找到源头和理论依据。而对“五四”的评价，历来是肯定的多，否定的少，“五四”俨然已经成为国人心中的丰碑和纪念塔。寻根作家则反其道而行之，对“五四”集中开火，大加鞭笞。这自然就引起相当一部分读者的不满，从而在文坛引发争议。正是借助这种论争，寻根作家在成功地推出自己的文学主张的同时，也成功地推出了自己，堂而皇之地进入了公众视线。

寻根作家对“五四”的批判，在当时引起了一场广泛而强烈的争议，矛盾的聚焦点就在所谓的“文化断裂说”。相当多的论者从不同方面为“五四”新文化运动辩护，否定了寻根作家的“五四”“文化断裂说”，如刘火在《文艺报》发表文章《我不敢苟同》[①]，刘梦溪在《文艺报》发表文章《文化意识的觉醒》[②]，李劼在《文学自由谈》发表文章《寻根的意象与偏向》[③]等，争论一度非常激烈。

站在今天，回顾20世纪80年代中期的这场文学论争，一个耐人寻味的现象是，无论批评界如何指责寻根作家们，都很少有寻根作家起来为自己辩护，包括这场论争的发起者，基本上集体失声。这个文学事实起码说明了这样一点，那就是寻根作家对“五四”的批判，根本不是目的，而是手段，其真正的目的是推出自己的寻根文学主张。当目的达到之后，至于手段规范与否、立论是否正确，他们并不关心，更没有兴趣进行辩驳。所以，寻根作家对“五四”的群体发难，更多的是一种文学策略，千万不要被其表面言辞所迷惑。

第三节　文学创作的出路和选择

如上所述，寻根作家们对“五四”新文化运动的批判，不是目的，更

① 刘火．我不敢苟同．文艺报，1985-08-10.

② 刘梦溪．文化意识的觉醒．文艺报，1985-09-21.

③ 李劼．寻根的意象与偏向．文学自由谈，1986（1）.

多的是一种手段，是一种欲立先破的文学策略，其真正的目的是要推出自己的文学主张，为陷入困境的中国当代文学寻找新的出路。所以，寻根作家们在阐述了对文化的理解和看法之后，在抨击“五四”之余，还在各自的理论宣言中，尝试性地探讨了中国当代文学的出路，并不乏天真地开出了各自的药方。

韩少功认为：“文学有‘根’，文学之‘根’应深植于民族传统文化的土壤里，根不深，则叶难茂。”他由湖南青年作家推广开去，认为当前文学创作存在一个“寻根”的问题。他在肯定了一些青年作家如贾平凹、李杭育和乌热尔图等对地域文化探索所取得的成就后，认为“他们都在寻‘根’，都开始找到了‘根’”，并对他们的这种创作取向给予了高度评价：“这大概不是出于一种廉价的恋旧情绪和地方观念，不是对方言歇后语之类浅薄的爱好，而是一种对民族的重新认识，一种审美意识中潜在历史因素的苏醒，一种追求和把握人世无限感和永恒感的对象化表现。”但他同时又强调：“这丝毫不意味着闭关自守，不是反对文化的对外开放，相反，只有找到异己的参照系，吸收和消化异己的因素，才能认清和充实自己。”由此，韩少功提出了“寻根”的文学主张，认为“寻根”是当前文学创作的出路和选择。

李杭育在对比了中原文化和少数民族文化之后，对现实的文化发展表示出极大的不满，并以推倒重来的非理性逻辑假设，探讨了中国当代文学的出路。“假如中国文学不是沿《诗经》所体现的中原规范发展，而能以老庄的深邃、吴越的幽默，去糅合绚丽的楚文化，将歌舞剧形式的《离骚》《九歌》发扬光大，作为中国文学的主流发展到今天，将是个什么局面？恐怕是很了不得的呢！”在肯定了非规范的少数民族文化，即他所谓的“根”对中国文学发展的重要性的同时，他提出了关于文学出路的设想：“理一理我们的‘根’，也选一选人家的‘枝’，将西方现代文明的茁壮新芽，嫁接在我们古老、健康、深植于沃土的活根上，倒是有希望开出奇异的花，结出肥硕的果。”

郑万隆则接受了丹纳的“种族、时代、环境”文艺三要素之一的“地理环境决定论”，认为“独特的地理环境有着独特的文化”，“我的根是东方，东方有东方的文化”，“黑龙江是我生命的根，也是我小说的根”，明确地指出了“寻根”对于他的创作的指导意义。由此，郑万隆号召作家们致力于文化发掘：“如若把小说在内涵构成上一般分为三层的话，一层是社会生活的形态，再一层是人物的人生意识和历史意识，更深的一层则是文化背景，或曰文化结构。所以，我想，每一个作家都应该开凿自己脚下的‘文化岩层’。”[①] 这与韩少功主张的“不是地壳而是地下的岩浆，更值得作家们注意”，正相吻合。阿城则从文化限制论的角度，认为“中国文学尚没有建立在一个广泛深厚的文化开掘之中，没有一个强大的、独特的文化限制，大约是不好达到文学先进水平这种自由的，同样也是与世界文化对不起话的”，指出了文化发掘对于文学创作的意义。郑义主张“跨越文化断裂带”，指出了文化重建对于中国当代文学创作的意义。这些作家从不同的角度，探讨了中国当代文学的出路。

从上述这些作家所提供的文学“药方”中，可以看到，“寻根”是他们共同的选择。但对于这个“根”到底怎么寻，他们彼此又各有见解。仔细甄别他们的主张，我们可以发现其中至少有四个方面的动向。

一是开放性的世界性的文学眼光。韩少功和李杭育的主张中，都有着强烈的走向世界的文学冲动。他们一方面号召对自身文化进行挖掘，另一方面都有着世界性的文学视野和抱负。对于寻根，韩少功说：“这丝毫不意味着闭关自守，不是反对文化的对外开放，相反，只有找到异己的参照系，吸收和消化异己的因素，才能认清和充实自己。”作为例证，韩少功在枚举中国传统文化的同时，列举了很多外国文学传统和作家的例子：“比方说，美国的‘黑色幽默’与美国人的幽默传统和‘牛仔’趣味，与卓别林、马克·吐温、欧·亨利等是否有关呢？拉美的‘魔幻现实主义’，与拉美光怪陆离的神话、寓言、传说、占卜迷信等文化现象是否有关呢？萨特、加缪的存在主义哲学小说和哲理戏剧，与欧洲大陆的思辨传统，甚至与旧时的经院哲学是否有关呢？日本的川端康成‘新感觉派’，与佛教禅宗文化，与东方士大夫的闲适虚净传统是否有关呢？希腊诗人埃利蒂斯与希腊神话传说遗产的联系就更明显了。他的《俊杰》组诗甚至直接采用了拜占庭举行圣餐的形式，散文与韵文交替使用，参与了从荷马到当代整个希腊诗歌传统的创造。”这种论述的角度是一种世界性的文化视野。同时，他还借英国大历史学家汤因比的预言，展望了中国文化复兴的前景：“西方历史学家汤因比曾经对东方文明寄予厚望。他认为西方基督教文明已经衰落，而古老沉睡着的东方文明，可能在外来文明的‘挑战’之下，隐退后而得‘复出’，光照整个地球。我们暂时不必追究汤氏的话是真知还是臆测，有意味的是，西方很多学者都抱有类似的观念。科学界的笛卡

① 郑万隆．我的根．上海文学，1985（5）.

尔、莱布尼茨、爱因斯坦、海森堡等，文学界的托尔斯泰、萨特、博尔赫斯等，都极有兴趣于东方文化。传说张大千去找毕加索学画，毕加索也说：你到巴黎来做什么？巴黎有什么艺术？在你们东方，在非洲，才会有艺术……这一切都是偶然的巧合吗?”言谈之中充溢着文化自信和期待。李杭育则主张将我们的“根”和西方的“枝”相嫁接，期冀结出肥硕的果，主张中西交流，取长补短，洋为中用，认为：“今天又适逢东西文化对流杂交的大好时机，其规模又是空前的深广，不要错过这个机会。”这些都是比较开放的文学立场。

二是民族化的文学立场，以对抗西方文化中心主义。寻根文学运动兴起之时，西方文学和文化思潮大有席卷中国文坛之势。“中学为体，西学为用”这样一个世纪性的经典文化论题再次引起人们关注，一些有识之士在当时就表达了对文化“全盘西化”的担忧。寻根作家中，韩少功是较早萌生这种文化警觉和担忧意识的作家，从后来的文学事实来看，他也是寻根时间最久、费力最多并能对寻根文学予以总结和反思的作家。在秉持开放性的、世界性的文学立场的同时，韩少功不忘提醒大家：“从人家的规范中来寻找自己的规范，模仿翻译作品来建立一个中国的‘外国文学流派’，想必前景黯淡。”韩少功认为：“……在文学艺术方面，在民族的深厚精神和文化物质方面，我们有民族的自我，我们的责任是释放现代观念的热能，来重铸和镀亮这种自我。”在汹涌的西化热潮面前，韩少功反对建立一个“中国的外国文学流派”，主张文学的自主独立，走出西方的阴影，这在当时可谓远见卓识。这种观点与后来莫言反对被人称为“中国的马尔克斯”和残雪反对被人称为“中国的卡夫卡”，思路如出一辙，潜意识中都隐藏着对西方文化中心主义的对抗。李杭育则认为：“中国的文学总该有点中国的民族意识在里边。”他的东西方文化“根枝”嫁接论，也隐约地表达了民族文化中心论的立场，只是相比韩少功，没有那么自觉和明朗。

三是保守主义乃至原始主义的文化倾向。阿城的主张中则有文化保守主义的色彩。阿城提出文化限制论，认为文化制约着创作。但他所说的文化，基本上是一种固态的封闭的文化，既见不出时代的发展，也没有体现出与别种文化的交流，如同他在《棋王》中所渲染的传统的儒家和道家文化一样，千年不变，亘古如斯。所以阿城的文化主张具有较为明显的文化保守主义乃至文化复古主义的倾向，因此才会招致李书磊等人的严厉批判。郑万隆的地域文化寻根渲染的是一种原生态的边陲文化，主张到边疆野外、深山老林里进行原始的文化挖掘，寻找原始的生命活力。这种文化主张具有原始主义的文化动向。郑万隆的这种主张导致了寻根文学实践中的山林主义精神，一部分作家真的来到深山老林、旷野荒漠里进行原始文化发掘，也因此，这种“寻根”被人讥讽为“寻到了猴子尾巴上”[①]。与之同调的还有韩少功，在《文学的“根”》中，他援引外国的例子：“小说《月亮与六便士》中写了一个画家，属现代派，但他真诚地推崇提香等古典派画家，很少提及现代派的同志。他后来逃离了繁华都市，到土著野民所在的丛林里，长年隐没，含辛茹苦，最终在原始文化中找到了现代艺术的支点，创造了杰作。这就是后来横空出世的高更。”这种文化的倾向性，也是对原始主义精神的张扬。

四是非理性主义的文化假设。寻根作家在阐明各自的文化主张时，还进行了一些非理性主义的文化设想，以“假如……”的方式来探寻中国文化的出路。在《理一理我们的“根”》中，李杭育认为：“假如中国文学不是沿《诗经》所体现的中原规范发展，而能以老庄的深邃、吴越的幽默，去糅合绚丽的楚文化，将歌舞剧形式的《离骚》《九歌》发扬光大，作为中国文学的主流发展到今天，将是个什么局面？恐怕是很了不得的呢！”这种将历史推倒重来的观点，就是一种非理性主义的文化假设。这种假设听起来很诱人，但实质非常荒谬。王安忆当年就对李杭育的这种观点进行了批判：“我觉得历史的事情你是不好去讲对和错的，它已经发展到今天了，你怎么好去假设它呢？”“我觉得历史就是历史。我现在就给我自己规定了一条路……我是从现代出发的，是从逆向上去找，就是说我们中国人今天会变成这个样子，究竟是为什么呢？”[②] 与李杭育的浪漫冲动相比，王安忆则显得理性得多，她是在文化事实的基础上来开展文化探寻的。同样，郑义对“五四”造成“文化断裂带”的严苛指责，也是一种非理性主义的历史判断，显得简单和粗暴，如同后来的王朔骂鲁迅一样，因为无知，或知之不多，所以无畏。

综观寻根作家的理论宣言，在热情论述的背后，不乏逻辑上的混沌和悖谬。但在文字的背后，我们却不难感受到他们那种躁动不安的充满现代性精神的文化焦虑感。这种文化焦虑感，才是最值得珍视的，也是问题的实质所在。只有理解了这一点，我们才能对他们的理论宣言做出真正的解

---

① 李杭育．“文化”的尴尬．文学评论，1986（2）．

② 王安忆．我在逆向中寻找．文学自由谈，1986（3）．

读，而不会也不应该执着于他们理论中可能存在的悖谬和矛盾。毕竟，寻根作家只是作家，而且当时都是年轻的知青作家，不是理论家，理论表述上的不严谨和失误是难免的，也是可以理解的。以寻根作家对“五四”的批判为例，很多人为此感到愤怒。但如果我们跳出理论本身对错与否的框架，而从寻根作家的心理出发，这个问题就很好理解了。寻根作家批判“五四”的时候，本来就底气不足。他们发表宣言的时候，都很年轻，而且他们又处在那样一个所谓的“文化断裂”的时代，知识上的修养不足是可想而知的。他们对“五四”的批判，令人不禁怀疑他们对“五四”到底有没有真正的认识。李杭育批判鲁迅的《故事新编》“实在不怎么样”的时候，才二十出头，纯粹是年轻人的书生意气，其论断并没有多少学理性和理论含金量，但其文字背后的热情却溢于言表，值得肯定。所以，对于寻根作家的理论宣言，我们应持一种宽容的立场，关键是他们文字背后的热情，我们一定要能感受得到。

第四章　寻根文学的审美特征

除了有明确的理论宣言，寻根文学还有大量的创作实践。在寻根文学理论出台之前，一些作家就在创作中自觉或不自觉地开始了文化探寻。在反思文学中，一些作家在反思出现历史灾难和现实困境的原因时，就已经把矛头指向文化，发掘民族文化作为一种集体无意识对人们心理的影响，从而实现了从政治反思向文化反思的深入。而汪曾祺、贾平凹这样传统的文人型作家，则开始了自觉的文化书写。及至寻根文学理论出台之后，更多的作家汇聚在这面大旗周围，自觉地以文化作为自己创作的指导思想和精神内核，掀起了寻根文学创作的热潮。从审美角度来看，寻根文学是 20 世纪 80 年代以来中国当代文学群体艺术自觉的开始，成功地将中国当代文学从“伤痕”文学、反思文学和改革文学的社会、政治、道德的领域转移到了历史、文化、自然、艺术和人的领域，促成了中国当代文学艺术面貌的整体更新。寻根文学出现之前，在反思文学作品当中，已经有一些作家做了一些新的艺术尝试和叙事话语的更新，这是新时期文学艺术变革的开始。如果说，这些还只能算是一种偶尔的艺术尝试和不自觉的艺术努力，那么，寻根文学则是一次明显的群体艺术自觉，公开宣告了与此前写作的决裂，开启了中国当代文学的艺术新局面，从内容和形式两方面促成了新时期文学的变革。正是在此意义上，评论家季红真认为：“‘文化寻根’思潮的真正作用，不在文化价值抉择方面的科学与否，而是在文学自身的观念蜕变和风格更新。”①这表明寻根文学更突出的贡献其实是在艺术审美领域。从寻根文学创作实践来看，作家人数众多，风格各异，但从总体上来讲，还是有一些共同的审美特征的。

---

① 季红真．文化“寻根”与当代文学．文艺研究，1989（2）．

第一节 文化审美

长期以来，中国当代文学受政治因素影响较深，而文化意识极其淡薄。20 世纪 50—70 年代，所谓的历史和文化，基本上指的就是中国新民主主义革命历史和革命政治文化，广义的关于民族过去和民族性格及心理特征的历史和文化都被当作封建意识，遭到批判和否定。这种民族虚无主义态度，最终导致了阿城和郑义等人所批判的所谓的“文化断裂带”的产生。新时期以来，“伤痕”文学、反思文学和改革文学，延续的仍然主要是文学为政治服务的政治化写作模式，与 20 世纪 50—70 年代文学相比，并未出现什么实质性的艺术改变。这显然限制了中国当代文学的发展，使其停滞不前，从而出现了文学自身艺术变革的吁求。

在寻根文学正式登场之前，当代文学的文化意识已经自发兴起，并很快形成燎原之势。早期的反思文学当中，例如《剪辑错了的故事》《芙蓉镇》《桑树坪纪事》《李顺大造屋》等，在控诉极左政治对人们造成伤害的同时，都开始对造成这场政治灾难和人物悲剧命运的文化原因进行思考。比起“伤痕”文学中常见的直接暴露式的政治批判，这种文化反思显然拉开了文学与现实之间的距离，增强了作品的历史纵深感，给人以较大的艺术思考空间和回味余地，丰富和拓展了作品的文化蕴涵。这是当代文学的一种自发的文化走向。

紧随其后是大批风俗文化小说的兴起，这可以分为两个类别：一是地域性的乡土文化小说。这个创作群体的规模最庞大，主要包括汪曾祺对家乡江苏高邮文化风情的书写及对其早年在西南联大求学时对昆明地域文化的描写、贾平凹的“商州”系列对陕西商洛地区文化风情的诗性呈现、韩少功对湖南湘楚文化的现代开拓、莫言对家乡山东高密文化的想象性书写、李杭育对江南吴越文化的眷恋、阿城对云南边陲地区文化风情的激赏、郑万隆对东北原始森林的边地文化的现代审视、郑义对山西太行山区文化的现代反思、李锐的表现山西吕梁地区的农民文化小说（例如《厚土》系列）对农民文化的批判性艺术思考、张承志的草原文化系列小说（例如《绿夜》《黑骏马》等）对草原文化的浪漫忧思、乌热尔图对鄂温克族民族文化的独特表现、藏族作家扎西达娃对西藏民族历史文化的现代书写（例如《西藏隐秘岁月》《西藏，系在皮绳扣上的魂》）等等。这种地域性的文化书写，构成寻根文学的主要创作力量。

二是市井文化风情描写。主要包括：邓友梅的表现北京文化的“京味”文化小说系列，如《那五》《烟壶》《寻访画儿韩》等；冯骥才的表现天津文化的“津门”文化小说系列，如《神鞭》《三寸金莲》等；陆文夫的表现苏州文化风情的姑苏风味小说系列，如《美食家》《小贩世家》等；刘心武的表现当代北京的都市文化小说，如《钟鼓楼》《四牌楼》《立体交叉桥》等；王安忆的表现上海文化的一些小说，如《本次列车终点》《流逝》等。上述的这些作品大多出现在 1985 年之前，即寻根文学正式拉开帷幕之前。有意味的是，寻根文学正式登场之后，这种文化写作反而停滞了，只有少量的作家仍在勉力前行，优秀的文化之作也越来越少。今天我们所谓的寻根文学的创作实绩，其实主要出现在寻根文学运动展开之前，这实乃文学的尴尬和无奈。

寻根文学作品中的文化可以分为三个类别：第一类是民族传统文化。这主要指的是影响和制约整个民族文化心理和文化性格的、在社会生活中占据主导地位的文化意识。在中国，具体地说，主要指的就是儒家文化和道家文化传统及与之相关的主流文化意识。这也就是韩少功所谓的“规范文化”和李杭育所谓的“中原文化”。尽管这种文化有着种种的封建糟粕成分，但谁也无法否认它们对于当代中国社会和广大民众心理构成的影响。在 20 世纪 50—70 年代，传统文化受到极大摧残，80 年代后，传统文化重建成为迫切的时代要求。1982 年，老作家汪曾祺发表文章《回到现实主义，回到民族传统》，大力呼唤民族传统文化意识，被认为是新时期文化意识觉醒的先声。李陀认为，汪曾祺的小说最早引进了文化意识：“文化意识的强化是从他开始的。”[①] 汪曾祺自己也躬身力行，在作品中大力张扬传统文化，表现民族传统文化的魅力和美。他的《受戒》《大淖记事》《鸡鸭名家》《鉴赏家》《故里三陈》《徙》等作品，都弥漫着浓厚的文化意识，体现出儒道文化的有机结合，这些作品被称为当代的“文人小说”。作者本人也外儒内道，被视为生活在当代中国的最后一位士大夫，是一个传统文人型作家。寻根文学作品中，正面表现民族传统文化的作品不少，中短篇的像李杭育的《最后一个渔佬儿》、张承志的《黑骏马》、李锐的《厚土》系列等，长篇的像贾平凹的《浮躁》、张炜的《古船》等，都是解剖民族传统文化及其时代裂变和新生的。但最集中、讨论得最多

① 林伟平，李陀．新时期文学一席谈：访作家李陀．上海文学，1986（10）．

的，是被视为寻根文学扛鼎之作的阿城的《棋王》和王安忆的《小鲍庄》。

《棋王》发表于《上海文学》1984 年第 7 期。这部原本是写知青题材的小说，因其特别的文化视角和对传统文化魅力的张扬而令人瞩目，受到海内外读者的狂热喜爱，以至于该作品一出，“大有满城议论《棋王》之势，登载这篇小说的刊物已一抢而空”[①]。评论家王德威如此评价道：“《棋王》一出，先在大陆引起瞩目，继之流传海外，成为人人争相一读的作品。”在台湾，甚至还因此掀起一阵“大陆热”。[②] 作者借知青王一生对“吃”和“下棋”的迷恋，正面弘扬了中国传统的儒家和道家文化精神，表现了中国传统文化的力量和美。知识青年王一生“文革”期间家庭惨遭变故，只身前往农村成为知青。与周围世人的纷繁和名欲相比，他淡泊名利，与世无争，寄情于楚河汉界之间，始终保持内心的平静。在那样一个物质和精神都十分匮乏的年代，王一生痴迷“吃”和“下棋”。对待“吃”，他非常专注，可谓全神贯注。在作者笔下，其吃相不好看，近乎残忍。小说中有一段关于王一生“吃”的描写：

> 拿到饭后，马上就开始吃，吃得很快，喉结一缩一缩的，脸上绷满了筋。常常突然停下来，很小心地将嘴边或下巴上的饭粒儿和汤水油花儿用整个儿食指抹进嘴里。若饭粒儿落在衣服上，就马上一按，拈进嘴里。若一个没按住，饭粒儿由衣服上掉下地，他也立刻双脚不再移动，转了上身找。这时候他若碰上我的目光，就放慢速度。吃完以后，他把两只筷子吮净，拿水把饭盒冲满，先将上面一层油花吸净，然后就带着安全到达彼岸的神色小口小口地呷。有一次，他在下棋，左手轻轻地叩茶几。一粒干缩了的饭粒儿也轻轻地小声跳着。他一下注意到了，就迅速将那个饭粒儿放进嘴里，腮上立刻显出筋络。我知道这种干饭粒儿很容易嵌到槽牙里，巴在那儿，舌头是赶它不出的。果然，待了一会儿，他就伸手到嘴里去抠。终于嚼完，和着一大股口水，咕的一声儿咽下去，喉结慢慢地移下来，眼睛里有了泪花。他对吃是虔诚的，而且很精细。有时你会可怜那些饭被他吃得一个渣儿都不剩，真有点儿惨无人道。

对王一生来说，食物不求精美，但求温饱，“顿顿饱即是福”。这段近

---

① 仲呈祥．棋王．当代文坛，1984（9）.

② 王德威．世俗的技艺：阿城论//当代小说二十家．北京：三联书店，2006.

乎原始、残酷的关于“吃”的描写，因与中国特定历史年代的食物匮乏状况相连，而被赋予了特别的“饥饿文化学”的意味。

在解决了肚子的温饱问题之后，王一生更为痴迷的是下棋。王一生对待下棋非常专注，“何以解忧，唯有象棋”。他不下则已，一下则全神贯注，勇往直前，力敌群雄。作品花了很多笔墨来表现王一生棋艺的由来及其与众多象棋高手的对弈，特别是小说最后对其与九位高手的车轮大战的描写，将王一生下棋的境界和文化蕴涵全盘托出：

> 我心里忽然有一种很古的东西涌上来，喉咙紧紧地往上走。读过的书，有的近了，有的远了，模糊了。平时十分佩服的项羽、刘邦都目瞪口呆，倒是尸横遍野的那些黑脸士兵，从地下爬起来，哑了喉咙，慢慢移动。一个樵夫，提了斧在野唱。忽然又仿佛见了呆子的母亲，用一双弱手一张一张地折书页。
>
> …………
>
> 我笑起来，想：不做俗人，哪儿会知道这般乐趣？家破人亡，平了头每日荷锄，却自有真人生在里面，识到了，即是幸，即是福。衣食是本，自有人类，就是每日在忙这个。可囿在其中，终于还不太像人。

作者借助第一人称的叙述者“我”的感受和体会，将王一生的下棋予以了文化升华，将其上升到传统文化和人生境界的高度，文化发掘和文化呼唤的主题已经呼之欲出了。

作者赋予王一生以中国传统的儒家和道家双重文化色彩。对王一生而言，道家文化是其存在的必要保护，而儒家文化则是其存在的价值体现。他淡泊无为，置身于时代的漩涡之外，“不以物喜，不以己悲”，这在当时其实是一种最好的自我保护方式。他在下棋方面敢于挑战当地所有的象棋高手，最后更是在地区比赛上以一敌九，引起轰动，则是其儒家文化积极进取、自我实现精神的强烈爆发。他柔弱的外表之下，潜藏着强悍的存在和自证能力，并通过最终的下棋比赛得到爆发和充分体现。它将中国传统的儒家和道家文化的精髓及其当代意义做了形象化的演绎，吸引和感染了海内外无数的读者。这就是《棋王》的文化意义。时至今日，这部作品依然魅力不减，显然与其文化主题直接相关。这也就是这样一部并没有太多曲折复杂的故事情节的作品，何以能够如此吸引人并引起轰动效应的原因所在。这其实就是一种文化审美，也是传统文化的魅力所在。阿城以他出色的艺术表现才能向当代读者形象而又生动地表现了中国传统文化的魅力和美。但由于太过留恋，该作品对传统文化赞美有余，而忽略了对其负面因素的甄别，从而招致了部分读者对作者本人和这部作品的不满与激烈批判。

与阿城对传统文化的欣赏留恋态度相反，王安忆的《小鲍庄》则是对儒家“仁义”文化的现代解剖和审视，表达的是对“仁义”文化及其当代走向的批判性艺术思考。小鲍庄人自视为儒家文化圣人大禹的后代，世代以“仁义”自居，也被视为“仁义”文化的当代传人。但这种“仁义”的实质是什么？作为儒家文化的核心理念，“仁义”文化在当代该怎样发展？今天的我们该怎么对待它？这是作者通过这部作品试图为读者解答的问题。作者以解构主义的笔法，以一种现代主义的叙述方式，以冷静、客观的叙述态度，从多角度多方面层层揭开了“仁义”神话的本来面目，还原了它虚伪、自私、冷酷、残忍乃至吃人的真实本相。这部作品很容易让人联想到鲁迅先生的《狂人日记》，也会让人联想到女作家萧红的《呼兰河传》中那个以“善”的名义将小团圆媳妇虐待至死的婆婆。这些作品都表现了对传统文化，特别是对儒家“仁义”文化的现代思考。这种文化发掘和文化审视，就是一种传统文化审美。与阿城对传统文化的欣赏与弘扬不同，王安忆则在儒家传统文化的面具上狠狠地捅了一刀，让其体无完肤，面目全非，从而宣告了儒家“仁义”文化在现实中的破产。同时，作者对儒家“仁义”文化的未来走向还予以了当下的思考。这种思考，具有直接的现实针对意义。

小说中故事的发生地小鲍庄是古老中国的文化缩影，发生在小鲍庄的各种所谓的“仁义”行为，如拾来和大姑的故事、拾来和寡妇二婶的故事、鲍秉德和疯妻的故事、小翠子的故事、文疯子鲍仁文的故事，特别是小英雄捞渣舍身救人的故事，等等，有的是真仁义，有的是假仁假义，有的体现为自私自利，有的甚至残忍，从而表明了“仁义”文化在现实中的复杂性和实用多变。作者的写作主旨，显然不是对“仁义”文化的当代弘扬，而是对“仁义”文化的当代解剖和思考。诚如王安忆所说，《小鲍庄》并不是对“仁义”文化的宣扬，相反，“恰恰是写了最后一个仁义之子的死”。“捞渣是一个为大家赎罪的形象。或者说，这小孩子的死，正式宣布仁义的彻底崩溃！”①

---

① 王安忆，斯特凡亚，秦立德．从现实人生的体验到叙述策略的转型：一份关于王安忆十年小说创作的访谈录．当代作家评论，1991（6）.

还有一类传统文化是那些曾在历史上出现过的，并占据过文化中心地位的，但如今已经僵死，丧失了生命力的文化。比如“八旗子弟”“烟壶”“三寸金莲”“男人的辫子”等。这些就是所谓的“国粹”文化，也是僵尸文化。在邓友梅和冯骥才等作家笔下，这些文化借尸还魂，散发出特别的美。作者化腐朽为神奇，借助于一个个曲折感人的武侠或爱情故事，让这些已经丧失了生命力的文化古董重新吸引读者的关注。但由于腐朽性和没落性，这些文化已不再具备现实文化功能，而只剩下文学审美意义。

第二类是民间文化。陈思和曾把文化分为官方文化、知识分子文化和民间文化三种，即“庙堂”“广场”和“民间”三种文化。自此，民间成为考察文化的一个重要视角。三者之中，民间文化处于最弱势的地位，但却最为活泼和自由，是最适宜艺术诞生的温床。在陈思和看来，“‘民间’是一个多维多层次的概念”，至少具有以下三个方面的特点。“一，它是在国家权力控制相对薄弱的领域产生的，保存了相对自由活泼的形式，能够比较真实地表达出民间世界生活的面貌和下层人民的情绪”；“二，自由自在是它最基本的审美风格”；“三，民主性的精华与封建性的糟粕交杂在一起，构成了独特的藏污纳垢的形态”①。这为我们考察寻根文学的民间文化提供了一个理论视角。

寻根文学的民间文化审美，在理论和创作中都得到体现。其实，在寻根作家的理论主张中，他们所要寻找的文学的“根”，很大程度上就是民间文化。例如韩少功所认为的“不规范文化”，即“俚语、野史、传说、笑料、民歌、神怪故事、习惯风俗、性爱方式等等，其中大部分鲜见于经典，不入正宗，更多地显示出生命的自然面貌”。还有李杭育所主张的绚丽多彩、幽默风骚的少数民族文化，如“有以屈原为代表的绚丽多彩的楚文化，有吴越的幽默、风骚、游戏鬼神和性意识的开放、坦荡”等，以及郑万隆所倡导的汉族和鄂伦春民族等多民族杂糅而成的东北边陲文化等，都是远离文化中心位置而流入社会底层的边缘文化，其实也就是所谓的民间文化。当然，并不是所有寻根作家要挖掘的“根”，都是民间文化，至少在阿城、郑义和王安忆等作家的作品中，“根”有着更为广泛的文化意义。

---

① 陈思和．民间的浮沉：对抗战到“文革”文学史的一个尝试性解释．上海文学，1994(1).

在寻根文学作品中，民间文化多姿多彩，成为一个个自足的民间艺术世界。汪曾祺是新时期以来最早发掘民间文化资源的作家，他笔下的民间世界，活泼多姿，自有规范。《受戒》中，作者的家乡早年有做和尚的习俗。当地做和尚与信仰无关，不叫“出家”，而是一种职业，叫“当和尚”。和尚可以赌钱、骂娘、杀猪吃肉，可以公开娶妻和找情人，这在当地人看来无可非议，并习以为常。这样的世界是一种民间的自然存在，充满了自由、野趣和生命的欢乐。《大淖记事》中，江南水乡小镇上，作者表现了各种各样的人及世俗生活场景，其中透露出不同的文化精神：“坐在大淖的水边，可以远远地听到一阵一阵朦朦胧胧的市声，但是这里的一切和街里不一样。这里没有一家店铺。这里的颜色、声音、气味和街里不一样。这里的人也不一样。他们的生活，他们的风俗，他们的是非标准、伦理道德观念和街里的穿长衣念过‘子曰’的人完全不同。”这种“不同”，表现的是两个世界，一个是道貌岸然的所谓主流文化阶层，一个则是由各色人等组成的底层民众社会。作者表现的正是这种多元交织、活泼自由的底层社会，其中体现的其实就是一种自足而又独立的民间文化精神。例如小镇上邻里之间的热情互助，锡匠行帮的不卑不亢、行侠仗义，巧云和十一子之间忠贞不渝的爱情，等等，都是对民间文化的正面积极的弘扬。

阿城的《棋王》中，在轰轰烈烈的时代政治生活之余，民间自有特别的生活逻辑。对王一生来说，“吃饭”和“下棋”就是他独特的存在方式，任何外在的风吹雨打都动摇不了他。在这里，民间以其特有的方式，化解了来自外在世界的威严、残酷。尽管当时物资极度匮乏，比如每月只有五钱油，但小说对知青们捉蛇待客、吃蛇肉喝蛇汤的描写，却生气勃勃，不乏情趣，与那个冷酷灰暗的年代形成一种对照。还有对那位无儿无女、身怀绝技的捡破烂老头及其传授王一生棋艺的描写，都是采用了一种民间的文化视角，突出了中国文化的博大精深及其在民间的自然存在，也突出了民间文化的自然传承及其巨大的包容性。

还有王安忆的《小鲍庄》，其中的民间世界有着独特的伦理规则，与主流话语形成一种冲突和反动。为什么拾来明明是大姑的私生子，却不能叫他“妈妈”，而只能叫“大姑”？为什么捞渣死后，众人不愿意用自家的扫帚去扫他的坟头？这里面除了那些虚伪的儒家仁义文化成分外，是否还有一些民间的文化伦理在其中？在莫言的《红高粱家族》中，杀人、越货、通奸、野合、土匪火拼、民间抗日等被糅合在一起，既表现了民间世界的丰富、驳杂，又有自己的独特的伦理秩序。小说中，余占鳌率领的由村民组成的土匪武装抗日，修改了主流的官方关于抗日的叙述，某种程度上表现了民间抗日的真实存在。余占鳌的土匪武装抗日，根本就没有明确的政治理念，不过是出于抵御外敌、保家自存的生存本能。而出现在作品中的国共两股政治力量的代表——国民党冷支队长和胶高大队游击队长，其形象并不高大，光彩也远逊色于土匪头子余占鳌。这样的叙述，与既往的类似抗日政治题材作品相比，无疑是一种突破。正是这种民间文化视角，使这部作品体现出一种粗犷的、豪放的、野性的、充满力量的和无拘无束的魅力和美。郑万隆的“异乡异闻”系列也是如此，民间文化视角的采用，增添了这些边地题材的奇趣，给读者带来不一样的审美感受。例如《老棒子酒馆》里的民间高手陈三脚，临死也不失英雄本色，对应的正是被现代文明阉割的当下人格的卑怯和猥琐。在寻根文学中，这种对民间文化的书写很多，效果也很独特。正是这种种不同的对民间文化的书写，体现出寻根文学浓郁的民间文化气息。

第三类是地域文化。地域文学的兴起是中国当代文学走向繁荣的标志。如同上文所述，在寻根文学拉开序幕之前，中国当代文学的人文地理版图基本上被寻根作家瓜分了。韩少功向湖南湘西楚文化进军，郑义、李锐等立足山西黄土地文化，李杭育表现东南吴越文化，贾平凹表现陕西商州文化，莫言表现家乡山东高密文化，郑万隆扎根东北原始森林文化，扎西达娃表现西藏神秘文化，等等。按照丹纳的“种族、时代、环境”三要素说，环境决定着文学，不同的地域文化有着不同的文学表现。

寻根作家的地域文化书写有着各自的理论主张。韩少功认为：“文学有‘根’，文学之‘根’应深植于民族文化的土壤里，根不深，则叶难茂。”① 李杭育认为：“我以为我们民族文化之精华，更多地保留在中原规范之外……规范之外的，才是我们需要的‘根’，因为它分布在广阔的大地，深植于民间的沃土。”② 郑万隆认为：“独特的地理环境有着独特的文化。黑龙江是我生命的根，也是我小说的根。”所以，作者主张“每一个作家都应该开掘自己脚下的‘文化岩层’”③。贾平凹认为：“对于商州的山

① 韩少功．文学的“根”．作家，1985（4）．
② 李杭育．理一理我们的“根”．作家，1985（6）．
③ 郑万隆．我的根．上海文学，1985（5）．

川地貌、地理风情我是比较注意的，它是构成我的作品的一个很重要的因素。一个地区的文学，山水的作用是很大的。我曾经体味过陕北民歌与黄土高原的和谐统一，也曾经体味过陕南民歌与秦巴山峰的和谐统一，不同的地理环境制约着各自的风俗民情，风俗民情的不同则保持了各地文学的存异。"①

不同的地域文化有着不同的艺术魅力。韩少功笔下的湘西文化，具有一种原始主义气息。在《爸爸爸》《女女女》《蓝盖子》《史遗三录》和20世纪90年代的《马桥词典》等作品中，都表现了文化的原始、蒙昧和落后，似有与世隔绝之感。《爸爸爸》中，那耸立在大山深处白云之巅的鸡头寨，几乎就是化外蛮荒之地。遍布山里的景观，极具原始色彩，如那弥漫山寨的漫天大雾、飞流直下的瀑布、蛇虫瘴疟出没的山寨、石壁上的鸟兽图形和蝌蚪文线条等等，都给人以太古洪荒之感。而生活在其中的人，则几乎与世隔绝，保持着原始生活习性和思维特征。比如各种巫术盛行，相信万物有灵，坐桩殉古，唱古歌，宗族械斗，部落迁徙，等等，这些都具有原始初民的文化特征。这一切，构成了韩少功作品中神秘、混沌、原始和蒙昧的文化色彩。

李杭育则表现了吴越文化的绚丽、浪漫、幽默、风骚、孤独和自由。他在《土地与神》《人间一隅》《沙灶遗风》《最后一个渔佬儿》《船长》等作品中，虚构了一条文学的河流——"葛川江"，表现了这条河流沿岸的历史掌故、人文风情和民风民俗，特别是通过对生活在其中的人的文化精神的描写，表现了他们的自由自在、刚健质朴、幽默乐观，极富吴越文化的神韵。也正是得益于李杭育的这些作品，东南吴越文化才得以进入当代文学的审美视野，散发出特有的地域文化魅力。

郑义和李锐则致力于山西地方文化的发掘。郑义的《远村》和《老井》表现的是山西太行山区文化，这种文化艰难、滞重、贫穷、落后。《远村》中，因为贫穷，当地盛行"拉边套"的习俗。一个男子，因为贫穷娶不起媳妇，只好半明半暗地和一个有夫之妇交往，有男女之实而无夫妻之名，作为交换条件，他必须无条件地替人养家。小说中的主人公杨万牛，就因为贫穷，为他心爱的女人叶叶，拉了二十年"边套"，人生充满无奈和辛酸。在现代文明前行的过程中，这种畸形的婚俗文化既是人的悲剧，也是文化本身的悲剧。《老井》中，一代又一代的村民为了打井取水，

---

① 贾平凹．答《文学家》编辑部问．文学家，1986（1）.

奋不顾身，前仆后继，在彰显文化的韧性和人的责任心与献身精神的同时，也昭示了当地生存环境的恶劣和文化的落后、野蛮，乃至某种程度上的固执保守。出现在作品中的一口又一口干涸的枯井，以及一个又一个关于打井的传说和壮烈故事，都是这种文化的证明。孙旺泉拒绝赵巧英进城，留在村子里完成打井的使命，既是文化的壮举，也是文化的悲哀，在让人敬佩的同时，也让人感叹。李锐的《厚土》系列则表现了山西吕梁山区农民的麻木、呆滞、愚昧和落后。这种带有启蒙性质的灰色文化表现，让人看到特定年代山西农村文化的本来面目，令人痛心。例如《选贼》中，生产队里丢了一袋麦子，队长主持群众破案，要大家选出一个贼来。结果选来选去，选出的就是队长本人。队长一怒之下，拂袖而去。结果大家都慌了，担心从此没了头人，以后的日子不知道怎么过。于是，大家又去恭请队长回来，而且让队长喜欢的女人走在前头。这个故事表现的是特定年代山西农民的麻木与奴性。

贾平凹的"商州"系列表现的是陕西商州地区文化。这种文化偏僻原始、神秘秀丽、自然质朴，令人流连忘返。作者说，商州"兼北部之旷野，融南部之灵秀，五谷杂粮茂生，春夏秋冬分明，人民聪慧而不狡黠，风情纯朴绝无混沌"①。又说："商州是生我养我的地方，那是一片相当偏僻、贫困的山区，但异常美丽，其山川走势，流水脉向，历史传说，民间故事，乃至天上飞的，地上跑的，构成极丰富的、独特的神秘天地。"②《商州初录》《商州又录》《商州再录》等描写了商州地区的各种地方习俗、神秘文化，以及"桃花源"般神奇秀丽的自然风光。同样是以商州为背景的中篇小说《天狗》《黑氏》《古堡》《远山野情》等作品，则表现了商州地区人们的传统、淳朴、率真、重义多情的道德文化，表现了人性、文化伦理与现实之间的冲突，令人深思。《天狗》中的天狗和师娘，都是恪守传统文化规范的人，天狗暗恋年轻的师娘，师娘也疼爱天狗。在师父致残后，按照当地招夫养夫的习俗，师父要求他俩结婚。但是他们，特别是天狗，却迈不出这关键的一步。因为这有违他做人的文化伦理。最终师父以自杀成全他们，但他们二人却从此有了文化的罪孽感，背上了沉重的文化包袱，活得压抑、沉重。这部作品表明：文化可以塑造人，也可以制约人；人一旦做不了文化的主人，就会沦为文化的奴隶。所以，这部作品提

① 贾平凹．在商州山地（代序）//小月前本．广州：花城出版社，1984.

② 贾平凹．答《文学家》编辑部问．文学家，1986（1）.

出了一个关于传统文化现实转化的问题，极具现实意义。作品中的文化具有浓厚的陕西关中文化色彩，体现出鲜明的地域文化特征。这种对山川、自然、习俗、人物的书写，使贾平凹的小说表现出商州山地特殊的地域文化风貌。

郑万隆的“异乡异闻”系列小说表现的则是东北兴安岭森林中的原始边陲文化。那人迹罕至虎狼出没的茂密的原始森林、每年冬季到来时的大雪封山、春季冰雪融化时天翻地覆的倒开江、从山顶不断涌出的被部落视为灾难的神秘的黄烟、充满神秘和原始巫术色彩的“萨满教”文化、带着不同文化背景和目的来到此地的猎手和淘金人等等，共同组成了东北边陲和森林文化群落。这种边地和森林文化，给人以原始、残酷、奇异、浪漫和神秘的感受。如《老棒子酒馆》《黄烟》《空山》《老马》《野店》《峡谷》等，每一部都表现了东北边地人的爱欲情仇或文化的野蛮残酷，充满了边地文化风情。

张承志的小说表现的是北方草原文化风情，他的《黑骏马》《戈壁》《大坂》《北方的河》《九座宫殿》《残月》《黄泥小屋》《北望长城外》《金牧场》等一系列小说，不仅表现了北方草原、戈壁、雪峰、江河等辽阔壮观的自然景象，而且也表现了这种地理环境中的人文境况。例如那草原上游牧民族悠长、苍凉的古歌，大坂上与历史文明相接的古道，黄河、湟水之滨有着五千年历史的彩陶碎片，埋在沙漠里的消失了的古代宫殿，苍茫群山中蜿蜒不绝的长城，等等，带给人的是一种雄浑壮阔的北方民族历史文化之美。

此外，还有莫言对于家乡山东高密文化的书写，例如《红高粱家族》，就展示了这种文化的原始、混沌和野性活力。张炜对山东胶东半岛儒家文化的书写，例如《古船》和《家族》等，表现了这种文化的厚重、朴质和担当精神，有着鲜明的山东鲁文化地域特征。少数民族作家的地域文化书写也极具特色。藏族作家扎西达娃的作品《西藏隐秘岁月》和《西藏，系在皮绳扣上的魂》等作品，表现了藏民族的历史文化、宗教传统和民俗风情。鄂温克族作家乌热尔图的《琥珀色的篝火》和《七叉犄角的公鹿》等作品，表现了鄂温克民族的狩猎文化、民族心理和生活习俗，具有独特的异域民族文化风情。

人是文化的主体，不同地域的人的文化性格也不相同。寻根文学作品中，地域文化的差异性构成了人的文化性格的丰富性。韩少功笔下，湘西文化的原始、混沌，决定了生活于其中的人也封闭保守、思维混乱。丙崽自不用说，就连丙崽娘、仁宝和仲裁缝，以及整个山寨的人，都是浑浑噩噩，思维不清，缺乏逻辑和理性。他们相信巫术，崇拜神灵，对丙崽前倨后恭，见不出任何现代文明的痕迹。李杭育推崇“吴越的幽默、风骚、游戏鬼神和性意识的开放、坦荡”，其笔下的人物如耀鑫、桂凤、福奎、阿七和船长等，一个个都显得强悍、正直、豁达、乐观、自由自在，具有一种古朴、正直和伟岸的美，散发着吴越文化的独特魅力。例如《最后一个渔佬儿》中的主人公福奎，宁可固守贫困，眼睁睁地看着自己相好多年的女人另投他人，也不愿意委屈求人，改变自己几十年来的生活方式。他最终成为葛川江传统文化的殉葬者，其人格因古朴、正直显得伟岸而又倔强。

贾平凹笔下商州山地的人们，如天狗、师娘和金狗等，浑厚质朴，蛮野强悍，表现出秦汉文化质朴、拙重的风采。张承志笔下的人物，像《黑骏马》中的白音宝力格、索米娅和《北方的河》中的男主人公“他”，显得热烈、奔放、雄浑、豪迈而又深沉，体现出北方草原文化的博大、浪漫特征。这种对不同地域文化人格的书写，给读者留下了深刻的印象，极大地丰富了中国当代文学的人物画廊。

作家是文化的结晶，不同的地域文化构成寻根作家不同的艺术风格。湘西文化的原始、神秘构成韩少功小说混沌、模糊的审美风格，吴越文化的瑰丽浪漫构成李杭育小说的幽默乐观风格，商州文化的秀丽厚重构成贾平凹小说空灵朴拙的个性风格，山西太行文化的贫穷落后构成郑义小说的苦涩悲壮风格，北方草原文化的辽阔苍茫构成张承志小说奔放豪迈的浪漫主义风格，西藏文化的原始神秘则构成扎西达娃小说的宗教色彩和魔幻特征。文学是文化的表征，寻根作家的地域文化书写，拓展了中国当代文学的艺术表达空间，丰富了当代文学的审美经验。

第二节　历史审美

在寻根文学兴起之前，中国当代文学中的历史意识非常淡薄。在 20 世纪 50—70 年代，传统历史遭到严重漠视，所谓的历史，在当时仅仅指中国新民主主义的革命历史，反映在文学作品中，就是当时革命历史小说的大量兴起。除此之外，传统的历史题材基本上被限制，仅在 20 世纪 60 年代初出现了有限的几部传统的历史题材小说和历史剧，比如陈翔鹤的

《陶渊明写〈挽歌〉》《广陵散》、黄秋耘的《杜子美还乡》和冯至的《白发生黑丝》等。戏剧方面也仅有田汉的《关汉卿》、郭沫若的《蔡文姬》等。但很快，这些作品就遭到批判。自此，这种传统历史题材创作就无人敢触，园地一片荒芜。在这期间，传统历史题材创作领域，只有姚雪垠的表现明末农民起义的历史题材长篇小说《李自成》，因为一些特别的原因，一枝独秀。新时期之初，“伤痕”文学、反思文学表达的是民族的政治诉求，历史意识普遍匮乏，其历史指向主要是刚刚过去的历次政治运动，特别是“文化大革命”。反思文学的历史视野要比“伤痕”文学宽阔一些，但也不过是上溯到解放战争和抗日战争时期而已，并且都是一种政治化的历史，而不是那种广义的与民族存在和发展息息相关的通常意义上的历史。这样一来，中国当代文学中的历史概念非常狭窄，几乎就是一种政治化的断代史，无根无源。这种情况直到寻根文学出现才得以改观。

历史是一个民族的过去，也是文化的重要载体和表现形式。寻根文学对民族文化之“根”的发掘，其实也包含对民族历史的挖掘与再审视。韩少功认为寻根，“大概不是出于一种廉价的恋旧情绪和地方观念，不是对方言歇后语之类浅薄的爱好，而是一种对民族的重新认识，一种审美意识中潜在历史因素的苏醒，一种追求和把握人世无限感和永恒感的对象化表现”①。阿城说：“一个民族自己的过去，是很容易被忘记的，也是不那么容易被忘记的。”② 郑万隆则以反问的方式发问：“你不认为远古与现在同构并存吗?”③ 他们表达的其实都是一种历史意识，是对历史的追忆与重塑。所有这些都表明，寻根作家的寻根意识中，本身就包含历史审美的艺术成分。

从文学史来看，寻根文学的历史审美有着鲜明的文学意义。历史审美得以将文学从政治的束缚下解放出来，让文学回归自身。历史审美也拉开了文学与现实之间的距离，给文学提供了更多艺术审美的空间。同时，历史审美的出现，也增强了当代文学的意义内涵，带来了审美的厚重感和多样化，进而打破了之前当代文学审美的单调局面，走向了多元，更为丰富深刻。寻根文学的历史审美深刻地影响了中国当代文学的发展格局。寻根文学与先锋文学几乎并存，都面临着共同的艺术困境。先锋文学正是在历

① 韩少功．文学的“根”．作家，1985（4）．

② 阿城．文化制约着人类．文艺报，1985-07-06．

③ 郑万隆．我的根．上海文学，1985（5）．

史审美这方面与寻根文学不谋而合，找到了共同的艺术出路，最后一起汇入新历史主义小说的大潮，从而实现了中国当代文学的整体突围和重大变革，并结出了丰硕的文学成果。在这种意义上，寻根文学的历史审美，对中国当代文学的发展，具有转折性的文学史意义。

在寻根作家笔下，历史审美大致可以分为三种类别：第一类是对民族历史的书写。每个民族都有自己的历史，民族历史其实也是民族文化的表现和构成部分。对民族历史的发掘是寻根文学文化发掘的内容之一。在寻根文学运动中，不同作家对民族历史持不同的审美态度。在张承志笔下，民族历史构成一种特定的文化氛围，具有一种悠久深沉、博大厚重、雄浑悲壮的美。张承志是新时期较早具有民族历史感的作家。早在 1982 年，他的《黑骏马》就吹响了向蒙古草原民族历史和文化进军的号角。那首贯彻小说文本始终的蒙古族民歌《刚嘎·哈拉》，就具有浓厚的历史文化气息，串联起了蒙古民族的过去与现在、历史与现实。张承志说："我一直固执地认为：对这支古歌的发掘，是理解蒙古游牧世界的心理、生活、矛盾、理想，以及这一文化特点的钥匙。"并且，"在这一切中，我深深感到了一种带有历史意味的庄严"[①]。民歌《刚嘎·哈拉》讲述的是一个蒙古女人的故事和命运，也是千千万万个蒙古女人的故事和命运。小说《黑骏马》其实是对这首蒙古民歌的演绎，作者写的其实是一首歌，一首在他心头涌动很久伴随他多年草原生活的民歌。小说表面上写的是一个爱情故事，但实际上写的是蒙古女人的命运和生活，索米娅是千百年来无数蒙古女人的化身。她勤劳，善良，命运曲折，生命力顽强，但又因循守旧，缺乏抗争精神。她的身上，有着丰富的历史文化蕴涵和当下文化意义。小说中，《刚嘎·哈拉》旋律悲怆深沉，回环往复，象征着蒙古民族文化的雄浑悲壮，历史悠长。一首民歌，一个女人，演绎的就是蒙古草原民族的历史与文化。由此，小说在体现出特定的文化思考的同时，也体现出深厚的历史意蕴。写于 1984 年的《北方的河》则表现了民族历史文化的悠久、灿烂、博大、辉煌，是对民族历史文化的礼赞。主人公"他"对北方每一条河流的考察，都有着历史的维度，将河流的历史与民族的历史相连。特别是对黄河边象征着历史文明的古代陶瓷碎片的激情书写，更是直接将其当成五千年中华文明的化身，具有鲜明而又强烈的历史文化追寻意识。主人公"他"对北方的河流文化的发掘与景仰，实质上表达的是一种文化

① 张承志．《黑骏马》写作之外．民族文学，1983（3）．

“寻父”情结，是对给予自己生命的文化来源的追寻和礼赞。正是这文化“父亲”——北方的河的悠久、雄壮，才催生了主人公“他”的激越、豪迈和无畏的男子汉般的英雄主义情怀，才会让“他”同那些流贯北方大地的奔腾不息的河流一样，散发出巨大的文化和人格的魅力。《北方的河》是对民族历史文化的发掘与礼赞，其中的历史感，已经溢出文字，化为一种文化激情。这种浪漫主义式的直抒胸臆，在寻根文学作品中并不多见。

扎西达娃的小说表现的是西藏民族的历史和文化。他的《西藏，系在皮绳扣上的魂》和《西藏隐秘岁月》都以时间作为小说的线索，将时间与西藏历史文化联系起来。小说中的藏民族历史，是一种被时间遗忘了的历史，无所谓过去，也无所谓现在和未来，仿佛混沌的一团，无始无终。这种历史意识铸就了小说的文化意味，或者说，这种文化也是一种特定历史的文化，是在现代文明前行的过程中，被时间遗忘或被排除在时间之外的文化，充满文化忧思。《西藏，系在皮绳扣上的魂》讲述的其实就是一个关于时间的故事。小说采用“穿越时空”的魔幻叙述方法，描述了在现实时空中的主人公“我”——扎西达娃，与在虚幻时空中的主人公塔贝和琼，在特定的情况下相遇，表现了两种时间的对比。小说中的主人公塔贝，是一个从远方而来，又去往远方的藏民。他意志坚定，有着明确的宗教信仰，但他还生活在“结绳记事”的前文明年代，与现代文明几乎绝缘。牧民之女琼与塔贝私奔。后来，在寄宿的村庄，塔贝被一辆拖拉机吸引，出于好奇而试驾之，却被后面快速奔驰的另一辆车撞成重伤。在塔贝奄奄一息即将死去时，“我”——作家扎西达娃竟然按照死去的活佛桑杰达普的预言，穿越雪山，来到了自己所写的锁在抽屉里的一部小说的虚幻世界中，出现在即将死去的塔贝面前。在这个虚幻的世界里，时间是倒流的。塔贝至死都忠于他的思维和信仰，他预言自己已听到了北方王国香巴拉战争开始的声音，可是对置身现代文明中的“我”——扎西达娃来说，透过空气中的电波所听到的，却是1984年洛杉矶奥运会开幕式的喧闹声。“我”带着琼离开了那个虚幻世界，往回走，回到现实中，时间就又开始了。两个世界的对比，形象生动地表现了藏民族文化的前文明特征，同时指明了现代文明是藏民族文化发展的必然道路。扎西达娃的这些作品在寻找藏民族文化之根的同时，非常强烈地表达了西藏文化对现代文明的渴望。这是一种时代的渴望，表明民族现代意识的觉醒。这种前瞻性的文化理念与韩少功本来的文化寻根意图非常契合，那就是借对民族文化的发掘，来呼唤现代意识，促其新生，进而追赶世界文化脚步。这与那些方向朝后，搜奇猎胜，为寻根而故作寻根之状的伪寻根之作截然不同。在这种意义上，扎西达娃是一位深得寻根理论真谛的作家，具有拉美作家文化寻根的本来特征。

还有一种民族历史书写是对那些已经消失了的代表某种历史存在的文化意识的招魂，比如邓友梅的“京味”文化小说和冯骥才的“津门”文化小说等。这些作品把一些已经消失了的“国粹”文化，如“八旗子弟”“烟壶”“男人的辫子”“女人的小脚”等搬出来，以现代故事加以包装，借曲折引人的故事来打动读者，让这些僵尸文化重新散发艺术魅力。这种“国粹”文化书写，让人很自然地联想到它们曾经不无辉煌的过去，将其与特定的历史文化相连，从而具有一种特殊的历史文化审美意味。

第二类是对部落或宗族历史的书写。部落是人类文化早期的群体存在形式。在现在的中国，部落文化基本上已经消失，仅在一些边地的少数民族中有所保留，但在世界很多地方，比如非洲、南美、南亚、中东等地，部落制度仍然广泛存在。而宗族则是以血缘关系为基础而形成的人类的群体关系存在，有着浓厚的封建文化色彩。长期以来，中国是一个封建宗法社会，宗（家）族势力非常强大。虽然随着社会的开放和进步，其中的封建色彩受到批判并日益淡化，但是仍然无法根除。在今天广大的中国乡村，这种宗族仍然非常普遍，其势力和影响也非常强大。无论是部落还是宗族，它们都有漫长的历史，这种历史的触须甚至一直延伸到当代。寻根文学的历史审美，就包含对这种部落史和宗族史的文化表现。

韩少功的小说《爸爸爸》中的鸡头寨，通常被当成整个中国的缩影。其中对鸡头寨部落的历史书写，在象征的意义上看来，也是对中华民族历史的书写。小说中，鸡头寨几乎是一个世外存在，遗世独立。但即便如此，生活在这个山寨里的人却都有着强烈的认祖归宗的冲动。他们在闲暇时，或者在有重大的部落活动时，都喜欢唱“简”，即唱古歌，唱历史，唱死去的祖先：“姜凉是我们的祖先，但姜凉没有府方生得早，府方又没有火牛生得早，火牛又没有优耐生得早。优耐是他爹妈生的，谁生下优耐他爹呢？那就是刑天……五支奶和六支祖住在东海边上，发现子孙渐渐多了，家族渐渐大了，到处都住满了人，没有晒席大一块空地。怎么办呢？五家嫂共一个舂房，六家姑共一担水桶。这怎么活下去呢？于是，在凤凰的提议下，大家带上犁耙，坐上枫木船和楠木船”，最终来到了这个与世隔绝的湘西深山。“据说，曾经有个史官到过千家坪，说他们唱的根本不是事实。那人说，刑天是争夺帝位时被黄帝砍头的。此地彭、李、麻、莫四大姓，原来住在云梦泽一带，也不是什么‘东海边’。后因黄帝与炎帝大战，难民才沿着五溪向西南方向逃亡，进了夷蛮山地。”尽管小说的这种书写构成一种相互拆解的文本内在关系，但在审美效果上，却呈现出一种原始、混沌、苍茫的历史感，表明鸡头寨这个化外之地，还是其来有自的。

王安忆的《小鲍庄》中对小鲍庄人历史由来的书写则体现了一种宗族历史审美。显然，在文学意义上，小鲍庄是中国的缩影。作为中国一个普通的村庄，小鲍庄有着自己引以为豪的历史。小鲍庄人也唱“古”，一代一代地讲述着家族历史的由来：“小鲍庄人的祖上是做官的，龙廷派他治水，用了九百九十九天时间、九千九百九十九个人工，筑起了一道鲍家坝，围住九万九千九百九十九亩好地，倒是安乐了一阵。不料，有一年，一连下了七七四十九天的雨，大水淹过坝顶，直泻下来，浇了满满一洼水。那坝子修得太坚牢，水连个去处也没有，成了个大湖。直过了三年，湖底才干。”“小鲍庄的这位先人被黜了官，念他往日的辛勤，龙廷开恩免了死罪。他自觉对不住百姓，痛悔不已，扪心自省又实在不知除了筑坝以外还有什么别的做法，一无奈何。他便带了妻子儿女，到了鲍家坝下最洼的地点安家落户，以此赎罪。从此便在这里繁衍开了……”小鲍庄人认为：“这位祖先是大禹的后代，于是，一整个鲍家都成了大禹的后人。”小说开篇就介绍了小鲍庄人的宗族历史，这种书写，为小说后面对儒家“仁义”神话的现代解剖提供了一个历史的和文化的背景，也给小说审美增添了浓厚的历史感。同样的宗族历史书写还可见于郑义的《老井》，小说写的是一个关于孙氏宗族挖井取水的故事。这个村庄的历史就是挖井的历史。小说中有关于孙老二背井的神话和孙小龙以血饲石龙的传说，这给老井村和他们的挖井行为，染上某种神圣、庄严和悲壮的历史色彩。而现实中关于孙石匠以自栽的方式祈雨和万水爷在父亲死后愤而绑晒龙王的举动，以及青龙岭上一个又一个记载着一代又一代老井人找水的悲壮历史的废井，又与历史紧密相连。挖井既是当下必需，又是历史使命。这种对老井村民挖井历史的书写，赋予了小说一种沉重的历史美感。

第三类是家族历史叙事。“家”是“国”的缩影，家族历史某种程度上也是国家历史。寻根文学运动后期，出现了大量的家族历史小说，比如莫言的《红高粱家族》、贾平凹的《浮躁》、张炜的《古船》《家族》、陈忠实的《白鹿原》、高建群的《最后一个匈奴》、李锐的《旧址》、王安忆的

《纪实与虚构》等等。这些小说大多依托某种特定的历史背景（大多是民国历史），虚构一个或几个家族，表现他们在这段历史时期的历史际遇和命运浮沉，从而传达出某种人生感悟和历史韵味。这种写作，通常被称为新历史主义小说。由“国”到“家”，这是寻根文学历史叙事的必然。家族与现实中的每一个人直接相连，家族的故事往往就是个人的故事。家族历史叙事是寻根文学最富艺术魅力的审美领域，是寻根文学历史审美的一种重要表现。

1987年，莫言的中篇小说《红高粱家族》发表，揭开了家族历史小说的序幕。小说塑造了“我爷爷”余占鳌、“我奶奶”戴凤莲、“我父亲”和“我”这样一个虚构的家族谱系。以“我爷爷”和“我奶奶”充满血性、热烈奔放和自由自在的原始生命活力来对照“父亲”和“我”的懦弱，在表达了对民族原始生命强力的呼唤的同时，还表达了对民族“种的退化”的担忧。这就是这部作品的寻根主题，具有文化人类学的意味。张炜的《古船》则虚构了隋、赵、李三个家族在长达半个多世纪里的恩怨情仇和利益纷争，在表现时代历史风云变幻的同时，主要表现了以儒家文化为主的民族文化心理在时代裂变中的痛苦和新生。陈忠实的《白鹿原》表现的是白家和鹿家两大家族几代人，在动荡复杂的时代历史中，彼此之间的关系纠葛与斗争，具有沉重的历史感和文化意味。

王安忆的《纪实与虚构》则通过发掘母姓“茹”姓的历史由来，展开了一场家族历史文化寻根。在抽丝剥茧般的家族溯源中，作者在历史与现实之中自由穿插，将一个普通的家族姓氏的命运与特定的民族历史文化相连，从而表达了家族的历史浮沉其实就是民族的历史浮沉这一主旨。这种家族故事演绎，具有特别的民族国家宏大叙事意味。李锐的小说《旧址》，则是对李氏家族在近现代革命历史中的命运浮沉的历史演绎，表现了这个家族在历史风云中的辉煌、裂变与追求，以及毁灭性的历史遭遇。还有方方的《祖父在父亲心中》，也是以家族故事演绎的方式，表现了祖父的博学、正直、伟岸和父亲的胆小、怯懦和自责，以及作为第三代的叙述者“我”的世俗、苟安的心理。在这一家三代不同的精神对照中，作者让历史与现实对话，从而表达了对家族历史精神的景仰和对现实犬儒精神的批判。某种程度上，家族的历史其实就是民族时代的历史缩影。这些家族历史小说都有一个共同的特点，那就是作家们在小说中所编织的历史都是虚构的，而小说书写的目的则是要演绎他们的历史观和某种文化意念。所以，这种家族历史叙事，更多的是指向一种审美意义上的家族历史，而不是真实的历史。

第三节 现代主义艺术审美

寻根文学表面上是一次面向传统的文化复古运动，但实质上，是一次面向西方的现代主义艺术运动。在年轻的以知青为主的寻根作家们的内心，都有着强烈的现代主义审美冲动。他们希望以西方现代主义的艺术精神，来重新审视古老的中国文化传统。在艺术表达上，他们普遍青睐西方现代派的艺术表现手法，以西方现代主义的艺术技巧，来改造中国传统的叙事方式，让古老的民族文化披上现代的外衣，从而呈现出现代主义的艺术审美特征。

寻根文学的现代主义艺术审美主要表现为以下几个方面。

第一，魔幻艺术手法的运用。一说起“魔幻”，人们立即想到拉美的魔幻现实主义。魔幻现实主义在本质上是一种现代主义，是拉美的一些作家将西方的现代主义与拉美大陆独特的历史、神奇的文化和光怪陆离的现实相结合的艺术产物。寻根文学深受拉美魔幻现实主义的影响，在艺术上也表现出鲜明的魔幻艺术审美特征。拉美魔幻现实主义对中国寻根文学的影响，主要体现在两个方面：一是艺术观念。拉美魔幻现实主义的“化腐朽为神奇”“变现实为幻想而又不失其真”的艺术主张，给中国的作家们提供了认识论和方法论意义上的指导，使他们认识到民族传统文化的价值，以及进入民族传统文化的路径，并从拉美“爆炸文学”成功的例子中，找到了文学的信心。二是艺术表现手法。魔幻现实主义主要采用荒诞、变形、夸张和时空错乱等艺术表现手法，这些表现手法在寻根文学作品中有着广泛的运用。

魔幻现实主义对中国当代文学的影响几乎是空前的，相当多的中国当代作家都表示受到魔幻现实主义的影响。特别是马尔克斯的《百年孤独》，几乎成为中国当代作家的必读书。莫言说：“我在 1985 年写的作品，思想上艺术上无疑都受到外国文学的极大影响，主要有加西亚·马尔克斯的《百年孤独》……它最初使我震惊的是那些颠倒时空秩序、交叉生命世界、极度渲染夸张的艺术手法。”[①] 贾平凹则说：“我特别喜欢拉美文学，喜欢

① 莫言．两座灼热的高炉．世界文学，1986 (3).

那个马尔克斯还有略萨……他们创造的那些形式是多么大胆，包罗万象，无奇不有，什么都可以拿来写小说，这对我的小家子气简直是当头一个轰隆的响雷！”[①] 李锐说：“大家都知道，十几年前正是拉丁美洲的文学爆炸传到中国来的时候。马尔克斯的《百年孤独》正风靡中国。这部小说对新时期文学的影响可谓巨大深远。”[②] 扎西达娃则说：“写西藏的作品，如何能传达其形态神韵呢？生活在西藏的作家们苦恼了若干年，摸索了若干年，终于有人从拉丁美洲的‘爆炸文学’——魔幻现实主义中悟到了一点点什么。”[③]类似的言论在中国当代作家中很普遍，大家都有关于魔幻现实主义的个人见解。

寻根作家深受拉美魔幻现实主义的艺术影响，这是事实。不过应该要注意的一点是，魔幻表现手法并非拉美文学的独创，只是将其上升为一种理论，并普及全球，恐怕才是拉美文学的贡献。在中国文学传统中，这种魔幻表现手法早就存在。从先秦两汉的神话传说、魏晋六朝的搜神志怪，到唐传奇、宋评话，再到明清时期的神魔鬼怪之书，早就有魔幻的艺术成分，典型的文本如《封神演义》《山海经》《聊斋志异》《西游记》等，甚至《红楼梦》中也有太虚幻境、风月宝鉴和关于宝玉的前世今生等众多的魔幻描写。鲁迅在《中国小说史略》第五篇《六朝之鬼神志怪书（上）》中说：“中国本信巫，秦汉以来，神仙之说盛行，汉末又大畅巫风，而鬼道愈炽；会小乘佛教亦入中土，渐见流传。凡此皆张皇鬼神，称道灵异，故自晋迄隋，特多鬼神志怪之书。”[④] 这也很清楚地表明了中国文学中的这种魔幻传统。

寻根文学作品中，这种魔幻表现手法有着广泛的运用。《爸爸爸》中，对丙崽形象的塑造采用的就是典型的魔幻手法。这个外形猥琐、面目苍老、表情呆滞、形象丑陋的永远长不大的白痴，其实象征着人类文化的丑陋、畸形和病态。作者在塑造这个人物时，显然不是运用写实主义的笔法，而是运用了将荒诞、夸张、变形，乃至象征等集于一身的魔幻笔法。小说中，围绕着丙崽的一系列的描写，有着很浓厚的魔幻色彩。比如，村民要杀丙崽祭谷神时，天上却响了一道惊雷，改变了人们对丙崽的看法，

---

① 贾平凹．答《文学家》编辑部问．文学家，1986 (1).

② 李锐．春色何必看邻家：从长篇小说的文体变化浅议当代汉语的主体性．当代作家评论，2002 (2).

③ 换个角度看看，换个写法试试（编后语）．西藏文学，1985 (5).

④ 鲁迅．六朝之鬼神志怪书（上）//中国小说史略．天津：百花文艺出版社，2002.

也改变了丙崽的命运；集体服毒自杀后，别的人都死了，丙崽却还活着；等等。还有小说《女女女》中，老年幺姑最后幻化为一条鱼的描写，有着很浓厚的魔幻意味，让人联想到卡夫卡笔下的人异化为甲壳虫的变形描写。《归去来》中，“我”在似曾相识的山村迷失自我，分不清自己到底是黄治先还是马眼镜，最后只能仓皇逃离，也体现出浓厚的魔幻色彩。这种魔幻色彩一直到20世纪90年代的《马桥词典》中还广泛存在。马桥人的生活中充满了魔幻和巫术色彩，小说中有着大量夸张和变形的描写。例如对神仙府马鸣的描写。马鸣独立于社会之外，自立于天地之间，特立独行，拒绝人世社会的一切规矩，我行我素，别有一番风采。还有对“嘴煞”的介绍，马桥人的“嘴煞”是一种忌语，带有原始巫术魔咒的内涵。例如，复查因为骂了罗伯一句“翻脚板的”，忘记及时退煞，结果罗伯被疯狗咬死。复查认为这是自己“嘴煞”所致，为此内疚了一生。还有对“不和气”的介绍，年轻女子如果长得漂亮，就会被视为“不和气”，乘船时会遭拒，只好在自己脸上涂抹污泥。原因是过渡的地方曾经死了一个丑女，因嫉妒女子长得漂亮，会兴风作浪，招来灾难。还有“走鬼亲”，一个人能够认出自己前世的亲人。金福酒店十三岁的女孩黑丹子，竟然是马桥村前支部书记本义死去的女人——大名鼎鼎的戴铁香的转世，并用奇迹般的事实向人们验证了这一点。诸如此类夸张、怪诞的描写，几乎遍布这部充满原始乡土气息的作品之中。

贾平凹的“商州”系列小说中也充满了魔幻色彩，作者将中国民间文化中的许多神秘的元素，如鬼怪、神灵、巫术、迷信等，交织在现实的内容之中。例如《莽岭一条沟》中，就写了一条通人性的狼。老狼求医术高超的老汉治病，病治好后，为报答老汉，吃了不少人，包括小孩，把抢来的金银首饰送给老汉，让老汉最终负疚自杀，而老狼也被愤怒的乡民杀死。《金洞》中有狼叼走小孩并养育小孩的故事。《龙卷风》中的赵阴阳善观天象，亲眼看自己入棺成殓才咽气。《故里》中的赵家三坟一夜之间自动合为一体。《瘪家沟》里的张家媳妇在瘪神庙祈祷后果然得子。《古堡》中有关于白麝成精的传闻。《浮躁》中有关于金狗的神秘传说。这种魔幻的笔法几乎成为后来贾平凹写作的一大特色。例如《废都》中就有异花生灭、四日中天的神秘现象，有对幻化成人、会说话会思考的牛，以及人蜕化为蚕的描写。《白夜》中有对人死复生、再生人，以及人长牛皮癣类似于盔甲的变形描写；《土门》中有对主人公成义的阴阳手的描写；《高老庄》中男孩石头具有特异功能，能预测未知之事，并无师自通地擅长画画，所画之物皆有神秘色彩；《秦腔》中有对神秘之地白云湫的描写；等等。这些描写使贾平凹的小说在现实描写之外，体现出神秘主义气息，具有形而上的哲理意味。

张炜的小说中，也有大量的魔幻表现手法。例如《古船》中对那条沉睡在地下的神秘的古船的描写，将历史与现实紧密结合起来，就充满了魔幻色彩；《九月寓言》中对小村人的历史叙述，如露筋和闪婆的故事，特别是金祥借鏊子的故事，既是现实，又像一个寓言化的乡村神话传说；在《刺猬歌》中，作者借鉴蒲松龄的《聊斋志异》中的动物灵异话语表现手法，写了大量拟人化的动物，表现出浓厚的魔幻意味。在中国当代文学中，类似的运用魔幻表现方法的作家作品很多，不仅限于寻根文学，比如在马原、洪峰和阎连科等人的小说中，也有大量的魔幻技巧运用。

寻根作家中，对魔幻现实主义艺术手法运用得最成功最有特色的是莫言和扎西达娃。长期以来，莫言之所以被视为"中国的马尔克斯"，就是因为他的作品中运用了大量的魔幻笔法。例如《透明的红萝卜》中的"黑孩"及其眼中的"红萝卜"意象，就有着鲜明的魔幻色彩。《金发婴儿》里面那个长着羽毛要飞的老头，《丰乳肥臀》中那个永远长不大的有着恋乳癖的上官金童，都是幻想和意念的产物。《檀香刑》里面对义和团首领孙炳装神弄鬼的描写，《生死疲劳》中对地主西门闹前世今生的"六道轮回"的书写，还有《蛙》中对那些还没来得及出生就被流产的婴儿的描写，都是魔幻、变形的艺术表达。2012 年，莫言获得诺贝尔文学奖，颁奖词就是"他很好地将魔幻现实与民间故事、历史与当代结合在一起"[①]，由此也可以见出他的"魔幻"手法的艺术影响。值得注意的是，莫言所运用的魔幻，并不是对拉美魔幻现实主义的机械模仿，而是将其予以创造性地本土转化，具有鲜明的个人化色彩和民族化特征，并最终走向世界。有人将他的魔幻表现手法称为"灵幻现实主义"，以示与马尔克斯的区别。

藏族作家扎西达娃则直接模仿马尔克斯，试图借魔幻现实主义来表现藏民族的历史文化和民族心理。他的《西藏隐秘岁月》《西藏，系在皮绳扣上的魂》和《骚动的香巴拉》等作品，都表现了西藏文化的原始、神秘、滞后和无处不在的宗教意识。作者将西藏地区的神话、历史与现实、宗教文化糅合在一起，营造出一个充满神秘气息和魔幻色彩的艺术世界。

---

① 诺贝尔委员会公布给莫言的颁奖词．(2012－10－11)［2019－04－18］. http：//news. cntv. cn/china/20121011/105523. shtml.

扎西达娃说："你感到脚底下的阵阵颤动正是无数的英魂在地下不甘沉默的躁动，你在家乡的每一棵古老的树下和每一块荒漠的石头缝里，在永恒的大山与河流中看见了先祖的幽灵、巫师的舞蹈，从远古的神话故事和世代相传的歌谣中，从每一个古朴的风俗祭仪中看见了先祖们在神与魔鬼、人类与大自然之间为寻找自身的一个恰当的位置所付出的代价。"① 扎西达娃的西藏魔幻现实主义小说之所以比较成功，一个很重要的原因是西藏神秘的地域文化与拉美神奇的历史文化有着先天的相似性，但由于过度模仿，扎西达娃并未能形成自己的风格。这也就是当魔幻现实主义在中国不再新鲜的时候，扎西达娃也就淡出了人们的视线，沉默至今，而莫言虽曾被称为"中国的马尔克斯"，却获得了诺贝尔文学奖的原因。在这方面，扎西达娃缺乏莫言那种"洋为中用"的艺术消化能力和独创性，这是二者最根本的区别。20 世纪 90 年代之后，继续采用魔幻表现手法来表现西藏民族历史生活、具有寻根意向的写作，还有阿来的《尘埃落定》、范稳的《水乳大地》等，这些都是西藏民族文化寻根的历史延续。

值得肯定的是，在经过长期的艺术借鉴之后，当代中国作家对拉美的魔幻现实主义表现出相当的艺术自觉。作家阎连科曾直言不讳道："我的确看了拉美小说，但我也看了《聊斋志异》《西游记》这种天马行空的作品，为什么我不可以从《聊斋志异》受这种影响，而非要从拉美文学受这种影响呢?"② 善讲鬼怪故事的莫言也提道："有人说我写那些神神怪怪的故事是模仿拉美魔幻现实主义，这是不对的。我们自己的生活经验中就有这种神鬼的故事和恐怖体验。拉美魔幻现实主义曾对我的写作有帮助，但不在鬼怪上，而在别的方面。"③ 而李锐则对当年他对马尔克斯《百年孤独》的机械模仿表示反省。他以自己的第一部长篇小说《旧址》开头的第一句话为例："事后才有人想起来，1951 年公历 10 月 24 日，旧历九月廿四那天恰好是'霜降'。"很明显，这句话模仿了《百年孤独》的第一句话："许多年后，面对行刑队，奥雷良诺·布恩地亚上校将会回想起，他父亲带他去见识冰块的那个遥远的下午。"李锐认为，这种明显的模仿对于一个作家来说，是一种羞耻。因此小说再版时，李锐果断去掉"事后才有人想起来"这样明显具有模仿性的话，表现出一个中国作家的自主性的

---

① 扎西达娃．你的世界．文学自由谈，1987 (3).

② 张英，阎连科．土地是我永远表现的主题//张英．文学人生：作家访谈录．上海：上海教育出版社，2005.

③ 莫言．小说是越来越难写了．南方文坛，2004 (1).

艺术反思。[①] 而扎西达娃在最初接受魔幻现实主义的时候，就多了份提防，告诫自己不要陷入人家的泥潭："喂，你看看这里面有没有圈套，你不会掉进去吧？我总以为这里面很有可能是一个奇妙的圈套，你在掘宝的同时也给自己掘出了个陷阱。"[②] 对拉美魔幻现实主义的这种反思，体现了中国当代作家艺术上的自觉。

第二，陌生化艺术审美。"陌生化"理论是俄国形式主义理论的核心概念，俄国文艺理论家什克洛夫斯基认为，所谓"陌生化"，就是在艺术创造过程中，采用一些独特的表现方式，更新人们对人生、事物和世界的陈旧感觉，将人们从狭隘的日常审美经验中解放出来，使人们在司空见惯的日常生活中，发现事物的异乎寻常之处，得到一些新的审美感受。德国表现主义戏剧家布莱希特也提出戏剧审美中的"间离效应"理论，就是通过对戏剧结构、舞台结构和表演等方面进行一系列改革实验，从而达到一种"陌生化"审美效果。从艺术效果来讲，这两种理论非常接近，以至于很多时候人们把布莱希特的"间离效应"理论就叫作"陌生化"理论。这两种理论都属于表现主义艺术审美范畴，而表现主义则是西方的一种现代主义艺术审美理论。

寻根文学作品中，这种化普通为新奇的"陌生化"审美很普遍。阿城的《棋王》，就将王一生的"吃"和"下棋"做了陌生化艺术处理。"吃"和"下棋"本来是两种很普通很常见的日常生活行为，但在作者的笔下，却得到了特别的表现，体现出特殊的文化意味。例如小说表现了王一生不无难看的"吃相"和"顿顿饱就是福"的"吃"的哲学，以及"何以解忧，唯有象棋"的下棋心理，将这两种普通的日常行为上升到政治、文化和哲学的高度，形成一种有距离的审美观照。从王一生的"吃"，反映出中国特定年代食物的匮乏，"顿顿饱"成为人们的一种向往。而"下棋"则是一种精神需要。一方面，中国象棋本身有着丰富的民族文化内涵，可以与中国几千年的历史文化相连，体现出特定的中国文化哲学；另一方面，对"下棋"的痴迷，也反映出历经"文革"的一代中国人，在经过精神的失落、迷惘之后，表现出对重建精神生活的向往和努力。作者从"吃"和"下棋"这两种普通行为入手，为特定年代中国人的存在寻找合

① 李锐．春色何必看邻家：从长篇小说的文体变化浅议当代汉语的主体性．当代作家评论，2002 (2).

② 扎西达娃．你的世界．文学自由谈，1987 (3).

理的依据：一个是物质存在的需要；一个是精神存在的需要。在叙述上，作品采用第三人称叙事，有意拉开作者、读者和审美对象之间的距离，拒绝可能的主观情感投入，使这两种普通的日常行为具有不普通的审美意义。这就是“陌生化”艺术审美。

同样，王安忆的《小鲍庄》也采用了“陌生化”艺术表现手法。小鲍庄人的普通日常生活，经过作家理性眼光的过滤，呈现出冷静的不露声色的审美表达。其中的每件事情，表面平常普通，但却暗含深意。比如拾来的故事、小翠子的故事、鲍秉德和疯妻的故事等，都是现实中普通的人物故事，但经过作家特殊的艺术表达，都呈现出意味深长的一面。同时，作者在叙述这些人物故事时，冷静客观，仿佛置身度外，以一种全知全能的俯瞰式的叙述姿态，不露声色地审视笔下的这些人和事，从而体现出一种有距离的文化思考，营造出“陌生化”的美学效果。这样的审美表达，在寻根作家中还有很多。例如韩少功的《爸爸爸》《女女女》、郑万隆的“异乡异闻”系列，都把平常的现实生活加以陌生化。但过分追求奇异，也导致了部分寻根文学作品对故事化文本的追逐。

20 世纪 90 年代后，寻根文学领域出现了两部优秀的长篇小说：韩少功的《马桥词典》和张炜的《九月寓言》。两部作品在艺术表现上都采用了“陌生化”的审美表达。《马桥词典》中，作者从一个普通的中国乡村——虚构的马桥弓中，选取了 115 个日常生活词，通过对每一个词的故事演绎和文化分析，表现了马桥人特殊的生活、心理和文化。在作者笔下，每一个词都有一个特定的故事，联系着马桥人的历史与现在、精神与生活。作者让每一个司空见惯的马桥人的日常词，都显得那么意蕴丰厚、标新立异而又与众不同。这种表现手法就是化普通为新奇，变熟悉为陌生，在人们常规的生活中发现语言特殊的文化意义。例如“科学”一词，本来是个褒义词，用来形容人对自然、社会、思维等客观规律的掌握程度。而在马桥则截然不同，“科学”就等同于“偷懒”。马桥人对“科学”一词最初的理解源于神仙府的懒汉马鸣。马鸣什么事情都不想做，懒得做，反而美其名曰“科学”。这样一来，在朴素的马桥人眼里，“科学”根本就不是什么好东西，只不过是偷懒的幌子而已。马鸣对“科学”的个人化解释与运用导致了马桥人对“科学”一词的深深敌意与戒备，这个词语因运用者的懒惰、狡辩而招致“连坐”的厄运。所以，马桥人不相信科学，乃至憎恨科学，见到汽车就会本能地拿砖头去砸。可见，对这些词语意义的实际理解，可能长远影响着一个人或一个民族的心理状态和未来的生存选择。类似的陌生化词语演绎，在作品中还有很多。

张炜的《九月寓言》则将小村人的生活予以放大，特别是其中关于“小村人的历史”、“忆苦”、金祥为改善小村人饮食千里迢迢借鏊子的故事等，都给人以审美上的新奇之感。在作品中，作者以“寓言”的方式，表现了小村人的生命欢乐，以及小村在现代工业文明的侵蚀下逐渐破败的历史，表达了对农业文明的怀念和对现代工业文明的担忧，并寄寓了自己回归乡土、融入野地、深入民间的理想主义情怀。普普通通的小村人和他们的生活，在作者笔下，竟被赋予了“寓言”的含义，这其实就是一种陌生化审美。《九月寓言》到底是什么寓言？通过小村人的普通生活，作者究竟要告诉我们什么？这是我们读这部内容普通的作品时，不得不追问的。这种陌生化审美，由于拒绝了审美主体的情感介入，而呈现出一种客观、冷静的艺术态度，体现出现代主义的艺术审美特征。

第三，象征手法的广泛运用。象征是现代主义最常见也是最重要的艺术表现手法之一。寻根文学中有着大量的象征手法运用，实际上，上述魔幻现实主义艺术审美中，就已经包含象征表现手法，因为象征是魔幻现实主义的主要表现手法之一。象征表现手法的大量运用，增强了寻根文学的现代主义色彩。

象征作为一种美学修辞方法，它的功用是表现从具象到抽象，从有限到无限的意义生发过程。在寻根文学作品中，象征大致可以分为两种类型：一种是局部象征，一种是整体象征。局部象征是选取小说中的某一个人物或某一个内容组成部分，来表达某种特别的意义。例如，特别的人物（如《小鲍庄》中作为“仁义”精神化身的“捞渣”、《爸爸爸》中作为集民族文化劣根性于一身的“丙崽”、《棋王》中教王一生下棋的无名无姓无儿无女的“捡破烂的老头”）和特别的意象（如《棋王》中代表中国传统文化的“象棋”、《爸爸爸》中丙崽娘手中那把锈迹斑斑的剪出整个山寨一代人的剪刀），都是小说文化意义表达中的一个组成部分，属于局部象征。整体象征是以作品的整体审美效果来寄寓某种特别的意义，这种审美方式，其实就是一种寓言化表达。寻根文学作品中，采用这种整体象征的作品也很多。例如张承志的小说《北方的河》中，那一条条纵贯北方的河流，总括起来，在象征的意义上，体现的就是承载历史与现实的中华五千年的历史文明，同时又是 20 世纪 80 年代躁动不安、蓬勃向上的时代精神的写照。《爸爸爸》中的“鸡头寨”、《马桥词典》中的“马桥弓”、《小鲍庄》中的“小鲍庄”、郑义笔下的“远村”和“老井”等，都是整体性的象征。这些特定的文学意象，在象征的意义上，其实就是当时中国的缩影或化身。这些作品因其整体的象征意义，成为一个个关于中国特定文化存在的民族寓言。象征手法的广泛使用，拓宽了寻根文学的意义表达空间，增强了寻根文学的艺术魅力。

第五章　寻根文学的价值取向

文学的审美过程本身也是一个价值判断过程，寻根文学不同的审美追求体现出不同的价值取向。实际上，在第四章对寻根文学的审美特征的分析中，就已经包含很多对寻根文学价值判断的论述。寻根文学是新时期以来中国当代文学价值多元化的开始，它突破了传统的二元对立思维模式，实现了文学主体的解放与自由，也促成了小说文本意义空间的释放，从而带来了文学审美和价值取向的多元化。在寻根文学多元化的价值取向中，有四个方面的价值取向最为突出，分别为文化启蒙主义、文化保守主义、民间价值立场和文本的故事化。前面三个部分是从文化价值取向来看的，后面一个是从文本价值取向来看的。寻根文学身处 20 世纪 80 年代传统文化与现代文化矛盾交织的特定的历史语境之中，体现出文化启蒙与文化保守两种不同而又矛盾交织的价值取向。同时，寻根文学亲近乡土和民间，其中有着浓厚的民间文化色彩，体现出特定的民间文化立场。由于寻根文学理论本身的悖谬，再加上理论和创作实践的脱离，在寻根文学运动的后期，一些作家最终放弃了文本意义的追求，而致力于文本故事的编织和营造，从而出现了文本的故事化价值取向。寻根文学的各种价值取向之间，既是艺术合力的关系，又是相互拆解的关系。它们一方面推动了寻根文学的发展，另一方面又导致了寻根文学的衰落。

第一节　文化启蒙主义

一说到启蒙，人们立即会想到“五四”。“五四”是 20 世纪中国启蒙运动的开端，20 世纪 80 年代被视为是继“五四”之后的又一个启蒙运动时期。新时期以来，中国社会进入了一个全新的历史发展阶段。在这样一个除旧布新的历史新阶段，中国社会的政治、经济、文化，乃至人的主体思想意识都发生了巨大的变化，共同营造出一种与“五四”相近的启蒙主义文化语境。这主要表现在以下三个方面。

第一，新时期之初，自上而下在全国范围内轰轰烈烈开展的思想解放运动，营造了一个相对宽松、自由的政治文化语境，更新了人们传统的思维方式和价值观念。当时开展的一系列讨论，如对“两个凡是”和“真理标准问题”的讨论，对现实主义问题的讨论，对文学创作中的人道主义、人性、人情、异化等问题的论争，对西方现代派文学的探讨，等等，都极大地解放了人们的思想。

第二，外来文化思想的冲击，开阔了人们的眼界，并提供了新的参照物和思想借鉴。新时期以来，随着西风东渐的再度流行，各种西方现代文学、文化、哲学、艺术等理论和社会思潮纷纷被介绍引进到国内，对长期与外界隔绝的中国文化界和知识界产生了强有力的冲击。像尼采、柏格森、叔本华等人的非理性主义，马尔库塞、哈贝马斯、弗洛姆等人的社会批判理论，萨特、海德格尔、雅斯贝尔斯等人的存在主义理论，克罗齐的直觉主义，弗洛伊德的精神分析学说，胡塞尔的现象学，库恩的科学革命思想，维特根斯坦、索绪尔的日常语言哲学，列维-斯特劳斯的结构主义理论，等等，这些外来的思想理论、主张、学说，对中国的知识界产生了强有力的冲击，成为他们主要的思想借鉴。

第三，知识分子主体意识得到复苏。“五四”时期是现代中国知识分子主体意识高扬的历史时期，在强烈的使命感支配下，知识分子成为民众的启蒙者和代言人，从而掀起了轰轰烈烈的“五四”启蒙运动。但在后来的中国社会历史进程中，由于“救亡压倒启蒙”的时代需求，知识分子的启蒙意识逐渐失落。经过 20 世纪 40 年代延安文艺座谈会和 50—70 年代工农兵文艺思想的改造，知识分子不再是民众的启蒙者，而是向民众学习的小学生。“文革”结束后，随着思想解放运动的开展，面对着一个崭新的历史时代，知识分子长期失落的主体意识逐渐得到复苏，启蒙意识得以重现。所有这些，共同构成新时期之初启蒙主义的文化语境。

身处这种启蒙主义语境中的新时期文学，普遍体现出启蒙主义的文化特征。因此有评论者认为：“新时期文学可以整体看作是一个‘启蒙的故事’。‘伤痕文学’‘反思文学’是政治启蒙；现代主义、人道主义思潮是‘人’的启蒙；而 1985 年兴起的‘寻根文学’则是一场文化启蒙。”[①] 这种

---

① 孟繁华．启蒙角色再定位：重读“寻根文学”．天津社会科学，1996（1）．

表述虽然有泛启蒙主义之嫌，将“启蒙”这样一个充满思想蕴含的特定概念予以简单化，但也表明了20世纪80年代整体的启蒙主义文化氛围，以及身处这种氛围之中的中国当代文化和文学总体上的启蒙主义历史动向。“五四”时期的启蒙侧重于从思想上启发引导民众，而寻根文学则期望通过呼唤文化意识来激发国人的文化热情，进而增强其民族文化自信，二者切入历史的方式不同。应该说，寻根文学中也有一定的思想启蒙，如韩少功的《爸爸爸》、张承志的《黑骏马》、李锐的《厚土》系列等，都有思想启蒙的成分，但总体而言，寻根文学更多的是文化发掘和文化审美，是从文化的角度来启发国人的文化热情，是一种文化启蒙。

寻根作家的文化启蒙热情，主要来自两个方面。

一方面是自我实现的需要，确立新时期知识分子话语主导权。寻根作家大多是年轻的知青，或者是有底层生活经历的知识分子，都经历过知识分子话语权失落的特定历史年代。新时期以来，在知识分子话语权重新确立的大潮中，作为新一代的年轻知识分子，他们迫切地要为自己争取一种话语空间和文化身份，为自己的存在寻找某种理由和依据。所以，他们很自然地接受了“五四”以来知识分子的启蒙使命，担当了民众的启蒙者和代言人。而为了与王蒙、张贤亮等老一辈作家的政治化写作相区别，他们必须另辟蹊径，去寻找自己的话语空间。同时，在20世纪80年代上半期，随着中国社会“文化热”的兴起，“文化”成为时代热门的关键词，使这些年轻的急于寻找出路的作家获得了一种启蒙的武器，或者说发现了一种介入历史与当下的途径，那就是文化。文化空间的开辟，使这些年轻的知青作家终于找到了自己的话语空间。

另一方面，寻根作家的启蒙热情，还来自他们的一个文化幻觉。他们认为通过对本民族传统文化的挖掘与再审视，激活民族传统文化中那些对当今现实有用的因素，可以为当代中国社会的现代化建设和民族复兴，提供某种历史依据或灵丹妙药。所以他们对寻根和民族传统文化，做了种种美好的设想。在《文学的“根”》中，韩少功说：“文学有‘根’，文学之‘根’应深植于民族传统文化的土壤里，根不深，则叶难茂。”同时强调：“……在文学艺术方面，在民族的深层精神和文化物质方面，我们有民族的自我。我们的责任是释放现代观念的热能，来重铸和镀亮这种自我。”李杭育则主张要“理一理我们的‘根’，也选一选人家的‘枝’，将西方现代文明的茁壮新芽，嫁接在我们古老、健康、深植于沃土的活根上，倒是有希望开出奇异的花，结出肥硕的果”①。还有阿城、郑义和郑万隆等人，都从不同的角度，肯定了文化发掘对于文学和当代社会生活的重要意义。

寻根文学的启蒙意识主要体现于以下三个方面。

第一，“五四”国民性批判话语的重现。国民性批判是“五四”启蒙文学的重要宗旨，批判国民劣根性，“揭出病苦，引起疗救的注意”，这是“五四”时期以鲁迅为首的“立人”启蒙文学思想的宗旨。这种启蒙主义的文学思想，对20世纪以来的整个中国现当代文学产生了深刻影响。在寻根文学中，这种批判性的启蒙主义思想部分地得到重现。国民性批判包括国民性格批判和负性的国民心理剖析两部分，而国民性格和国民心理是文化积淀的产物，究其实质，这种国民性批判其实也是一种文化批判。寻根作家中，对国民性批判最用力的是韩少功和李锐。韩少功的《爸爸爸》就是一部典范的启蒙主义文本。其中的鸡头寨在象征的意义上就是中国的化身，联系着中国的过去和现在。丙崽的形象让人很容易将其与鲁迅笔下的阿Q相提并论。这个虚构的人物集民族文化劣根性于一身，他外形丑陋、猥琐，思维混乱，语言不清，永远也长不大，象征着民族文化的原始、丑陋、混沌、非理性。小说中丙崽最后服毒而不死，则象征着这种民族劣根性文化死而不僵，难以根除。还有小说中对鸡头寨村民的描写，也是如此。他们祭祀、打冤、坐桩、循古，对丙崽态度盲目变化，都显示出这种文化的原始、野蛮、混沌和非理性。所有的这些描写，都表现出对民族文化劣根性和负性因素的批判，具有启蒙主义的思想特征，是一种文化批判。

同样的情况还可见于李锐的作品。寻根作家中，李锐以挖掘和表现农民文化心理见长，具有明确的启蒙意识。他的《厚土》系列小说，以一种写意化的艺术表达方式，选取了农民生活中的一些片段，集中展示了农民文化心理蒙昧、麻木、呆滞和令人痛心的一面，表达的是对国民性的批判性的艺术思考。例如《看山》中，窝囊汉子对生产队长给他的劳动分工不满，却不敢当面抗议。为发泄内心不满，他去窥视队长婆姨上茅厕。太阳底下，他终于看到队长女人白花花的屁股，竟满足了一种阿Q式的报复心理，获得了心理平衡。《假婚》中，生产队长给光棍汉子领来一个外乡讨饭女人，光棍汉子感激不尽，但女人却告诉他在此之前队长已经和她“先过了一水”。光棍汉子满腔暴怒，却不敢去找队长发泄，只能把一腔怒火更猛烈地发泄在那个女人身上。《眼石》里，“跟车人”因长期欠“车把

---

① 李杭育．理一理我们的“根”．作家，1985（6）．

式”钱而抬不起头，“车把式”强行睡了“跟车人”的女人。“跟车人”非常愤怒，经过协商，作为交换补偿，在睡了“车把式”的女人后，终于获得了心理平衡，并慷慨表示还钱。李锐的这些作品，是对民族传统文化心理的解剖和对国民性的审视。尽管在文本中，作者极力保持冷静、客观，但其中的批判色彩和文化启蒙意图，再明显不过。这种写作，使李锐的作品在部分程度上接续上了鲁迅的遗风，体现出启蒙主义的价值取向。

第二，表现“文明与愚昧的冲突”。早在20世纪80年代，评论家季红真就曾准确而深刻地将当时中国社会的文化特征概括为“文明与愚昧的冲突”①，这个论断后来成为关于20世纪80年代中国社会文化特征的经典之论。“文明与愚昧的冲突”是20世纪80年代中国社会的文化主题。显然，这是一个启蒙性的文化命题。在特定的历史年代，社会性的愚昧至少包括两种：政治愚昧和文化愚昧。“伤痕”文学、反思文学中有很多表现政治愚昧的。例如刘心武的《班主任》就表现了经过“四人帮”的长期思想毒害后，一代青年学生已经丧失了辨别是非对错的能力。作为班上优秀学生的谢慧敏和作为落后学生的宋宝琦，面对同一个启蒙读本，竟然表现出同样的错误认识态度，这其实就是一种政治愚昧。还有郑义的《枫》，表现“文革”期间的一对恋人，因为参加了不同的“造反派”组织，都自认拥护毛主席思想路线而指责对方为“反革命”，直至发生械斗。最终，男女恋人双方兵戎相见，女方被打死，而男方则被枪毙。在此，政治愚昧表现为一场残酷而又无知的闹剧。而从反思文学开始，很多作品则从文化的角度来反思民族文化的愚昧。比如古华的《爬满青藤的木屋》，其中对王木通这个人物的剖析和批判就很见人性和文化的力度。古华在关于《爬满青藤的木屋》的创作谈中，曾明确地告诉读者：“对于王木通这种人物，我早就似曾相识了。他是一个年代久远的社会存在。他没有文化，却被视为政治可靠；他愚昧，却被视为老实；他心胸狭隘，却被视为纯朴忠诚。就连他的蛮横自信，都被视为勇敢坚定……他视科学、文化如水火，视现代文明、民主政治如仇敌。”他认为：“问题不在于王木通本身有多大的罪过，而在于他所承袭下来的那种古老的生活方式，在于容许这种生活方式所产生的思想方式赖以存活的社会环境。”② 叶蔚林的《五个女子和一根绳子》则表现了文化的愚昧如何夺去了五个年轻女孩子的生命，令人震惊和

① 季红真．文明与愚昧的冲突：论新时期小说的基本主题．中国社会科学，1985（3，4）．
② 古华．木屋，古老的木屋…….小说选刊，1981（9）．

心疼。这些作品是新时期文学文化启蒙的先声。

寻根文学举起了文化启蒙的大旗。寻根文学中，以现代文明的理性眼光来检视民族文化心理的愚昧、混沌和落后，是一种普遍的写作思路。张承志的《黑骏马》就对蒙古草原文化中的混沌、蒙昧、野蛮等负面因素进行了现代审视和理性反思，其中的男女主人公，分别代表了两种不同的文化。作者以受过现代文明熏陶的男主人公白音宝力格，来观照处于原始、蒙昧状态的女主人公索米娅，一方面赞美其身上的民族传统美德，比如勤劳、善良、地母般的慈爱等，另一方面也批判了其思想意识的混沌、蒙昧和因循守旧，令人痛心。索米娅遭人玷污，却逆来顺受，缺乏抗争精神；而老奶奶则原始质朴，浑然无知，见不出任何现代文明的气息。两种文明的对照，就是一种启蒙主义的写作思路。正是因为启蒙主义视角的植入，作者才能于蒙古民族司空见惯的普通生活中，从一个遭到野蛮破坏的爱情故事中，发现其背后蕴涵的深刻的现代文明意义，从而写出一个“震撼人心的故事”，传达出强烈的悲剧美感。

郑万隆的一些表现东北鄂温克民族文化的作品也表现了文明与愚昧的冲突主题。例如《黄烟》中，山顶不断冒出的黄烟被山民们视为山神显灵，以为会给部落带来灾难。部落里每年都要用活人来祭祀山神，但其实这不过是活火山在冒烟而已。青年哲别冒着危险到山顶探明真相，却被部落里的人视为冒犯了山神的罪人，最终将其乱刀处死。文化的愚昧导致了人的悲剧，令人痛心。《钟》中的鄂伦春猎手莫里图与被视为灾星的姑娘恋爱，被认为是招致部族灾难的原因，要把他杀死献祭，文化的野蛮和愚昧令人悲哀。还有扎西达娃的表现藏民族文化的小说，以及迟子建表现鄂温克民族文化衰亡的小说《额尔古纳河右岸》等，也表达了这种文明与愚昧的冲突，同样具有文化启蒙意识。

第三，从积极的层面唤起人们对民族传统文化的认识和热爱。自 20 世纪 40 年代的延安文学时代开始，一直到“文革”结束，在频繁的政治运动影响和过于强烈的政治实用主义因素作用下，中国当代文学中的传统文化意识日渐薄弱。特别是 20 世纪 50—70 年代，在“破四旧”、反对“封、资、修”等的极端思想号召下，民族传统文化被扫荡一空，元气大伤，从而出现了郑义等人所谓的“文化断裂带”。新时期以来，如何恢复文化传统，重新点燃国人的文化热情，重建当代国人的文化精神，就成了一个迫切的时代命题。20 世纪 80 年代上半期，轰轰烈烈掀起的“文化热”，其实就是一次全社会性的文化启蒙。当时的文化热，涉及的领域很多，尤其是自然科学领域，而寻根文学是从文学的角度，担负起了这种文化启蒙使命。这种文化启蒙，对民族传统文化，当然既有肯定，也有批判。其中对民族传统文化的肯定性书写，就是从积极的层面弘扬民族传统文化的美和魅力，从而激发人们对民族传统文化的热爱。这种正面的文化张扬，其实就是一种文化启蒙。

这种文化启蒙，在20世纪80年代上半期那样一个文化匮乏的年代，具有鲜明的时代意义。例如汪曾祺在新时期之初，通过一系列的文化小说，如《受戒》《陈小手》《鸡鸭名家》《岁寒三友》《徙》等，表现了传统文化对人的文化人格和文化心理的积极影响，以及传统文化本身的魅力和美。再加上汪曾祺本身就是一个传统文化的活化石，尤其他对传统文化的大力倡导，从文到人，都具有强烈的文化启蒙意义。还有张承志的文化浪漫之作《北方的河》，以奔腾不息的北方的大江大河，来象征民族历史文化的悠久、漫长和伟力，发出无尽的赞美。仅此还不够，作者甚至还直接让男主人公“他”在黄河边发掘出象征中国五千年历史文明的陶瓷瓦片，以表现民族历史文化的悠久漫长和博大精深。整部小说就是一曲民族历史文化的赞歌。作者对民族历史文化表现出深深的景仰，以此唤起人们对民族传统文化的热爱。阿城的《棋王》也是如此。小说通过棋呆子王一生的下棋人生，弘扬了传统文化中儒家和道家两种民族文化精神。对棋呆子王一生来说，儒家文化是其存在的必需，通过它获得自己存在的价值和意义，进行自我确认；而道家文化则是其存在的必要，通过它抵御外在的影响，获得内心的宁静。儒道结合，或者说外儒内道，是很多中国人的文化人格和文化心理。在王一生身上，这两种文化实现了高度的结合。作者通过对这个普通而又带有传奇色彩的人物形象的成功塑造，向读者展示了传统文化的魅力和美。

在寻根文学中，这种正面弘扬民族传统文化的力量和美的作品还有很多。这些作品让古老的民族传统文化经过现代的艺术包装，焕发出新的活力，展现出特别的魅力和美，从而唤起了人们对传统文化的认识和热爱。这种对民族传统文化的积极弘扬，其实质就是从正面进行的文化启蒙，体现出寻根文学特定的启蒙意义和价值。

第二节　文化保守主义

在20世纪80年代上半期的中国社会中，传统文化与现代文化相互交织而又互为对抗。在“文化热”的背景下，一方面是掀起了对本民族传统文化的再评价、再认识，另一方面则是对现代西方文化的大量引进和盲目追随。这两种文化动向，导致了两种对抗性的文化态度，前者由对民族文化的再认识而生发出对民族文化的欣赏、留恋和自大心理，进而催生出一种文化保守主义思潮，后者由对现代西方文化的盲目推崇，进而产生了一种脱离民族传统文化、唯西方现代文化马首是瞻的文化激进主义思潮。二者的矛盾交织，构成 20 世纪 80 年代中国社会特有的既现代又传统、既激进又保守的文化氛围。

文化保守主义是在社会朝着现代化发展的过程中，当文化出现剧变时，一些文化者以一种历史回头望的姿态，对那种正在消逝或已经消逝的传统文化表示欣赏和留恋，并对正在到来的现代文化暗怀某种抗拒和排斥心理。文化保守主义有着较为浓厚的反现代化倾向，是工业文明所催生的一种世界性的文化反思浪潮。现代化就其本质而言，是一种工具理性，在给人类带来巨大的物质财富和便利的同时，也带来了极大的负面效应，例如对自然资源的破坏（如环境污染等）、对人的本来的内心世界的打破（如欲望的激发和道德危机等），从而导致了一系列灾难性恶果。正因如此，现代化又被称为“历史怪兽”，是一把历史的双刃剑：一方面推动社会前进，造福于人；另一方面，又制造危机，包括自然的危机和人的内在精神世界的危机，极具颠覆性和破坏性。

作为人类文明的必经之途，现代化的正面效应毋庸置疑，没有现代化就没有人类文明的进步。而时至今日，随着现代文明危机的频现，现代化的负面效应正在引起世界性的广泛关注、担忧和反思。艾恺在《世界范围内的反现代化思潮：论文化守成主义》一书中分析日耳曼及东欧民族的文化保守主义时说：“日耳曼及东欧的反现代化思想家一致地认为中古时代为社会理想状态的范式，也一致地仇视社会实际所朝向的改变方向——布尔乔亚文化。就在其运用中古与乡民社会为社会至善的试金石这一点上，我首次见出将反现代化者对现代化反应的性质在概念上加以体系化的方式。”[①] 这段话表明了文化保守主义理论出现的前提，那就是以欧洲中古时代理想的农业社会来“仇视”正在欧洲广泛开展的现代化运动，这是当时欧洲的一些文化保守主义者的思维方式。而这也奠定了后来文化保守主义

---

① 艾恺．世界范围内的反现代化思潮：论文化守成主义．贵阳：贵州人民出版社，1991：91.

者的思维模式，那就是以对农业文明的回归来抵制工业文明的无限扩张。

正是在此背景下，兴起于 18 世纪的欧洲浪漫主义文学思潮，就其本质而言，其实是一种文化保守主义思潮，以对农业文明的赞美、怀念和向往来表达对现代工业文明的抵制、拒斥和厌恶。例如著名的浪漫主义作家卢梭，终生都在为人类寻找精神的福地。在他看来，这种福地不在人类的变幻不定的内心，也不在组织缜密的现代理性社会，而是在广阔美丽的自然世界。由此，他提出“回归自然”的号召，提倡以大自然的优美、宁静、淳朴与和谐来复苏异化的人性。在《社会契约论》中，他更是呼吁建立一个农业文明的乌托邦理想社会。显然，卢梭的社会主张是逆现代化潮流而动的，在时间上是向后的，开的是历史的倒车，是对正在汹涌到来的现代化浪潮的某种本能的潜忧和抗拒。但是，这种主张在 18 世纪工业革命正在开展的欧洲，很有市场，很能博得相当一部分人的共鸣。所以，艾恺又说：“对乡村社会、乡民和中世纪（常常包括宗教在内）等的加以提升和歌颂，在浪漫文化民族主义思潮中几乎是无处不见的主题。”[①] 这表明，这种以反现代化为宗旨的文化保守主义思潮，在 18 世纪的欧洲，非常普遍。

文化寻根本身就是一种面向过去的文化发掘过程，文化寻根思潮的出现，本来就暗含文化保守主义的成分。陈仲庚认为：“西方世界在对现代化——特别是在其中起核心作用的科学理性——的负面影响进行清算的时候，也就模糊了现代化的明确目标；失去了‘瞻前’的明确目标，人们的目光便只好‘顾后’。于是，怀乡忆旧的情绪便弥漫整个世界，民族主义更是成为世界性潮流，这一现象反映到文学领域，也就是世界范围内的文学寻根。”[②] 叶舒宪则将之概括为“文化寻根是以向后回望来路的方式代替直接的前瞻”[③]。值得注意的是，西方这种建立在工业文明基础之上的反现代化文化思潮，影响了中国 20 世纪 80 年代的文化保守主义思潮，后者可以说是直接受其启发，但由于历史境遇不同，二者又有区别。

在 20 世纪 80 年代初的中国，现代化作为一项社会工程刚刚启动。一方面，整个社会对现代化充满了渴望，现代化所描述的未来美景成为整个

① 艾恺．世界范围内的反现代化思潮：论文化守成主义．贵阳：贵州人民出版社，1991：91.

② 陈仲庚．现代性的别处：乡土与寻根//陈晓明．现代性与中国当代文学转型．昆明：云南人民出版社，2003：200.

③ 叶舒宪．文化寻根的学术意义与思想意义．文艺理论与批评，2003（6）.

社会的理想目标，现代化被当作摆脱贫困、改变自身落后面貌的救世良方，在相当多的寻根作品中，对现代化充满了期待；另一方面，由于目睹了西方现代化的弊病和恶果，特别是两次世界大战和日益严重的环境污染、人性异化，中国的知识分子们对现代化又充满了担忧。这就形成一种两难的矛盾心理，既渴望又担忧。在此背景下，一些知识分子在现代化的大潮中，转而去发掘那些已经消失或正在消失的民族传统文化，发掘其魅力和美，借此来对抗现代化所带来的负面效应，规避现代化的恶果。这种对民族传统文化的眷恋和回顾，最终形成一种社会性的文化保守主义思潮。

这种文化保守主义的思想，在寻根文学宣言中就有着间接的表达。例如在韩少功和李杭育的文化“二分法”中，那些处在边缘的已经消失或正在衰落的“不规范文化”和“少数民族文化”，就受到特别的青睐，与主流的文化形成一种潜在的对抗，这其实就是一种文化保守主义的立场。韩少功更是从英国大历史学家汤因比对东方文化的推崇中，获得了文化自信。“西方历史学家汤因比曾经对东方文明寄予厚望。他认为西方基督教文明已经衰落，而古老沉睡着的东方文明，可能在外来文明的‘挑战’之下，隐退后而得‘复出’，光照整个地球。”由此，韩少功转而认为：“万端变化中，中国还是中国，尤其是在文学艺术方面，在民族的深层精神和文化物质方面，我们有民族的自我，我们的责任是释放现代观念的热能，来重铸和镀亮这种自我”，并将之视为“安慰和希望”①。李杭育则主张要“理一理我们的‘根’，也选一选人家的‘枝’，将西方现代文明的茁壮新芽，嫁接在我们古老、健康、深植于沃土的活根上，倒是有希望开出奇异的花，结出肥硕的果”。其中中西两种文化之间的关系，显然是中学为体，西学为用，在面向西方现代文化的过程中，突出了中国民族传统文化的价值和地位。类似的主张，在其他的寻根作家中都有体现。

在寻根文学中，这种文化保守主义主要体现为以下几个方面。

第一，原始主义的涌动。20 世纪 80 年代上半期，中国当代文学出现了一次比较明显的原始主义文化思潮，相当多的作家表现出对原始文化的痴迷和热爱，并进行了开拓。例如，张承志的《黑骏马》就表现了蒙古草原文化原始性的一面，以老奶奶额吉为代表的老一代草原文化，几乎未受到任何现代文明的洗礼，混沌而又蒙昧。《北方的河》则通过一条条纵贯

① 韩少功．文学的“根”．作家，1985（4）．

中国北方大地的奔腾不息的河流，表现了民族文化的原始野性和勃勃生机。邓刚的《迷人的海》则通过老少两代海碰子与大海的搏斗，表现了大海的神秘、凶险及人类征服自然的伟力。韩少功笔下的湘西几乎就是一种远离现代文明的史前世界，其中蛇虫疟瘴丛生，巫术迷信横行，充满了一种太古洪荒的原始主义气息。郑义、李锐对山西贫困、落后、闭塞、呆滞的农村文化的书写，以及贾平凹对“商州”民间文化的书写，很多都带有某种未经现代文明洗礼的原始文化的特征。莫言的《红高粱家族》等作品通过对“我爷爷”“我奶奶”充满血性的原始生命力的张扬，表达了对“种的退化”的文明担忧，体现出强烈的原始主义冲动。郑万隆对东北边陲原始森林文化的书写，表现了这种文化的原始、野蛮和蒙昧。乌热尔图对鄂温克族森林狩猎文化的书写，表现了这种文化的刚健、清新、力量和美，如《七叉犄角的公鹿》。还有扎西达娃对西藏文化的书写，其中的原始意味尤其鲜明，生活在其中的人物往往处在前文明时代，如《西藏，系在皮绳扣上的魂》中的男主人公塔贝。韩少功认为：“原始时期是人类的幼年时期，而幼年时期就是一个人的原始时期。它并没有消逝，而是潜入了人类现在的潜意识里。在这个意义上，开掘原始或半原始文化，也就是开掘人类的童心和潜意识。这正是艺术家要做的事情。”[①] 所有的这些，使20世纪80年代的中国文学在追逐现代化的表象之下，涌动着一股原始主义的文化暗流。二者的结合，形成当时独特的文学和文化景观，并最终全部汇入寻根文学的大旗之下。

原始主义文化思潮的出现，在当时具有两方面的意义：一是主动规避政治意识形态对文学的侵扰，以原始、自然、无拘无束的艺术精神来追求写作自由，为文学表达拓展艺术空间；二是对民族原始文化，特别是原始艺术精神的寻找与呼唤，这便是后来所谓的文学的寻“根”。在这种意义上，寻根文学其实也是一场原始主义文化思潮催生出的文学运动。

在韩少功、李杭育等人的认识中，所谓文学的“根”，指的就是那种年代久远的边缘文化或少数民族文化，也可以说是一种原始主义文化。所谓寻“根”，其实就是对这种民族原始文化的发掘与弘扬。对“根”的这种认识，使寻根文学在实际的发展过程中，朝着两个方向发展：一是时间上，采用历史倒溯的方式，认为那种离现在越远越古老的文化越有价值，这导致一些作家挖空心思，把寻根变成了文化考古；二是空间上，认为那

① 韩少功．胡思乱想//世界．长沙：湖南文艺出版社，1996.

种距离文化中心越远越边缘化的文化越有意义，这又把寻根变成了文化探险。这两方面的结合，使寻根文学在实际的文本操作上，呈现出一种原始主义的文化动向。那些远离现代文明的边地文化，比如原始森林、戈壁滩、雪山、荒漠、草原等，或者一些已经消失的民族传统文化，比如“男人的辫子”“女人的小脚”“八旗子弟”“烟壶”等“国粹”文化，或者同样消失或鲜见的民间文化，如“绿林土匪”“江湖好汉”等，以及一些边远地区的少数民族文化，如鄂温克族、藏族和蒙古族等民族文化，在寻根作家的笔下，都散发出了现代的光彩。例如莫言的《红高粱家族》和郑万隆的《老棒子酒馆》，就标榜了一种与现代文明社会久违了的江湖好汉精神。“我爷爷”土匪头子余占鳌杀人越货，敢作敢为，豪气冲天；民间高手陈三脚三脚踢死一匹狼，虽遭仇家暗算，临死也不失尊严，在大雪封山之前一个人来到大山沟里等死；等等。作者通过他们的刚烈豪放、血性勇敢，表达了对民族原始生命强力的呼唤。黄子平将这种文学现象视为那些长期消失了的绿林土匪、江湖好汉“返出江湖”①。这种主题表达，其实重述的是沈从文早在20世纪三四十年代就在反复强调的一个主题，那就是对民族原始生命强力的呼唤。而沈从文的这种文化主张，既具文化启蒙意义，又具文化保守色彩，某种意义上说已是共识。

第二，对传统文化的诗性赞美。通过对传统文化正面因素的积极弘扬，来表达对传统文化的礼赞和服膺之心，从而唤起人们对传统文化的热爱，这也是寻根文学文化保守主义的又一种表现。以汪曾祺为例，汪曾祺是新时期文化小说的开创者，被认为是寻根文学的肇始人。汪曾祺大力倡导向传统文化回归，在创作中大力弘扬传统文化，从积极的层面表现传统文化的魅力和美。《受戒》对传统文化的书写，生意盎然，小说既是一曲平和的乡村文化牧歌，又是一处优美的世外桃源，充满了田园诗性和生命欢乐，表现出特别的文化的美。汪曾祺的这种写作及文化倡导，在文化意识匮乏的20世纪80年代初，对唤起人们对民族传统文化的热爱，具有文化启蒙的意义。汪曾祺因这种文化宣扬，在当时就被人视为文化守成主义者，而他的这种文化书写又被视为寻根文学的先声。同样的情况还可见于张承志。张承志被视为20世纪80年代的文化英雄，但他的文化意识中，较少西方文化的色彩，而更多的是一种民族传统文化意识。如果说发表于1982年的《黑骏马》还有一个启蒙性的现代文明视角，以文明来批判愚

① 黄子平．“灰阑”中的叙述．上海：上海文艺出版社，2001：81.

昧，那么于1984年发表的《北方的河》，则几乎全部是对民族传统文化的礼赞，以及对现代城市文明的潜在拒斥，已经表现出明显的文化保守主义色彩。主人公“他”在野外考察河流时，充满活力，而一旦回到城里，特别是为了获取研究生准考证而不得不四处奔波，甚至委屈求人时，则显得力不从心，勉为其难，如同被束缚住了手脚。甚至就连他的身体也不如在野外考察时那样强健，回城后他的胳膊一直隐隐作痛。这些细节描写显然表明了城市文明和自然文明的对比，表明了作者的文化态度，体现了作者的文化向往。而越往后来，张承志的文化保守主义色彩越浓，终于从最初的文化寻根退回到对本民族（回族）的文化发掘，文化视野越来越狭窄。

第三，对现代化理性认同而情感排斥的矛盾文化心理。这其实就是历史现代性与审美现代性之间的冲突。毫无疑问，在寻根作家的文化热情中，有着强烈的现代性的诉求。但正如卡林内斯库所言，现代性表现为两种形式，即“作为西方文明史一个阶段的现代性同作为美学概念的现代性”，这两者之间关系紧张，矛盾对抗，后者对前者“公开拒斥”，并表现出“强烈的否定激情”。[①] 正是在这样的矛盾交织中，现代性充满了审美张力。寻根文学的文化保守主义体现的其实就是一种审美意义上的现代性。寻根文学出现的20世纪80年代，正是整个中国社会对现代化充满渴望和奋起直追的年代。在这种现代化的语境中，寻根作家大多在理性上认同、遵循社会发展的历史方向，而在情感上，则对那些在现代化的侵袭之下日渐式微的传统文化表现出眷恋和回顾，体现在文本上，则是现代与传统的矛盾交织，具有一种苍凉的悲剧美感。

在这方面，表现得最到位的是李杭育。在“葛川江”系列小说中，一方面作者表达了对工业文明的拒斥。在《最后一个渔佬儿》中，由于工业污水排入江中，江里的鱼儿越来越少，越来越小，传统的以捕鱼为生的渔民纷纷改行上岸。工业文明的到来，改变了人们的生活方式，也影响了人们的道德观念，人心越来越不古了。另一方面，作者塑造出一个又一个“最后一个”的意象，比如“最后一副滚钩”“最后一条鲥鱼”“最后一个渔佬儿”等，表达了对正在逝去的传统文化或某种传统生活方式的留恋。小说中主人公福奎对现代文明充满了矛盾心理：一方面，作者透过他的眼睛，看着江对岸的灯光，不由发出感叹：“城里那帮照着钟点干活的孱头还真有点能耐。”另一方面，又借助他表达了对城市文明的蔑视和对自由

---

① 卡林内斯库．现代性的五副面孔．顾爱彬，李瑞华，译．北京：商务印书馆，2002.

自在生活的向往："照着钟点上班下班，螺蛳壳里做道场，哪比得上打鱼自由自在？"但最终，作者的情感天平还是偏向了传统性。福奎穷得头无片瓦，只剩下一条相依为命的小船，连多年的相好也娶不起，甚至连裤头都是相好给的，但他仍拒绝上岸。等待他多年的老情人阿七另投他人怀抱，阿七为他精心安排的为求工作而请人吃鱼套近乎的表演也被福奎有意搞砸。最终，福奎一人孤零零地回到江中，固守着那种正在消逝的传统渔民生活，作者对其充满同情和无奈。《最后一个渔佬儿》是一曲传统文化的挽歌，凄凉、优美而又不无感伤。还有《沙灶遗风》中的主人公施耀鑫，也是一个传统守旧者。施耀鑫虽承认小洋楼既时髦又实惠，但在短暂的认同之后，仍然在情感上拒绝了它，临走之前仍不忘朝它吐一口唾沫。在这种传统与现代的矛盾交织中，尽管作者对现代文明给葛川江两岸带来的变化在理智上表示认同，但在情感上却对主人公福奎、施耀鑫等所代表的生活方式和伟岸人格表达了留恋和赞美，从而使小说在传统和现代之间难以割舍，呈现出一种挽歌的情调。这种矛盾的审美体验具有特别的悲剧美感，体现出的其实就是那种所谓的审美现代性。

与这种文化保守主义相似，还有一种是对传统文明的缅怀和对现代文明的强烈抵触。较之上述在传统和现代之间的两难心理，这种文化心理似乎有些偏激。张炜可以说就是这样一位作家。张炜的创作表现出对农业文明的偏执的爱和对工业文明的深恶痛绝，文化保守色彩非常鲜明。张炜的写作视角是向后的，是对已经逝去或正在逝去的农业文明的缅怀和张望。张炜曾直言不讳地说："我要从事艺术，就不能不更多地留恋，不能不向后看。""假使真有不少作家在一直向前看，在不断地为新生事物叫好，那么就留下我来寻找前进路上疏漏和遗落了的东西吧。"① 从 20 世纪 80 年代初张炜步入文坛一直到现在，这种文化保守主义思想一直是其显著特征，某种程度上甚至走向偏激。集中体现其文化保守主义倾向的作品是 1994 年出版的长篇小说《九月寓言》，这部作品被誉为 20 世纪 90 年代最有影响的十部长篇小说之一。这部作品集中地反映了张炜的思想特征和所达到的精神高度。作品中的小村是农业文明的化身，是张炜的抒情对象和情感寄托所在，而煤矿工区则是工业文明的化身，是小村的威胁者和作者憎恶的对象。小说浓墨重彩地表现了小村的苦难历史和现实的艰辛与欢乐，例如对于"鲅鲅"村民的移民由来、露筋和闪婆的苦难遭遇、小村人的忆苦

① 张炜．芦青河四问//美妙雨夜．上海：上海文艺出版社，1991：420.

生活、金祥为改善小村人的伙食千里迢迢借鏊子的传奇故事、肥和赶樱等小村年轻人的生命欢乐等，作者都表达了充分的理解、同情和赞美。而对于工区，作者则满怀敌视和无奈。不断蔓延的工区煤矿开采，不但破坏了小村的和谐宁静，导致了人心的败坏，而且，最终毁灭了小村。由于煤矿过度开采，小村地下被挖空，引起海水倒灌、地表塌陷和土壤变质，小村被迫迁徙，曾经的宁静和快乐化为乌有。作者为小村唱出了一曲传统农业文明的无奈挽歌。类似这样两种文明之间的对照冲突，成为张炜后来写作中的一个固定模式，其文化保守主义的立场也日渐鲜明，甚至走向偏激，在日益现代化和世俗化的当代文坛，也显得越发孤独。

第四，以传统性来颠覆现代性，逆历史潮流而动。寻根作家们在表达传统性与现代性的冲突时，有时甚至不顾历史发展的客观规律，而凭着个人主观情感的好恶，逆历史潮流而动，表现出传统性对现代性的颠覆。这也是文化保守主义的一种极端表现。这方面典型例子可见于郑义的《老井》和《远村》两部作品。

《老井》中，作为传统文化化身的孙旺泉，被誉为“小龙转世”，而作为现代文明化身的赵巧英，则被视为是狐狸精托生。这种人物的介绍、出场，本身就体现出作者对传统性的赞美和对现代性的嘲讽。小说中关于万水爷愤激之下绑晒龙王的举动，虽说无奈，但作者却安排老天果然下了一场大雨。这种情节安排，当然体现出一种带有迷信色彩的传统文化意识。而在这一过程中，现代的科学理性精神则显得十分尴尬，实际上表现出对传统的让步，或者说表现出作者在面对现代与传统之间的冲突时的胆怯和畏缩。为什么在这种人与自然尖锐矛盾冲突的关头，一定要安排老天爷下一场及时大雨呢？这场大雨除了能够缓解读者心头的焦虑感之外，更多体现了现代文明向封建迷信思想的低头，表明了现代性的失败。在孙旺泉与赵巧英二人的爱情关系处理上，作者也让现代性屈服于传统性。在进城远走高飞和留在村庄挖井之间，或者说在现代爱情与传统使命之间，也就是在现代与传统之间，孙旺泉最终选择了后者。孙旺泉最终忍辱负重地“嫁”给了寡妇段喜凤，成为人家的生育机器，而拒绝了宁可与自己“拉边套”的女子赵巧英，文化的悲剧最终体现为人的悲剧。赵巧英所代表的现代性最终不敌孙旺泉所代表的传统性，显示出的是一种历史悖论和文化悲剧。这种故事情节安排，逆历史潮流而动，也违反人性，是作者主观价值理念的特殊表达。郑义表示：“对这两个人物我是矛盾的，赵巧英勇敢追求新生活却又肤浅，孙旺泉深厚扎实却又与传统妥协，我无法从这矛盾中解脱出来，便在作品中老老实实地保留了这种矛盾。”①

《远村》中，杨万牛为心爱的女人叶叶拉了二十多年的“边套”，这本身是一个巨大的文化悲剧，令人同情。但作者偏于小说的末尾，让叶叶在临死前给善良而又懦弱的杨万牛生下两个属于他自己的孩子，给主人公带来一点温暖和希望，似乎可以多少化解沉重、压抑的悲剧氛围。但这其实正是作者文化保守主义的体现，也可以说是小说的败笔。它让读者对杨万牛这样一个缺少抗争精神的男主人公在同情之余，获得了一些心理上的安慰，进而也削弱了对他的批判色彩。但这样一来，人性的批判让位于文化的妥协，在某种程度上也淡化了小说的悲剧色彩，体现出作者面对现实悲剧时的某种逃避心理。这种艺术处理方式，就是一种文化保守主义，它使小说中的文化启蒙最终演变成文化妥协，从而削弱了作品本来具有的文化批判意义。

第三节　民间价值立场

寻根文学中有着大量的民间文化书写，这些民间文化各有不同的表现形态，相应地也具有不同的审美功能，体现出不同的价值取向。这可以从以下几个方面来看。

第一，以民间文化来质疑和解构占主导地位的传统文化。这可以汪曾祺为代表。作为“京派”文学与文化的传人，汪曾祺致力于传统文化书写，长期处于文坛边缘，不入主流。汪曾祺的作品也正面表现了传统的儒家和道家文化，但他的作品中，真正能体现其艺术个性和艺术魅力的，很多时候却是民间文化书写。《大淖记事》中，生活在江南小镇上的人们各自有着自己的文化操守，但这些操守各不相同，并非都接受传统文化伦理规范，很多来自底层民众生活本身，多姿多彩，生动活泼。例如掌柜有掌柜的风范，挑夫有挑夫的做派，外来行帮有行帮的规矩，等等，共同构成一个自足的民间文化世界。性是民间文化的一个重要内容，也是一个重要视角。汪曾祺是一位严肃作家，很少写性。但在这篇小说中，他也写到了性，而且写的是民间优秀女子巧云遭受的暴力的性侵犯。与众不同的是，汪曾祺通过这种不“和谐”的事件，表达了他的文化思想和性道德观念。

① 郑义，施叔青．太行山的牧歌．上海文学，1989（4）．

小说中有一段话表现了当地人们对性的看法，其实也可以被视为作者自己的看法，极具民间文化意味：

> 这里人家的婚嫁极少明媒正娶，花轿吹鼓手是挣不着他们的钱的。媳妇，多是自己跑来的；姑娘，一般是自己找人。他们在男女关系上是比较随便的。姑娘在家生私孩子；一个媳妇，在丈夫之外，再“靠”一个，不是稀奇事。这里的女人和男人好，还是恼，只有一个标准：情愿。有的姑娘、媳妇相与了一个男人，自然也跟他要钱买花戴，但是有的不但不要他们的钱，反而把钱给他花，叫作“倒贴”。因此，街里的人说这里“风气不好”。到底是哪里的风气更好一些呢？难说。

“难说”，表明汪曾祺对封建传统性道德观念的质疑。封建传统性道德观念是封建卫道士为女性立法，用封建礼教来桎梏和摧残女性的。汪曾祺站在民间立场上，从人性角度出发，以民间性道德观念的开放、自由来质疑封建传统性道德观念，体现出作者的民间自由文化精神，具有鲜明的当代意义。

所以，当巧云遭受刘号长的强暴之后，她的反应与传统妇女遭受类似情况的反应也不一样：

> 巧云破了身子，她没有淌眼泪，更没有想到跳到淖里淹死。人生在世，总有这么一遭！只是为什么是这个人？真不该是这个人！怎么办？拿把菜刀杀了他？放火烧了炼阳观？不行！她还有个残废爹。她怔怔地坐在床上，心里乱糟糟的。她想起该起来烧早饭了。她还得结网，织席，还得上街。她想起小时候上人家看新娘子，新娘子穿了一双粉红的缎子花鞋。她想起她的远在天边的妈。她记不得妈的样子，只记得妈用一个筷子头蘸了胭脂给她点了一点眉心红。她拿起镜子照照，她好像第一次看清楚自己的模样。她想起十一子给她吮手指上的血，这血一定是咸的。她觉得对不起十一子，好像自己做错了什么事。

在巧云的反应中，没有那种撕心裂肺的呼喊，更没有那种寻死觅活、投水上吊的冲动举措，见不出任何封建文化伦理的影响。巧云的表现，只是一个普普通通、实实在在的民间弱女子面对不幸时的本能反应。可以说，是自由的民间文化精神让这个不幸的弱女子抵御了来自传统伦理的道德审判和二次伤害。在这方面，民间文化自有它的生命强力和保护作用。

在汪曾祺的作品中，这种民间文化常常处于从属位置，以其活泼、自由，对主流传统文化伦理予以消解和对抗。

在莫言的《红高粱家族》中，武装抗日的土匪根本就没有什么明确的政治思想觉悟，而更多的是出于一种原始的自发的本能，保卫家乡，抵御外敌入侵。这些土匪大多是穷苦的底层农民出身，并不令人感到可憎，相反倒显得朴实可爱。然而，就是这些不登大雅之堂的或为人所不齿的民间土匪，在面对外敌入侵时，却能全力以赴，自发抗日，其光彩全然盖过那些主流抗日力量。这种书写，就改变了以往对土匪的灰色书写，令人耳目一新。与余占鳌带领的民间土匪抗日武装力量相比，无论是代表国民党政治势力的冷支队长，还是代表共产党政治力量的胶高游击大队长，都相形见绌，反倒是那些没有明确政治觉悟的民间土匪武装力量令人起敬。

还有陈忠实的《白鹿原》，其中有一段对白灵和鹿兆海这一对恋人革命道路选择的描写，也充满了民间文化意味。在关于国共两党政治道路的选择问题上，他们二人其实并没有什么明确的政治导向，而是通过抛掷硬币的方式来决定。最终白灵选择了加入共产党，而鹿兆海选择了加入国民党。这种以游戏方式做出政治选择，就颠覆了以往那种政治信仰决定政治道路的惯常写法，解构了在做政治道路选择时的严肃性和神圣庄严感，而更多了一层偶然性、戏剧性和历史的荒诞感。尤其是小说后面对二人不同结局的交代，其民间文化意味更为突出。

在王安忆的《小鲍庄》中，当文疯子鲍仁文从革命政治等主流话语的角度，来引导参加过抗美援朝的老革命鲍彦荣，让其讲述英勇杀敌的心理动机时，得到的却是令人啼笑皆非的民间真实声音：

> “我大爷，打孟良崮时，你们班长牺牲了，你老自觉代替班长，领着战士冲锋。当时你老心里怎么想的?”鲍仁文问道。
>
> “屁也没想。”鲍彦荣回答道。
>
> “你老再回忆回忆，当时究竟怎么想的?”鲍仁文掩饰住失望的表情，问道。
>
> 鲍彦荣深深地吸着烟卷：“没得工夫想。脑袋都叫打昏了，没什么想头。”
>
> “那主动担起班长的职责，英勇杀敌的动机是什么?”鲍仁文换了一种方式问。
>
> “动机?”鲍彦荣听不明白了。

“就是你老当时究竟是为什么，才这样勇敢！是因为对反动派的仇恨，还是为了家乡人民的解放……”鲍仁文启发着。

“哦，动机。”他好像懂了，“没什么动机，杀红了眼。打完仗下来，看到狗，我都要踢一脚，踢得它嗷嗷的。我平日里杀只鸡都下不了手，你大知道我。”

在这一问一答过程之中，主流政治话语试图引导和规训民间话语，却被民间话语解构得面目全非。这种原汁原味的民间对话，很接地气，真实自然，幽默诙谐，具有特别的艺术效果。

第二，表现民间文化的神秘、野蛮与蒙昧。民间文化包罗万象，诡谲复杂，藏污纳垢，相当多的民间文化既神秘难解，又野蛮蒙昧。寻根文学中，很多作家都站在民间的立场上，表现了民族文化的这种负性和落后的一面。韩少功、郑万隆和扎西达娃是其中的代表。韩少功的小说整体上具有神秘主义气息，这与他所热衷表现的楚巫文化有关，也与他有意追求的模糊审美风格相关。他的《爸爸爸》《女女女》《归去来》和《马桥词典》等作品，都表现了湘西巫楚文化的原始、野蛮和神秘，体现出知识分子的批判意识和启蒙精神。《爸爸爸》几乎就是一个自足的民间文化世界，其中充满了原始巫术。例如写丙崽娘骂人，每骂一句，便要“在大腿弯里抹一下，据说这样可以增加语言的恶毒性”；要是在山上迷路了，“赶紧撒尿，赶紧骂娘，据说这是对付‘岔路鬼’的办法”；被毒虫咬了，“解毒办法就是赶快杀一头白牛，让患者喝下生牛血，对满盆牛血学三声公鸡叫”；烧窑要挂太极图；灌大粪可以治疯癫；战前要砍牛头看牛身摔倒方向以预测胜败；等等。小说中的文化极其野蛮残酷，例如，丙崽娘用的那把锈迹斑斑的剪刀，既剪酸菜、指甲，又给女人接生；杀活人祭谷神；将冤家尸体和整猪切成大块放在一块炖，戳到啥谁就得吃啥；仲裁缝把老鼠打死烧成灰泡水喝；等等。人是文化的主人，文化的野蛮其实是人的野蛮，文化的愚昧是人的愚昧。小说中的文化几乎就处于文明世界之外，是一种原始自在的民间存在。

《马桥词典》几乎就是一个词语覆盖下的民间世界，其中很多词语表现了马桥文化的神秘和蒙昧。例如，“嘴煞”是用来诅咒他人的恶毒语言，“翻脚板的”是马桥人最骂不得的话，其恶毒等级最高。马桥人迷信“嘴煞”可以置人于死地，这其实就是一种迷信和愚昧心理。复查骂了罗伯一句“翻脚板的”，没有及时“退煞”，后来，罗伯被疯狗咬伤致死。复查为此耿耿于怀，一直认为罗伯的死是自己咒的，以致神思恍惚，性情大变。一句“翻脚板的”改变了复查的整个人生。复查因了一句嘴煞，而陷入无法弥补过错的忏悔与良心谴责中，落入语言的魔圈而无力自拔。“魔咒”也是语言暴力的一种。马桥人对付作恶多端的“夷边”人的报复手段就是“魔咒”——马桥人偷偷绕“夷边”人三圈，口里念着一种把岭上各处地名拆散之后再加以混杂的极为复杂绕口的口诀。受诅咒之人，一般都会在林子里迷路。另一种“取魂咒”，取恶人一根头发，一遍遍地施以咒语，恶人就会丧失神志，成为行尸走肉。这些内容听起来神秘莫测，充满巫术色彩，其实质则是野蛮和蒙昧。

郑万隆的“异乡异闻”系列表现了东北鄂伦春人狩猎文化的神秘、野蛮和蒙昧。他们敬山神，信奉萨满教，举行各种萨满宗教仪式，对自然界的一些现象顶礼膜拜。例如，《黄烟》中火山喷发，《我的光》中出现北极光。这些本来属于平常的自然现象，但在缺乏现代文明知识的山民们眼中却很神秘，以为是神灵再现。他们对这些自然现象顶礼膜拜，扼杀一切新的认识和发现，从而导致了一系列野蛮、残酷和愚昧的悲剧行为发生。这种野蛮和残酷，成为对抗和压制现代文明的一种力量和手段。《黄烟》中，山上不断冒出的黄烟被山民们敬奉为山神显灵，部落里每年都要用活人来供奉，但其实这不过是活火山在冒烟而已。而青年哲别冒着生命危险从山顶探明真相后，却被山民认为冒犯了山神，将其乱刀处死。《钟》里的鄂伦春猎手莫里图与被视为灾星的姑娘恋爱，被认为是导致部族灾难的原因，要把他杀死献祭，文化的野蛮、蒙昧和残酷令人心惊。扎西达娃的小说则以魔幻的笔法表现了藏族文化的神秘和蒙昧。小说《西藏隐秘岁月》和《西藏，系在皮绳扣上的魂》表现了藏民族宗教神秘文化，但在时间的进程中，这种文化是静止落后的，甚至是前文明的，几乎与现代文明世界绝缘。两部作品都是对时间的诉说，表现了在现代文明进程当中藏民族文化被现代文明遗忘的历史和痛苦历程。

第三，表现民间文化的力量、野性和生命力。民间文化自发、自然、自在，有藏污纳垢的一面，也有刚健、清新、生机勃勃的一面。郑万隆的《老棒子酒馆》就是一个典型作品，其中的民间高手陈三脚，豪爽仗义，武艺高强，大碗喝酒，大块吃肉。他曾经三脚踢死一匹狼，后被仇家暗算，身受重伤，在大雪封山之前返回大山，死也要死在深山里，以免让人笑话。小说表达了对陈三脚所代表的那种英雄气概和刚毅人格的礼赞与呼唤。这种文化书写中，表现最为突出的是莫言的《红高粱家族》，其中

“我爷爷”余占鳌和“我奶奶”戴凤莲，充满血性，自由奔放，无拘无束，敢作敢为，敢爱敢恨，充分展示了民间文化的力量、野性和生命力。还有一种情形也表现了民间文化的力量，那就是表现民间文化的博大精深，藏而不露。比如阿城的《棋王》对民间象棋高人——捡破烂老头的书写。老头无名无姓，无儿无女，但却身怀绝技，化于无形。小说中对这个人物的塑造，一方面当然是在叙事的层面解释了王一生高超的棋艺的由来；另一方面，则具有文化象征的意义，表明了中国文化深植民间，藏而不露，博大精深。

第四，对民间文化的赞美、留恋。民间文化还有诗意、优美的一面，令一些寻根作家流连忘返。这仍然可以汪曾祺为代表。汪曾祺的那些回忆性的作品表现了民间文化的魅力和美，寄托了作者的人生理想。小说《受戒》表现的就是一个生机盎然的民间文化世界。小说中做和尚不是出于信仰，而是一种职业，这就给人耳目一新的感觉。至于小和尚明海与小英子谈恋爱、二师兄娶老婆、风流和尚三师兄找情人、和尚庙里杀猪、大伙吃肉赌钱，这些描写不但不给人以秽亵之感，反倒生机勃勃，趣味横生，是对传统的佛门清规戒律的破除和对健康自然生命的礼赞。例如，《大淖记事》中对江南小镇上各种人物风流的描述，如锡匠、挑夫、做各种小买卖的，各有特色，当然，最具魅力的还是对当地妇女的描写：

> 这里的姑娘媳妇也都能挑。她们挑得不比男人少，走得不比男人慢。挑鲜货是她们的专业。大概是觉得这种水淋淋的东西对女人更相宜，男人们是不屑于去挑的。这些“女将”都生得颀长俊俏，浓黑的头发上涂了很多梳头油，梳得油光水滑（照当地说法是：苍蝇站上去都会闪了腿）。脑后的发髻都极大。发髻的大红头绳的发根长到二寸，老远就看到通红的一截。她们的发髻的一侧总要插一点什么东西。清明插一个柳球（杨柳的嫩枝，一头拿牙咬着，把柳枝的外皮连同鹅黄的柳叶使劲往下一抹，成一个小小球形），端午插一丛艾叶，有鲜花时插一朵栀子、一朵夹竹桃，无鲜花时插一朵大红剪绒花。因为常年挑担，衣服的肩膀处易破，她们的托肩多半是换过的。旧衣服，新托肩，颜色不一样，这几乎成了大淖妇女的特有的服饰。一二十个姑娘媳妇，挑着一担担紫红的荸荠、碧绿的菱角、雪白的连枝藕，走成一长串，风摆柳似的嚓嚓地走过，好看得很！
>
> 她们像男人一样的挣钱，走相、坐相也像男人。走起来一阵风，

> 坐下来两条腿叉得很开。她们像男人一样赤脚穿草鞋（脚指甲却用凤仙花染红）。她们嘴里不忌生冷，男人怎么说话她们怎么说话，她们也用男人骂人的话骂人。打起号子来也是“好大娘个歪歪子咧！”——“歪歪子咧……”

在作者的笔下，当地的这些妇女显得俊俏、能干，甚至泼辣，充满生气。这是一种底层民众的生活形态，体现的是一种自由活泼的民间文化精神，其中洋溢着作者的欣赏和赞美。

李杭育笔下的吴越文化相对于主流的中原文化来说，既是地域文化，也可以说是一种民间文化。他所塑造的众多“最后一个”的意象，其实就表达了对这种即将消失的民间文化的欣赏和留恋。例如《最后一个渔佬儿》中的福奎，就代表了一种民间自由自在的生活方式和伟岸人格，受到作者的肯定和礼赞。对民间文化最为欣赏的是贾平凹，他多次探访商州，考察地方的民风民俗，流连忘返于其中。如贾平凹到了商州之后，曾诗性地写道：

> 商州，实在是一块神奇的土地呢。它偏远，却并不荒凉，它贫瘠，但异常美丽。……其山川河岩，风土人情，兼北部之野旷，融南部之灵秀，五谷杂粮茂生，春夏秋冬分明，人民聪慧而不狡黠，风情纯朴绝无混沌。我……真所谓过起温庭筠曾描写过这里的生活了：“鸡鸣茅店月，人迹板桥霜。”遇人家便讨吃讨喝，见客店就歇脚歇身，日子虽然辛苦，却万般地忘形适意。①

在这里，民间世界表现出了巨大的魅力和亲和力，令作者流连忘返。在这种诗性的赞美之中，作者几乎都忘却了自己的文化寻根使命，而成为一名乡土文化的歌咏者。

第四节　文本的故事化

寻根文学运动的后期，由于启蒙意义的迷失，一些寻根作家在历史文化的发掘过程中，淡忘了自己的文化身份和启蒙使命，不自觉地流于故事化审美。这种故事化文本追逐，使一些作家在对历史文化的搜奇猎胜中，

① 贾平凹．在商州山地（代序）//小月前本．广州：花城出版社，1984.

纵情展示自己的才情和想象，使寻根文学最终呈现出故事化的文本取向。这种情况，在那些被追认为寻根文学的作品中早就存在，比如邓友梅和冯骥才的那些传奇性的文化之作，都基本上写于寻根文学运动发起之前。这种故事化的文本取向，越到寻根文学运动的后期，越是明显和普遍。相当多的作家沉迷于文本故事的编织，而文化不过是这些作品的一件外衣，这在新历史主义小说中有着大量的表现。从最初的“意义文本”到后来的“故事文本”，这种文本价值取向的变迁，宣告了寻根文学文化启蒙意图的失落。

这种故事化的文本取向主要表现于两个方面：一是历史文化传奇。这主要指的是北京作家邓友梅和天津作家冯骥才的那些表现“国粹”文化的传奇性文化小说，如邓友梅的《话说陶然亭》《寻找画儿韩》《那五》《烟壶》《“四海居”轶话》《索七的后人》和冯骥才的《雕花烟斗》《神鞭》《三寸金莲》《炮打双灯》等。在这些作品中，作家化腐朽为神奇，将一些曾经盛行而如今已经丧失生命力或消失的糟粕性传统文化，也就是所谓的“国粹”，如“八旗子弟”“烟壶”“男人的辫子”“女人的小脚”等，进行现代故事包装，使它们散发出特有的艺术光彩，让人欣赏，令人陶醉。这种写作，类似于文化古董的发掘，让一些已经丧失生命力的僵尸文化死灰复燃，焕发光彩。这种写作有着大致相同或相近的写作思路，那就是围绕这些僵死的文化，抛开其本身的意义内涵不谈，转而编织一个个曲折复杂、缠绵悱恻，甚至不乏刚烈和正义色彩的传奇性民间故事，将这些腐朽的文化与特定的文化精神，比如爱国主义、忠孝观念、男女爱情等，或与那些罕见的特定正面人物的性格、命运和某种带有特定文化色彩的生活方式联系起来，借人物生活方式的特别和命运的曲折遭际来演绎历史文化传奇，实现文化性、特定意义表达和故事性的统一。同时，在艺术上，这些小说也尽可能地向传统通俗小说靠拢，例如大多采用章回体小说结构方式，内容上多贴近市井平民生活，叙述上多采用市井俚俗方言，等等，以一种喜闻乐见的易于接受的表达方式，受到读者广泛喜爱，甚至被拍成电影、电视，广泛传播。

客观地说，在邓友梅和冯骥才等人的写作意识中，对这些糟粕性的历史文化，应该有着文化批判和文化启蒙的写作意图。但在实际写作过程中，由于历史文化本身的魅力和美，这些作家在进行相关文化发掘时，往往流连忘返，迷失自我，意识中的批判和下意识中的欣赏、把玩并存，从而削弱了他们本来的批判意识，使这些小说在文本的层面上，不自觉地流于故事化审美。冯骥才曾说过："传统文化有种更厉害的东西，是魅力。它能把畸形的变态的病态的，全变成一种美，一种有魅力的美，一种神奇的令人神往的美……"[①] 正是这种神奇的充满故事魅力的"美"，改变了这些作品的意义表达，使其由原初的文化批判，变成了一种与文化寻根意图没有多大关系的文字游戏。这种文本取向，在寻根文学运动的后期表现得非常普遍，尤其是在新历史主义小说创作之中。

不过需要注意的一点是，从时间上来讲，上述的那些作品，很多都出现于寻根文学正式登场之前。比如邓友梅的那些作品全部写于 1984 年之前，最早的《话说陶然亭》写于 1979 年，《那五》写于 1982 年，而冯骥才的《雕花烟斗》也写于 1979 年，《神鞭》则写于 1984 年，其时寻根文学尚未正式登场。这些作品，后来都被追认为早期的寻根文学创作。这也从事实上表明，在寻根文学运动的早期，文本的故事化审美其实就已经开始了，而不是像一些论者所认为的那样，故事化审美是寻根文学发展到后期，由于启蒙精神的缺失才出现的文本价值取向。这是由历史文化本身的审美特性决定的，与 20 世纪 80 年代文学总体审美走向相关，当然也与那些作家在写作的时候并无明确的文化寻根意图有关。可以说，所谓的文化启蒙，不过是后来的批评家们强加给这些作品的，它们本来的艺术目的可能并不在此，而很可能只是缘于个人兴趣，追求文本的故事化和娱乐化。

这种故事化审美的另一个表现是新历史主义小说的大量出现。新历史主义小说是 20 世纪 80 年代后期出现的一个声势浩大的小说创作现象，其创作实力强劲，并延续至今。新历史主义是一种西方现代历史哲学观念，是对传统历史观念的发展和颠覆。传统历史观强调历史的客观性，尽可能地贴近和复制历史真实；而新历史主义则强调历史的主观性和不可复制性。意大利哲学家克罗齐提出了"一切历史都是当代史"的著名论断，认为历史一旦发生，就不可能再被真实地复制，任何对历史的叙述都包含当代的目的，在叙述和书写的过程中，总会掺杂进一些其他的因素，体现出叙述者的个人意志。美国历史哲学家海登·怀特认为，任何关于历史的文本都是一种"关于历史的修辞想象"，而不可能是历史的存在本身。这也就是说，所谓的历史叙述不过是对历史的想象和表达而已，不同的人会有不同的想象，也有不同的表达，而真实的历史永远无法企及。用通俗一点的话说就是，历史不过是一个任人打扮的小姑娘，就看你怎么打扮而已。

① 冯骥才．三寸金莲·后记．北京：作家出版社，2004.

米歇尔·福柯则强调历史是“多种声音的奇怪混合”，表明了对历史的叙述是多种多样，甚至矛盾对立的，同样表明了历史叙述中的个人化和目的性。这种种新型的历史哲学观念，为人们重新书写历史提供了方法指引。在这些理论支配下，传统的那种再现型的历史观被颠覆，而主观型的历史观则得到了认可。历史有多种阐释和描述的可能，真实的历史应该是个人内心体验的历史。因此，历史本身不再是作家感兴趣的客体，而成为演绎人的故事和表达某种目的的背景。这样一来，一些作家开始了对历史的主观化想象性书写。

如前所述，新历史主义小说是寻根文学历史审美的一种。寻根文学运动的后期，一些作家沉迷于历史文化的魅力和美，而最终放弃了意义的追逐，转向了对历史故事的编织，并在其中有所寄托。他们面对着虚构的历史时空，尽情地发挥自己的才情和想象，编制了一个又一个曲折动人的传奇故事，趣味横生，扣人心弦，从而出现了故事化的文本追逐。新历史主义小说在当代文坛声势浩大，出现了大量的名家名作，例如莫言的《红高粱家族》《丰乳肥臀》《檀香刑》、余华的《活着》、苏童的《妻妾成群》《罂粟之家》、格非的《迷舟》《人面桃花》、陈忠实的《白鹿原》等等。直到今天，很多作家仍然痴迷于新历史主义小说写作，并时有佳作问世。

新历史主义小说是寻根文学和先锋文学发展到后期的一种合流。通常认为，新历史主义小说的出现，意味着寻根文学的历史终结，并认为莫言的《红高粱家族》就是这样一个标志性作品。这种观点听起来似乎具有某种理论意味，但其实过于简单武断，并不符合文学事实。对新历史主义小说我们要加以区别对待，新历史主义小说并非铁板一块，而是有不同类别。那种以文化发掘为主的新历史主义小说，不但不是寻根文学的终结，相反，可以被视为寻根文学的延续。像莫言的《红高粱家族》，其中的文化反思和文化启蒙意识再明显不过，怎么能被认为是寻根文学的终结呢？莫言的长篇小说《丰乳肥臀》《檀香刑》及《蛙》等，都采用了新历史主义写作方法，具有浓厚的文化反思和文化批判意识，完全可以被视为其20世纪80年代文化寻根写作思路的延续。同样，在20世纪90年代之后才出现的陈忠实的《白鹿原》、阿来的《尘埃落定》和迟子建的《额尔古纳河右岸》等作品，都是新历史主义小说中的杰作，都有着明确的文化发掘和文化启蒙意图，可以被视为寻根文学的历史延续。《白鹿原》是对关中儒家文化的发掘和现代审视，磅礴大气，复杂深沉；《尘埃落定》是对西藏土司文化的发掘及对土司制度消亡的表现；《额尔古纳河右岸》则是对近代以来东北鄂温克民族生活及其文化式微的表现和思考。三部作品都采用了新历史主义写法，既具有故事性，又具有文化人类学的意味。可以说，新历史主义小说一方面模糊了寻根文学那种直接的寻根意图，另一方面又成为寻根文学的巨大载体，以另一种方式进行着文化书写和文化传播。它改变了寻根文学的存在方式，同时也丰富了寻根文学的审美内涵，延续了寻根文学的艺术生命。对文学而言，文化书写是一种永恒的主题。所以，只要文学不死，文化寻根也必将永远存在，只是不会再像 20 世纪 80 年代中期那样以文学思潮和文学运动的形式出现。

还有一种新历史主义小说，比如格非的《迷舟》、苏童的《妻妾成群》等，虽然也披着历史的外衣，但却不是以文化发掘和文化启蒙为旨归，而是表达某种特定的文化意念或人性认识，在我看来，不应被纳入寻根文学的范畴。因此，它们的故事化审美追求与寻根文学的衰落之间，也就没有什么必然关系了。

从文学史角度来看，寻根文学的故事化审美标志着中国当代文学自身审美意识的觉醒。文学不再仅仅是“载道”的工具，而是向自身艺术审美回归。从对意义的建构到对文本故事的追逐，从意义文本到故事文本，中国当代文学出现了深刻的变革。在这种艺术转变的过程中，寻根文学是一个重要的转折点。自此之后，中国当代文学终于卸下了政治表达和意义追求的沉重包袱，进入了一个以审美、娱乐、消费为主要特征的多元化的文学新时代，从而出现了 20 世纪 90 年代以来多元化的文学发展景观。

第六章　寻根文学的精神诉求

寻根文学出现的20世纪80年代中期，正是中国当代文学日渐开放和多元化的时代。寻根文学的主体，是一些年轻的正在寻找自己文学位置的知青作家，希望借助文化寻根，来实现自己的文学抱负。从文学自身来看，20世纪80年代中期的中国当代文学，正处在艺术蜕变和风格更新时期，文学在寻找新的突破和出路。寻根作家所寻找的“根”，具有多种文化蕴含和价值取向，体现着多方面的精神诉求。总的来看，主要表现为三个方面：一是对现代性的探寻。现代性精神是寻根文学乃至20世纪80年代以来中国当代社会最大的精神诉求，寻根文学是这种时代精神的强烈体现和集中表达。二是山野文化精神。在寻根文学的理论主张和创作实践中，都流露出那种充满野性、血性和自由的山野精神，这与寻根作家们对文化的认识有关，也和他们的知青生活经验直接相关。三是世俗文化精神。寻根文学将文学从政治的束缚中解放出来，让文学回归现实，回到普通人的日常生活，体现出强烈的世俗文化精神，引领了20世纪80年代以来中国当代文学的日常生活审美走向。本章将从这三个方面，来探讨寻根文学的精神诉求。

第一节　对现代性的探寻

言必称现代性，这是20世纪80年代以来中国社会文化思潮的共同言说特征。一提到现代性，人们立即会想到西方。确实，现代性萌生于西方，对中国来说，是一个舶来品。相较于西方那种原生型的现代性，中国社会的现代性则是后发外生型的，在时间上滞后，是对西方现代性的横向移植。中国社会的现代性文化工程起始于“五四”，长期以来一直是指引中国社会历史进程的价值明灯。但由于中西社会历史发展的不均衡性，人们对现代性的理解和现代性在中国的表现，并不完全相同。从实际来看，现代性在中国被做了很多实用主义的解读，比如现代性就是民主、科学、自由，现代性就是现代化等，而忽略了现代性是一个复杂的价值系统，内部充满了矛盾和张力。

20世纪80年代中期兴起的寻根文学，是20世纪中国社会现代性追求历史进程中的一个重要环节。20世纪80年代以来，随着中国国门的再次打开，世界进入中国，中国也积极融入世界，从而开启了中国全球化的历史进程。全球化既是一种经济化进程，又是一种政治化进程，同时也是一种文化进程。寻根文学是中国文学和文化全球化进程的体现，有着鲜明的现代性精神特征。寻根文学有着强烈的民族文化认同和走向世界的渴望，体现了20世纪80年代以来中国社会历史与文化的世界化走向。在20世纪80年代上半期，一方面是启蒙主义文化语境重现，整个社会充满了启蒙主义意识；另一方面，改革开放拉开了中国社会现代化建设的帷幕，现代化建设如火如荼。身处这种文化语境和社会现实中的寻根文学，自然体现出强烈的现代性精神诉求。

什么是现代性？这是一个众说纷纭的概念，如尼采曾经说过的，历史性概念没有定义，只有历史。[①] 尽管相当多的人试图为现代性下定义，但迄今为止，现代性仍没有一个完整的定义。现代性是一个多维的意义复合体，而且始终处在发展演变之中。所以，我们需要做的，是从不同角度确认它的特征，为我们认识寻根文学的现代性精神提供一个视角。

作为一种历史意识和价值观念，现代性的出现显然是一个渐进的过程。准确地界定现代性的起点没有意义，也不可能。现代性萌生于西方，是伴随着欧洲文艺复兴运动而出现的一种新的现代社会精神。文艺复兴运动以反对欧洲中世纪的封建神权、倡导人的解放为宗旨，本质上是一次资产阶级文化运动。陈晓明认为，现代性随着资本主义的兴起而出现，18世纪是其形成的明确的标志。[②] 马泰·卡林内斯库在《现代性的五副面孔》中，从历时性的角度，描述了现代性产生以来的五种发展形态：现代主义、先锋派、颓废、媚俗主义和后现代主义。这五种形态的演变与西方资本主义的经济和文化发展事实直接相关。这表明现代性是一个历史概念，

① 卡林内斯库．现代性的五副面孔．顾爱彬，李瑞华，译．北京：商务印书馆，2002.

② 陈晓明．现代性与文学研究的新视野（导言）//陈晓明．现代性与中国当代文学转型．昆明：云南人民出版社，2003.

随着历史的发展而演变；现代性与经济和社会的发展相关，是资本主义社会发展的产物。

从词源学来看，现代性的英文表述是 modernity，其词根是 modern（现代），是由拉丁文 modenrus（现时的）一词派生而来。Modenrus 一词在中世纪就已经出现，与 past（过去）和 tradition（传统）意义相对。所以，现代性在最初的意义上是一个时间概念，表明现代与过去的对立，具有历史断代特征。这种对立性的时间意识，用达尔文的生物进化论来看，表明的是一种基于线性时间观的历史进步理论，也就是现在优于过去，离现在时间越近越好，永远指向发展和未来。所以，后人在定义 modernity（现代性）时，往往又会将它与 improve（进步）和 progress（发展）相关联，意思是现代性是一个表示社会进步和发展的理论。而 improve 和 progress 这两个词本身属于经济学范畴，在现代社会，经济的发展程度往往被看作衡量社会现代化实现水平的标尺。所以，作为一种精神概念的现代性又与具有极大物质属性的现代化相关联。在很多时候，特别是在一些发展中国家和地区，现代化往往就被当成现代性。吉登斯就认为："我们应该把资本主义和工业主义看成是现代性制度的两个彼此不同的'组织类型'或'维度'。"① 这种词源学的考察，至少可以告诉我们两点：一，现代性是一个时间概念，意味着与传统的断裂；二，现代性具有经济属性，经济现代化水平往往是衡量精神现代性程度的一个重要标尺。

现代化固然可以理所当然地成为现代性的重要表现，但是现代化在高速发展和向世界蔓延的过程中，也滋生了自己的对立面，那就是对现代化负面效应的不满与反思。现代化虽然给人类创造了大量的物质财富，提供了舒适的生活，但也带来了环境污染、自然资源破坏和人性异化等一系列问题，从而出现了现代化的灾难。所以，几乎在现代化向世界蔓延的同时，反现代化的浪潮也就出现了。这种反现代化的浪潮，其实是对现代化的理性反思和批判，是现代性的另一种表现，而且是一种重要表现。欧洲 18 世纪兴起的大规模的浪漫主义文学运动，抵制工业文明，倡导向农业文明回归，在潜在心理上，就是对现代化的一种反动，是对汹涌而来的世俗现代化浪潮的某种抵制和反抗。18 世纪是欧洲资本主义的上升时期，在那个时代，人们对现代化和现代性并未能够做出很好的区分，现代化往往就被当成现代性。吉登斯认为，现代社会的一个重要特征就是"知识的

① 吉登斯．现代性的后果．田禾，译．南京：译林出版社，2000：49.

反思性”。人类具有思维，能够不断检视自己，这是现代社会进步的主体能力保障。所以，他认为，现代性“并不是为新事物而接受新事物，而是对整个反思性的认定，这当然也包括对反思性自身的反思”①。所以，艾恺所谓的反现代化其实也就是对现代性的反思。这表明，反思性是现代性的内在特征，几乎是现代性与生俱来的一面镜子。这也正应了那句简单的哲学话语，即历史在创造自己的同时，也创造了自己的对立物。

现代性还有一种重要的表现形式，那就是审美现代性。其具体表现就是历史与审美的冲突，或者叫作启蒙与审美的冲突。卡林内斯库认为，现代性表现为两种形式，即“作为西方文明史一个阶段的现代性同作为美学概念的现代性”②。二者之间的关系是：“作为一个文化或美学概念的现代性，似乎总是与作为社会范畴的现代性处于对立之中，这也就是许多西方思想家所指出的现代性的矛盾及其危机。”③波德莱尔在《现代生活的画家》一文中提出了一种新的现代性阐释：“现代性是艺术昙花一现，难以捉摸，不可预料的一半，艺术的另一半是永恒和不可改变的。”在这里，波德莱尔指出了现代性的两种形态：一种是“永恒和不可改变的”，指的是那种建立在理性指导下的启蒙现代性；另一种是“昙花一现，难以捉摸，不可预料的”，指的是那种建立在个人主观认识基础上的审美现代性，因人不同，因时而异。卡林内斯库认为，波德莱尔是最早“将美学现代性同传统对立起来，而且将它同实际的资产阶级文明现代性对立起来的艺术家之一”④。审美现代性概念的出现，打破了启蒙现代性的理性专制局面。它使那些被理性压抑和排斥在外的文学传统、伦理道德等，重新进入文学审美视野。它打破了那种功利性的文学审美观念，恢复了文学审美意义的多元化和不确定性。它把个人感性从理性桎梏中解放出来，肯定了文学审美中的个人主观能动性。审美现代性的这些意义和功能，使它成为现代性的一个重要组成部分和表现形式。由于审美现代性与启蒙现代性之间的冲突，它又兼具文化反思的特征，构成现代性富于创造性的话语空间，成为上述反思现代性的一个重要组成部分。

从以上的简略论述中，我们大致可以认识到现代性概念的几个特征：第一，现代性是一个历史概念，具有时间属性；第二，现代性与经济发展

① 吉登斯．现代性的后果．田禾，译．南京：译林出版社，2000：34.

② 卡林内斯库．现代性的五副面孔．顾爱彬，李瑞华，译．北京：商务印书馆，2002：48.

③ 周宪，许钧．现代性的五副面孔·总序．北京：商务印书馆，2002：3.

④ 同②：11.

相关，具有经济属性；第三，现代性具有反思特征；第四，审美现代性是现代性的一种重要表现形式。除此之外，还有一点应该提到，那就是现代性的政治属性。对现代民族国家或现代民主政治的追求，是现代性的重要目标和表现，这在第三世界国家争取民族解放和民族独立的运动过程中表现得尤为突出。这种政治属性，在西方现代性的发展过程中，并不突出，但在后来的广大第三世界国家争取民族独立解放的运动过程中，表现得特别明显。南京大学周宪教授认为："在某种意义上说，现代性涉及以下四种历史进程之间复杂的互动关系：政治的、经济的、社会的和文化的过程。"① 我们可以上述现代性的几个特征为指导，来考察寻根文学的现代性精神诉求。

第一，寻根文学的政治诉求。自晚清辛亥革命以来，建立一个独立、自由、富强、民主的现代民族国家，始终是中国知识分子梦寐以求的目标，也是 20 世纪以来中国社会最大的现代性追求所在。1949 年新中国的成立宣告了中国现代民族国家的形成，但在 20 世纪 50—70 年代，连绵不断的激进的社会政治运动，最终导致了民族传统文化的失落，也基本中断了中国与世界的文化交流，这种情况一直到新时期以来才得以根本改观。20 世纪 80 年代中期的寻根文学有着强烈的获得民族文化认同和走向世界的渴望，这是新形势下文学现代性精神诉求的特别表现，是"五四"以来现代民族国家理想的重现及其时代发展。对寻根作家来说，已不存在民族国家建构的宏大问题，但是在 20 世纪 80 年代初的文化语境中，却存在着一个民族文化认同及走向世界的迫切问题。由于 20 世纪 50—70 年代的民族文化虚无主义态度，"文革"结束后，整个社会出现了民族文化的危机，特别是面对着汹涌而来的强势的西方现代文化，人们普遍地感到一种文化的压迫感和失落感。如何重建传统文化，恢复民族文化自信心，如何走向世界，在世界文化中找到自己的位置，这是寻根作家所面临的迫切的时代命题。

民族文化认同是对民族传统文化价值的自我确认。寻根作家的理论宣言中，普遍有着追求民族文化认同的热情及走向世界的渴望。"我们/中国"和"世界"成为寻根作家经常使用的一组相对而又相关的概念。例如韩少功在《文学的"根"》中直接说："万端变化中，中国还是中国，尤其是在文学艺术方面，在民族的深层精神和文化物质方面，我们有民族的自

① 周宪，许钧．现代性的五副面孔·总序．北京：商务印书馆，2002：3.

我，我们的责任是释放现代观念的热能，来重铸和镀亮这种自我。”重铸和镀亮“民族的自我”，就是一种明确的民族文化自我认同意识。李杭育在《“文化”的尴尬》中，一直有感于中国民族传统文化的缺失，并为此感到“尴尬”：“倘使我们的文学里没有一点自己的气味、自己的面孔，那我们又何必做人做文呢？我们跑到世界上去，人家问起来，我们算什么人呢？我们的作品算是个什么东西呢？”由此，他希望能够获得一种“开放性”的民族意识，其潜在表达的也是对民族传统文化的认同心理。

寻根作家对民族文化的认同，是对自身文化价值和力量的发掘与累积，目的还是走向世界，与世界文化对话，确认自身在世界文化中的地位和价值。在20世纪80年代充满竞争意识的世界文化语境中，如何才能屹立于世界民族文化之林，是一个时代的政治的和文化的命题。新时期以来轰轰烈烈进行的改革开放拉近了中国与世界的距离。“世界”作为一个强大的充满诱惑力和压迫性力量的“他者”，一下子矗立在中国人面前。对处于第三世界的中国来说，“世界”其实就是西方，世界文化其实就是现代化。在当时，对现代化的追求，既是一个文化的命题，更是一个政治的命题。寻根作家在各自的言论中，直接表达了对于“世界”的向往。韩少功希望寻找和重建一个可以与世界对话的东方，表现了一种世界性的文化视野。[①] 阿城则从“限制即自由”这个哲学命题出发，考虑中国文学与世界文学对话的问题，认为“没有一个强大的、独特的文化限制，大约是不好达到文学先进水平这种自由的，同样也是与世界文化对不起话的”[②]。郑万隆则直接表达了“中国文学要走向世界”的愿望。[③] 郑义有感于“五四”和“文革”这两个“文化断裂带”，导致了一代人文化意识的匮乏，阻断了与世界文化的交流，坚信“一代人能跨越民族文化断裂带，终于走向世界”[④]，表达了借助文化走向世界的愿望。还有贾平凹对“商州”、莫言对“高密”文学地理的营造，在潜在心理上，都受到了美国作家福克纳对家乡“约克那帕塔法”和哥伦比亚作家马尔克斯对家乡马孔多的文学书写的影响，都暗含一个走向世界的文学愿望。对寻根作家而言，这种走向世界的愿望与他们的民族文化认同之间，相互关联，既是目的，也是动力。这种寻找民族国家文化认同和走向世界的愿望，是20世纪80年代以来中国

① 韩少功．东方的寻找与重造．湖南文学，1986（1）．

② 阿城．文化制约着人类．文艺报，1985－07－06．

③ 郑万隆．中国文学要走向世界：从植根于“文化岩层”谈起．作家，1986（1）．

④ 郑义．跨越文化断裂带．文艺报，1985－07－13．

社会政治文化的主要目标，也是中国当代社会现代性追求的重要价值体现。

第二，寻根文学的时间意识。现代性的时间特征，意味着时间不同，现代性的内涵也不同。现代性与传统之间，是一种时间断裂关系。现代性正是在不断地告别传统的过程中，展现出新面孔，推动着社会的发展。寻根文学有着强烈的时间意识，主要表现为两种：一种是传统与现代的对立；另一种是现代文明发展进程中的时间落后感和紧迫感。而很多时候，这两种时间意识是交织在一起的。

在韩少功的《爸爸爸》中，这两种时间意识都有所体现。鸡头寨在时间表现上，是原始的、封闭的、凝滞的，如同一潭死水。小说中的环境，如同化外之地；人物的活动和思维，给人一种原始初民的感觉。但是，小说又通过一位游走于山内和山外的浪荡子德龙，将一些现代文明的象征物，比如打火机、镜子等，带到山内，从而表明了一种现代的时间属性。而且，小说中还出现了一位新派人物仲满，满嘴新词汇，经常对现实不满，同样表明了一种新的时间属性。这种原始与现代之间的冲突，体现的是两种时间的冲突，表明了传统与现代的对立。鸡头寨既属于浑浑噩噩的过去，又属于历史的当下——现在。在象征的意义上，鸡头寨可以被视为中国的缩影，小说中僵化、凝滞的时间意识，表明的是在世界现代文明发展的历史进程中，中国文化发展显得严重封闭、滞后，存在文明危机。这种时间观念，体现出一种现代性视角的文化启蒙意识。

郑义的《老井》，写到了老井村世世代代，为了求雨和挖井取水，做了种种努力，极其原始、悲壮和惨烈。主人公孙旺泉为了完成替乡亲们挖井的使命，也义不容辞地走上了先辈的道路，拒绝了恋人赵巧英远走高飞的进城要求。这种对人物和故事的书写，在时间感觉上，同样给人一种凝滞、静止之感。孙旺泉和他的父辈、祖辈们相比，到底又有什么不同？很难见到。孙旺泉被誉为“小龙转世”，“转世”意味着时间的循环，他不过是传统的延续和化身而已。同样，老井村的时间似乎也在转圈儿，一拨拨的打井队走了又来，来了又走，老井村依然如故，打不出水。小说中时间的落后感和凝滞感，随处可见。只要看看小说中对物质层面的贫困书写和老井村人的僵化思维表现，就再明显不过了。在世界现代化的大潮中，老井村人还在延续着传统的思维和生活方式，为了生存而打井，用种种原始的方法打井，用充满迷信色彩的方式求雨，见不出时间发展所带来的新的变化。时间在老井村似乎停滞不前，老井村似乎也被排除在现代文明之外。同样的情况还可见于郑义的另一篇小说《远村》：杨万牛为心爱的女人叶叶拉了二十年“边套”。二十年，作为一段不算短的时间，在小说中几乎也是静止的。二十年前如此，二十年后还是如此，除了人物变老之外，其余的似乎都没有变。这种有形的和无形的时间描写，除了体现出文明的落后感和紧迫感之外，还都暗含一个变革的要求，体现出传统与现代的对立。

还有张承志的《黑骏马》中，作为年轻一代女性代表的索米娅和老一代女性代表的额吉，在年龄身份上是两代人，但在本质上，很难说二者有什么不同。在文明的进程中，对她们而言，其实时间也是停滞的。索米娅最后很自然地走上了老奶奶的道路，同时，这也是无数蒙古草原女人的人生之路，一代代都是如此。作者以一种现代文明的视角，来审视以她们为代表的草原人们的生活，发掘出其中的蒙昧、混沌和不幸，体现出现代与传统之间的对立。在莫言的《红高粱家族》中，“我爷爷”与“我奶奶”“父亲”和“我”之间，明显呈现出一种断代的时间特征，文化属性各不相同。在时间的意义上，表明的是现代与传统的断裂，一代不如一代，即种的退化。

寻根作家中，对时间意识表现得最为强烈的是藏族作家扎西达娃。他的那两部非常有影响的西藏文化寻根小说《西藏，系在皮绳扣上的魂》和《西藏隐秘岁月》，都直接以时间作为线索，以特别醒目的方式，表达了藏民族在现代文明发展的进程中，在时间上的滞后感和紧迫感，指出了时间意识对于西藏文明发展的特殊意义。这种时间意识的凸显，使扎西达娃的这两部作品体现出强烈的现代性精神诉求，直至今天，仍然具有重要的现实意义。

第三，寻根文学的经济属性。经济属性其实就是物质属性。寻根文学重在对文化的书写，但文化不能凭空表达，必须借助物质才能体现，所以，寻根文学中出现了大量的物质书写。在阿城的《棋王》中，王一生专注于“吃”，食物不求精美，但求温饱，追求“顿顿饱即是福”。这种书写，看似简单自然，实则不正体现了那个灰色年代食物匮乏和人们刻骨铭心的饥饿记忆吗？这也正是20世纪80年代相当多的作家作品共同书写“吃”和“饥饿”的根本原因。例如汪曾祺的作品中有大量对“吃”的描写，陆文夫的《美食家》中有对“美食”的大量介绍，张贤亮的《绿化树》中有对“饥饿”的刻骨铭心的记忆，刘恒的《狗日的粮食》中有对粮食的生死关注，等等。对这个问题的重视，体现的是一种民本主义原则，是对人的生存状况的正视。只有满足了人最基本的物质需要，才能谈得上其他的追求和社会的发展。对个人如此，对民族、国家、社会，同样也是如此。在这种意义上，寻根文学中的这种物质书写，具有鲜明的现代性意义。

李杭育的《最后一个渔佬儿》中的主人公福奎，固守传统的生活方式，但却穷得只有一条破船栖身，连裤头都是相好阿七给的。因为穷，连交往多年的相好都娶不起，最终只能眼睁睁地看着她另投他人。作者在此表现了一种文化两难：坚守传统，可以保持人格的独立、自由；但拒绝现代，却意味着贫穷、孤独。经济的差距拉开了传统与现代之间的距离，经济因素成为衡量作品现代性程度的一个重要标尺。还有郑义的《远村》中，穷倒一片，穷得人直不起腰，穷得人没有尊严。作者甚至直接发出这样的感叹："这个山沟，狼多，狐多，石头多，就是缺个钱。""钱"，作为一种物质经济表达，是现实中很多问题的决定因素。正是因为穷，拿不出彩礼，主人公杨万牛娶不起心爱的女人叶叶，只能眼看着她以换亲的方式嫁给张四奎，屈辱地给他们拉了二十多年的"边套"。经济的贫困转化为文化的悲哀，而文化的悲哀又表现为人格的屈辱。贫穷的现实催生了畸形的文化，"拉边套"陋习应时而生。面对这样的现实，人的价值和尊严根本无从谈起。文化的悲剧体现为人的命运悲剧，但背后的关键制约力量，却是经济因素。马克思主义哲学认为，经济决定一切，人类一切行为的背后都有着经济动因。

这样的经济因素书写，在其他寻根文学作品中还有很多。例如莫言的《红高粱家族》中，"我奶奶"戴凤莲最初就是被她的父亲以两头骡子的价钱卖到麻风病人李大头家，还沾沾自喜，以为卖了个好价钱。在这种人和物的交换中，人不如物，人的尊严荡然无存。同样，王安忆的《小鲍庄》中，捞渣母亲对小翠子的收养，就有着很实际的经济考虑，表面上显得仁义，而实质上却怀着白捡一个童养媳的私心打算。作者借助于此，从一个侧面揭示了儒家"仁义"文化的虚伪面目。这种对经济因素的书写，从不同的角度体现出寻根文学的现代性精神特征。

第四，寻根文学的反思特征。反思是人类区别于动物界的一大特征。人类一边前行，一边不断回头检视曾经走过的路，从中汲取经验和力量，这是人类社会不断进步的保证。寻根文学面向民族传统文化的挖掘与审视，是以回头望的姿态来重新检视本土民族文化，并从中寻找力量和依据。这种行为本身，就是一种文化反思。"文化寻根可以看成是当代中国文学对现代性做出的反思，这种反思在历史和美学的双重意义上，达到了一种深度。”① 所以，从根本意义上来讲，反思性是寻根文学最大的现代性特征。在反思中予以文化批判和文化重建是寻根文学的共同思路。在这种意义上，寻根文学的现代性可以被称为一种反思的现代性。这种反思的现代性主要表现为以下几个方面。

首先，对民族传统文化的反思。寻根文学中，文化反思具有多重指向，有的是反思民族文化劣根性并对其进行批判，如韩少功的《爸爸爸》和李锐的《厚土》系列等，二者都具有“五四”启蒙的那种国民性批判意识；有的是表现民族文化的混沌、蒙昧、原始，并对其进行现代审视，如张承志的《黑骏马》、韩少功的《爸爸爸》等；有的是对民族传统文化进行现代解剖，并对其当代走向予以特别思考，如王安忆的《小鲍庄》等。这种文化反思，深化了人们对民族传统文化的认识。

其次，对作为历史主体的“人”的反思。刘小枫认为：“现代性不仅是一场社会文化的转变，不仅是所有知识事物的转变，而根本上是人本身的转变，是人的身体、欲动、心灵和精神的内在构造本身的转变。”② “人”是文化的主体，对文化的反思其实也是对“人”的反思。寻根文学中，对“人”的反思也有多种指向。一种是反思人物主体意识的蒙昧，缺乏现代理性精神。如《爸爸爸》中，撇开作为集民族文化劣根性于一身的丙崽不说，鸡头寨中其他的人物，也都混沌、蒙昧、思维不清。他们一忽儿称丙崽为“白痴”，对其又打又骂，一忽儿称丙崽为“丙相公”“丙大爷”，对其顶礼膜拜，缺乏理性思维能力。还有《黑骏马》中，作为蒙古草原上两代女性的代表，老奶奶额吉和索米娅都未受过现代文明的洗礼，她们因循守旧，蒙昧麻木，以一种混沌、自然的方式延续着草原的文化和生命。另一种是对人的主观能动性的反思。在传统文化的长期浸润下，主体往往变得僵化、懦弱，缺乏行动能力，从而变成文化的囚徒。寻根文学对人的主观能动性的缺失予以了表现和反思，这可以郑义的《远村》和《老井》为代表。《远村》中的男主人公杨万牛，因袭着传统文化的重负，给人以懦弱、无力之感，缺乏抗争精神和改变现状的勇气，只是被动地接受命运的安排。他和心爱的女人叶叶之间，上演了一曲屈辱的现代爱情悲剧。这种

① 陈晓明．现代性与文学研究的新视野（导言）//陈晓明．现代性与中国当代文学转型．昆明：云南人民出版社，2003：19.

② 刘小枫．现代性社会理论绪论：现代性与现代中国．上海：上海三联书店，1998：19.

爱情悲剧，既是文化的悲剧，某种意义上，也是人的悲剧、性格的悲剧。还有《老井》中的孙旺泉，人送外号“小龙再世”。他以承续传统文化使命为己任，拒绝了恋人赵巧英远走高飞的要求，最终沦为文化的牺牲品，成为一条刻在崖壁上的无法腾飞的龙。传统文化对他来说既是使命，也是一种桎梏，而他缺乏的恰恰就是挣脱这种桎梏的决心和勇气。还有一种是对当代人的生命力——种的退化的担忧。这主要可以莫言的《红高粱家族》为代表。在《红高粱家族》中，作者塑造了三代人物谱系：“我爷爷”“我奶奶”—“我父亲”—“我”，人物的生命力是一代不如一代，借此表达了作者对当代人的人格萎缩和生命力退化的担忧。这种对文明的担忧是一个世界性的文化命题。

最后，对传统文明与现代文明之间矛盾冲突关系的思考。这种思考是西方本来意义上对现代性的反思。但由于中西文化语境的差异，在中国，对现代性的反思的内涵绝不仅仅限于传统文明与现代文明之间的冲突，而是如同上文所述，有着更为广泛的内容。相较于西方工业文明与农业文明的冲突，20 世纪 80 年代的中国，基本上还是一个前工业社会，整个社会的文化冲突根本达不到西方的那种层次，而更多地表现为“文明与愚昧的冲突”。尽管如此，在 20 世纪 80 年代中西文化交流的背景下，西方现代文明的弊病传到中国，还是引起了一些寻根作家的担忧和隐约的心理抗拒。所以，20 世纪 80 年代中期出现的寻根文学，其对现代性的反思，比起西方原初意义上的反思，具有更为宽广的文化内涵。

寻根作家中，对这种传统与现代之间矛盾冲突予以较多思考和表现的是李杭育。在《最后一个渔佬儿》中，作者就通过福奎这个人物形象在传统与现代之间的两难处境，表达了对现代性理智上认同而情感上排斥的矛盾心理。另一个表现这种传统与现代文明冲突的作家是张炜。张炜可以被视为农业文明的守护者和大地上的行吟诗人。他对农业文明有着偏执的热爱，对工业文明则有着近乎敌视的反抗态度。这种文明冲突成为张炜一再表达的文学主题。特别是 20 世纪 90 年代以来，他在一系列长篇小说如《九月寓言》《外省书》《刺猬歌》等作品中，都反复演绎了这两种文明的冲突，其态度近乎偏执。在《九月寓言》的代后记《融入野地》中，张炜表达了回归自然、回归大地的理想。张炜说：“城市是一片被肆意修饰过的野地，我最终将告别它。我想寻找一个原来，一个真实。”这表明了他对城市文明的拒绝，而他所要寻找的精神寄托，就是野地。他说：“当我还一时无法表述‘野地’这个概念时，我就想到了融入。因为我单凭直觉就知道，只有在真正的野地里，人可以漠视平凡，发现舞蹈的仙鹤……野地是万物的生母，她子孙满堂却不会衰老。她的乳汁汇流成河，涌入海洋，滋润了万千生灵。”[①] 这种对土地的无尽礼赞，体现的正是张炜的那种带有偏执的对农业文明的向往和对现代工业文明的拒斥。

第五，在艺术审美上，因为反思视角的植入，寻根文学普遍呈现出一种苍凉的悲剧性审美特征。黄子平、陈平原和钱理群三人在文章《论“二十世纪中国文学”》中，曾指出中国现代文学的总体审美特征——悲凉，如同鲁迅所言：“悲凉之雾，遍被华林”。他们认为原因是“先觉者的个性解放的热情以及由此带来的文化反思的痛苦”[②]。这种感觉其实就是一种审美现代性体验。不同于中国现代文学以“人”为本，注重“人”的遭际、命运和感受，寻根文学则是一次面向过去的文化发掘，以整体替代个人，从而泯灭了作为艺术主体的个人化的审美意识，而呈现出一种群体性的审美特征——苍凉。“苍凉”是一种宏观的历史美感，是一种整体性的审美体验，是一种反思现代性的美感体验。历史和文化的悠远、苍茫、博大、厚重，最终形成了寻根文学的这种审美的现代性特征。

第二节　山野文化精神

在文化位置上，寻根文学是一次主动从文化中心向文化边缘位置撤退的文学运动。与处于中心位置的主流文化相比，寻根文学更多地立足于自然和民间。在寻根作家们看来，自然界的山川原野更多地保留了文化的真谛，蕴藏着他们所要寻找的“根”，寄托了他们的精神向往。因而，寻根作家的作品中，还写了大量的山川、原野和河流，寄予着这些作家的文化向往，其中体现出一种朴拙的山野文化精神。

何谓山野文化精神？山野文化精神其实就是一种自然精神，也是一种自由精神，是在与压抑、扭曲人的个性的现代技术文明的对比和对抗中，借助于自然界的山川、原野，所体现出来的一种自然的、自由的和原始的文化艺术精神。山野文化精神是对无拘无束的自然生命力的肯定与张扬。艾恺说：“对乡村社会、乡民和中世纪（常常包括宗教在内）等的加以提

① 张炜．融入野地（代后记）//九月寓言．北京：人民文学出版社，2005.

② 黄子平，陈平原，钱理群．论“二十世纪中国文学”．文学评论，1985（5）.

升和歌颂，在浪漫文化民族主义思潮中几乎是无处不见的主题。”[①] 这段话是从对现代化的反抗和反思的角度来说的，是对农业文明的肯定与向往。在现代化的强力作用下，只有那些远离文化中心的偏远的乡村、山野，才有可能得以幸免或较少受到工业文明的毁坏，才能更多地保持其本来面目，恢复和净化人类被异化的心灵。这就是山野之于现代人类的精神意义。

从本质上来讲，寻根文学是一种乡土文学。虽然也有部分寻根作品书写了城市题材，比如邓友梅的“京味”文化小说、冯骥才的“津门”文化系列小说、陆文夫的姑苏文化小说等，但整体而言，寻根文学主要还是以对乡村的书写为主。从文化身份来看，寻根作家大多数是知青出身，有过上山下乡的经历，足迹踏遍祖国的广阔山乡，从内蒙古和新疆的草原、戈壁、荒漠到海南、广西等地的热带丛林，从东北原始森林到云南边陲的少数民族地区，都有知青作家活动的足迹。还有一些作家，本身就出身于农村，比如莫言、贾平凹等，对山野田园有着天然的亲近感。大自然的鸟语花香、山川原野不仅影响到他们的写作精神，而且更是以一种特殊的方式影响到它们的写作。例如莫言就多次讲过，别人是用眼睛来与自然界交流的，而他则是用鼻子闻、用耳朵听来与自然界交流、来进行写作的。由于寻根作家普遍对现代化有着一种隐约的担忧，所以，在他们的意识中，那些远离现代文明、较少受到或未受到现代文明侵染的山川原野，就成为他们的精神寄托。

这种山野精神，在寻根作家的理论宣言中，也有着鲜明的体现。韩少功所肯定的“俚语、野史、传说、笑料、民歌、神怪故事、习惯风俗、性爱方式”等“不规范文化”和李杭育所推崇的能歌善舞、多姿多彩的“少数民族文化”，在地理位置上，大多分布于广阔的乡野民间，特别是一些边远的、偏僻的地区，其中所体现出来的，其实就是一种自由自在、野性活泼的山野精神。在《文学的“根”》中，韩少功先是探讨了楚文化流入湘西之说，表明了崇山峻岭的湘西山野对楚文化的保存作用，突出了山野之于文化的价值。接着，他还以《月亮与六便士》所写到的那位逃离现代都市、到土著野民所在的丛林里常年隐没的画家高更为例，来说明山野对于现代艺术的意义。对这种山野精神表述得最为充分的是郑万隆，在《我

① 艾恺．世界范围内的反现代化思潮：论文化守成主义．贵阳：贵州人民出版社，1991：91.

的根》中，他说："黑龙江是我生命的根，也是我小说的根。我追求一种极浓的山林色彩、粗犷旋律和寒冷的感觉。那里有母亲感叹的青春和石塚，父亲在那条踩白了的山路上写下了他冷峻的人生。我怀念着那里的苍茫、荒凉与阴暗，也无法忘记在桦林里面漂流出来的鲜血、狂放的笑声和铁一样的脸孔，以及那对大自然原始崇拜的歌吟。那里有独特的生活方式、价值观念和心理意识，蕴藏着丰富的文学资源。"东北边陲的森林直接影响了郑万隆作品的内容、风格，以及人物的精神，究其实质，体现的是作家的人格精神和文化向往。类似的表述还可见于贾平凹、莫言和张炜等人。

山野精神本质是一种自然精神。如前所述，20 世纪 80 年代上半期，中国当代文学出现了一次比较明显的原始主义文化思潮，其中相当一部分作品就表现了那种充满原始气息的山野文化精神。例如，张承志的《黑骏马》就以一首赞美草原骏马的蒙古民歌《刚嘎·哈拉》贯穿作品始终，来寄托那种自由奔放的热烈情怀。小说中那辽阔的草原、美丽的羊群、奔驰的骏马，还有那在草原怀抱中成长的纯真的少男少女，都给人一种山野自然本真之美。《北方的河》中的主人公"他"在广袤的北方大地上，考察和体验那一条条带有野性和生命活力、象征民族文化和生命力的大江大河。主人公"他"对每一条河流热情拥抱，一次又一次地跃入河中，与这些自然界的雄奇景观融为一体，在与这些奔腾不息的大江大河的相互交融中，抒发着青春的豪情壮志，展现着青春的活力，体现出自然无羁、蓬勃向上的自由精神。邓刚的《迷人的海》中，年老和年少的两代海碰子，以无畏的姿态一次次地投入凶险、神秘的大海，通过与大海的搏斗，来抒发人对自然的征服情怀，其中充满了力量、勇敢与野性。贾平凹的"商州"系列，是他几次回商州山地进行文化考察的结果。作者一路考察民情民风，一路怡情山水，"遇人家便讨吃讨喝，见客店就歇脚歇身，日子虽然辛苦，却万般地忘形适意"[①]。这种对山地文化的书写、体现出作者朴素的山野情怀，也体现出浓郁的民间文化意识。还有莫言的《红高粱家族》，那血红的充满野性活力的红高粱，以及出现于其中的影影绰绰的绿林土匪，都体现出一种强烈的不受现代文明约束的山野文化精神。此外，还有郑万隆对东北边陲原始森林文化的书写、乌热尔图对鄂温克族狩猎文化的书写等等，都体现出一种自然强健的山野文化精神。

---

① 贾平凹．在商州山地（代序）//小月前本．广州：花城出版社，1984.

山野文化精神在20世纪80年代中国当代文坛的出现，是对长期以来那种制约和影响国人文化心理的传统文化和主流文化的突围。苏雪林曾经评价沈从文作品的文化意义，认为沈从文的作品"为老态龙钟的中国注入一些新的血液，促其新生"。可以说，寻根文学也有同样的艺术目标。寻根文学对山野文化精神的张扬，也是为了给国人那种僵化、卑怯的心理带来一些新的刺激，唤醒其沉睡的心灵，激发其原始的生命活力。莫言在谈到他的《红高粱家族》为何如此走红时，说："我认为这部作品恰好表达了当时中国人一种共同的心态，在长时期的个人自由受到压抑之后，《红高粱家族》张扬了个性解放的精神——敢说、敢想、敢做。"① 寻根文学山野文化精神的当代意义，正在于此。

寻根文学中，山野文化精神主要表现为以下几个方面。

第一，表现大自然的雄奇、壮美和自然野性的力量，通过对大自然的拥抱来抒发对自然界的礼赞之情，并释放主体自由奔放的生命激情。这方面最具代表性的作品是邓刚的《迷人的海》和张承志的《北方的河》。在《迷人的海》中，作者一方面表现了大海的神秘、险恶，另一方面通过一老一少两个海碰子一次又一次地投身于大海，与大海较量，凸显了作为自然界主体的人的不畏艰险、顽强拼搏的强大精神力量。这种精神其实正是20世纪80年代初期中国社会蓬勃向上、积极进取的时代精神特征。在《北方的河》中，那些横贯中国北方、雄伟壮观、奔涌不息的大河，既是中华民族几千年历史文明的象征，也是作者理想中的当代主体人格精神的体现。主人公"他"对这些河流的热爱，在文化的层面，是对几千年中国历史文明的热爱；在精神层面，则是对无拘无束的自由精神和原始生命力量的向往，体现的正是一种被现代文明荡涤得非常稀薄的山野文化精神。这样的精神表达，还可见于同时期的西部军旅作家周涛的散文《巩乃斯的马》等作品。在周涛笔下，巩乃斯草原上的那些马，自然、雄奇、健美，与当代社会被现代文明扭曲、矮化的人格相对照，体现的正是作者的一种文化向往。

第二，对原始生命强力的呼唤。人类学上一个悖反性的命题是：文明的进化与人类的生命力之间是一个反比关系，文明的水平越高，人类自身的能力则越弱。文明的进化过程其实也是人类的生命力日渐衰落的过程。在人类文明的早期，为了生存，人类必须要与自然界做斗争，在适者生存

① 莫言．我为什么要写《红高粱家族》//小说的气味．沈阳：春风文艺出版社，2003：20.

进化原则的支配下，人类必须不断提升自身的力量才能生存下来。但在现代文明条件下，科技理性的发展使人类更多地依赖科技，而不是以自身力量来与自然做斗争。科技越发达，人类对科技的依赖性越强，从而自身的能力就越弱。这种文明的后果，就是沈从文曾经痛感的“民族生命力的衰退”，在莫言的笔下，则被表述为“种的退化”。这是一种人类学的，也是现代性的担忧。寻根文学对原始生命强力的呼唤，是对这种文明担忧的一种表达。

寻根文学中，对这种原始生命力的呼唤，有两种表现形态：一种是以郑万隆、乌热尔图等为代表，表现东北原始森林文化和边陲文化，在表达文化启蒙的主题的同时，也表现了这种文化的血性、勇猛、自然和豪放之感。郑万隆的《老棒子酒馆》中，民间高手陈三脚，曾经三脚踢死一匹狼，豪爽仗义，勇猛刚强，后遭仇家暗算，在大雪封山之前，来到酒馆喝上最后一次酒，然后去深山等死，就连死也不失英雄本色。这种阳刚气概，与那些长期受现代文明濡染而变得懦弱、卑怯的当代人，无疑形成了鲜明的对照。还有乌热尔图对鄂温克族狩猎文化的书写，也表达了一种自然、豪迈、勇敢和乐观的精神。鄂温克族人长期生活在东北茂密的原始森林中，以狩猎为生。特殊的地理环境铸就了他们特有的文化精神。这种带着自然、血性和野性的文化，就是一种本真的山野文化精神，正是现代文明所欠缺的文学补给。例如乌热尔图的《七叉犄角的公鹿》中，少年猎手“我”看到了一只雄健、漂亮、充满智慧和牺牲精神的长着七叉犄角的公鹿，为之所动。“我”与鹿多次相遇，不但不忍心猎杀它，反而在它遭受狼群围剿时，助其突围。这种对自然的美和力量的赞美，其实也传达出对那种优美自然、雄健有力的山野文化精神的向往。姜戎的《狼图腾》则通过对草原上集凶猛、刚健、智慧和团结精神于一体的狼文化的书写，将狼的精神上升到一种处世精神和民族国家的生存策略，对狼表现出一种原始图腾崇拜。这种狼文化书写，对于那些已经被现代文明阉割而变得孱弱的当代人来讲，无疑是一种精神对照和文化补血，体现的是那种充满原始、刚健和生存智慧等特征的山野文化精神。2005 年，东北女作家迟子建在长篇小说《额尔古纳河右岸》中，对鄂温克民族进行了一次文化寻根，表现了这个民族在长期的森林和狩猎生活中所凝聚成的文化，以及特定的文化精神。在迟子建笔下，鄂温克民族文化体现的就是一种山野文化精神——原始、刚健、勇猛、自然。在现代文明冲击下，鄂温克民族文化日渐式微，作者对这种文化的历史命运和当代走向予以了深入思考，并在其中寄托了文化留恋和文化忧思，从而使该作品具有文化人类学的审美意义。

另一种是以莫言的《红高粱家族》为代表，以一种虚构的方式介入历史，让一些生活在民间社会法制之外的土匪、江湖好汉和奇女子等，在象征民间文化背景的红高粱地里，上演了一场集民间抗日、江湖恩怨和男女风流于一体的、充满了血性、野性和阳刚之气的大戏。《红高粱家族》发表于 1987 年，紧接着被改编成同名电影在海内外上映，迅速走红。评论家黄子平曾将小说中的主人公"我爷爷"余占鳌等的出现概括为"绿林土匪反出江湖"[①]。为何"绿林土匪反出江湖"会受到读者和观众的热烈欢迎？这其实表明了 20 世纪 80 年代中期中国社会对这种土匪文化所代表的山野文化精神的呼唤。当时文坛上掀起了一阵土匪题材热，出现了一些有影响的土匪题材作品，如贾平凹的《五魁》《白朗》《美穴地》、杨争光的《黑风景》《棺材铺》、尤凤伟的《石门夜话》等。呼唤源于一种精神欠缺和向往。那么，《红高粱家族》小说中所表现的"土匪文化精神"到底是一种什么样的精神？其实，这种精神就是那种无拘无束、自由自在的民间文化精神，只不过是多了一股匪气而已。在作品中，这种精神的具体体现者就是余占鳌，他狂放不羁，血性有力，敢作敢为，自由自在。与之相应，"我奶奶"戴凤莲也自由奔放，热情泼辣，敢爱敢恨。就连小说中的那些由村民变成的土匪，也都显得憨厚、朴拙，一改以往土匪的灰色形象，而给人以质朴可爱之感。作者由衷地表现了这些人物"最美丽而又最丑陋，最超越而又最世俗，最圣洁最龌龊，最英雄好汉最王八蛋"的复杂本质，赞美了他们充沛的生命活力以及红高粱般充满血性的民族精神。还有小说中那一望无际的血红的红高粱，则象征着热烈昂扬、野性自由、充满旺盛生命力的民间文化精神。《红高粱家族》所表达的这种民间文化精神，其实也是一种山野文化精神，给现代的文明社会，带来了一股原始之风和野性之气。

第三，对大自然的怀念与向往。工业文明的扩张正在使农业文明遭受空前的破坏，普天之下，难寻一块净土。在今天的世界文化背景下，这可以说是并不夸张的文明事实。工业文明不仅对自然界造成了破坏，而且造成了人性的异化和道德的失落等一系列与人的生存和发展相关的社会问题。在前文关于文化保守主义和反思现代性的论述中对此已经有所讨论。所以，出于一种对现代化的反动心理，回归自然成为一个世界性的文化主

① 黄子平."灰阑"中的叙述.上海：上海文艺出版社，2001：81.

题。这种回归自然的冲动背后，其实有着一个为现代人寻找精神家园的现代性精神旨归。这种现代性的精神冲动，其实也体现出一种以自然和自由为核心的山野文化精神。

寻根文学中，一些作家表现出对这种文化的向往和精神追求。例如，贾平凹在1981—1983年间，先后三次深入商州山地，考察民风民情，分别写出《商州初录》《商州又录》和《商州再录》三部文化记游之作。在这些作品中，作者表现了商州山地文化的自由、浪漫、博大和精深，并对这种原始、宁静的山地文明表达了衷心的赞美和向往。贾平凹说："商州是生我养我的地方，那是一片相当偏僻、贫困的地区，但异常美丽，其山川走势，流水脉向，历史传说，民间故事，乃至天上飞的，地下跑的，构成极丰富的、独特的神秘的天地。"① 这种对山野自然的认识和体验，对后来贾平凹的写作产生了深刻的影响。

另一个典型的代表作家是张炜。张炜对农业文明和大自然表现出一种近乎痴迷的热爱，而对工业文明则怀有一种近乎本能的厌恶和敌视心理。张炜是当代一位难得的带有浓厚浪漫主义色彩的作家。亲近自然，厌恶工业文明，是浪漫主义的本来特征。在张炜笔下，大地、原野、山川、河流、葡萄园等，作为农业文明的特定意象，都有着特别的意义，是对抗工业文明的力量源泉和人类精神的栖居地。他的《古船》《九月寓言》《柏慧》和《刺猬歌》等作品，一再表达了这种主题。在《九月寓言》的代后记《融入野地》中，张炜说："对于我们而言，山脉土地是万年不曾更移的背景，我们正被一种永恒所衬托。""世界上究竟有哪里可以与土地比拟？这里处于大地的中央，这里与母亲心理上的距离最近。在这里，你尽可以诉说昨日的流浪……""我与野地上的一切共存共生，共同经历和承受。"② "融入野地"，和自然融为一体，这是张炜的文化追求和艺术目标，典型地体现了张炜的山野文化精神。在《九月寓言》中，大地原野不仅是小村人赖以生存的基础，也是年轻人快乐的田园。土地出产的地瓜不仅满足了人们生存的需要，也给他们带来了无穷的力量。在夜晚的大地上，年轻的男女们互相嬉闹、追逐、奔跑和游戏，与自然几乎融为一体，这正是张炜所向往的理想境界。在《柏慧》中，面对着工业文明对自然的破坏，张炜痛心疾首："谁来救救我的平原我的河流，毁灭真的是唯一的选择

① 贾平凹．答《文学家》编辑部问．文学家，1986（1）．

② 张炜．融入野地（代后记）//九月寓言．北京：人民文学出版社，2005．

吗?”在2007年的长篇小说《刺猬歌》中，张炜进一步渲染了工业文明对农业文明的摧残，公开表达了对这种山野文化精神的向往与呼唤。小说的男主人公廖麦远离工业文明，僻居山野，晴耕雨读，过着现代隐士般的生活，立志要写出一本记录这种生活的丛林秘史。但结果是，他的妻子和女儿都背叛了他，投身商业和资本的怀抱。最终，主人公沦落为一个孤独的悲剧性的文化英雄。这种悲剧结局，体现的其实是作家张炜的无奈。在小说中，张炜对工业文明的批判已经达到愤怒的程度；但在现实中，他却只能承认农业文明的式微及其所体现的山野文化精神的溃败。这种两难的文明冲突，使这部作品呈现出一种挽歌式的审美现代性特征，表明现代性的某种溃败。

第三节　世俗文化精神

所谓世俗文化精神，就是一种日常生活审美精神。寻根文学所寻的“根”，大多指向久远的民族历史文化，似乎与日常生活无涉，但这只是一种表象，或者说是一种偏见。寻根文学绝非“发思古之幽情”，而是有着明确的现实文化目的，发掘历史文化是为了给现实提供某种精神指导和文化借鉴。寻根作家所寻的“根”，可以说就蕴藏于现实生活之中，与现实复杂交织，如同郑万隆所言：“我意识到自己的时代，那是因为我在时间中。我不仅是生活在‘现在’，而且是生活于‘过去’的‘现时’；‘过去’就在‘现时’里，不是已经逝去了而是还在活着，还依然存在。”[①] 这表明了寻根与现实之间的互动关系。寻根并非凌空蹈虚，而是在现实生活基础上的文化发掘，并期望借助于这种发掘反作用于现实。那些脱离现实的文化书写，最后都流于故事化文本追逐，从而违背了寻根的初衷，如寻根文学运动后期出现的新历史主义小说，就是如此。

所以，寻根文学作品中，那些貌似悠远偏僻的文化发掘，大多有着一个现实的文化背影，是在现实生活基础上的寻根。例如，韩少功的《爸爸爸》本来是一部高度寓言化的作品，而且写的是近乎化外之地——其中的鸡头寨几乎就是一个世外村落，但作者也不忘在小说中塑造一个可有可无的次要人物德龙，通过他，将鸡头寨与山外的现代文明联系起来，从而表

① 郑万隆．我的根．上海文学，1985（5）.

明了小说的当下属性，让小说中的寻根获得了一种当下的文化意义。相较于《爸爸爸》，其他寻根文学作品中，现实生活气息更为鲜明。

现实背景的突出使寻根文学中出现了相当多的对日常生活经验的书写。日常生活经验书写是20世纪80年代以来中国当代文学内容书写上的发展态势，也是当代文学审美的必然走向。日常生活审美的出现，具有特定的政治和文化内涵，被认为是中国当代文学走出政治束缚、回归生活、回到人本身的标志。20世纪80年代后期出现的新写实小说将这种日常生活经验书写推向了高潮，到了90年代以后，日常生活经验书写则成为中国当代文学的常态。寻根文学被认为是中国当代文学艺术上的转折，在内容表达上，同样推动了中国当代文学的变革。

当代文学中的日常生活经验书写最早可以追溯到寻根文学。李庆西说："自'寻根派'崛起，情况便有所改观。从大的方面讲，中国文学的格局发生了变化。至少小说不再纯粹作为诉诸知识分子个体忧患意识的精神载体了，而是开辟了一条表现民族民间的群体生存意识的新路。""'寻根派'作家之所以如此重视日常生活的价值关系，也正是因为从人的基本生存活动中发现了命运的虚拟性。如果要真实地表现人格的自由，可行的办法就是穿透由政治、经济、伦理、法律等构成的文化堆积，回到生活的本来状态中去。真实的人生、人的本来面目，往往被覆盖在厚厚的文化堆积层下。"[①] 联系这段话的上下文语境，可知李庆西所说的"寻根派"，主要指的是1984年"杭州会议"之后、在1985年以理论宣言的形式打出"寻根"旗号的一些作家，如韩少功、阿城、李杭育等。而实际上，最早表现出日常生活审美特征的，还不是他们，而是寻根文学的外围作家汪曾祺。汪曾祺堪称新时期文学日常生活审美第一人，在《受戒》《大淖记事》等作品中，他最早进行了世俗日常生活书写。例如，《受戒》中，对荸荠庵和尚们每天日常生活的书写，以及对小英子一家日常生活的描写，都有一种诗意的审美眼光，体现出某种世俗的日常生活的美。《大淖记事》中，对小镇上开店铺做生意的、外来做小买卖的、挑夫、锡匠和当地妇女等的日常生活，作者都进行了详细的审美化的叙述，这其实就是一种带有民俗意味的日常生活书写，是对世俗生活的艺术审美。这种日常生活审美在汪曾祺的小说中很普遍，例如《鸡鸭名家》《岁寒三友》等作品中，都有着大量的表现。

---

① 李庆西．寻根：回到事物本身．文学评论，1988（4）．

李庆西的话中还有一个意思，那就是日常生活审美对寻根文学来说，是一种必需的“可行的办法”，因为“真实的人生、人的本来面目，往往被覆盖在厚厚的文化堆积层下”。也就是说，日常生活中蕴藏着文化的真谛，从日常生活着手，可以发现文化，这是文化寻根的一条必由之路。李庆西的这种文化寻根主张，颇有见地。他改变了以前那种考古式的文化发掘，而把文化看成一种活性的存在，藏于当下，就在我们身边。这就开辟了文化寻根的新路。对李庆西的这种文化主张，我们在认识寻根文学时，必须要深刻认识并加以体会。例如阿城的“三王”系列，都是在平常的日常生活描写之中，寄寓着深刻的形而上的文化主题。《棋王》中通过对王一生下棋的日常生活的描写，弘扬了中国传统的儒家和道家文化精神；《树王》中表现了民间奇人肖疙瘩的日常生活，特别是对其为捍卫大树而死的描写，突出了中国传统文化中的天人合一思想；《孩子王》中对王七桶珍惜字典和敬仰文字的日常描写，则表现出对中华民族文化的敬仰和对其巨大生命力量及民间延传的诗性肯定。这些作品都于普通的世俗的日常生活书写中，发掘出深蕴于其中的特定的文化内涵，从而突出了作者的文化寻根主张。

日常生活其实也就是一种世俗生活，日常生活审美体现的其实就是一种世俗文化精神。寻根文学世俗文化精神的出现有着特定的时代文化背景。寻根文学出现的 20 世纪 80 年代上半期，正是中国社会世俗化大潮开始兴起的时期。其时，中国社会正在进行思想解放运动，改革开放已经拉开了中国社会现代化的序幕，欲望化的社会潮流正在酝酿之中，到 90 年代后终于汇成滔滔洪流。从 20 世纪 80 年代中期开始，中国社会进入了商品经济时代，重物质，尚实利，“告别革命”（李泽厚语）、“拒绝崇高”（王蒙语），渐成新的时代风尚。进入 90 年代后，随着市场经济社会的到来，这种世俗化的浪潮更是一发不可收拾。反映在文学创作中，就是从原来的政治化和理想主义写作，逐渐走向了世俗化和欲望化写作。在这一过程中，文学越来越亲近读者和生活，越来越接地气，原来长期被忽视的世俗化的日常生活和普通人生，在作品中得到了应有的关注。这种世俗化的文学走向，是新时期以来中国当代文学的总体发展态势，体现出深刻的现代性文化精神。20 世纪 80 年代后期出现的新写实小说和 90 年代出现的私人写作、个人化写作和“现实主义冲击波”小说等创作现象，都是这种日常生活审美的继续和表现。甚至在以形式实验著称的先锋写作中，也有着大量的日常生活描写。这种世俗化的日常生活审美，使中国当代文学得以从政治的束缚中解放出来，回归生活，回归艺术本身。寻根文学是以文化替换政治的方式，最早开启了当代文学的这种转变，对中国当代文学的发展走向影响巨大。所以，旷新年认为：“‘新写实小说’向市民的精神态度和‘日常生活’的悄然移行，无疑正是起源于‘寻根文学’的精神转向。”①

寻根文学中，相当多的作品都有对世俗文化的书写，作者的态度也各不相同：有对世俗文化认同的，也有对世俗文化感到担忧甚至产生潜在对抗心理的。无论是认同还是担忧，体现的都是一种世俗文化精神。对于中国当代文学来讲，对世俗文化的正视，本身就是一种进步。总体来看，寻根文学作品中，对世俗文化精神的表现主要呈现为两种形态。

第一种是在与世俗文化的对比和对抗中，凸显传统文化的价值。这是一种文化陪衬的方式。在这种关系中，世俗文化往往处于反面地位，但却极具现实力量。文化寻根本质上是一种形而上的文化领域的精神运动，而世俗文化则是一种形而下的文化事实，很多时候二者之间是一种对抗和消解的关系。但同时，二者又密不可分。寻根文学中，不少作品表现了这种世俗文化与作为“根”的主流文化精神的矛盾冲突。例如，《北方的河》中，张承志正面赞美了主人公“他”的那种自由自在、狂放不羁、充满野性活力的主体人格精神，并将之上升为一种理想的时代精神，但终究不能让“他”成为一个脱离现实的空洞的意念化的人物，而是让“他”回到尘世的俗务之中。小说有一个非常有意味的情节描写：主人公来到北京后，因为错过了报考研究生的日期，而不得不托人说情补报，虽然补报成功，但对于“他”来讲，这种委屈求人的庸俗做法，无疑是一种无奈之举，也是对其主体人格力量的压抑。还有后来在“他”“女记者”和徐城北三人之间展开的充满庸俗气息的三角恋爱关系，与小说前半部分对“他”的主体人格力量的宣扬，正好形成一种对照：一方面凸显了“他”的那种野性的自由人格精神，另一方面凸显了世俗文化对人的制约作用——不管愿意不愿意，人都是生活在世俗之中的，无法拒绝世俗文化的影响。

还有李杭育的《最后一个渔佬儿》也是如此，尽管主人公福奎让人觉得古朴、伟岸、刚健，但事实上，他是一个失败者。他的失败不是源于他本身，而是来自世俗文化的冲击——一贫如洗，穷得连裤头都是相好给的，眼睁睁地看着多年的相好另投他人。也正因此，世俗文化与小说中所缅怀的传统文化之间形成一种矛盾性的张力，凸显了人在文化中的孤独和无奈。不管作者认同与否，小说中的世俗文化如同江两岸日渐增多的灯光

① 旷新年．“寻根文学”的指向．文艺研究，2005（6）．

一样，已然无法抗拒。

还有郑万隆的“异乡异闻”系列，虽然表现的是东北边陲森林文化和狩猎文化，意在突出其中的力量、勇敢和伦理道德观念。但是，作者也无奈地看到现代文明已经深入深山老林，世俗化价值观念已经对原始文化造成了极大的破坏。所以，作品中一再展示金钱与色欲、与道德、与人性的对立，表现了人在其中的尴尬境遇，并以此凸显传统文化价值的可贵与失落。例如，《野店》中，主人公“他”与一个叫作“大珍子”的女人相好多年，却穷得娶不起她。最后“她”被一个叫“福庚”的恶棍花六两金子娶走，而主人公“他”却需要以十六两金子的价格才能将“她”赎回。直至女人被福庚折磨死亡，“他”也没有攒够这十六两金子。“他”要找福庚报仇，却遭闻讯赶来的福庚枪击。文化的尴尬在此表现为人的存在的屈辱和无奈。

还有王安忆的《小鲍庄》中，表现了一个象征传统儒家“仁义”文化的小孩捞渣的死，以及他死之后，众人从他身上获得种种好处，从而突出了儒家文化“仁”与“礼”的对立。“仁”是一种形而上的传统文化精神，而“礼”则是一种实用性的形而下的世俗规范。通过二者的对立，作者其实是要表现世俗价值观念对传统儒家文化精神的消解。小说告诉我们，传统的儒家“仁义”文化在现实中正在走向崩溃，而实用性的世俗的“礼”的价值观念正在蔓延，世俗文化正在改写和颠覆“仁义”文化的本来内涵。这是王安忆对儒家“仁义”文化的当代审视，并对其未来走向给予了深刻的文化思考。

尽管在这些作品中，寻根作家对世俗文化普遍表现出担忧和警惕的态度，但难能可贵的是，他们并没有回避现实，而是在对世俗文化的书写中，寄托自己的文化理想。正如李庆西所言，寻根作家们“用世俗的眼光去看取人生的欢情与苦难，可以认为是一种理解，但这并不等于作家的审美意识与情趣完全止于世俗观念。因为理解本身也是超越，正是它导引着超越世俗的审美理想。毫无疑问，艺术表现一旦完成了事物的本来过程，也便产生某种脱俗的寓意，进入高蹈境界”①。所以，可以说，寻根作家们在世俗文化书写中，寄寓着反世俗的文化理想，是对世俗文化的超越。

第二种是从世俗文化中提取当代文化精神。世俗文化有庸俗性的一面，也有永恒性的一面。世俗文化中往往暗含生活的真谛。寻根文学中，

① 李庆西．寻根：回到事物本身．文学评论，1988（4）．

有些作品以一种认同的姿态，来发掘世俗文化的当代意义。阿城的《棋王》就是这样的一部作品。小说重点表现了主人公知青王一生的“吃”和“下棋”，花了很多笔墨来写他的“吃”和“下棋”。“吃”和“下棋”都是世俗日常行为，没啥特别，但作者显然不是要表现王一生如何吃、如何下棋，而是要表现他对“吃”和“下棋”的态度，并在这种不同寻常的态度里寄寓自己的文化主旨和文化理想。王一生爱“吃”，对他来说，食物不求精美，但求温饱，“顿顿饱就是福”；王一生痴迷下棋，对他来说，“何以解忧，唯有下棋”。正是这种专注的态度，使这两种普通的日常世俗行为体现出不普通的文化含义，也彰显出一种特殊的文化精神。小说中对王一生“吃”和“下棋”的描写，让人很自然地将这两种日常的世俗行为与刚刚过去的特定历史年代物质和精神的双重匮乏联系起来，并以王一生作为活生生的例子，表明了物质和精神这两种需要对于普通中国人和中国社会发展所具有的重要意义，具有特别的社会学和文化学价值。在刚刚走出“文革”之后的历史新时期，正视并满足国人的这两种需要，是整个国家和民族重新起步的起点，未来的一切发展都必须建立在这个文化基础之上。这种主题发掘，其实就是对普通世俗文化的精神升华，体现出强烈的世俗现代性精神。阿城的《棋王》历来被人称为传奇，认为是世俗生活传奇。为什么叫作“传奇”，其实就是将世俗的日常生活审美化了，将普通的日常人生艺术化了。

还有一个典型的例子是王安忆的《长恨歌》，这部表现上海城市历史文化变迁的风花雪月式的作品，被认为是一种城市文化寻根，是对上海城市文化精神的发掘。小说将一个普通女人王琦瑶的命运与上海这座城市联系起来，通过这个女人的命运浮沉来表现上海自解放前到解放后直至改革开放这段历史时期的社会变革，从这个女人的世俗日常生活中提炼深蕴于其中的上海文化精神。在作者笔下，王琦瑶的世俗人生就是上海城市文化的表征，其中体现着特定的上海文化精神。从解放前灯红酒绿的旧上海生活，到五六十年代政治运动时期的隐居般的上海生活，再到改革开放后充满遗老贵族怀旧气息的上海生活，王琦瑶的命运浮沉与上海城市文化变迁息息相关，或者说是上海城市文化变迁的标志。对这个永远不会衰老的传奇般的女人来讲，外面世界的天翻地覆也难以真正影响到她的生活。她貌似身不由己，安然处顺，但其实内心非常坚定，不乏机心。她是旧上海的遗民，又是新社会的旁观者。时代的变革会在她身上打上烙印，但却难以改变她。她如同不老的女神，一个久远的传说，平淡的生活中充满神秘。

在天翻地覆的时代变革中，她始终是那么优雅、从容、精致，生活在吃点心、喝茶、听音乐、打麻将、与人聊天、与各种男人的风流潇洒之中。就这种生活本身而言，无疑是世俗的、普通的，但王安忆却能从中提炼出一种精神。这种精神就是那种淡定的、从容的、华丽的、潇洒的、处变不惊的、随遇而安的，甚至还带有一点私密性的、略微让人激动的世俗生活精神。在作者看来，这种精神就是近代以来上海这座城市的文化精神，虽历经浮沉，却宠辱不惊，生命力非常顽强。上海见证和经历了近现代以来中国社会历史的风云变迁，对生活于这座城市的市民来讲，无论面对什么大风大浪，他们都处变不惊、从容淡定，没有大喜，也不会有大悲，日子过得平淡而有韧性。这就是上海市民文化，体现的是上海城市文化精神。显然，这是一种世俗化的文化精神，但在这种世俗之中，却自有它的生命力和文化价值所在。也正是因此，作者让这种世俗的文化书写体现出不同寻常的文化意义。

类似的文化书写还可见于王安忆表现上海城市移民文化的长篇小说《富萍》。小说中，作为早期上海城市移民的女主人公富萍，其行为和思想无疑都是世俗的。富萍是一名从乡下进城的女子，是奶奶的孙子的未婚妻。奶奶已经在上海给人家做了 30 多年保姆，富萍来上海投奔奶奶。富萍表面文静木讷，实则内心坚定有主见。在上海生活期间，富萍经常出入于大街小巷，见识了各色人等，逐渐为上海城市生活所吸引，不愿意回到乡下，不愿意面对未婚夫一家沉重的家庭负担和复杂的人际关系。她最终和未婚夫退婚，选择了和一个瘸腿的上海男青年结婚，在上海这座城市里生活了下来。她要凭借自己的努力，在上海这座城市扎根，生儿育女，让自己的后代都成为上海人。作者通过富萍的人生选择，表现了近代以来上海城市移民的文化精神和这座城市包容的文化精神。小说中，富萍所做的一切，都充满了世俗的文化意味，尤其是小说中还通过奶奶、舅妈和街坊邻居，表现了一系列城市底层的市井文化，世俗生活气息非常浓厚。但是，作者却能从这种婆婆妈妈、琐琐碎碎的平民日常生活中，提炼出一种顽强的外来移民的生活精神和上海这座城市的文化包容精神，从而使这部看似琐碎平凡的小说，体现出不俗的文化意义。在这种对移民精神和上海城市文化精神的发掘过程中，作者对其中的世俗日常生活表现出热爱和巨大的文化认可。这种世俗日常生活书写，同上述阿城等人的日常生活审美一样，体现的都是一种世俗文化精神。

第七章　寻根文学与“五四”启蒙意义之比较

20 世纪以来，受制于中国特定的社会历史文化现实，启蒙被赋予崇高神圣的历史使命，成为 20 世纪中国文学矢志以求的目标。对于 20 世纪中国知识分子而言，启蒙更成为其安身立命的依据和萦之不去的梦想。“五四”是 20 世纪中国知识分子启蒙意识高涨的历史时期，当时众多的知识分子在域外文化的激发下，借鉴和运用西方的民主、自由、科学等现代思想理念，来开启民蒙，启发民智，从而掀起了轰轰烈烈的启蒙主义热潮。但在后来的中国社会历史发展进程中，受制于中国特定的社会现实，启蒙的主题逐渐让位于民族革命的时代使命，出现了李泽厚所说的“救亡压倒启蒙”现象，从而导致了启蒙意识的失落。20 世纪 50—70 年代，文学中的启蒙意识极其淡薄。20 世纪 80 年代以来，随着文化政策的调整和西风东渐的再度流行，长期失落的源自“五四”的标志性的现代性工程——启蒙运动，再次引起人们关注，进而成为 80 年代上半期中国文学与文化的主要议题和主导的时代社会思潮特征。20 世纪 80 年代被视为继“五四”之后的又一个启蒙主义历史时期，但由于时代背景不同，这两个时期的启蒙思潮在启蒙理念和价值目标上又有明显区别。

从文学角度来讲，在 20 世纪 80 年代，集中体现这种启蒙追求的当推寻根文学。在寻根文学出现之前，新时期文学整体上呈现出启蒙主义的历史动向。“伤痕”文学、反思文学是以文学的方式对民众进行政治思想启蒙；改革文学则探讨科技和经济的发展对于时代和社会发展的意义，唤醒国人对于科技文化和经济发展重要性的认识，是适应中国社会改革和现代化发展趋势而出现的一种创作现象，属于科技和经济启蒙。从本质上来讲，改革文学仍然属于主流政治话语范畴，与“伤痕”文学和反思文学一样，都是为政治服务，只是其中的科技和经济因素更为突出。而寻根文学则跳出了传统政治启蒙的范围，以文化发掘的方式，开辟了新的文学空间，带来了文化思想的丰富性和多元性。而这种远离政治和多元性文化诉求，正是 20 世纪 80 年代以来新启蒙主义思想的重要特征。所以，寻根文学可以被视为 20 世纪 80 年代中国社会启蒙思想的转折点，开启了新启蒙主义的历史发展方向。

如何认识寻根文学的启蒙意义，这是在经过岁月的洗磨之后，评价和理解寻根文学的文学史地位和价值的一个重要问题。可以说，寻根文学对中国当代社会最大的贡献，就在于其文化启蒙唤醒了中国当代社会的文化自觉。在文学日益商品化的今天，随着文学中启蒙精神的溃退和人文精神的失落，对寻根文学启蒙意义的认识更具有现实的针对性和启迪意义，也是我们今天进行人文精神建设不能忽视的重要一环。同时，对寻根文学启蒙意义的探讨，还有助于我们考察和理解启蒙在整个 20 世纪中国文学中的历程和命运，以及中国当代文学的未来发展走向。这使我们有必要将寻根文学与“五四”启蒙联系起来，在一种历史的对比和对照中，来彰显它的成就得失，加深对寻根文学启蒙意义的认识和理解。

这种历史的对比和对照有着显而易见的理论依据。寻根文学的代表者韩少功、李杭育、阿城和郑义等人的文化宣言，都不约而同地将“五四”作为自己的参照物甚至是对立面和靶子，对“五四”进行集体发难，这在前文已有论述。这个不约而同的事实表明，寻根文学是在试图与“五四”进行一次跨时代的历史对话，是对“五四”启蒙运动的历史延续，是对“五四”启蒙运动所开启的这一“未完成的现代性”事业的当代继承和发展。但由于文化语境和历史坐标的不同，这两个表面相似而实质不同的启蒙运动，在其现实的指涉意义、表现形态和结果等方面，有着种种区别。仔细地辨识这种区别，有助于我们更好地认识寻根文学的启蒙内涵及其意义。

第一节　思想启蒙与文化启蒙

从性质来看，寻根文学运动与“五四”运动分属两种不同的启蒙范畴。寻根文学主要是以文化为视角来切入当代中国社会，虽然其中也有一定的国民性格和国民心理批判，但基本上属于文化领域内的精神启蒙；而“五四”运动则主要从思想领域着手，以外来的民主、科学、自由等现代西方思想来启发国人，引导社会变革，基本上属于思想领域内的精神启蒙。实质上，文化启蒙和思想启蒙紧密相关，难以截然区分，二者很多时候是彼此包含的。文化之中蕴含思想，思想本来就隶属于文化。所以，将寻根文学定位为文化启蒙，将“五四”运动定位为思想启蒙，是取其总体特征，是为了论述的方便。这样一来，我们可以看到，由于寻根文学与“五四”运动启蒙性质不同，所以在启蒙的文化资源和思想来源，以及启蒙的效果等方面，也各不相同。

先看“五四”启蒙。“五四”新文化运动以文化为切入口，来对民众进行思想启蒙，这就涉及如何对待文化的问题。我们知道，通常意义上，文化包括传统文化与现代文化两大部分，相应地也就体现出传统性与现代性这两种不同的文化属性。对不同的启蒙主体而言，对这两种文化属性的不同认识，会产生不同的启蒙性质和启蒙效果。“五四”启蒙就与它对文化的传统性和现代性的认识理解有关。那什么是传统性和现代性？王一川在论述寻根文学的传统性与现代性的关系时，曾对二者进行过区别。他认为：

> “传统性”与“现代性”的关系是当今世界各种文学和文化都无法回避的一个问题。这两个概念的难以界定众所周知，我只想指出我的特定用意。“传统性”约略指文化中那些能使人发现这个民族独特特性的、与其过去血脉相连的方面，涉及民族独特的哲学、宗教、语言、民情风俗、审美惯例和神话等。与它对峙的是“现代性”概念，指文化中那些能被归属于“现代化”进程的种种因素，这一进程在西方首先发动，而今扩散到全球各民族文化中，同普遍化、一体化或标准化等紧密相连。但实际上，这两者往往呈现出远为错综复杂的关系。①

我们可以以王一川的这种区分方法为标准，来看看“五四”新文化运动与寻根文学在对待文化的传统性与现代性问题上的不同态度，以及这种不同的态度所导致的不同影响和结果。

由于“五四”处于一个激进的历史变革时期，出于救亡图存的时代目的，它对传统性与现代性的理解，是取一种决然相反的态度，以现代性对传统性的全面取代和否定而宣告了传统性的覆灭。它在简单意义上附和了恩格斯对传统的论断：“传统是一种巨大的阻力，是历史的 vis inertiae〔惰性力〕。”② 它否定了传统性中的合理因素，忽视了传统性中的合理因素

---

① 王一川．传统性与现代性的危机：“寻根文学”中的中国神话形象阐释．文学评论，1995 (4).

② 恩格斯．“社会主义从空想到科学的发展”英文版导言//马克思恩格斯全集：第 22 卷．北京：人民出版社，1965：360.

在一定历史条件下的现代转化，堵死了传统性向现代性的转化之门。这种良莠不分的简单理解，使“五四”时期的人们以“脏水连同婴儿一起泼掉”的粗暴态度对待传统性，导致了“五四”时期传统性的全面失落，从而出现了后来被寻根作家所批判的“文化断裂带”现象。这就造成了传统性和现代性不能有机结合，使启蒙现代性这种从西方移植过来的价值理念，在相当长的一段时间内不能在中国生根立足而为广大的民众所接受。它的仅限于知识分子的狭隘的传播范围，使这种外来的价值理念成了游离于中国社会现实问题之外的“悬浮之物”，无法落到实处，无法在中国社会现实中生根立足，从而大大削弱了它的现实的指涉功能，导致其启蒙意义大打折扣。

对于“五四”而言，它的启蒙的思想武器库是从西方借来的，例如民主、科学、自由、平等、个性解放等。它所推崇和宣扬的各种新思想新学说并不是来自对中国社会结构和历史进程的实际分析，而是一种生硬的理论移植。因此，“五四”时期出现的许多深刻的思想命题是一种理论演绎的结果，而不是来自中国社会现实，是“悬浮”在人们实际生活状态之上的。它可能在一定的时间内引起人们的关注，但却不能引起人们长久的关注，更不可能使问题得到实质性的解决。因为这种外来的现代的思想命题毕竟与“五四”时期人们的现实人生相隔太远了。“五四”时期种种的思想学说都被冠以“新”字，就说明了它们与中国社会现实的隔膜性，像《新青年》《新潮》等刊物也都纷纷以“新”字来表明它们所传播的思想与普通实际生活的异质性，同时也表明了它们与现实的隔膜，以及现实社会对它们的拒斥。因此，只有当外来的思想学说与中国特定的社会历史、现实相结合，并被用于分析指导现实时，其理论威力才能散发出来并为广大的民众所接受。

在这种意义上，鲁迅的《狂人日记》之所以比丁玲的《莎菲女士的日记》显示出更长久的艺术生命力和认识价值，原因就在于，他以现代启蒙思想为指导对中国封建礼教“吃人”本相的分析和批判，是从中国文化结构分析和社会现实出发的，有着现实的针对性，切合了中国广大民众的社会心理。而《莎菲女士的日记》对个性自由、男女平等等现代思想理念的标榜，则是全然的西方现代启蒙思想的中国翻版，脱离了中国社会现实的民众接受基础，是一种超前的理论演绎，虽然它对于“五四”时期理想和现实相矛盾所造成的感伤的时代心理也有着真实的反映。而同是启蒙之作，鲁迅的《伤逝》对婚姻自由的感悟，为什么直到今天仍然有着巨大的艺术力量？就是因为它是从现实的角度来思考问题的，指出了经济独立之于女性独立和婚姻自由的决定性意义。这在今天，仍然是颠扑不破的艺术真理。

正是在这种意义上，最能反映“五四”启蒙思想深度的，不是陈独秀、李大钊、胡适等人对“民主”“自由”“科学”等现代启蒙思想的宣扬，而是吴虞、鲁迅等人对中国家族制度和封建礼教的分析和批判。这种分析和批判不是抽象的理论演绎，而是来自对中国社会历史和文化实践的深入分析，具有相当的及物性。通过这种分析和批判，他们揭示了中西社会制度和组织结构的本质区别，从而也就昭示了中国社会变革的独特性及其必然与西方社会相区别。[①] “五四”时期一系列重大的思想命题，像思想自由、个性解放、妇女问题、人道主义等，都因与现实不能有机结合而在某种程度上流于空谈。这种思想的“无根状”大大削弱了这些启蒙思想的现实指涉功能。在这方面，我们只要看看“五四”时期喧嚣一时的“娜拉热”就不难理解，还有鲁迅先生的《伤逝》为证。

20 世纪 80 年代以来，指出“五四”启蒙思想的“无根状”所造成的现实力量薄弱的，不乏其人。例如，对于“五四”启蒙运动所大力鼓吹的人的个体性和独特性，汪晖指出，由于“五四”启蒙思想以民族主义作为其内在的前提和基本归宿，所以关于人的个体性和独特性的思想，在面对种族国家等类属问题时，不能不陷入矛盾和困惑之中，从而揭示了“五四”时期人的个体性和独特性等自我主体的丧失，这显然与“五四”启蒙精神相悖。[②] 而陈思和则从学术研究角度出发，指出这种个体性和独特性的丧失对于“五四”时期学术的影响：“‘五四’新文化在文化上的无根状造成了思维方式上的简单化，作为人的自觉与个性自觉的基本标志，独立思想的权利，连在知识界本身都远未生下根来，遑论什么对芸芸众生的启蒙？这种知识匮乏和思维方式的简单化又铸造了现代知识分子在人格上的简单化，又铸造了现代知识分子在人格上的偏执，即对社会责任感的培养压倒了对学术责任感的培养。”[③] 王晓明则从对“五四”时期的杂志和社团的研究入手，指出“五四”时期在追求风格一致的前提下，抹杀了作家的艺术个性，这与 20 世纪 80 年代的寻根文学为追求“总体性的思维方式”

① 汪晖．预言与危机：中国现代历史中的“五四”启蒙运动．文学评论，1989（3，4）.

② 同①.

③ 陈思和．五四与当代：对一种学术萎缩现象的断想//笔走龙蛇．济南：山东友谊出版社，1997：5.

而扼杀作家的个性风格，具有历史的异曲同工之处，表现出对“个性独立”这种“五四”启蒙命题直到今天都没有实现的反思。[①]

当然，指出“五四”启蒙思想的现实力量的薄弱并不意味着对“五四”启蒙意义的否定。事实上，“五四”启蒙运动的贡献在于它所具有的开山意义，它对西方现代启蒙思想像民主、自由、科学、个性解放、婚姻自由等的本来移植，为20世纪中国文学和社会的现代化奠定了良好的思想和行为规范，使这些思想当之无愧地成为20世纪中国社会历史进程的航标。但是，命题的提出并不等于命题的完成。中国的启蒙运动具有“后发外生”性质：与西方启蒙运动相比，在时间上严重滞后，西方启蒙运动已经发展了几百年，而中国的启蒙运动才刚开始；从理论资源来讲，“五四”启蒙运动的思想武器基本上是来源于西方，而不是来自对中国社会历史进程的文化感悟和理论提升。这种时间的落后和思想的外来性，使“五四”启蒙运动面临着更加艰巨的任务。

一方面，从历时性角度来看，它要重温西方启蒙运动的历史进程，必须要在极短的时间内，以快速集中的方式，走完西方启蒙运动已经走完的几百年的历史进程。这使“五四”启蒙运动被迫采取了激进的手段和方式，在极短的时间内，以思想爆炸的方式，大量引进和介绍各种西方社会学说和思想理论，但却来不及仔细甄别，更谈不上有机消化，造成对西方启蒙思想的生吞活剥，启蒙效果自然也就大打折扣，出现了很多后遗症。

另一方面，从共时性角度来看，“五四”启蒙运动还存在着追赶西方启蒙运动的问题。但在如何对待启蒙思想问题上，它与西方启蒙运动存在很大的分歧。“五四”启蒙运动所借鉴和引进的，主要是西方18世纪和19世纪以人道主义为核心的带有古典色彩的社会启蒙思想理论。但是，“五四”运动发生时，西方社会启蒙运动正在衰落，启蒙逐渐走到了自己的对立面。而在19世纪末和20世纪初，随着西方后工业社会的到来，各种现代主义和非理性主义思潮大量兴起，逐渐成为西方社会文化思想的主流。这些现代主义和非理性主义思潮，以其极端的个人化、情绪化、无序性、无意义和非逻辑性等特征，构成对启蒙主义的反动，正在从各方面瓦解着启蒙主义的理性原则和生命内核。在现代主义和各种非理性主义的肆意冲击下，西方社会正在经历深刻的思想转型，启蒙思想岌岌可危，启蒙运动

① 王晓明．一份杂志和一个“社团”：重评五四文学传统//王晓明．批评空间的开创：二十世纪中国文学研究．上海：东方出版中心，1998.

也一落千丈。

这就给中国的启蒙思想家造成了痛苦。不难理解，当中国的启蒙思想家，即当时的先进知识分子，好不容易从西方找到了自以为能够改造社会和拯救民生的思想理论，还来不及付诸实施时，他们就悲哀地发现，这种思想理论已经过时了，正在遭到西方社会的抛弃，而新的价值理论尚未形成。这种文化事实不免有点荒诞和残酷。苦苦寻求的救世良方却是人家正在抛弃的内容，可以想见，这是一种怎样的痛苦！这就带来了价值择取的困惑和迷惘，使包括鲁迅在内的广大“五四”启蒙思想家在运用西方启蒙思想进行社会批判时，无法提出一个更好的社会改造方案，难逃启蒙者的孤独命运。而且，受制于中国特定的历史现实，这种外来的启蒙思想在中国已经变形，被做了种种实用主义的理解和运用，尤其是在后来“救亡”时代主题的挤压下，启蒙思想更是日渐失落。直到 20 世纪 80 年代，这一主题才再次引起人们的关注，但由于时代语境不同，其在启蒙的主旨和内涵等方面，又有着自己的特点。

在启蒙方式上，“五四”时期的思想家侧重从思想方面来启发民众，而 20 世纪 80 年代的寻根作家则从文化视角来进行国民精神启蒙。文化启蒙较之思想启蒙，其切入中国社会问题的视点不同，途径也不同。寻根作家对文化的偏爱，来自一个文化乌托邦的幻觉。他们认为对民族传统文化进行发掘和研究，会给中国现代化建设和民族文化精神的重建提供某种历史依据甚至是灵丹妙药。这显然受到两方面因素的影响：一是 20 世纪 80 年代初中国社会盛行的文化热，在中西文化对比和对民族传统文化的重新审视之中，国人的民族文化热情得到激发；二是一些第三世界国家，特别是拉美文化的勃兴和走向世界，让处于同样历史文化语境的中国文化界，看到了希望。而究其实，这种乌托邦文化幻想不过是“五四”启蒙思想的当代重现，是“五四”一代启蒙思想家孜孜以求但又没有实现的文化梦想。这就出现了一个奇怪的历史悖论：备受寻根作家推崇的民族传统文化，其实正是鲁迅等一代“五四”知识分子曾猛烈无情地批判和否定的传统文化。这使寻根作家一开始就站到了“五四”的对立面，以一种反“五四”的姿态来继续“五四”未竟的事业。这真是一个绝妙的历史反讽！“五四”时期被用力打倒的传统文化，在 20 世纪 80 年代，却成了寻根作家们用来振兴民族文化和唤醒国人的启蒙武器，这反映了寻根文学与“五四”在启蒙价值理念上的根本不同。

与“五四”启蒙外来的思想武器不同，寻根作家的启蒙武器则是本土的民族传统文化。在韩少功、李杭育等人对文化的“二分法”的论述中，他们扬不规范文化和少数民族文化而贬规范文化和中原文化，由于混淆了传统性和现代性之间的价值标准，以致实质上是扬传统性而贬现代性。对此，王一川认为：

> 按我们的理解，“传统”绝不能被简单等同于过去留给我们的“一切”遗产。“传统”总是活的东西，总是按现实情境和需要而被重新创造的“过去”。任何“传统”都是这样创造的产物。而对20世纪的中国人来说，这种“传统”就无法不与来自西方的“现代性”语汇交织起来。因为，由于中国古典文化价值体系在西方强力撕裂下全面崩溃，长期的“中心”权威失落，中国人不得不借助西方“现代性”话语以激活“传统”，重建中国在世界上的“中心”地位。这样，对于中国现代文化来说，“传统性”与“现代性”就成为一对张力要素。“传统性”应指现代文化中那些能使人想起中华民族往昔的，或为这个民族所独有的因素。而“现代性”则指现代文化中那些能使人感觉到不同于中华民族往昔的、受西方现代工业文明影响的因素。其实，这种区别是相对的，两者总是复杂地交织在一起，根本无法截然区别开来。在这个意义上，上述“寻根文学”代表的“传统”概念就需要重新梳理一下。他们所谓“不规范传统”，其实就是我们认为具有“传统性”的那些因素，如存在于胡同、里弄、四合院或小阁楼里，或见于俚语、野史、传说、笑料、民歌、神怪故事、习惯风俗和性爱方式中的东西；而所谓“规范传统”，则是那些更具有“现代性”特征的东西，如林立的高楼、宽阔的沥青路、五彩的霓虹灯等。在中国现代文化中，前者往往被挤压到“边缘”地带，成为“不规范”之物；后者则屹立于“中心”，具有正统“规范”的权威。这样一来，问题就较为清楚了：“寻根”作家的“寻根”指向是以“传统性”去冲击并取代“现代性”。[①]

扬“传统性”而贬“现代性”，或以“传统性”去冲击并取代“现代性”，这种价值取向与寻根作家激进的文化策略中对现代性的焦虑感，产生了明显的错位。这就导致寻根作家在价值择取上产生困惑和迷惘，使他

① 王一川．传统性与现代性的危机：“寻根文学”中的中国神话形象阐释．文学评论，1995（4）．

们的文化启蒙在相当的程度上走向了虚空，甚至是走向了自己的反面。对这一点，作家陈冲当时有过一段详细的分析。他曾用“观照”一词来嘲讽寻根文学作品中现代意识之不足和价值取舍的迷误：

> 寻根文学多数作品起“观照”作用的，绝非现代意识，而是传统的或乡土的意识。有一些作品虽然对它所描写的传统文化持批判态度，但批判态度本身并不等同于现代意识的观照。有两种情况，第一种情况是，作者批判了他所写到的那部分传统文化，但没有指出或暗示出应该用什么去取代它们。批判只表明了一种倾向性，通常只是基于一般的道德准则或伦理准则的批判。批判的武器并不是现代意识。第二种情况是：作者批判了他所写到的一部分传统文化，而批判的武器则是同一个传统文化中的另外一部分文化。这类作品突出的共同特征，就是其思维定式是向后的，从道德范畴来讲，它充其量是以传统的美德来批判传统的恶德。①

由此看来，寻根文学所谓的文化启蒙或文化批判，并不是在异质的现代文明的照耀之下进行的，而不过是传统文化内部的矛盾冲突和系统分化组合，并未给中国当代文化建设带来什么新的东西。这种所谓的文化启蒙，充其量只能算是一种文化改良。这种文化改良，由于无法从根本上改变传统文化的内在结构，很难想象会有什么实质性的收获。今天，我们反观 20 世纪 80 年代寻根文学的文化启蒙时，除了空见一片启蒙的热情，很难见出什么成果。其根本原因，就在于此。

第二节　思想批判与文化重建

这种价值取向的不同，造成了寻根作家与“五四”知识分子在进行启蒙时自身立场和态度的不同。“五四”时期的启蒙主义，实际是“五四”知识分子以先进的现代意识、现代科学和民主思想去启发尚处于蒙昧状态的民众。这种文化心理的差距，形成了“五四”知识分子和广大民众之间的俯视关系。“俯视”意味着知识分子的主体思想意识对其启蒙对象来说

---

① 陈冲．现代意识和文学的摩登化//周安平，赵增锴．文学的现代意识．南宁：广西人民出版社，1990：66.

具有超前性，只有用饱含强烈理性精神和现代意识的启蒙思想，去反观处于封建宗法社会中的民众，才能形成这种居高临下的俯视关系。“五四”先驱们所拥有的民主、自由和科学等思想意识，比起民众所拥有的封建宗法意识、小农意识来，显然要先进得多，形成他们精神上的优势，使他们得以成为广大民众的思想启发者和代言人。在这种俯视关系的支配下，“五四”知识分子对于启蒙对象——广大民众的情感态度，也不再是人道主义式的简单的同情，而是于同情中带有冷峻的批判，是鲁迅式的“哀其不幸，怒其不争”，是鲁迅先生对待其笔下的闰土、祥林嫂和阿Q们的那种态度。

与“五四”思想启蒙相比，寻根文学的文化启蒙则是通过对本民族传统文化的发掘与研究，来唤醒国人的文化热情，振奋民族文化精神，以图民族文化的更新与重构。由于它缺少那种先进的现代思想意识的指引，而只是着眼于传统文化系统内部的“重建”，所以它对普通民众的启蒙立场，不再是“五四”时期的那种俯视，而是“视线下移”，也即作家将自我摆放到与普通民众同一的水平位置上，采取一种平视的姿态。这种“视线下移”，让寻根作家将自我消弭于广大的民众之间，从事实上削弱了寻根文学的启蒙力量。

曾写出寻根文学重要作品《厚土》系列的小说家李锐说：

> 如果不是曾经在吕梁山荒远偏僻的山沟里生活过六年，如果不是一锨一锄的和那些缄默无闻的山民们种了六年庄稼，我是无论如何也写不出这些小说来的。六年的时间一晃便闪过去了，已经又有了十几年的岁月倏忽隔在了中间。……此刻已是备耕的节气，吕梁山的农民们正在忙着下种前的农活：整地，送粪，选种，修理农具。等到种下了种子，他们就盼着下雨，盼着出苗，盼着自己一年的辛苦能换来一个好收成。他们手里握着的镰刀，新石器时代就已经有了基本的形状；他们打场用的连枷，春秋时代就已定型；他们铲土用的方锨，在铁器时代就已流行；他们播种用的耧是西汉人赵过发明的；他们在耕垅上的情形和汉代画像石上的牛耕图一摸一样……和他们比，六年真短。世世代代，他们就是这样重复着，重复了几十个世纪。[①]

字里行间，充满了对农民的理解和同情。另一位寻根作家贾平凹在与

① 李锐．《厚土》自语．上海文学，1988（10）．

阿城谈心时指出："知青的日子好过，他们没有什么负担，家里父母记挂，社会上人们同情，还有回城的希望与退路。生活是苦一些，但农民不是祖祖辈辈这么苦吗?"这段话阿城不仅认同，而且促使他"反省自己"[①]。同沈从文自诩"乡下人"一样，贾平凹和莫言都长期自视为"农民"，都表现出对农民文化心理的认同，当然是一种批判性的认同。这种文化姿态，体现出的其实也是一种"视线下移"。这种"视线下移"，表明了寻根作家在思想意识上与广大民众的同步性。这种同步性影响到寻根作家对于启蒙对象的情感态度。与"五四"作家对于启蒙对象的强烈的批判意识不同，寻根作家对于启蒙对象——广大的民众，则更多的是认同——哪怕是一种批判性的认同。这种文化认同，消除了寻根作家与广大民众之间的界线，最终导致了其主体性的泯灭和批判精神的消亡。

以寻根文学最重要的代表作、韩少功的《爸爸爸》为例，在这部被称为集民族劣根性于一身的东方民族寓言里，作者除了对他所描写的对象做了一系列的现象学的展示之外，比如对丙崽的夸张描写和对鸡头寨村民的种种荒诞和充满原始巫术色彩的描写，几乎见不出主体的任何情感和价值判断，而且作品中也几乎始终见不到作者主体的影子。这种"回到事物本身"的现象学式的描述，拉开了审美主体和审美客体之间的距离，具有一种"陌生化"的审美效应。虽然某种程度上也具有一定的认识功能，但是由于作家主体情感和批判精神的缺失，所以它的现实意义不能不大打折扣。例如对于作品中的主要人物丙崽，由于卸掉了情感认同和价值判断的包袱，也就失去了一份严肃性和责任心，使作者在对这个人物做现象学的展示时，一定程度上忘却了启蒙的使命，不免流露出几分"赏玩"的心理。例如作者对丙崽的大肚脐眼进行夸张描写，对丙崽服毒未死、醒来后枕着女尸睡觉进行卖弄，等等。这种夸张描写，曾被李杭育讥为"硬做戏"。而且贯穿作品的始终，作者的态度并不是很严肃，相反倒有一种旁观者的轻松和戏谑。这与"五四"时期鲁迅先生对阿 Q 的"爱之愈深，恨之愈切"的描写是何等不同！这种主体情感和批判精神的有无，直接决定了这两个典型人物的艺术价值的高低，从而也影响了这两个典型人物的启蒙力量和现实意义。

与"五四"启蒙作家普遍的"国民性批判"不同，寻根作家则力倡"国民性重建"。"国民性重建"是 20 世纪中国启蒙文学矢志以求的目标，

---

① 阿城．一些话．中篇小说选刊，1984（6）.

但纵观20世纪中国文学，一个很奇怪的现象是，致力于“国民性重建”的往往不是那些受到过西方现代启蒙思想熏陶的作家，倒是那些民族传统文化的拥护者。例如20世纪三四十年代的沈从文，他的作品里很少见到文化批判的色彩，但却有着“国民性重建”的迫切愿望。与沈从文进行历史接力的是20世纪80年代的寻根作家，尤其是莫言。在莫言的《红高粱家族》中，他通过对民族原始的“力和野性”的赞美和弘扬，来呼唤民族性格的再造和民族精神的新生，与沈从文形成历史的呼应。

“批判”本质上说是对错误落后的思想言论和行为等的分析和否定。“五四”时期的启蒙作家就是在先进思想意识的指导下，发现了农民身上那些值得分析并加以否定的思想意识和行为。因此，他们在对底层农民的不幸表示同情的同时，也毫不留情地对之持否定性的批判态度。但受制于自身的理性危机，他们不能也不可能提出一个更好的国民性改造方案来。而相比之下，“重建”则意味着在认同的基础上推倒重来。寻根作家对国民性的重建，是在认同民族传统文化的前提下，进行系统内部的分化组合。它缺乏那种先进的现代思想指引，去掉了理性的分析和批判，剩下的只是一片热情，自然也就没有“五四”启蒙作家的那种理性危机感和历史使命感。虽然它也借鉴现代意识的观照，但这种现代意识只是作为一种参照物而出现，并非作为一种启蒙的因素而存在。曾写出“蔡庄”系列的吴若增说他的写作意图在于：

> 通过这样的一组小说，写出中国的过去、现在和将来，写出中国人（不只是农民）的精神渊源和心理演变，从而促进我们国民性格（或民族心理）的再造……在这里，我所使用的是分析原则，我运用的是分析原则与笔法，去刺激读者，使他们产生痛苦的思考，产生心理上的倾斜，并希望就此而唤起他们追求一种新的平衡的意识或本能。①

在这里，有表现，有解剖，有分析，但就是没有批判，这正是寻根作家的启蒙症候所在。如郑义的《老井》中，作为新的现代文化代表的赵巧英和她所向往的城市，在作者的笔下，不但没有受到肯定，反而处于一种被贬斥的地位。赵巧英被影射为“狐狸精”，而在中国文化意识中，

---

① 吴若增．民族心理与现代意识//周安平，赵增锴．文学的现代意识．南宁：广西人民出版社，1990：127.

"狐狸精"并不是一个好词；她所向往的城市也被抽象为与乡村文化不协调的"紧束腰身的裙子"和"高跟鞋"，让她扭来扭去，并最终崴了脚。寻根作家的"国民性重建"，作为一种迫切的艺术追求，当然无可厚非，但问题在于：这种缺少主体性和批判精神的"国民性重建"，能够实现吗？

第三节　启蒙意义的失落

这种主体性和批判精神的缺失，从主体和客体两方面瓦解着寻根作家的寻根意图。从作家主体角度来看，无批判性地认同民族传统文化使寻根作家投身于民族传统文化的汪洋大海时，往往面临着被同化的危险。例如，韩少功的寻根意图原本是想为东方文明建设做点贡献："现在是东方精神文明的重建时期。我们不光看到建设小康社会的十几年，还要为更长远的目标，建树一种东方的新人格、新心态、新精神、新思维和审美体系，影响社会意识和社会潜意识，为中华民族和人类作贡献。"[①] 但在文化发掘过程中，他很快就发现自己面临着文化同化的事实，"感到自己正在这个陌生的世界里迷失，乃至消失"[②]。他的《爸爸爸》《归去来》《蓝盖子》等作品都清楚地表明了这一点。《归去来》中的主人公黄治先，为收购山货，从城里下乡，来到一个似曾相识的山村，被山民误认为曾经的知青"马眼镜"，受到隆重礼遇。在一系列偶然遭遇之后，黄治先恍恍惚惚，感觉山村里的一切似乎是那么熟悉而又陌生，以致他自我迷失，分不清自己到底是"黄治先"还是"马眼镜"，有没有来过这个山村插队，最后还是城里朋友的电话将他从幻觉中拉回。这个作品形象地表明了寻根作家主体身份的迷失和文化的同化作用力，也表明了知青精神上的困惑和迷惘，而寻根作家大多数是知青。

这种文化同化的作用力，还影响到寻根作家的创作。以郑义为例，他在写完《老井》之后说："提笔之前，我自然偏爱赵巧英的。不料写来写去，对孙旺泉竟生出许多连自己也感到意外的敬意。诚然他有许多局限，但现实大厦毕竟靠孙旺泉们支撑。若无一代又一代的找水英雄，历史之河

---

① 韩少功．寻找东方文化的思维和审美优势．文学月报，1986（6）．

② 韩少功．好作品主义．小说选刊，1986（9）．

便遗失了平缓的河道，无从流动，更无从积蓄起落差，在时代的断裂处令人惊异地飞跃直下。”[①] 赵巧英向往城市，立志远走高飞，代表的是现代性；孙旺泉热土难离，肩负重任，留在家乡为村民挖井，体现的是传统性。尽管郑义迷恋赵巧英的“现代性”，但他却更敬重孙旺泉的“传统性”，这在文本的叙述态度上很容易感受到。赵巧英的“现代性”最终不敌孙旺泉的“传统性”，这既是作家郑义的个人价值判断，同时也反映了寻根作家在文化同化之下的价值取舍。

同样的情况在李杭育的《最后一个渔佬儿》中也有着清晰的体现。在这部作品中，作者表现了传统文化的魅力，表达了对伟岸、古朴、正直和刚健人格的欣赏和赞美，同时也表达了对现代文明的拒斥。对“最后一个渔佬儿”福奎的挽歌式的诗意抒写，寄托了作者对传统性的无限留恋和对现代性理智上认同而情感上排斥的矛盾心理。这种同化作用，甚至还影响到寻根作家的文化心态，使他们对民族传统文化不仅仅只是留恋，更是欣赏和赞美，使他们直接走到了自己启蒙主张的对立面。例如，贾平凹到了商州之后，曾诗性地写道：

> 商州，实在是一块神奇的土地呢。它偏远，却并不荒凉，它贫瘠，但异常美丽。……其山川河岩，风土人情，兼北部之野旷，融南部之灵秀，五谷杂粮茂生，春夏秋冬分明，人民聪慧而不狡黠，风情纯朴绝无混沌。我……真所谓过起温庭筠曾描写过这里的生活了：“鸡鸣茅店月，人迹板桥霜。”遇人家便讨吃讨喝，见客店就歇脚歇身，日子虽然辛苦，却万般地忘形适意。[②]

在这里，对传统文化由留恋变成了欣赏，由欣赏又变成了赞美。很难想象，在这种类似封建士大夫浪游四方的游子情怀中，在这种无保留的乡村文化颂词中，寻根作家能够寻到什么“根”，能够进行什么样的“国民性重建”。

从作品客体的角度来看，由于寻根作家对所描写的对象丧失了情感和价值判断，他们所书写的内容也就相应地失去了理应具有的人文和社会价值内涵。这就造成了寻根作品内容和意义的日益枯冷，使他们的写作在相当的程度上变成了与他们的主观寻根意图没有多大关系的文字事件。这种

① 郑义．太行牧歌：谈我的习作《老井》．中篇小说选刊，1985（4）．
② 贾平凹．在商州山地（代序）//小月前本．广州：花城出版社，1984．

倾向越到寻根文学运动的后期表现得越是明显。这种文本的价值取向，实际上取消了寻根作家的意义追寻，使他们的启蒙意图在相当程度上成了主观上的一厢情愿。这种抽空了意义追寻的写作，使寻根作家得以轻装上阵，在对历史与文化的发掘和开采中，恣意驰骋自己的才情和想象，从而导致了两类作品的出现。

一种是干脆脱去了启蒙的外衣，在对民族传统文化的发掘整理中，沉溺于对民族奇观和私密的炫耀展示。在这些作品中，不仅有丑陋、愚昧、冥顽不化，而且有乱伦、野合、性变态等畸形文化状态，更有“三寸金莲”“烟壶”“八旗子弟”等著名的“国粹”文化。在竞相展示中，他们化“腐朽”为“神奇”，在一种无意义的文本追逐中，把这些认识性的资源变成了消费性的观赏和把玩的对象。

另一种是由对历史真实性的探寻转向对传奇性和故事性的追求，这导致了新历史主义小说的兴起。在这方面可以莫言的作品为代表。他的《红高粱家族》从最初的文化启蒙发展到后来的新英雄传奇，就典型地反映了寻根文学的这种文本价值取向的变迁。沿着莫言开辟的这种写作方向，当代文学中出现了大量依托传统文化的新历史主义之作，如莫言的《丰乳肥臀》《檀香刑》、陈忠实的《白鹿原》、苏童的《1934 年的逃亡》《罂粟之家》、李锐的《旧址》、王安忆的《长恨歌》等。在这些作品中，历史往往只是作为一个背景，作家的重点是演绎人在历史和文化中的挣扎和命运，借人物的命运来阐发某种历史和文化意念。这样的写作理念，就是新历史主义小说的共同写作思路。在这种书写过程中，故事性和传奇性往往成为作家的首要目标，而蕴含其中的文化意识则往往退居其次。至于所谓的文化寻根，则很少被考虑，更多的是后来批评家的理论附会。由意义文本到故事文本，由认识性到消费性，这种文本价值取向的变迁，标志着寻根文学启蒙精神的实际崩溃。

从“五四”文学启蒙精神的失落到寻根文学启蒙神话的覆灭，启蒙的道路在中国被证明是那样艰难而漫长。寻根文学是 20 世纪 80 年代一些年轻的知青作家企图重建文学尊严、确认知识分子自我主体位置的一次浪漫冲动。由于先天文化积累不足，再加上准备仓促，目的不清，这样一次本来有着大好发展前景的文化启蒙运动，很快就流于破产。寻根作家在运动展开、打出寻根文学运动大旗后不久，很快就偃旗息鼓，最终风流云散。寻根文学运动的失败，昭示着知识分子的启蒙意图在当代中国的破产。这一方面是历史的使然，20 世纪 80 年代中期中国社会复杂的文化语境使这些年轻的知青作家手足无措，另一方面也可能是“启蒙”自身的命运所致。或许，“启蒙”本身就是一个无法实现的历史神话？站在文学日益商品化的今天，反观 20 世纪中国文学史上这两次轰轰烈烈的启蒙运动，它们的成就得失，对于我们今天，乃至将来的文学与文化建设，都是一个沉重的话题和永远的借鉴。

第八章　寻根文学与新时期小说的现代化

“五四”以来，中国文学的发展朝着两个方向迈进，一个是面向本土文化资源的民族化，一个是面向西方现代文化的现代化。这两个方面的对立统一，构成了20世纪中国文学发展的内在张力。在中国现代文学发展进程中，文学的现代化常常身不由己地被纳入国家、民族的现代历史进程当中，成为其重要载体和艺术表现形式，与其命运与共。对中国当代文学来讲，1949年之后，那种由现代文学开创的多元话语背景下面向西方的蓬勃发展的现代化文学进程，由于受到特定政治因素的影响，被人为地阻断。20世纪50—70年代，在“冷战”思维支配下，中国几乎与西方世界隔绝，中断了与西方现代文学与文化的交流。新时期以来，东西方关系回暖，中西文化交流重启，来自现代西方的各种文学与文化思潮再次涌入中国，极大地推动了中国文学的现代化发展。文学的现代化成为新时期以来中国文学发展的主要方向，也成为中国文学追赶和融入世界文学大潮的重要途径。

新时期以来，中国文学的现代化进程起步于反思文学。通常认为，反思文学是新时期文学艺术自觉的开始，进行了新时期最早的现代主义艺术实验，例如茹志鹃、王蒙等人的意识流表现手法，宗璞、谌容等人的荒诞派表现手法，等等。但文学的现代化并不仅仅体现于形式的现代化，而更体现于叙事话语、叙事策略乃至艺术观念的现代化。事实上，反思文学当中，除了形式层面的现代艺术实验外，其多元化的叙事话语、复杂多样的叙事策略，以及其中传达出来的新的价值观念，才更具有现代化的艺术气息。这是我们在读反思文学时，能感觉到明显区别于“伤痕”文学乃至20世纪50—70年代文学的地方。这种明显的区别，其实就是一种现代化的审美质感，是反思文学的艺术独特性所在。

反思文学与寻根文学息息相关，就文化意识表达而言，反思文学可以被视为寻根文学的前奏。反思文学中已经包含很多寻根文学所要发掘的文化成分。寻根文学进一步强化了反思文学的这种现代化的艺术发展态势，但它却是以表面复古的方式来进行的，以对民族化的追求来间接地表达对西方现代艺术的向往。这使寻根文学呈现出民族化与现代化的复杂矛盾交织。就其本质而言，寻根文学是一次面向世界的强烈的现代主义艺术冲动，但由于自身内在的矛盾和缺陷，难以为继并很快走向衰落。但几乎与寻根文学的兴起同时，中国当代文学现代化追求的强烈表达——以刘索拉、残雪等为代表的新潮小说，或称为中国的现代派小说，却抛开传统的面纱，大张旗鼓地张扬起西方现代主义的艺术大旗。随后以马原、莫言、余华、格非等为代表的先锋文学则将中国当代文学的这种现代化进程推进到一种无以复加的境地，从而出现了中国当代文学现代化的热潮。这股现代化的文学大潮延续至今，极大地推动了中国当代文学的艺术发展，并结出累累硕果，但也提出了一些令人深思的问题。在新时期文学的这种现代主义的艺术转化过程中，寻根文学是一个重要的转折点。

寻根文学对新时期小说现代化的推动作用，不仅体现于其形式上对西方现代主义艺术技巧的大量运用，更体现于其对新时期小说叙事话语、叙述策略乃至艺术观念等文学本体层面的现代变革。本章主要从叙事话语、叙述策略，以及艺术观念三个方面，来探讨寻根文学对新时期小说现代化的艺术贡献。而至于寻根文学艺术形式上的现代主义审美分析，在第四章关于寻根文学的“现代主义艺术审美”部分中已经论及，此处不再赘述。

第一节　叙事话语的转型

文学的现代化包括内容的现代化和形式的现代化两个方面。内容决定形式，形式为内容服务。离开了内容的现代化，形式的现代化也就无所附丽，成为无源之水、无本之木，最终不过沦为某种苍白空虚的艺术舞蹈。虽然现代形式主义理论认为，形式在某种意义上也是内容，如同丹尼尔·贝尔所说的，是一种“有意味的形式”。但这种形式学意义上的“内容”同文本叙事本身所表达的内容，毕竟不是同一回事。这就如同古人穿唐装和今人穿唐装一样，前者很明显是一种生活内容和生活必需，而后者则是一种形式审美。就其实质而言，文学的现代化最主要的应该是其所表达的内容主旨或思想的现代化，其次才是形式的现代化——为现代的思想内容寻找与之匹配的艺术外衣。作为文学内容表达的叙事话语，不仅决定着文学作品的内容构成，而且也关系着文学作品的形式结构。

从话语指向来看，寻根文学使新时期小说叙事话语“从原有的‘政治、经济、道德与法’的范畴过渡到‘自然、历史、文化与人’的范畴”①。这种叙事内容层面的更新，作为一种巨大的艺术内在支配力量，推动了新时期小说叙事话语的转型。在寻根文学之前，“伤痕”文学、反思文学属于政治化的话语表达，而继寻根文学之后兴起的先锋文学，则出现了多元化叙事话语共存的繁荣局面。在这种话语变革的过程中，寻根文学起着承前启后的作用，是一个重要的艺术转折点。寻根文学通过对文学的“根”——民族传统文化的发掘，让文化成为文学叙事的核心，并最终用文化书写来取代政治表达，成功地实现了新时期小说叙事话语的转型，推动了新时期小说现代化的艺术变革。这种叙事话语的转型，是寻根文学对新时期小说现代化做出的一个重要贡献。

一、话语转型的契机

叙事话语的转型是文学变革的标志，而任何一种文学变革都不是一蹴而就的，而是文学在自身的发展演变过程中，多方面因素合力作用的结果。影响新时期小说叙事话语转型的因素有很多，概括地说，主要可以从以下三个方面来考察。

第一，新时期小说叙事话语语意功能的变迁。新时期的到来让文学获得了新生，它以失而复得的现实主义精神，对刚刚过去的那场特定的社会文化运动进行了强烈的批判和深刻的反思。但从叙事话语语意功能来看，新时期之初的“伤痕”文学中，很多作品仍然没有脱离20世纪50—70年代文学话语运作的基本模式，文学仍然是社会问题的传声筒，没有回归艺术自我。“伤痕”小说和反思小说基本上属于“问题小说”，文学是以回答社会热点问题的方式来参与现实的，是一种工具性的艺术运作，还谈不上所谓的文学创造和艺术审美。

标志着新时期小说新的叙事话语诞生的是刘心武的短篇小说《班主任》。这部作品被视为新时期文学的发轫之作。从文本叙述来看，这部作品技巧稚拙，艺术粗糙，充满了政治话语思维，但即便如此，这部作品仍有其不可忽视的文学史意义。它在当时特定的文学土壤中，第一次地孕育出崭新的“人”的话语，并让其破土而出，从而引起了全社会普遍关注，

① 李庆西．寻根：回到事物本身．文学评论，1988（4）．

开辟了中国当代文学新的话语表达空间。作者以受过“四人帮”思想毒害的截然不同的两个中学生“宋宝琦”和“谢慧敏”为例，从作为历史主体的“人”的角度入手，批判了“文革”流毒的危害，揭示出“文革”给整个民族带来的最根本的伤害乃是对个体“人”的摧残。作者以文学的方式深切地告诉我们，不但要拯救像“宋宝琦”这样受到“四人帮”思想毒害的落后学生，更要关注和拯救像“谢慧敏”这样的所谓优秀学生，她受到的毒害与前者相比，更为隐蔽，也更为严重。作者以“救救孩子”的呼声一下子接续上了中断几十年的“五四”启蒙文学传统，使文学从政治的轨道回到“人学”的轨道上来，这在当时无疑具有振聋发聩的时代意义。作品突出了作为历史主体的“人”的意义，实现了对当时主流社会话语的突围。也正因此，这部艺术上并未见任何现代主义气息的不无粗糙的短篇小说，在当时却能引起轰动性的社会效应，成为新时期文学的先声。

以《班主任》为发端，在新时期之初，很快出现了一个以“人”为本的带有政治批判和人道主义思想的文学热潮，相当多的作家都在“人”的问题上找到了自己的艺术目标。其中，最典型的是戴厚英的长篇小说《人啊人》。这部作品在进行政治批判的同时，大力呼吁对“人”的尊重和理解。作者以一种文化醒悟的姿态，迫切地将一个大写的“人”字推到新时期文学面前，从而掀起了新时期文学人道主义思想的热潮。这种将“人”置于文学中心地位的话语运作，表明了新时期小说叙事话语表达中现代性意识的崛起，是新时期小说现代化追求的一个重要表现。

与这种“人”的话语出现同步的，是新时期小说中出现了大量关于物质层面的叙事。这种物质性叙事话语的大规模出现，表明了新时期文学从对政治和精神层面的抽象关注回到了人的现实生活本身，体现出强烈的世俗现代性精神。物质是人类生存的基础，是精神存在的前提。在 20 世纪 50—70 年代那样一个重精神轻物质，甚至以精神取代物质的年代，文学作品中的物质表达被严重忽视，甚至被有意识地压抑，物质话语一片空缺。但这种情况在新时期以来迅速得到改观。新时期以来，文学作品中出现了大量对物质匮乏的描写，特别是对食物缺乏的描写。新时期初小说中曾经大量出现的对“吃”和“饥饿”的描写，都是对物质匮乏的一种特殊表达，这成为新时期文学一道特别的文化景观。例如汪曾祺的小说中就写到了大量的“吃”，如何“吃”，以及如何做“吃”，色香味俱全，引人注目。陆文夫的小说《美食家》中写到了大量的苏州名吃，还塑造了一个所谓的“美食家”——朱自冶，通过对这个嗜吃为命的人几十年来命运浮沉的描写，来反映时代价值观念的变迁，并让读者对这种食客的文化价值进行评判。

阿城的《棋王》也表现了王一生的“吃”及其吃的哲学——食物不求精美，但求温饱，顿顿饱即是福。王一生吃得特别专注，吃相也很难看，连掉到地上的饭渣子也要捡起来重新放入嘴中。这种放大式的不无夸张的细节描写，在象征的层面上，不正是对当时食物匮乏的间接反映吗？小说还从一个侧面表现了当时食物的极度匮乏，例如，“我”为了招待来访的王一生，一次性地从食堂取出了三个月的食用油，每月五钱，共一两五钱，之后三个月就只能吃食堂那种无油菜。每月五钱油，吃白水煮菜，这种看似随便的物质书写，其实是对那个特殊年代物质匮乏的反映和不满。

新时期文学中把“饥饿”写到刻骨铭心程度的是张贤亮的中篇小说《绿化树》。其中的资产阶级知识青年章永璘因为食物的极度匮乏，经常被饿得死去活来，对饥饿感的记忆“刻骨铭心”。极度的饥饿让章永璘头昏眼花，四肢无力，整天东张西望，到处找吃的，如同一只饥饿的狗。是农场的女工马缨花，用自己积攒下的粮食补给章永璘，把他从半个猿人变成一个正常人，拯救了他，让他恢复了知识分子的本色。该作品中对特定年代食物的不足及食物对于个人生存和发展的意义，予以了放大式的强烈表达，令人震撼。类似的描写还有后来刘恒的小说《狗日的粮食》，光棍农民杨天宽用两百斤粮食换回了一个长着瘿袋的女人，这个女人的生存能力很强，最大的特点是善于积累粮食，在灾荒年代让自己众多的孩子免于饿死。但最后，这个女人却因为无意中以为弄丢了家中全年赖以活命的三百斤购粮证而服毒自杀了。其中的粮食匮乏及粮食对于农民生存的决定性影响，得到了突出的表达。

新时期小说中大量出现的这些对食物匮乏的描写，其实就是一种直接的物质诉求，是对人们正常生活需求的正视，具有特定的社会政治、经济和文化的内涵。这种物质性叙事话语的大量出现，是新时期小说叙事话语语意层面的一个重要变化，表现出一种物质化的现代性焦虑。

这种物质焦虑感的形成，其表层原因是中国特定年代极度的物质匮乏，而深层的原因则是新时期之初中国所面临的贫困、落后的严峻发展现状，是在走出“文革”之后，时代、社会、民族、国家对文学的呼唤与要求。在经过20世纪50—70年代频繁的政治运动之后，中国的国计民生遭到严重破坏，物质匮乏成为一个醒目的社会现象，也成为新时期面临的一个严峻的和迫切的发展问题。1978年12月，中共十一届三中全会宣布：

"全党工作的着重点应该从一九七九年转移到社会主义现代化建设上来。"①文学是社会现实的反映，很自然地对这种时代要求做出了回应。同年底，周扬在《关于社会主义新时期的文学艺术问题》讲话中明确地指出："要正确表现社会主义新时期的生活和斗争，最要紧的是，我们的文艺工作者要积极地投身于为实现社会主义新时期的总任务，为加速社会主义现代化建设的伟大斗争中去，观察、体验和描写这场火热的轰轰烈烈的斗争。这是一个伟大的群众运动，又是一场科学、技术的伟大革命。"② 显然，这是号召文学为国家的经济建设服务。

这种自上而下的倡导，对新时期文学的发展产生了深刻的影响。一方面，现实中物质经济的发展与变革影响和制约着新时期作家们的文学想象；另一方面，作家们在这种物质想象与书写的过程中，必然又会融入特定的主体的和文化的思考，反过来又会作用于现实中的物质经济发展。作为文学和现实这种双向互动的表现，20 世纪 80 年代上半期出现的轰轰烈烈的改革文学大潮，便是对新时期文学物质化的现代性焦虑的书写，是新时期小说物质话语的一次集中表达。改革文学对现实中的物质匮乏和文化落后做了很多书写，同时又以文学的方式参与了现实中的改革进程，对改革予以了个性化的思索与探讨。这方面具有代表性的作品有贾平凹的《浮躁》和张炜的《古船》等，其中既表现了现实中改革的复杂与艰难，又对改革给予了民族文化心理层面的思索与探讨。

而随着"人"的话语和物质化的现代性话语的发展，新时期文学的叙事已不再满足于简单的表面的现象描述，而是要深入探究这些现象背后的深刻复杂的历史和文化原因。在此情况下，历史与文化作为一个特定的内容层面自然而然地进入了新时期小说叙事话语的视野。于是，文化反思小说应运而生。历史与文化因素的植入，使新时期小说的叙事话语空间得到了极大拓展。"文化"是一个复合的多面体，包含"物质"和"人"的多维层面。在文化视角的整合作用下，文化反思小说实现了"物质"和"人"双重话语的结合。无论是对"物质"的书写，还是对"人"的书写，最终都归结到对"文化"的书写，并在其中寄托作家的特别思考。以郑义的代表作《老井》和《远村》为例，这两部作品一方面展示了物质化生存

① 中国共产党第十一届中央委员会第三次全体会议公报．北京：人民出版社，1978.

② 周扬．关于社会主义新时期的文学艺术问题//中国文联理论研究室．新时期文艺论文选集．上海：上海文艺出版社，1986：10.

现状的贫困。如《老井》中的孙旺泉，为了给弟弟换回一笔彩礼，被迫放弃了心爱的恋人赵巧英，而去寡妇段喜凤家倒插门，充当生育机器，忍辱负重。这一切的背后，根源都是一个字——穷。更不必说小说中连生存所必需的水资源都极度欠缺，为了挖井，家家几乎砸锅卖铁。《远村》中的杨万牛，也是因为穷，拿不出彩礼，娶不起自己心爱的女人，只能屈辱地为其拉了二十多年的“边套”。另一方面这些作品又揭示了在这种生存状态中，作为个体的人的价值和尊严的被践踏：孙旺泉活得屈辱压抑，杨万牛活得人不如狗。作者以文化追寻的方式，探究这种贫困悲剧的根源，使这两种叙事话语在文化的层面上实现了结合。物质的贫困导致文化的悲哀，而文化的悲哀最终体现为“人”的命运悲剧。也正因此，这两部作品才体现出相当的文化力度和人性深度，成为寻根文学的代表力作。

随着新时期小说中文化意识日渐浓厚，一场以文化发掘为宗旨的文学运动也就自然而然地出现了。1985 年，寻根文学运动正式拉开帷幕，在一些寻根作家的表述中，“文化”便是“根”，对民族文化的挖掘就是民族文化寻根。这样，“文化”作为一种特定的话语内涵，从最初的若隐若现的边缘化潜隐状态，终于成为新时期小说叙事话语的意义表达中心。从最初的历史、政治话语层面，到“人”的话语层面，再到物质话语层面，最终抵达文化层面，新时期小说叙事话语结构逐步改变，最终实现了整体性的历史变迁。在这一过程中，寻根文学既是结果，又是一个重要的历史转折点。

第二，从作家主体来看，新时期小说叙事话语的转型，与新时期作家主体意识的觉醒息息相关。20 世纪 50—70 年代，受特定因素影响，中国当代文学的主体性日渐失落。新时期以来，随着思想解放运动的开展和文化政策的调整，作家们长期失落的主体意识逐渐回归。评论家季红真指出，新时期伊始，作家们普遍获得了一种“寻找意识”，这种“寻找”包括两个方面：寻找自我与艺术的寻找。[①] “寻找自我”，指的就是寻找作家们曾经一度失落的自我主体意识，这在当时是一种普遍现象。例如，王蒙说：“复活了的我面临着一个艰巨的任务：寻找我自己。在茫茫的生活海洋，时间与空间的海洋，文学与艺术的海洋，寻找我的位置、我的支持点、我的主题、我的题材、我的形式和风格。”[②] 陈冲认为：“我还没有找到我自己，所以我还在寻找。”[③]而宗璞则借小说《我是谁》，从人的文化存

① 季红真．文化“寻根”与当代文学．文艺研究，1989（2）.

② 王蒙．我在寻找什么？（自序）//王蒙小说报告文学选．北京：北京出版社，1981.

③ 陈冲．我还在寻找．文艺报，1985－09－21.

在来进行“自我”定位，发出了对自我主体的质疑，使这种“寻找意识”上升到存在主义哲学的高度。这种寻找意识的出现，表明了新时期小说主体意识的高扬。黑格尔说：“人一旦要从事于表达他自己，诗就开始了。”①对于新时期文学而言，作家们一旦意识到自我表达的需要，新时期文学也就获得了新生。

这种主体意识的普遍觉醒促成了新时期小说叙事话语的变革，使其由对当前社会话语的客观反映过渡到对自我意识的主观表现，由客观的反映论过渡到主观的表现论。这就为寻根文学的崛起做好了话语准备。寻根文学重整体思维，重直觉，重顿悟，而不在意对社会现实的客观反映，更不着意对时代本质进行提炼概括。在艺术审美上，寻根文学普遍放弃现实主义的反映论，而追求一种表现主义的“陌生化”审美感觉。这一切，都与新时期作家们主体意识的觉醒密不可分。所以，只有实现对传统现实主义再现式叙事模式的破除，寻根作家才能在历史与文化空间里恣意遨游。在这方面，韩少功的《爸爸爸》就是一个典型。小说基本上属于寓言式的文化写作，其中充满了大量对原始巫术文化的书写，与现实主义的反映论相去甚远。寻根文学运动后期，大量出现的新历史主义小说，也都是对传统现实主义写作观念的突破。在这些作品中，历史与文化成为作家们竞相展示才情的艺术空间，而作家们所要传达的文化意念也正蕴含其中。例如莫言的《红高粱家族》透过第三代“我”的叙述眼光，来讲述“我爷爷”和“我奶奶”的人生故事，将个人的风流史与民间文化和抗日战争结合起来，演绎成一种民间版的“新儿女英雄传”，其中的文化主题也呼之欲出。在那些脱离现实所指的新历史主义文化书写中，叙事话语的现实意义层面已被作家们的主观想象冲击得七零八落，而作家们的主体意识得到了空前的膨胀，小说所要传达的文化意念也得到了强烈表达。在这种高度主观化的话语表述中，新时期文学正在悄然地发生着变化。

第三，文学的自觉。季红真所谓的“寻找意识”还包括另外一层含义，即艺术的寻找。这种艺术的寻找，其实就是一种文学的自觉。这种文学自觉意识的出现，是新时期小说叙事话语变革的一个重要的艺术原因。作家陈冲认为，这种“寻找”，“就是找到自己在文学上的位置；说得再具体点，就是找到那一片属于我自己的艺术世界”②。这种艺术的“寻找”，

① 黑格尔．美学：第三卷．朱光潜，译．北京：商务印书馆，1981：21.
② 陈冲．我还在寻找．文艺报，1985－09－21.

表明新时期以来作家普遍具有一种艺术危机感和对新的艺术形式的渴求感，希望找到属于自己的艺术风格。长期以来，“写什么”与“怎么写”这两个问题一直纠缠不清，贯穿中国当代文学发展的始终。在20世纪80年代上半期，“写什么”这个内容层面的问题逐步地让位于“怎么写”这个形式层面的问题，表明新时期作家在艺术上的努力追求。内容决定形式，而形式反过来会影响内容。新时期以来作家频繁的形式实验是为了适应新的话语内容，或干脆成为新的话语内容的组成部分，这就使他们的形式努力具有了话语革新的意义。以王蒙为例，他在20世纪80年代初的“意识流”文学试验，绝不仅仅只具有形式探索的意义，同时还昭示了一种新的模仿西方的“准现代性”话语的诞生。也就是说，在新时期初的中国社会文化语境中，已经出现了西方现代社会文化的因素。所以，这种形式变革的意义与其话语变革的意义几乎同样鲜明。

同样的例子也可见于汪曾祺。新时期伊始，汪曾祺以令人耳目一新的“新笔记体小说”饮誉文坛，掀起了一股文化小说的热潮。而文化小说也因他的提倡而在新时期得以蔚然成风，这显然与他的文体写作有关。从文体的角度来讲，“新笔记体小说”是我国古代“笔记体小说”的当代延传，而“笔记体小说”是我国古代的一种典型的文化小说，有着悠久的历史和深刻的文化内涵。汪曾祺对“笔记体”小说的大力倡导，显然与其文化主张相一致。这就很容易看出，在汪曾祺的文体写作与他的文化主张之间，显然有一种形式和内容相辅相成的关系。李庆西曾就此写过一篇名为《新笔记体小说：寻根派也是先锋派》[①] 的文章，其中指明了这种文体写作内容和形式双方面的意义。由形式追求所导致的话语变革，在寻根文学中成为普遍性的存在，像李杭育对一种独特的有文化背景的语言的追求[②]、韩少功对“东方文化的思维和审美优势”的寻找[③]，以及寻根作家普遍的魔幻情结等，与其说是出于对某种形式的偏好，倒不如说是对形式背后的某种特定的文化语境的追求。

所以，我们完全可以说，寻根作家群体性的艺术追求，既可以说是一种现代化的形式努力，也可以说是一种新的叙事话语建构，在形式和内容（意义）的双重层面上，都推进了新时期小说叙事话语的转型。设想一下，

---

① 李庆西．新笔记体小说：寻根派也是先锋派．上海文学，1987（1）．

② 李杭育．从文化背景上找语言．文艺报，1985-08-31．

③ 韩少功．东方的寻找和重造．湖南文学，1986（1）．

如果没有寻根文学的形式探索，新潮小说和先锋文学的形式革命如何能够产生？寻根文学中，本来就蕴含很多先锋艺术实验的成分，先锋文学中，也有很多文化寻根的内容。二者的这种复杂交织中包含的艺术联系非常清楚，不容割裂。

二、话语转型的表现

寻根文学实现了新时期小说叙事话语从当前社会政治领域向历史与文化领域的位移，促成了新时期小说叙事话语的全面转型。这种转型，主要体现在以下几个方面。

第一，从一元向多元叙事话语的转变。自延安文艺座谈会以来，随着一体化文学进程的开启，20 世纪 40 年代出现的多元话语格局很快被 50—70 年代革命政治话语取代。其间偶尔出现的一些异质话语表达，如历史、文化与人性书写等，都被当成封建的或小资的内容成分而被否定或被抑制。“文革”结束后，随着文学环境的改变和文化政策的调整，当代文学的叙事话语日渐丰富和活跃。那些被否定和被抑制的叙事话语如同雨后春笋一般，陆续浮出新时期文学的地表。“伤痕”文学是对“文革”给人们肉体和精神上所造成的“伤痕”进行展示和控诉，其中充满了政治话语宣泄，但在政治话语的裂缝中，人性话语的萌芽已经出现。刘心武的《班主任》、卢新华的《伤痕》、冯骥才的《啊!》等“伤痕”之作，在进行政治批判的同时，已经触及“人”和人性的话题。反思文学中同样充满政治话语，但主体意识明显增强。与“伤痕”文学相比，反思文学在政治话语和人性话语之外，还增添了很多历史与文化成分，具有较为深广的艺术空间，能够超越现实，显得复杂深刻。改革文学在表现改革的复杂和艰巨时，已经把问题视角伸入民族文化心理层面，文化作为一种话语表达已经溢于言表。至于寻根文学，则以一种远离政治的话语姿态，张扬起了历史与文化的大旗，与现实拉开距离，其中也不乏特定的人性挖掘和审视。从单一的政治话语到多元叙事话语的交织，新时期小说的叙事话语空间不断得到拓展。

第二，历史与文化意识的凸显。20 世纪 50—70 年代，传统的历史、文化往往被当作封建、落后的因素遭到批判或否定，从而导致传统文化园地一片萧条，历史意识薄弱。“文革”结束后，面对汹涌而来的强势的西方文化，国人普遍有一种文化危机感。接续历史，重建民族传统文化，成为一种普遍的时代心理。这种文化重建的热情，在彼时外来文化的激发下，最终演化成为一场声势浩大、如火如荼的全社会性的“文化热”。在这一过程中，传统的历史、文化意识作为一种特定的叙事话语表达，在新时期文学中得到了彰显。

这种文化意识的觉醒，在新时期文学中得到了及时的反映。新时期以来，从汪曾祺的系列文化小说开始，文学话语的现实内涵和政治化承载就日渐稀薄，而话语中的历史感和文化感却愈益浓厚，并作为一种新的话语内涵成为新时期小说叙事话语的主要追求。汪曾祺不是寻根作家，但他对历史文化的开拓，却使他无意中成了寻根文学的开山人。李陀指出：“汪曾祺的小说最早引进了文化意识，文化意识的强化最早是从他开始的。”[①]以汪曾祺的文化书写为发端，新时期小说中的文化意识日渐浓厚。王蒙、陆文夫、邓友梅、冯骥才、贾平凹等人，都从不同的角度，切入了民族传统文化，推动了新时期小说中的文化书写。他们的这种写作，通常也被视为寻根写作的先声。

在这一过程中，张承志的文化写作是一个典型。张承志是一位文化意识非常鲜明和文化使命感非常强烈的作家，他早期的写作致力于蒙古草原文化抒情，后期的写作致力于本民族历史文化发掘。在20世纪80年代，张承志因其鲜明的文化立场和刚健豪迈的精神气概，而被视为当代文坛的“文化英雄”。早在1982年的《黑骏马》中，他就吹响了向历史与文化进军的号角。作者借助一首赞美骏马的蒙古民歌《刚嘎·哈拉》，将一匹从天而降的蒙古骏马的故事和一对蒙古男女青年的悲剧性的爱情故事交织在一起，通过对这首蒙古民歌的回环往复的穿插式的吟唱，渲染出一种浓厚的历史文化氛围。在此背景下，作者通过女主人公索米娅悲剧性的人生遭遇，联系起了草原文化的历史、现在与未来，寄托了深刻的文化忧思。这种文化视角的爱情书写，使一个原本普通的爱情故事获得了深广的文化蕴涵，具有震撼人心的美学力量。可以说，这部作品的艺术魅力，不在于那个被破坏的爱情故事本身，而在于其中所体现出来的特定的历史文化意蕴，及在现代文明烛照下对其中的蒙昧晦暗所进行的文化反思，具有一种深沉的历史和文化之美。

如果说，在《黑骏马》中，那种通过民歌来表现的历史文化书写还显得隐约含蓄的话，那么到了1984年的《北方的河》中，叙事话语的历史文化走向则变得明朗公开。作品中那些流串古今横贯北方大地的大江大

① 林伟平，李陀．新时期文学一席谈：访作家李陀．上海文学，1986（10）．

河，在话语的表层含义上，已使人很容易将它们与中华民族五千年的历史文明相联系。主人公“他”对“北方的河”的考察与热爱，在黄河边对联系着五千年历史文明的彩陶碎片的激赏，尤其是作品中对主人公直接称呼黄河为“父亲”的叙述，是一种明白无误的文化“寻父”。在这种表述中，叙事话语的文化蕴含已经溢于言表，文化寻根的主题已经呼之欲出。可以说，这部作品将新时期小说中的历史文化意识推到了顶点。这种历史文化书写，在张承志后来的《心灵史》和《金牧场》等作品中，则演化为对本民族历史文化的发掘与缅怀，壮怀激烈。

同样的情况还可以见于1984年出现的阿城的《棋王》。《棋王》一出，轰动海内外。在题材内容上，《棋王》明显属于知青小说。在《棋王》出现以前，知青小说大多暗含一个政治的或社会学的视角，例如梁晓声的《今夜有暴风雪》、韩少功的《西望茅草地》、王安忆的《本次列车终点》等。但阿城的《棋王》却与众不同。表面来看，这部作品与别的知青题材小说似乎没有多大区别，也有着政治的和社会学的视角。主人公王一生也经历过家破人亡、“上山下乡”，在乡村也与别人一样劳动、吃饭。但如果我们深入这部作品文字的背后，就会发现王一生似乎不仅仅只是一个知青，而是某种特定文化的化身。他的身上有时代政治的烙印，更有民族传统文化的传承。他集中国传统儒道文化于一身，演绎了传统文化的特定存在，表现了传统文化的魅力和美，弘扬了传统文化精神。王一生的存在体现为一种文化的存在，既有历史质感，又有文化神韵。也正是因此，这部作品超越了一般的知青题材小说，成为新时期文化小说的代表力作，并被追认为寻根小说的代表作。在汪曾祺、张承志、阿城等作家及其作品的推动下，当代文学中的历史文化意识日渐浓厚，文化寻根主题呼之欲出，一个新的文学话语时代正在到来。

第三，题材选取的历史文化取向。这种叙事话语的转型，还体现在新时期以来小说题材内容的选取和表现上。不同的题材有不同的意义内涵，某些特定的文学题材往往会传达出特别的文化气息。从总体趋势来看，新时期以来当代小说题材的选取，大体上呈现出远离政治而亲近民间、弃宏大而趋私人的走向。“伤痕”文学基本上属于政治化的题材写作，反思文学中已经出现很多具有特定文化气息的内容，例如陆文夫《美食家》中的苏州美食、张承志《黑骏马》中的蒙古草原民歌和《北方的河》中众多凝聚着特定文化内涵的北方的大河及文明碎片、阿城《棋王》中具有中国传统文化象征的中国象棋等。在汪曾祺、邓友梅和冯骥才等人的文化小说中，还出现了大量的民俗书写，例如汪曾祺笔下众多的风俗写照，邓友梅笔下的"八旗子弟""烟壶"等，冯骥才笔下的"神鞭"（男人的辫子）、"三寸金莲"（女人的小脚）等，都联系着特定的历史和文化。例如，汪曾祺的《受戒》就写到了作者家乡江苏高邮一带解放前做和尚的习俗，这样的内容与政治无关，体现的是一种特定的民俗文化。还有郑义的《老井》，写到了当地众多的枯井，而每口枯井几乎都有一段惨烈的挖井历史，从而使现实中主人公孙旺泉的挖井之举，具有某种神圣的历史文化内涵。

韩少功、李杭育等人在寻根文学主张中，张扬不规范文化和少数民族文化。韩少功所谓的不规范文化，指的是"俚语、野史、传说、笑料、民歌、神怪故事、习惯风俗、性爱方式等等"；李杭育所指的少数民族文化，其实就是一种以少数民族为主体的民间文化，其特征是丰富多彩、神秘浪漫。这些内容都凝聚着特定的历史与文化。寻根文学以这些题材为表现对象，在话语内涵上自然而然地就会带上特定的历史与文化气息。例如，韩少功的《爸爸爸》中，有一段对打斗祭祀仪式的描写：

> 火光越烧越高。人圈子中央，临时砌了个高高的炉台，架着一口大铁锅。锅口太高，看不见，只听见里面沸腾着，有着咕咕嘟嘟的声音，腾腾热气，冲得屋梁上的蝙蝠四处乱窜。大人们都知道，那里煮了一头猪，还有冤家的一具尸体，都切成一块块，混成一锅。由一个汉子走上粗重的梯架，操起长过扁担的大竹扦，往看不见的锅口里去戳，戳到什么就是什么，再分发给男女老幼。人人都无须知道吃的是什么，都得吃。不吃的话，就会有人把你架到铁锅前跪下，用竹扦戳你的嘴。

这是一个残忍的部族祭祀的场面，有着浓厚的初民意识和原始文化色彩。这样的文字书写，很容易令读者联想到人类文明的早期，感受到其中的蒙昧和野蛮，与当下的现实很自然地拉开了距离。这是一种文化的体悟，又具有特定的历史意味。类似的例子在郑义的《老井》中也有：

> 孙石匠除一短裤，全身赤裸。善祈取水时那柳枷，现已经换作刀枷。那刀枷是六把二尺许的小铡刀绑扎成的：三把铡刀成一三角形，套在罪人肩颈上；在这三个接点处，再各立起一把铡刀，在头顶上交于一点，六把刀片，都是刃朝里，罪人的头颅便枷禁于刀丛之中了。稍不留意，头上颈上便会被那刀刃创伤，流出血来。

这是一个求雨的“恶祈”仪式，从中可见文化的残酷和蒙昧。这样的仪式联系着古今，具有特别的历史意味。寻根文学中有大量对远离现实生活的风俗、仪式、神话、传说、宗教等的描写，这些题材本身历史久远，或联系着特定的生活内容，而带上浓厚的历史和文化气息。这种题材的选取，在无形之中，逐渐改变了新时期小说叙事话语的内容构成。

第四，对二元对立思维模式的破除，使叙事话语内涵从原来的二元对立思维模式走向了多维和立体化。二元对立是一种哲学思维模式，普遍存在于东西方哲学之中。二元对立是西方古典哲学的思维特色，尤以古希腊哲学为代表。二元对立思维模式坚持世界二元论，认为世界由两种力量或形态组成，如物质与精神、灵魂与肉体、感性与理性、光明与黑暗、善与恶、对与错等。这些对立因素彼此之间共存，不会出现一方压制、取代或吞并另外一方的情况。表面看起来，这种思维模式简洁直观，易于操作和辨认，但实际上不乏简单粗暴，容易打击和排斥异己，抹杀了世界的丰富性和多样性。

长期以来，在传统政治思维模式支配下，当代小说叙事话语表现出鲜明的二元对立思维特征，在话语内涵上，非此即彼，非对即错，非进步则落后，非高尚则低下，非革命即反革命。在二元对立思维模式支配下，当代文学叙事话语失去了多样性、多义性和丰富性，表现得僵化、死板和单一，严重制约了当代文学的发展。所以，新时期文学要想获得解放，就必须破除二元对立思维模式。

对中国当代文学来讲，二元对立思维模式通常是一种政治化思维模式。或者说，政治化思维通常采用二元对立思维模式。因此，要想破除二元对立思维模式，前提是必须摆脱政治化思维模式的影响。“伤痕”文学基本上遵循政治化思维模式，反思文学中也有大量的政治化思维，但已经开始出现松动，出现文化因素。例如，朱晓平的《桑树坪纪事》中，既有政治批判，也有文化反思，不同审美思维的出现，拓展和丰富了作品的意义空间。寻根文学因其远离政治话语而较少受到政治思维的影响，历史和文化话语的开辟使其获得了更多更广的话语空间。由于历史文化本身的复杂性和多义性，所以寻根文学的话语思维也表现得复杂和多元。这就从根本上改变了新时期小说的思维模式，使其从二元对立走向了开放和多元，促进了新时期小说叙事话语的变革。

例如，在阿城的《棋王》中，“中国象棋”不再仅仅只是一种竞技艺术，而是民族传统文化的表征；对“下棋”的迷恋和精通，不再仅仅是一种娱乐，而是一种文化行为和精神寄托。韩少功的《爸爸爸》采取模糊化的美学策略，表现出不确定性的审美特征。其中的叙事相互拆解，具有多义性，呈现出发散性的思维特征。如关于鸡头寨历史的由来，作品中就有各种说法，彼此之间互相拆解。关于丙崽的文化蕴含，评论界历来众说纷纭。郑义的《老井》中，“井”的意象不再是单一的所指，而是传达出进步与封闭、生存与死亡、雄壮与卑琐、苦难与幸福等对立性的多元复合的话语内涵。在王安忆的《小鲍庄》中，作者对传统的儒家“仁义”文化予以了现代审视，向我们展示了“仁义”文化的复杂面目。在作者笔下，我们既可以看到儒家“仁义”神话的现代体现（小英雄捞渣的故事），也可以看到“仁义”文化残酷、虚伪和功利性的一面，如拾来的故事、小翠子的故事、鲍秉德和疯妻的故事、文疯子鲍仁文的故事等等，而恰恰是这些，构成了小鲍庄人“仁义”神话的现实内涵。这种多元复合的语义表达，使小鲍庄人世代构筑的“仁义”神话，在现实面前自然地走向坍塌，从而引发读者诸多的思考。

这种多元复合的语意追求，在韩少功那里则成为自觉的美学追求。韩少功的小说追求一种特定的模糊美学——重整体、重统一、重直感的模糊美。他的小说在叙事话语语意内涵上呈现出一种不确定性。韩少功对那种传统的自足式的小说叙事极为不满，认为它们束缚了作者的想象力和读者的艺术想象空间。他的小说话语内部相互质疑，相互拆解，话语意义呈现出不确定性和分散性，从而形成其作品特殊的模糊美学特征，带来了意义阐释的多样化。20 世纪 80 年代的《爸爸爸》和《归去来》等作品如此，90 年代后的《马桥词典》和《暗示》等作品依然如此。韩少功的这种叙事风格，在解放文本的同时也解放了读者。要理解韩少功的作品，绝不能仅凭传统的二元对立思维，还要匹之以一种发散性的艺术思维。这种多元化的话语表达，在后来的寻根文学作品中大量出现，甚至到了夸张肆意的程度。例如，在《红高粱家族》中，莫言这样自述他的家乡：“高密东北乡无疑是地球上最美丽最丑陋、最超脱最世俗、最圣洁最龌龊、最英雄好汉最王八蛋、最能喝酒最能爱的地方。”这是莫言小说中的一个经典句式，在并列运用的五组话语中，每组话语由两种意义相反或全然不同的内容构成，叙事话语语意朝着十个不同方向散开，获得了传统小说话语表达所无法想象更无法达到的艺术效果。这种反逻辑、反常规的多元化的话语表达，是对传统的二元对立思维模式的颠覆，昭示着中国当代文学新的话语时代的到来。

三、话语转型的结果

由社会政治话语向历史与文化话语的位移，从根本上改变了中国当代文学叙事话语的构成，对新时期以来中国文学的发展产生了深刻的影响。这主要表现为以下三个层面：一是内容层面。寻根文学叙事话语的历史文化走向削弱了叙事话语的现实意义追寻，使寻根文学的话语书写在很大的程度上变成了与现实没有多大关系的文字表演，从而导致了寻根小说文本的故事化、历史化和传奇化倾向，使其由意义文本走向故事文本。二是形式层面。寻根文学本来就有强烈的现代主义艺术冲动，寻根文学运动后期，由于意义的迷失，不少的寻根小说开始在形式上伸展手脚，从而促成了新时期小说由内容向形式的转变，为随后先锋小说的形式实验做好了艺术铺垫。三是意义层面。寻根文学对话语现实意义的拒绝，以及文本的故事化、历史化和传奇化价值取向，导致了寻根文学启蒙精神的实际消亡。

从内容来看，由于历史文化的非当前性，寻根作家在对历史文化进行描述时，往往得以挣脱现实时空逻辑的制约，进行抽象化处理，从而削弱寻根文学叙事话语的现实意义功能。现实时空关系遵循因果律，在抽象化的非逻辑性的历史时空虚构过程中，事物的因果律显然是不存在的。而因果律的废除给小说叙事造成了大幅度空白和自由，也对小说叙事的真实性提出了质疑。现实的题材内容往往要经受生活真实性的检验，而对历史与文化的验证往往是多余的、可笑的。因为在对历史文化虚构和表达的过程中，历史事实已不可能复现，而这也不是叙述者的主要目的。叙述者借助历史与文化的书写，所要表达的不过是一种主观意念而已。而为了增强这些作品的可接受性，或者说为了获得一种写作的快感，故事性和传奇性却得到额外的重视，成为这类作品重要的艺术目标。

在这方面，我们可以寻根作家普遍的魔幻情结为证。寻根作家普遍钟爱来自拉美的魔幻现实主义，魔幻现实主义成了他们超时空体验的主要艺术方法。而魔幻现实主义是一种荒诞、夸张、变形的非现实逻辑的艺术表现方法。在非逻辑的魔幻时空中，作品的当前化特征消失了，历史文化感增强了，而文本的故事化、传奇化倾向却更突出了。这样，我们就可以理解，为什么大多数寻根小说与现实都保持较远的距离，都有一个相对完整的故事，都会对文本的故事性和传奇性表现出那么大的兴趣。阿城的“三王”都属于奇人奇事，被称为世俗生活传奇；郑万隆的“异乡异闻”系列，属于边地文化传奇；邓友梅和冯骥才的京、津文化小说系列，属于市井文化传奇；莫言的《红高粱家族》，属于现代土匪英雄传奇；等等。在这种传奇性的历史与文化书写过程中，中国当代小说叙事话语正在发生深刻的变化。

形式方面，由于卸掉了生活真实性追求的沉重包袱，寻根作家得以轻装上阵，在小说艺术中纵情驰骋自己的才情和想象，进行多方面的艺术尝试，从而推动了新时期小说艺术形式上的变革。寻根文学虽然内容上走向虚空，但作为一种补偿，却获得了形式上的丰富多彩。寻根作家尝试过表现主义、象征主义、神秘主义、魔幻现实主义等多种现代派艺术表现方法，使当代小说艺术表现方法走向多样化。如果说反思文学是新时期小说文体自觉的开始，那么寻根文学则是先锋文学的前奏，有着大量的自觉的文体实验。不少读者会有这样一种感觉：20 世纪 80 年代中期的先锋文学似乎是一夜之间横空出世的。但这是当代文学史叙述的错觉，事实完全不是这样。任何一种文学现象都不是凭空出现的。寻根文学在艺术上的努力为先锋文学的出现做了良好的艺术准备，很多的寻根作家同时又是先锋作家。例如，韩少功的《爸爸爸》就是一部高度成功的现代主义小说文本，韩少功本人也喜欢文体探索，他后来的一系列创作，如《马桥词典》《暗示》《山南水北》等，在文体上都求新求变，打破了传统小说的艺术范式。其先锋艺术探索，直到今天，仍走在文坛前列。所以，韩少功既是一位寻根作家，也可以说是一位真正的先锋作家。

寻根文学表现出对传统现实主义的全面超越，无论是《棋王》《爸爸爸》，还是《小鲍庄》，都已经不再是传统现实主义的经典叙事；而在叙述上，这些作品又表现出表现主义的审美特征，追求“陌生化”的审美效果，以一种客观的不动声色的姿态拒绝了作家主体情感的介入。这种审美追求，使寻根文学在艺术表现上明显区别于传统现实主义。在语言上，寻根作家追求语言的个性化。例如，韩少功的语言含混晦涩，阿城的语言充满士大夫气，李杭育的语言活泼幽默；等等。形式感的增强，是叙事话语的变革给新时期小说所带来的一个新的变化。

从意义层面来讲，从当前社会话语向历史与文化话语的转型，极大地瓦解了中国当代小说的意义追求。文学的意义是文学存在的理由。寻根文学是一次以文化启蒙为目的的民族文化复兴运动。在寻根作家的文化意图里，有着强烈的启蒙主义动机。在韩少功、阿城、郑义、李杭育等人看来，通过文化启蒙，可以复兴民族文化，振兴民族精神，进而走向世界。这种强烈的启蒙意识是“五四”以来中国知识分子启蒙意识的当代延续，是 20 世纪 80 年代新启蒙主义社会思潮的表现。但是，寻根文学叙事话语的历史文化走向淡化了叙事话语的现实内涵；同时，对文本故事化和传奇化的追求，又进一步削弱了寻根文学的启蒙意义表达。这使寻根文学的启蒙意图在事实上流于虚空，变成了一场关于民族文化复兴的文化乌托邦运动。

寻根文学致力于文化启蒙，但对于什么是启蒙，这些年轻的知青作家似乎并没有做太多的思想准备。启蒙是一种精神行为，以现代意识为指导，以现代理性主义为原则。在现代理性原则的指导下，一切原始的、落后的、非理性的宗教、仪式、神话、信仰等，都必须经受现代文明眼光的检验。这就使寻根文学的历史文化发掘与启蒙主义之间发生冲突，导致寻根文学主题内在的分裂。因为很明显，寻根作家本来是带着文化启蒙的目的去从事历史与文化发掘的。这种启蒙的功利意识要求他们发掘的不是历史文化中那种感性的审美体验，而是其中所透露出来的那种能够经受住现代理性检验的审美内容。但是，在发掘整理的过程中，历史文化本身的美和魅力，却一再地淹没了寻根作家对启蒙意义的追求，使他们在发掘和书写历史文化时，往往忘却了自身的启蒙使命，不自觉地流于艺术审美。这样的文本价值取向，显然从内部瓦解了他们的启蒙意图。寻根文学中，一些作家为引人注目，不惜搜奇猎胜，那些蛮荒的偏远的深山老林或者传统文化中一些糟粕的代表，如“三寸金莲”“八旗子弟”“烟壶”“绿林土匪”等，竟被他们化为“神奇”，成了竞相展示的文化资源。这样的文化发掘，离寻根作家的文化初衷已经越来越远。

这种意义的迷失，还与寻根作家的文化立场和文化态度有关。文化寻根是一次回归文化母体的文化复兴运动，寻根作家对民族传统文化的发掘，大多持的是一种文化认同的立场。这种文化认同，使寻根作家对民族传统文化表现出更多的亲和性，而缺少启蒙主义的理性批判眼光。但是由于历史文化本身的混合包容性，优与劣相互杂陈，精华与糟粕同在，寻根文学这种普遍的文化认同与启蒙主义的理性批判之间，就产生了错位和冲突。启蒙主义要求对一切原始的、落后的、非理性的内容进行现代理性甄别，而寻根作家则对民族传统文化表现出无差别的欣赏和留恋。这种价值取向的错位，导致了寻根文学价值取向的紊乱，使寻根作家们在面对民族传统文化时感到困惑迷惘，最终导致其启蒙意义的迷失。

我们可以寻根文学的代表作、阿城的《棋王》为例，来看看这种叙事话语的转型对寻根文学意义建构的影响。《棋王》是一部典型的文化小说，是新时期小说叙事话语历史文化走向的重要标志。这部作品在特别的历史新时期，以艺术审美的方式，发掘了民族传统文化中的儒家和道家文化，表现了这两种民族传统文化的魅力和美，其意义功不可没。应该说，作为一部纯粹的文化小说，《棋王》的写作是很成功的，它让传统的儒家和道家文化，经过现代的艺术包装，散发出特有的艺术光彩。但是，如果我们把它当作一部寻根文学作品，将它放在20世纪80年代中国社会启蒙的文化语境中，从文化启蒙的角度来看，《棋王》的悖谬和矛盾之处是很明显的。作者发掘了民族传统文化的两大板块——儒家和道家文化，正面表现了这两种文化的魅力和神韵，但却未对这两种文化的负面因素做出任何现代理性的甄别。我们都知道，传统的儒家和道家文化，都有他们的优劣所在。儒家文化有其积极进取的一面，但也有封建糟粕的一面；而道家文化虽然在为人处世和人格修养上有其长处，但从社会发展角度来说，则有其消极影响。作品中，作者对传统文化的观照，基本上持一种不加区别的认同态度，见不出任何的现代理性精神。作者的本意是要以文化启蒙的方式，参与中国社会历史进程的改造，但在作品中，这种文化启蒙却被文化认同全面取代，从而大大削弱了这部作品原本应有的启蒙效果。《棋王》的这种原始性的文化书写，令人不禁怀疑它的反现代倾向，进而质疑它的文学意义。这种质疑和批评，在《棋王》问世之初就广泛存在。例如，有人认为《棋王》在价值取向上是一种“悖离现代意识的抉择和追求”，它对传统文化的全面认同实际上是对现代意识的一种潜在的对抗。① 李书磊则对《棋王》的文化回归倾向予以了严厉的批评，指责那种“以怀旧情感为作品主线的‘文化寻根’，不但是反生活的，也是反美学的”②。显然，文化立场与启蒙意图的冲突，是《棋王》以及这类作品在启蒙意图上走向迷失的主要原因。

这种启蒙意义的崩溃，不仅在事实层面终结了寻根文学的历史发展，而且深刻影响了中国当代文学的发展格局。寻根文学运动的后期，当寻根作家的文化启蒙意图被历史文化审美追求在事实上架空之后，一些作家干脆脱掉文化启蒙的外衣，一头扎进历史和形式的漩涡，进行自由自在的艺术遨游。这股寻根文学的余波，同20世纪80年代后期的先锋文学和新写实小说一起，共同汇入新历史主义小说的大潮。新历史主义小说的出现，

---

① 荒甸．悖离现代意识的抉择和追求：也论阿城．小说评论，1987（2）．

② 李书磊．从“寻梦”到“寻根”．当代文艺思潮，1986（3）．

表明中国当代文学多元化的话语时代的到来。从社会政治话语，到历史文化话语，再到多元的个人化话语，中国当代文学的叙事话语获得了自由，中国当代文学也获得了长足的发展。在这种话语转型的过程中，寻根文学是一个重要的转折点。

第二节　叙述策略的转型

在内容上“写什么”出现变革的同时，“怎么写”这个形式主义问题在寻根文学中也受到关注。在叙事话语发生变革的同时，寻根文学的叙述方式也在发生着深刻变化。传统的现实主义文学注重对社会现实的本质再现，多采取客观写实的叙述方式，而寻根文学则远离社会现实，在对历史文化的审美体验中，注重抒发审美主体的感性认知，在叙述上多采取主观写意的叙述方式。从文学创作的角度来看，叙述方式既是一种话语表达方式，其实也是审美主体的艺术思维方式。不同的表现对象会激发作家们不同的艺术思维，而不同的艺术思维则又要求匹之以不同的叙述方式。因为从根本上来讲，叙述方式是为叙事话语的表达服务的，寻根文学特定的历史文化意蕴也决定了其需要那种主观的抽象的概括性的叙述表达。

从客观写实到主观写意，寻根文学推动了新时期小说叙述策略的转型。这种叙述方式的变化，反映了新时期以来小说艺术上的现代主义变革。相较于传统的长期占主导地位的写实主义方法，多种抒情写意的主观叙述方式的出现，推动了新时期小说写作风格的多样化，而多样化风格的出现，是一个时代文学繁荣的标志。评论家李庆西就曾表示，寻根文学追求的是一种“风格意识中的文化意识”，致力于“重新构建的审美（表现的）逻辑关系”[①]，从而指出了寻根作家们的风格化追求和表现主义的审美特征。寻根文学在小说叙述上的主观化艺术追求，是对新时期小说现代化的又一个重要贡献。

一、转型的原因

新时期小说的发展演进以 1985 年为界，其前后风貌是迥异的。新时

① 李庆西．寻根：回到事物本身．文学评论，1988（4）．

期以来，“伤痕”文学与反思文学曾一度使当代文学进入创作和阅读的黄金时期。这一阶段的小说创作，虽然体现着思想解放的大胆和激情，但在叙事和艺术思维上，所秉承的依然是几乎成为既定模式的现实主义文学传统。这些作品带给当时读者的震撼力，更多地来源于对刚刚过去的历史现实的沉痛揭露和抨击，并以此赢得了读者的强烈共鸣和社会的普遍欢迎。

但在两三年后，这股热潮逐渐平静了下来，小说写作的手法出现了多样化，不再是严格的现实主义一统天下。王蒙在《春之声》中开始了意识流文学实验；张承志高扬起几乎被人遗忘的浪漫主义旗帜，以骑手的姿态闯入文坛；在新中国成立后备受冷落的现代抒情小说，也以静怡的风姿生机复苏。早在1980年，汪曾祺就在《北京文学》上发表了清新得如同田园牧歌一般的《受戒》。这些，都不动声色地冲击着传统的现实主义表现手法和思维模式，同时也考验着读者的审美习惯。《受戒》发表之后，很多人疑惑地问：“这也能称为小说吗?”“小说怎么可以这样写?”[①] 传统的写作方式此时受到了质疑。但真正能从叙述策略的高度，推进这一写作方式转变的是寻根文学。随着邓刚的《迷人的海》、张承志的《北方的河》、韩少功的《爸爸爸》、阿城的《棋王》和《遍地风流》、莫言的《透明的红萝卜》、贾平凹的《太白山记》等一系列具有主观抒情化特征的作品在文坛的出现，新颖的写意笔法，以其独特的美学效果，以一种整体性的力量，与传统现实主义的“栩栩如生”“环环相扣”等特征明显相区别，引起了广泛的关注。这种从客观写实到主观写意的艺术转变，标志着新时期小说叙述策略的转型。

而在当时，推动这一转型的原因主要有以下三个方面。第一，文学功利色彩的淡化和审美意识的增强。曾几何时，文学一度成为人们控诉和宣泄的载体，人们不仅通过各种催人泪下的故事来舔舐伤口，清算历史罪恶，也在回顾历史、义愤填膺的同时，痛定思痛，挖掘悲剧的根源。可以说，当时的这些作品都有着强烈的政治诉求，非常自觉地成为社会问题的传声筒。在今天看来，这种政治化的文学表达，其社会功用不容否认，但其对于文学本身则关注不够。在20世纪80年代上半期的文学黄金时代里，位于光环中心的其实不是文学，而是借文学所反映的社会思潮。“伤痕”文学、反思文学和改革文学一次次地掀起了政治化写作的热潮，但也正因为政治化色彩过于突出，最终遭到了读者的厌弃。而对于一些艺术创

① 汪曾祺．关于《受戒》//汪曾祺全集：第6卷．北京：北京师范大学出版社，1998：340.

新意识较强的作家来说，文学借故事对历史悲剧进行持续的反映，并形成较为一致的认识和叙事风格，这种模式化、概念化的做法，已使他们感到厌倦。20 世纪 80 年代，随着审美主体意识的觉醒和多样化审美需求的出现，新时期小说面临着迫切的艺术变革。如果说“文革”结束之初，文学迫不及待要反映的是“写什么”，那么经过一阵宣泄之后，“怎么写”这个艺术问题更能引起作者和读者的关注。从内容到形式，从客观到主观，这种艺术上的变化，直接或间接地推动了新时期小说叙述策略的转变。

第二，美学观念的变迁。出于对 20 世纪 50—70 年代文学“假、大、空”艺术特征的反拨，新时期伊始的“伤痕”文学、反思文学和改革文学，都以对现实的认真执着，体现出严谨的现实主义的写实品格。这些严谨的写实作品的出现，标志着传统的现实主义美学精神的复归，使文学得以再次回到以生活真实为基础的现实轨道上来，这在当时无疑是十分必要和有意义的。但是，随着这些写实作品的进一步泛滥，不少作品与现实拉不开距离，成为对现实的机械复制和模仿，这使现实主义在回归的同时也因流于肤浅狭隘而一头扎进了死胡同。这从当时的创作现状可以得到反映。以寻根文学的两位主要作家韩少功和贾平凹为例，二者都为新时期文学健将，但他们在 20 世纪 80 年代初期几乎都陷入了创作的困境。新时期伊始，韩少功曾以《月兰》《风吹唢呐声》《西望茅草地》等写实作品闻名，但从 1983 年 5 月到 1985 年《爸爸爸》这部寻根文学代表作发表之前的两年中，他却仅发表了一部短篇小说。而贾平凹在《商州初录》问世前的一年里，基本上不写小说了，只写散文和不供发表的诗歌。如何突破创作上的困境，使文学获得进一步发展，这是摆在新时期文学面前的一个迫切任务。

在这种情况下，传统现实主义的美学原则受到了质疑。文学到底是对生活的客观再现，还是对自我的感性表现？这个古老的问题在新时期再次引起了广泛的关注。这个问题的焦点，其实就是对现实主义反映论认知模式的质疑。最早提出这一问题的是老作家汪曾祺。他率先对现实主义的典型理论表示怀疑，他援引海明威的话说：“不存在典型，典型全是说谎。”[①]他以对直觉的表象的生活真实的追求，取代了对生活本质意义的追寻，从而对传统的现实主义反映论认知模式提出了挑战。继汪曾祺之后，众多作家表现出对传统现实主义的梳理和对自我表现的向往。例如，贾平凹深受

① 汪曾祺．小说的散文化//汪曾祺全集：第 4 卷．北京：北京师范大学出版社，1998：79.

明清白话小说性灵写作的影响，追求一种自由的主观性情抒发，被视为寻根之作的“商州”系列就是如此。还有韩少功，他借助表现主义美学的“陌生化”审美理论，有意拉开文学与现实之间的距离，形成一种有距离的审美观照，表达的是一种主观的审美意念，如他的代表作《爸爸爸》等。还有莫言，他的作品富有强烈的主观色彩，在一种天马行空般的主观想象中，展现出表现主义的美学风采。莫言的小说大量采用通感这一表现手法，而这种打通各种感官之间界限的表现方式，体现出的正是表现主义的美学效果。从客观再现到主观表现，新时期小说美学观念出现变迁。美学观念的变迁，为写意这种叙述手法的出现，提供了理论上的指导。

美学观念的变迁带来了叙述手法的变化。在反映论美学观念主导下，文学因拘泥于对现实的客观再现而必须遵循严格的写实方法，像当时的《班主任》《伤痕》等作品，都以直逼现实的真实感吸引和打动读者。这种客观实录的叙述手法，使文学在相当大的程度上成了现实的附庸，导致了对现实的黏滞。而在表现论美学观念的主导下，文学在立足现实的同时，侧重于对主观意念的自由抒发，使文学在摆脱了现实羁绊后，于无拘无束中呈现出自由化的写意特征。这种自由、主观的写作，在寻根文学中有很多。例如，贾平凹的“商州”系列、阿城的《遍地风流》、韩少功的《爸爸爸》、莫言的《透明的红萝卜》等，都体现出这种写意化的审美特征。

第三，叙事话语的位移。前面我们论述了寻根文学对新时期小说叙事话语的转型，使其从当前社会话语向历史与文化话语位移。这种叙事话语的位移，标志着新时期文学的一次群体性的撤退。这一方面有对过于泛滥的急功近利的当前社会话语的厌弃，另一方面又有对中断已久的民族历史与文化话语的憧憬。同时，国内外高涨的文化热和拉美“爆炸文学”的成功，又为它创造了客观的外部条件，提供了诱人的文学前景。这种叙事话语的位移，使新时期文学走出了叙事的困境，为新时期文学开辟了广阔的话语空间。

叙事话语的位移，对文学的叙述手法提出了新的要求。历史与文化的悠远缥缈和模糊不确定性，是严格的、中规中矩的写实手法所无法胜任的，至少它是不擅于此道的。而在这方面，写意手法则显示出自己的天然优长。其形神结合、虚实相生、写实与象征相结合的艺术表达方式，使得对历史与文化的书写成为可能。文学叙述最终体现为语言的表达，不同的叙述对象要求采用不同的叙述语言。对现实生活的客观写实，要求语言的明晰确定；而对历史文化的书写，则要求叙述语言具有模糊性和包容性，在意义空间上具有弹性。这种模糊性、包容性和意义空间的弹性，正是写意表现手法的审美特征。写意手法的大量运用，不仅满足了历史与文化话语表达的需要，而且为作家们提供了艺术表达的自由。正是写意手法的大量运用，使新时期文学终于在现实主义写实之外，找到了另外一种书写方式，从而形成互补。写意手法的大量运用，解放了作家，也解放了新时期小说文体，推动了新时期小说艺术的现代化。

此外，新时期小说叙述策略的变化，还受到外来文学的影响。从最早的意识流、荒诞派到后来的魔幻现实主义等，每一种现代主义艺术表现手法的引进，都刺激了新时期小说艺术的变革，包括叙述方式的变化。尤其是拉美的魔幻现实主义，对于新时期小说的现代化演进意义重大，影响空前。从叙述角度来看，魔幻现实主义对历史与文化话语的开辟，刺激了新时期小说叙事话语从社会政治向历史与文化的位移，而历史文化话语的出现又改变了传统的写实叙述方式，推动了新的叙述方式的诞生。同时，魔幻现实主义的“变现实为幻想而又不失其真”的主观想象，并不适合采用传统的写实方法，某种程度上恰恰要求运用写意手法。魔幻现实主义所借助的变形、夸张、隐喻、象征等主要表现手法，并不是传统的客观写实，恰恰正是现代写意的主要表现手法。魔幻现实主义的巨大艺术成功，尤其是 1982 年马尔克斯凭借其代表作《百年孤独》获得诺贝尔文学奖，对中国的新时期文学，从艺术观念到表现手法，都产生了深刻的影响。

二、转型的表现

“写意”原本是中国传统绘画中与“工笔”对称的一种画法，特点是笔墨放纵，形迹不拘，力求神似，并且表达着某种特定的意境。与西方“写实”（或曰重再现）艺术传统不同，“写意”（或曰重表现）不仅是中国传统绘画的一大特色，更是中国传统艺术精神的精髓。如何辨别“写意”与“写实”的区别？中国的传统艺术大多属于写意，如突出变形传神的佛教壁画雕塑、高度抽象讲究气韵风骨的书法、以虚胜实的山水田园诗画、崇尚意境体悟的唐宋诗词等。西方的艺术侧重于写实，如高度写真的古希腊雕塑、文艺复兴时期的绘画和建筑、“三一律”制约下的戏剧创作等。将二者做一比较，写意的美学特点及其与写实的区别便一目了然，东方与西方的艺术传统也就泾渭分明了。从美学类型来讲，写意属于表现论的美学范畴，它与以反映论为基础的写实共同构成了新时期小说的两种基本叙述范式。

从新时期文学发展历程来看，这种转型有一个发展演变的过程。从作品来看，在当时，最能体现这种转型过程的是《迷人的海》和《北方的河》这两部作品的先后出现。这是两部独特的带有浪漫主义色彩的文化之作，在当时众多的写实作品中，因表现方式的特别而引人注目。在叙述方式上，这两部作品都是写实和写意相结合，《北方的河》写实成分偏多，而《迷人的海》则主要是写意。单独来看，这两部作品并没什么特别的意义，但如果把它们放在新时期文学发展的流程上来考察，它们的先后出现，就能比较明显地体现出新时期小说叙述策略从写实到写意的发展演变。

张承志是一位有着浓厚浪漫主义气质的作家，在《北方的河》之前，曾经创作过《绿夜》《黑骏马》等抒情小说，其中都有着较强的故事性，曲折动人，但《北方的河》在叙事上却明显不同于他之前的作品。这部作品基本上脱去了故事的外衣，只剩下一个简单的故事主线——主人公“他”报考研究生却报名迟到，来到北京后，他为了获得一张迟到的准考证而不得不四处努力活动，其间还夹杂着一个并不怎么特别的三角恋爱故事。但是，在故事情节弱化的同时，作品中的抒情色彩却得到了增强，并体现出某种特殊的阳刚之美，极具文化魅力，从而取得了传统现实主义写实表达所难以达到的艺术效果。作者笔下的北方的河，既是自然之河，又是生命之河、时代之河、文化之河，具有无穷的艺术魅力。

而邓刚的《迷人的海》，其叙事几乎完全回到人物内心。这部作品几乎没有外在的情节冲突，纯粹是一种主观情绪的表达。作品通过对一老一少两代海碰子一次次地投入大海的英勇行为的表现，在人与自然的搏斗中，体现出人的力量、勇敢、智慧和拼搏等特征。在作者笔下，这种人与自然搏斗所体现出的既是一种个体精神，又是一种时代精神和文化精神。那个充满凶险和迷人身姿的大海，既是自然之海，又可谓时代之海和精神之海，具有积极向上的文化力量。与《北方的河》相比，《迷人的海》叙述上的主观色彩更浓厚了，整部作品几乎都是一种个人的情绪化表达。这种从外到内，从客观到主观，从写实到写意的叙述变化，体现出新时期小说叙述策略的变迁。

而从当时作家的创作变化来看，最能体现出这种叙述策略转型的当属贾平凹。在个性气质上，贾平凹属于传统式的抒情作家，并不热衷于对当前社会话语的书写。他早年师从孙犁，学习其抒情写意的笔法，倾心于朦胧空灵的美的意境的营造，因与当前社会话语的过分脱离而受到外界的批评。后在评论界的压力下，他创作了《小月前本》《鸡窝洼的人家》《腊月·正月》等反映农村改革的写实作品。虽然这些作品为他赢得了一片好评，但作者本人却隐约地流露出对这种写实表现手法的厌弃和对那种抒情写意表现手法的向往。在《腊月·正月》的后记中，他“毫不忌讳地说：一些作品，总是从一种意会的但说不出的朦朦胧胧的意识中产生的……我一旦觉得应该怎么写了，一切都清楚了，却再也写不下去，须得转移一下阵地，改变一下写法，重新在一种朦朦胧胧的意识里随心所欲了”。到他写作《浮躁》的时候，这种倾向更为明显。《浮躁》里汹涌澎湃的州河、神秘的看山狗、金狗与州河之间的特殊联系等，采用的都不是传统现实主义的表现方式，而是神秘、象征等写意笔法。但从总体上讲，《浮躁》仍不失为一部严谨的写实作品。而贾平凹在写完《浮躁》之后，因苦于哲理色彩和文化底蕴的难以言传，不无伤感地认为这将是他最后一部写实作品。他说：“这种流行的似乎严格的写实方法对我来讲将有些不那么适宜，甚至大有了那么一种束缚。”[①] 他公开地表达了对那种自由自在的抒情写意表现手法的向往。在后来的创作中，他则将这种写意表达效果概括为“黏黏糊糊，汤汤水水”[②]，并上升为他个人的叙事风格。《浮躁》之后，他终于从当前社会话语中脱身出来，投入对人性、历史与文化的开采。从他后来奉献给我们的作品来看，其间充满了佛禅论道、阴阳卦尧、神人相通、天人合一等带有混沌模糊文化特征的内容，在叙述方法上多采用那种自我抒发的主观写意表达。这既增强了其作品的文化意蕴和哲理色彩，又使他获得了内心表达的自由。

三、转型的结果

从写实到写意的转型，对中国当代文学的发展产生了深刻的影响。这种影响是多方面的，我们可以从以下几个方面来看。

首先是风格化意识的出现。风格是一个作家区别于其他作家的个性化艺术特征，是作家成熟和艺术繁荣的标志。众多风格化作家的出现，表明一个时代文学的繁荣和艺术上的成熟。在 20 世纪 50—70 年代，在“一体化”文学规范制约下，文学主体性失落，风格化色彩消失，出现了大量公式化、概念化和模式化的创作现象。新时期以来，随着文学主体意识的回

① 贾平凹．浮躁·序言之二．北京：作家出版社，1992.

② 贾平凹．《高老庄》后记．收获，1998（5）.

归，当代文学的风格化意识得以重新出现。

风格化其实是一种艺术表达的个人化。新时期文学从客观写实到主观写意的发展演变，其实正是个人化主体意识日益增强的结果，当然也是一种艺术上的表现。这种叙述策略的变迁，促进了作家个性化的艺术风格的形成。

以莫言为例。1985 年以前，莫言还是沿用传统叙事方法写作的，其中虽然不乏精彩之作，也初步显示了莫言丰厚的农村生活蕴藏和相当圆熟扎实的写实技巧，却并不曾引起社会广泛的关注。文学变革的声浪，促使莫言对自己以往的作品进行了深刻的反思。他在同当时几位青年军人进行文艺座谈时认为："我们的创作，毛病之一是'太'老实，把真实误解为生活的原样照搬，不敢张开想象的翅膀去自由翱翔。"① 基于这种认识，1985 年，莫言突然一改对他来说已经轻车熟路的传统写实叙述手法，写出了朦胧、空灵、作品的主旨意会胜于言传的中篇小说《透明的红萝卜》。这篇小说的成功，所凭借的不仅仅是它情节内容构思上的奇特，更是它感觉化的叙述方式所营造出的独特的艺术效果。遍布作品中的浓郁的感觉化、体验化的叙述，为作品蒙上了一层氤氲般美丽空灵的意境，飘荡出欲淡更浓的悲剧氛围，令人流连忘返。这种感觉化叙述其实就是一种写意表现手法。这种叙述方式所营造出的奇特的美学效果，使莫言意识到自己语言叙述上的巨大潜能和优长。这之后他在《球状闪电》《金发婴儿》等作品中更加无拘无束，普遍地运用了感觉化的叙述方法，既写实又写意，在迷离朦胧、闪烁着神秘色彩的意境中，传达出传统叙事中感受不到的神奇而又深邃的艺术魅力。

从莫言身上，我们可以看到，与写实相比，写意显然更适合某些作家的精神气质，有助于作品独特风格的形成，而这种气质和风格在某些时候是作家本人也未曾意识到的。他们往往在一开始按照某种既定的或流行的模式来写，只有在实践中感受到滞塞和别扭时，才会想到能流畅地将自己的心性表达出来的到底是什么。在这种意义上，写意不仅为新时期作家提供了艺术表现的自由，更促成了新时期文学的风格化。可以说，正是因为写意手法的广泛采用，新时期一些风格鲜明而又迥然有异的作家才得以出现，像贾平凹的朴拙、韩少功的凝重、莫言的空灵、阿城的淡泊等，新时期文学因此而走向丰富，走向繁荣。

---

① 本刊记者．几位青年军人的文学思考．文学评论，1986（2）．

其次是哲理意识的增强。哲理意识的强弱是衡量小说艺术成就高低的一个重要标尺，如加缪所说："伟大的小说家都是哲学家。"[①] 毋庸讳言，20 世纪以来，中国文学中的哲学意识相对薄弱，文学缺乏一种超越性的思考深度。文学因过于黏滞现实，无法超越现实，缺乏应有的形而上的思考，而患上了严重的"贫血病"。这种情况的出现，有政治的原因，有现实的原因，也有作家们自身的原因。这种情况，一直延续至今，对于刚从 20 世纪 50—70 年代走出来的新时期文学，更是如此。这极大地制约了中国当代文学的成就，成为妨碍其走向世界的一个重要原因。

从当前社会话语向历史与文化话语的位移，从写实到写意的叙述策略的变迁，为新时期小说中哲理意识的增强创造了条件。历史文化中往往蕴含更多的哲理意味，而写意表达方式具有意义的包容性和发散性，适合于表达那种说不清道不明、只可意会不可言传的哲理意识。寻根文学对写意手法的大量运用，增强了新时期以来小说中的哲理色彩。

还是以贾平凹为例。在 20 世纪 80 年代上半期，尽管他的改革系列小说获得了好评，但作家本人对这种客观的载道式的写作并不满意。写完《浮躁》后，贾平凹就曾感叹自己"哲学意识太差"[②]。对自我心性的表达，尤其是对哲学境界的向往，成为贾平凹进一步的艺术追求。哲学意识的增强是小说走向成熟的标志，也是作家自我提高的表现。但是，哲学意识的获得，除了必须经过时间的沉淀和理性的思考外，还必须找到合适的表达方式。《浮躁》之后，贾平凹致力于作品"形而上和形而下结合部的工作"[③]。为了获得对自我和对世界的自由表达，他放弃了那种已使他获得成功的传统的写实表现手法，而转向了抒情写意的自我抒发。在他后来的作品中，为获得"混混沌沌""元气淋漓"[④] 的美学效果，他大量运用抒情写意这种主观叙述方法，并形成含混、黏糊的个性风格。谁也说不清贾平凹的作品在"混混沌沌""元气淋漓"中到底包蕴了些什么，但作者所要传达的哲学意念恰恰就在这一片"混沌""模糊"之中。

而对于韩少功来说，"不确定性"是他观察人和世界的文化心态，在这一心态支配下，他对外部世界存在状态的感知，往往也是模棱两可的、含混的，甚至是自相矛盾的，显示出如巴赫金所说的"未完成性"和"不

① 加缪．西西弗的神话：论荒谬．杜小真，译．北京：三联书店，1998：216.

② 贾平凹．浮躁·序言之二．北京：作家出版社，1993.

③ 同②.

④ 同②.

可论定性”[①]。在艺术观上，他的原则是“想得清楚的事就写成随笔，想不清楚的事就写成小说”[②]。在艺术表现上，对“想不清楚的事”，则坚持“现实主义与现代主义相结合”[③]，而写意正是现代主义——表现主义的艺术表现手法。这种写意手法的运用，也增强了韩少功小说的哲理意蕴。例如，《爸爸爸》就是一部高度成熟的现代主义文本，作品通过变形、夸张、象征、隐喻等现代主义表现手法，在传达出深刻的文化意蕴的同时，还体现出深刻的哲理意味。例如小说中永远走不出的鸡头寨，象征着人类的故步自封、封闭保守；遍布小说中的自我拆解，显示出对二元对立思维模式的破除；等等。因为文化本身就与哲学相通，具有直接或间接的哲理意蕴。而那些现代主义表现手法的运用，其实正是写意叙述方式的体现，增强了这种哲理意蕴的表达。

最后，我们来看看阿城。在新时期所有写意的作家中，阿城是最为独特的一位。从阿城的身上，我们可以看出从写实到写意的转型给新时期文学带来的另外一种影响。阿城的独特，体现在他并不以变形、夸张、隐喻、象征等常见的写意手法取胜，相反，他的作品中几乎没有这些常见的写意手法。他的写意，并不体现为对单个的写意手法的运用，而是通过作品的整体美学效果体现出来的。换句话说，他是通过写实的方式，来达到写意的美学效果，而这种美学效果，是通过作品整体意蕴体现出来的。《棋王》中，对王一生的日常言行的写实构成了整部作品的核心内容，但作品的主旨却完全超乎那些写实的内容范畴，而指向传统文化与现实人生的关系，具有特别的哲理意蕴。《树王》中，通过肖疙瘩与大树之间的关系及其遭遇，于对“文革”的现实批判之外，表达的却是人与自然之间的关系，体现出天人感应、天人合一的传统文化精神。《遍地风流》则以边地的民风习俗，来展示自然舒展的生命形态，并从中感悟世界和人生。

阿城的作品，局部地看，写实；整体地看，写意；局部地看，见不出作品的意思，作品的内涵寓于整部作品之中。在审美上，阿城的作品追求的是一种传统的中国文化和艺术精神，是在对传统文化和艺术的审美观照中，确定自我的存在和意义，而在艺术思维上，则以直觉、顿悟、感觉、体验等方式，追求一种超功利的美学境界。这种重主观表现的艺术追求，

---

① 王建刚．不确定性：对韩少功文化心态的追踪．理论与创作，1998（2）.

② 同①.

③ 韩少功．好作品主义．小说选刊，1986（9）.

与传统的反映论艺术模式迥然有别，是古老的东方美学精神在当代文学中的复活。这种复活，在汪曾祺、贾平凹、韩少功、何立伟、莫言等人的作品中同样有所体现，是东方文化审美思维的重现，也就是韩少功所主张的那种“寻找东方文化的思维和审美优势”①。这种东方文化思维和审美，其实就是一种民族化的古典艺术审美，其中体现出来的精神，就是一种东方艺术精神。从阿城的身上，我们可以看到新时期文学古典美的艺术追求。这是写实到写意的叙述策略转型，是为新时期文学做出的又一贡献。

第三节 艺术观念的转型

文学的现代化既体现为现代艺术技巧的运用，又体现为现代艺术观念的形成。寻根文学的现代化不仅体现于其内容和形式上的现代化追求，更体现于其艺术观念上的深层变革，包括对旧的艺术观念的破除和新的艺术观念的形成。对此，评论家季红真认为：“‘文化寻根’思潮的真正作用，不在文化价值抉择方面的科学与否，而是在文学自身的观念蜕变与风格更新。”② “观念蜕变”指的就是寻根文学对新时期小说艺术观念的更新。

20 世纪 80 年代是中国文学艺术观念发生急剧变化的时期。在现代西方艺术观念的冲击下，长期占主导地位的中国传统艺术观念正遭受广泛的质疑，一系列新的艺术观念正在孕育之中。寻根文学集传统与现代于一体，无论从内容、形式，还是艺术观念等方面来看，都是一个矛盾复合体，都体现出某种断裂特征，在新时期以来中国文学的现代化艺术进程中是一个转折点。以 1985 年为界，20 世纪 80 年代文学前后期的艺术面貌和艺术观念截然不同。1985 年之前，基本上属于现实主义文学；而 1985 年之后，则主要属于现代主义文学。在这一过程中，寻根文学是一个重要的分界线。寻根文学从多方面推动了新时期小说艺术观念的转型，有力地推动了新时期小说的现代化进程。

一、从“载道”到“审美”

“载道”和“审美”是两种性质截然不同的文学功能，在漫长的文学

---

① 韩少功．寻找东方文化的思维和审美优势．文学月报，1986（6）．

② 季红真．文化“寻根”与当代文学．文艺研究，1989（2）．

发展演变过程中，二者之间充满了矛盾和对立。文学是一门艺术，从其本质属性来讲，以审美愉悦为本质功能。鲁迅先生在论述文学艺术起源时，曾引用中国古代那首著名的“杭育歌”，来说明文学的审美愉悦功能。（“杭育歌”：“今夫举大木者，前呼邪许，后亦应之，此举重劝力之歌也。”见《淮南子·道应训》）这首歌以形象的方式，表明了文学艺术起源于劳动，文学的本来属性和本质功能是审美娱乐。“杭育歌”的目的是“举重劝力”，是为了协调劳动、缓解疲劳所进行的原始艺术审美。至于文学的载道功能，乃是文学在后世发展演变过程中，为了适应某些社会需要，而被加以改造利用的结果，是时代、社会、国家、阶级等施加于文学的功利性要求。在实际的文学发展过程中，文学的载道功能和审美娱乐功能各有所长，但更多的时候，是“载道”超过“审美”，表现出对审美愉悦功能的挤压，从而导致文学功能的错位。

从文学传统来看，中国文学历来是“载道”的文学。对于小说来讲，这种情况在近代以来表现得尤为突出。梁启超等人在“小说界革命”中，就公开宣扬：“欲新一国之民，不可不先新兴一国之小说。故欲新道德，必新小说；欲新宗教，必新小说；欲新政治，必新小说……”[①] 对小说功能的无以复加的强调，其实是要将小说纳入启蒙的轨道，有着很明显的政治功利目的，同时它也昭示了小说在 20 世纪中国将要承担的历史使命，这早已被后来的文学实践所证实。也正是这一点，构成了 20 世纪中国文学内在矛盾的一个根本性问题，那就是功利（载道）与审美之间的冲突。可以说，20 世纪以来几乎所有关于中国文学性质的论争，都可以在这个问题上找到原因和影子。20 世纪 80 年代的寻根文学，也正是在这个问题上，重弹了历史的老调。不过这一次，它是从功利回到了审美，实现了对新时期文学审美愉悦功能的还原，是对文学本质属性的一次回归。

从中国当代文学的发展实际来看，寻根文学出现之前，新时期文学的属性基本上属于“载道”式的，文学沿着社会学的轨道运行，因而在相当的程度上成了“时代精神的传声筒”。在“伤痕”文学、反思文学和改革文学中，都有一个政治的或经济的“道”。只是在部分的反思文学中，才开始出现了“美”，而这种“美”显然是“道”的附属品，不过是作为一种次要的因素伴随着“道”而产生的。只有到了寻根文学，“道”才正式让位于“美”，审美一跃成为文学作品的主要追求。从“载道”到“审

① 梁启超．论小说与群治之关系．新小说，1902（创刊号）．

美”，表明新时期小说审美功能的变迁。这种变迁，是新时期以来文学本质属性的一次自我回归。

这种文学本质属性的回归，早在新时期之初，就已经开始了。前面已经讲过，新时期之初，作家普遍地表现出一种寻找意识：自我寻找和艺术的寻找。这种艺术的寻找在当时从两个方面展开。

一是尝试性地对原有的艺术观念进行突破。这方面可以汪曾祺为代表。1980年，几经周折，汪曾祺的小说《受戒》终于在《北京文学》上发表。在当时“伤痕”文学和反思文学的血泪控诉声中，这部诗情画意、春意盎然的充满世外桃源气息的小说的出现，显得有些“不合时宜”。在发表之前，有人问他“为什么要写这样的小说”，汪曾祺的回答是“写给自己玩玩”[①]。“玩玩”显然不是一种载道意识，而更多的是一种无功利的审美心态。众所周知，汪曾祺是京派文学传人，而传统文化审美是京派文学的首要艺术特征。在当时森严的文学环境下，汪曾祺这句直逼文学真谛的随口表白，无意中宣告了一种久违的以审美和娱乐为核心的京派文学观念的重现，表明了一个新的文学时代的到来。

这种“玩玩”的艺术心态，在汪曾祺后来的表述中，进一步上升为“语言游戏”，并在创作中予以实践。他的小说《职业》中就有很明显的语言游戏成分。一个为了谋生，被迫早早辍学，去给人家卖点心的小男孩，天天叫卖着一种点心——“椒盐饼子西洋糕”。作者用五线谱的方式将这孩子叫卖的声音谱成曲，别的上学的孩子跟着他的声音模仿，很逗，很开心。他很羡慕，也很无奈。因为对别的孩子来讲，这是娱乐，而对他来讲，这是工作。有一天，在下班之后，这个卖糕点的孩子走进一条没有人的小巷子，四顾无人，也学着那些小孩的模样，捏着鼻子，喊了一声“椒盐饼子西洋糕”，被自己的声音逗得很开心。童心贪玩，喜欢娱乐。在这一过程中，这个孩子被压抑的童心终于得到了一次释放。在语言的模仿和对模仿者的模仿之中，小说表达了一种孩童的天真和快乐的心理。同时，作者也借此表明了一个道理，那就是劳动或职业是不自由的，会压制人的自由心性，对童心正炙的儿童更是如此。这种语言之间的转换，及其所引起的声音的变形，以及这种变形所导致的语意的变化，其实就是一种语言游戏。这种语言游戏，在后来的先锋文学中几乎被一些作家奉为艺术圭

---

① 汪曾祺．小说创作随谈//汪曾祺全集：第3卷．北京：北京师范大学出版社，1998：308.

臬，有着大量的表现。比如马原的“叙述圈套”、格非的“叙事迷宫”、莫言的语言狂欢，以及孙甘露的极端语言实验等，都在追求某种特别的语言表达效果，都推动了新时期小说文体的解放和小说观念的更新。这种“游戏”的小说观，几乎从新时期一开始就存在，构成了对传统的“文以载道”文学观念的分离和对抗。

二是通过艺术形式的更新，来呼唤新的审美意识。这仍然可以汪曾祺的文体写作来作例证。新时期伊始，汪曾祺以令人耳目一新的“新笔记体”小说饮誉文坛，掀起了一股文化小说的热潮，这显然与他的文体写作有关。从文体来看，“新笔记体”小说是对中国古代“笔记体”小说的当代继承。“笔记体”小说是中国古代的一种文人小说，篇幅短小，言简意赅。在中国古代，由于小说属于小道，不入主流，难登大雅之堂，所以，一些文人写小说，大多不是为了“载道”，而是怡情养性，自娱自乐。“笔记体”小说就是如此，如汪曾祺喜欢的《阅微草堂笔记》《容斋随笔》《世说新语》《聊斋志异》等，其中很难见到家国情怀之类的政治寄托，大多是个人性情抒发，率性自然，朴素本真。汪曾祺对“笔记体”小说的倡导，一方面固然与他的文化身份有关，他是一位带有古典色彩的传统型文人，又是“京派”文学在当代的传人；另一方面，在潜在心理上，其实是对当时过于浓重的占主导地位的载道型艺术观念的不满和对抗。

从文体的演变来看，汪曾祺的文体写作，不仅具有形式革新的意义，还有着特定的文化蕴涵，体现出文体的意识形态特征。批评家李陀就曾认为汪曾祺的写作是对“毛文体”的反动，他说：“汪曾祺在现代汉语写作中进行的种种试验显然都是有意而为，但是，老头儿大约没有想到，他在语言中做的事情还有重要的文化政治方面的意义，那就是对毛文体的挑战。”那什么是“毛文体”？李陀说：

> 毛文体以及生产毛文体的相关机制，最值得我们今天分析和总结的地方，正在于它成功地把语言、文体、写作当作话语实践向社会实践转化的中介环节，并且使这种转化有机地和毛泽东领导的革命成为一体。在毛文体的号召和制约下，知识分子的写作已经不再是简单地写小说，写诗歌写新闻报道，或是写学术文章。它获得了另外一种意义，即经过一个语言的文体的训练和习作过程来建立写作人在革命中的主体性。在这个过程中，千千万万个知识分子正是通过“写作”完成了从地主阶级、资产阶级或小资产阶级立场向工农兵立场的痛苦的

> 转化，投身于一场轰轰烈烈的革命，在其中体验做一个“革命人”的喜悦，也感受“被改造”的痛苦；在这个过程中，也正是“写作”使他们进入创造一个新社会和新文化的各种实践活动，在其中享受“理论联系实际”的乐趣，也饱尝意识形态领域中严峻阶级斗争的磨难。①

可以说，20 世纪 50—70 年代，“毛文体”是当时几乎所有写作的共同艺术规范，这对于当时知识分子思想改造和意识形态思想的统一，意义重大。但这种文体背后过于强烈的意识形态色彩和强权干预力量，对知识分子会形成一种束缚，对文学也会造成压抑。所以，新时期以来，对这种“毛文体”的突破，是中国当代文学自由发展的必然要求，也成为很多知识分子不约而同的努力目标。汪曾祺本来就是一个远离政治的人，对政治心存敬畏。所以，他的写作对政治的回避，无意之中正好成为对“毛文体”的拒绝。李陀用“挑战”一词来形容汪曾祺对待“毛文体”的态度，这其实是夸张了，言过其实。汪曾祺根本没有“挑战”的勇气，换句话说，他不愿意，也不敢，只是无声地拒绝而已。

同样的情况还体现于当时的“现代派”问题论争中。1982 年，王蒙、刘心武、李陀、冯骥才等人围绕高行健的小册子《现代小说技巧初探》，在《上海文学》上展开了关于现代派问题的讨论。虽然当时这几位作家的相互通信，谈的是小说形式技巧问题，但这种表象的背后，其实是对新的审美意识的渴求。这表明，在当时的文学规范中，传统的现实主义文学观念已经受到挑战，新的现代主义艺术观念已经萌芽。

寻根文学强化了这种艺术寻找。寻根作家的理论宣言普遍高扬文学的审美精神，对传统的“载道”观念进行了公开否定和批判。对此持论最为激烈乃至偏激的是李杭育。他从中外文学比较的角度，将中国文学传统与希腊和印度文学传统相比，在肯定了人家的种种优点和指出了自身的种种不足之后，对中国文学传统产生了“万分痛恨”的心情。他认为：“纯粹中国的传统，骨子里是反艺术的。中国的文化形态以儒学为本。儒家的哲学浅薄、平庸，却非常实用。孔孟之学不外政治和伦理，一心治国安邦，教化世风，便无暇顾及本质上是浪漫的文学艺术；偶或论诗，也只‘无邪’二字，仍是伦理的、‘载道’的。”他还从历史的角度指出：“两千年来我们的文学观念并没有发生根本的变化，而每一次的文学革命都只是以

① 李陀．汪曾祺与现代汉语写作：兼谈毛文体．花城，1998（5）．

‘道’反‘道’，到头来仍旧归结于‘道’，一个比较合时宜的‘道’，仍旧是政治的、伦理的，而绝非哲学的、美学的。”进而得出结论认为：“一个过早地成熟，过早地丧失了天真的美丽，过于讲求实际的民族，其文学难免干巴。”[①] 作者对中国文学中重“载道”、轻“审美”的文学传统，进行了自古至今的严厉批判。有感于“洋人把中国人的小说拿去，主要是作为社会学的材料，而不作为小说”，阿城认为：“我们的文学常常只包含社会学的内容却是明显的。社会学当然是小说应该观照的层面，但社会学不能涵盖文化，相反文化却能涵盖社会学以及其他。”[②] 他希望通过文化的植入来对新时期文学中过于浓重的“载道”倾向进行纠偏，为新时期文学注入一些审美的因素。

在寻根文学的纲领性宣言《文学的“根”》中，韩少功劈头就问：“绚丽的楚文化流到哪里去了？”这显然是从审美的角度发问。接着作者通过一位诗人去湘西开会，终于在湘西的崇山峻岭里找到了它：“只有在那里，你才能更好地体会到《楚辞》中那种神秘、奇丽、狂放、孤愤的境界。”这样的境界显然不是功利性的，而是审美的。在韩少功看来，寻根所要追求的“是一种对民族的重新认识，一种审美意识中潜在历史因素的苏醒，一种追求和把握人世无限感和永恒感的对象化表现”。这样的认识，绝非功利性的，而是一种审美化的诗性感悟。后来，为了警惕寻根文学的功利化倾向，韩少功提醒人们，寻根不要弄成新国粹主义、新地方主义，而是“对东方民族思维和审美优势的寻找”[③]。因此，韩少功本来意义上的所谓“寻根”，实际上是一次审美范畴内的历史文化追寻活动。

与理论主张相一致，寻根作家普遍表现出对审美的关注。汪曾祺可以被视为新时期文学审美意识觉醒的第一人，从《受戒》开始，其作品中的审美因素就开始得到有意识的呈现，并与传统的“载道”观念形成无形的潜在的对抗。在汪曾祺的作品中，社会背景淡化，主流的政治意识几乎全部退场，而文化和世俗的日常生活和普通人生却得到了空前的关注。沿着汪曾祺的道路，新时期作家们逐渐将艺术目光从对当前社会问题的关注，转移到对历史与文化美学意义的开采。在《黑骏马》《北方的河》等作品中，张承志以一种浪漫主义的身姿和男子汉的心态，开始了个人的文化探

① 李杭育．理一理我们的“根”．作家，1985（6）．
② 阿城．文化制约着人类．文艺报，1985－07－06．
③ 韩少功．东方的寻找和重造．湖南文学，1986（1）．

寻。这两部作品中，“载道”因素都极为淡化，而其中的文化发掘和文化呼唤的主题却呼之欲出。《黑骏马》是一次草原文化寻根，表现主人公（白音宝力格）对曾经的初恋和心目中的女神（索米娅）的一次浪漫追寻，其中寄寓着文化批判的主题；而《北方的河》则是一次民族文化抒情，表现主人公“他”对理想中的“北方的河”的热情拥抱和浪漫情怀。这两部作品由于其中的浪漫激情和悲壮情怀，使人读来心潮澎湃，具有震撼人心的美学力量。

阿城的《棋王》中，传统知青题材小说的政治化诉求不见了，取而代之的是表现传统文化的美。叙述者“我”在观看“棋呆子”王一生与九人的车轮大战时，为其所动，不由产生联想：“我心里忽然有一种很古的东西涌上来，喉咙紧紧地往上走。读过的书，有的近了，有的远了，模糊了。平时十分佩服的项羽、刘邦都目瞪口呆，倒是尸横遍野的那些黑脸士兵，从地下爬起来，哑了喉咙，慢慢移动。一个樵夫，提了斧在野唱。忽然又仿佛见了呆子的母亲，用一双弱手一张一张地折书页。”而在比赛结束后，“我”又深深地感悟道：“不做俗人，哪儿会知道这般乐趣？家破人亡，平了头每日荷锄，却自有真人生在里面，识到了，即是幸，即是福。衣食是本，自有人类，就是每日在忙这个。可囿在其中，终于还不太像人。”这样的联想，当然不是什么政治说教，而是一种诗性的审美的想象。同样，这样的感悟也不是在灌输什么道理，而是一种文化的体悟。

在李杭育的《最后一个渔佬儿》中，对“最后一个”的书写已经见不出任何“载道”的意味，文化书写变成文化凭吊，对“最后一个渔佬儿”福奎的诗意书写，变成了一首无奈的传统文明的挽歌。这种传统与现代之间两难的书写，是一种审美现代性的诗性表达。在韩少功的《爸爸爸》中，审美意义几乎构成了对启蒙意义的颠覆。作者的本意是要进行文化启蒙，他塑造了一个人类的怪胎——丙崽，集人类文化劣根性于一身。但在文化批判的过程中，由于作者一而再地向读者展示湘西文化的神秘野蛮和原始巫术文化，作品便具有某种特别的文化吸引力。在这部作品中，湘西的原始巫术文化构成了一个自足的封闭的审美系统，成为这部作品艺术上的一大特色。这种文化的魅力在很大程度上冲淡了作品的启蒙意义追求。读者在读这部作品时，往往会忽略作者的文化批判意图，而去捕捉这种文化的神秘感和新鲜感，从而容易出现本末倒置的审美效果。

这种审美化追求，在王安忆的《小鲍庄》中，则变成对“载道”的怀疑和颠覆。作者通过野史与正史的对抗和冲突，对“仁义”进行了现代解剖，在审美的意义上揭示了“仁义”神话掩盖下的残酷本相。这是一种审美的发现，而不是道理的灌输，更具有艺术说服力。正是以上述作品的出现为标志，新时期文学终于卸掉了“载道”的沉重包袱，迈入了一个多元化艺术审美的新时代。

二、从现实主义到现代主义

20 世纪 80 年代，中国当代文学经历了一次明显的现代主义艺术浪潮。“文革”结束后，“伤痕”文学、反思文学和改革文学使一度失落的现实主义文学传统得到了恢复。但是，这种现实主义由于自身的局限性，在回归的同时，也暴露出很多问题，阻碍了中国当代文学的进一步发展。在开放的政治文化背景下，西方的现代主义文学和文化思潮，对新时期的中国文学产生了强有力的冲击。意识流、蒙太奇、现代派、荒诞手法和存在主义等西方的文学和哲学观念或技巧，都成为中国作家眼中的香饽饽，被积极地实验运用。同时，王蒙、刘心武、冯骥才、李陀等人，还围绕高行健的《现代小说技巧初探》，以发表通信的方式，展开关于现代派问题的讨论，为现代主义在新时期文坛的出现制造声势。

但是，“西方现代主义给中国作家开阔了眼界，却并没有给他们带来真实的自我感觉，更无法解决中国人的灵魂问题”①。这种形式主义的探讨，并未让现代主义在中国文学中生根立足。所以，紧跟 20 世纪 80 年代初喧嚣一时的“现代派热”的不是创作的全面欧化，相反倒是现代派实验的冷寂，出现了现代派的低谷。当时热衷于现代派实验的一些小说家，像茹志鹃、宗璞、李陀、冯骥才等人，他们的现代派小说实验都已告停。这表明，现代主义在中国文学中的发展还需要新的机遇，需要新的努力。

这种状况直到寻根文学出现才有所转变。寻根文学的主体是一些年轻的知青作家，他们正处在艺术的求新突破时期，对传统的现实主义创作方法本来就不满，而对西方现代主义则充满热情。寻根作家在理论表述中，对西方现代主义普遍表现出浓厚的兴趣，例如韩少功对毛姆小说《月亮与六便士》中的那位现代派画家的推崇、李杭育对墨西哥现代派作家胡安·鲁尔弗的欣赏、郑万隆对福克纳和拉美“魔幻现实主义”等的感悟和借鉴，还有王安忆自美归来后对西方现代派艺术的思索等。② 由于此前现代

---

① 李庆西．寻根：回到事物本身．文学评论，1988（4）．

② 王安忆．关于《小鲍庄》的对话：王安忆致陈村的信．上海文学，1985（9）．

派实验的受挫，寻根作家只能采取文化伪装的方式，借对民族文化的发掘，来含蓄地表达他们的现代主义热情。寻根作家貌似复古的文化追寻背后，实质上是对西方现代主义的艺术向往，并进行了多方面的实验。评论家李陀在谈到寻根作家的这种现代主义取向时说："现在的寻根派，恰恰就是昨天鼓吹向西方现代派借鉴的那一拨人。"① 正是经过寻根作家的艺术努力，中国当代文学终于迎来了现代主义的热潮。几乎在寻根文学出现的同时，新潮小说和先锋文学开始浓墨重彩地登场，掀起了现代艺术实验的热潮。由此，中国当代文学实现了从现实主义向现代主义的过渡。

在这种现代主义艺术转化的过程中，寻根文学做出了重要的贡献。这主要表现在以下两个方面。

第一，促成了新时期文学向内转。20 世纪 50—70 年代的中国文学基本上是外向型的文学，自我和个人内心世界在当时被视为题材禁区，一切可能存在的私人空间在文学作品中都被当作异端或危险的题材内容遭到封杀。新时期以来，随着思想解放运动的开展，文学逐渐地向"人"的轨道回归，个体化的"人"和"人"的内心世界在文学作品中逐渐获得了合法的地位。这就使新时期文学的书写，由对外在世界的客观反映逐渐转向对人物内心世界的主观书写。同时，文学的审美因素也得到突出，从而出现了明显的向内转。从艺术上讲，文学的"向内转"包括两方面的内涵：一是文学描写对象（题材）的个人化、心理化；二是文学向自身审美属性的回归。"向内转"曾是新时期文学一个备受关注和争议的问题。1986 年 10 月 18 日，鲁枢元在《文艺报》上发表文章，谈到那些带有"向内转"倾向的小说和诗歌创作特征时，认为：

> 这类小说，成就高下不一，但共同的特点是：它们的作者都在试图转变自己的艺术视角，从人物的内部感觉和体验来看外部世界，并以此构筑起作品的心理学意义上的时间和空间。小说心灵化了、情绪化了、诗化了、音乐化了。小说写得不怎么像小说了，小说却更接近人们的心理真实了。新的小说，在牺牲了某些外在的东西的同时，换来了更多的内在的自由。
>
> 诗人以个性的方式再现情感真实的倾向加强了，诗歌的外在宣扬，让位于内向的思考，诗歌的重心转向内在情绪的动态刻画，主题

① 李陀，李欧梵，高行健，等．文学：海外与中国．文学自由谈，1986（5）．

> 的确定性和思想的单一性让位于内涵的复杂性与情绪的朦胧性。正如谢冕同志指出的，新时期的诗歌，由对外在客观事物的铺叙描摹变为对于具有复杂意念的现代人心灵对应物的构建。也正如一位青年诗人的自述，新时期的诗歌，发生了由“客体真实”向“主体真实”的位移，发生了由“被动反映”向“主动创造”的倾斜。①

鲁枢元的这篇文章引发了长达五年的关于文学创作“向内转”的论争。1999年，鲁枢元在《南方文坛》上发表文章，对上述文章所引起的论争予以总结，并重新界定“向内转”：

> 事过境迁，这里，我倒希望为“向内转”做一个亡羊补牢式的界定：“向内转”，是对中国当代“新时期”文学整体动势的一种描述，指文学创作的审美视角由外部客观世界向着创作主体内心世界的位移，具体表现为题材的心灵化、语言的情绪化、情绪的个体化、描述的意象化、结构的散文化、主题的繁复化。“向内转”是对多年来极左文艺路线的一次反拨，从而使文学更贴近现代人的精神生存状态，为中国当代文学的发展开创出一个新的局面。中国当代文学的“向内转”显示出与西方19世纪以来现代派文学运动流向的一致性，为从心理学角度探讨文学艺术的奥秘提供了必要性与可行性。②

从文学史意义来看，这种“向内转”是新时期文学摆脱政治束缚、回归自我的一次努力，开启了新时期文学现代主义转化的艺术之路。

这种“向内转”的一个重要表现，就是新时期文学写作重心逐渐由传统叙事走向了现代抒情。抒情意识的崛起标志着新时期文学主体意识的增强。在寻根文学崛起之前，新时期文学于普遍的现实主义客观写实之外，就已经出现抒情化的艺术苗头，出现很多的散文化或诗化写作。散文化和诗化写作，就其本质而言，是一种抒情写作。当时像汪曾祺、王蒙、张承志这样一些个性风格各不相同的作家，几乎在同一时间全部迈入了抒情化的行列。这种散文化或者诗化写作，与传统的现实主义客观写实相比较，最明显的差别就是在叙事的变化上。在寻根文学出现之前，传统的现实主义写作大多关注和表现外在的、客观的、重大的社会主题，比如革命历史题材、农村变革题材、控诉“文革”题材、反右题材和改革题材等，所抒

① 鲁枢元．论新时期文学的“向内转”．文艺报，1986-10-18.

② 鲁枢元．“向内转”．南方文坛，1999 (3).

之情也大多是时代之情、阶级之情和政治之情，个人的、私人的和内心的情感世界很少得到表现。即便偶尔有所表现，也会被当作小资情调加以批判。在20世纪50—70年代，这种“外向型”的写作，严重地影响到当代文学的审美质感。

新时期以来，随着文学主体性的增强，当代文学中的个性化抒情成分日益突出，相当多的作家在写作时，尽可能地舍弃那种由外在情节决定的矛盾冲突，而注重人物内心的感受和情感的抒发，出现了很多散文化和诗化之作。这种个人化的写作趋势，开启了中国当代文学“向内转”的文学进程，并成为新时期以来中国当代文学的总体发展走向。评论家黄子平在总结新时期文学这种散文化和诗化的写作倾向时，认为它们是“用‘抒情性的东西’来挤破固有的故事结构”①。在汪曾祺的《受戒》等系列散文化小说中，在王蒙的《在伊犁》新疆系列小说中，在张承志的《骑手为什么歌唱母亲》《黑骏马》等草原文化小说中，在贾平凹的“商州”系列小说中，作者大多采用散文化或诗化叙述方式，追求一种优美的抒情表达。在这些作品中，戏剧化的故事情节淡弱了，而人物的情感和内心世界却得到了彰显。20世纪90年代以后，迟子建进一步强化了这种散文化和诗化写作，以别具一格的充满女性浪漫气息的诗化写作，深化了寻根文学的主题。

这种抒情化的写作表达，在寻根文学中得到了充分的体现。例如，张承志的《北方的河》中，叙事主线若隐若现。该作品叙事主线是一个从新疆来到北京报考研究生的大学毕业生因为迟到、为获得一张准考证而努力的故事；副线则是该主人公在野外进行河流考察。从故事情节来讲，该作品并不复杂，也不曲折，但是整部作品却激情澎湃，气势昂扬，激荡人心，具有一种浪漫主义雄壮之美。这种美，显然不是来自作品的故事情节，而是作者的激扬型的主体人格气质投射和浪漫抒情。李杭育的《最后一个渔佬儿》也没有多少的故事情节，但作品却具有一种挽歌情调，具有一种伤感的美。这是一种现代性的审美体验，是一种抒情性的诗性表达。这种个人化的抒情，是审美个体对时代本质的心理体验，表明文学关注的重心已经从外在世界回到了人物内心，表明当代文学的一种进步。抒情作品的大量出现，表明新的小说艺术观念正在到来。

第二，表现主义美学原则的崛起。与这种“向内转”相一致，寻根文

① 黄子平．论中国当代短篇小说的艺术发展．文学评论，1984（5）．

学与现实之间的关系也发生了深刻变化。传统现实主义以“反映论”为指导，强调文学对现实的客观再现；而寻根文学则突出自我表达的需要，体现出表现主义的美学特征。

这主要体现在三个方面。

一是重主体性认知。寻根文学“向内转”的过程就包含文学主体性的艺术要求。这一方面要求表达人物的内心世界，另一方面则对读者提出要求，要求读者的主体情感投入，与人物同命运，共呼吸。例如，乌热尔图的《琥珀色的篝火》这部作品的故事情节非常简单，鄂温克族猎人尼库为了救助几个在森林中迷路的考察者，抛下了病危的妻子塔列，而当他完成救助任务急忙赶回时，妻子已经去世。这样的内容设置，没有太多的矛盾冲突，但为什么非常感人？对这样的一部作品，我们该如何去解读？显然，传统的现实主义反映论是无法对此做出解读的，也是不合适的。我们只有从心理体验的角度，将自我和主人公联系在一起，设身处地地去体验主人公那种在生与死之间的抉择及由此带来的痛苦，才能领略到这部作品的艺术魅力。很明显，那是一种无言的痛苦，也是一种民族的高尚品格的价值体现。也正因此，这部作品才能体现出鄂温克民族文化的自我牺牲精神与崇高的价值情怀。这就是一种主体性的审美体验。再例如阿城的《棋王》，写“棋呆子”王一生的下棋和个人遭际，这样的内容设置，表面来看，平淡无奇。那么，为什么这部作品在海内外会产生轰动性的影响？我们又该如何认识这部作品？显然，王一生的身上体现出了一种中华民族的传统文化精神，体现出了一种人生处世的风范，寄托了作者的审美理想。对王一生的认识，一方面要联系这个人的现实处境、个性心理，设身处地去感受他的存在；另一方面则要求我们具有对传统文化的审美认识。只有将这两方面结合起来，我们才能与作者、与王一生精神接轨，才能体会到王一生的人格精神，才能感悟到其身上散发出来的文化魅力。

二是重整体性思维。不同于传统现实主义对现实的条分缕析式的理性分析，寻根作家在对中国传统文化的发掘过程中，复活了传统的民族艺术思维——整体性思维。这是一种典型的东方式的艺术思维，它注重的是思维过程中的直觉、顿悟、经验和想象等，获得的是一种混沌的模糊的整体表达效果。寻根作家在各自的理论表述中，普遍推崇这种整体性思维。例如，韩少功迷恋湘西的楚巫文化，向往《楚辞》中的那种“神秘、奇丽、狂放、孤愤的境界”。这种境界，只可意会不可言传，是一种模糊的整体性的审美感觉。阿城在对庄禅的描述中，就包含对悟性直观的思维方式的认同。[①] 郑万隆宣称他竭力保持艺术思维中的整体性的感觉，认为："这种整体感觉不是以机械的逻辑分析来进行把握，而是把客体视为有生命的有机整体来进行审美观照，是一种直觉与理解。"[②] 这已经说得很清楚。李杭育主张文学的认知方式，要倚重由"直觉、经验、想象力构成的智慧"[③]，表达的也是同样的意思。而扎西达娃则从远古的神话故事和民间歌谣中，复活了传统的神话思维，表现了世界的神秘莫测。作品方面，我们可以韩少功的《爸爸爸》为例证，这部作品写的是一个山寨的历史性迁徙。但在作者的叙述过程中，鸡头寨是被当作一个整体来对待的，作者没有突出其中任何个人的意义。在作者笔下，鸡头寨中几乎所有的人都缺乏独立的人格。他们浑浑噩噩，服从命运，听从部落统一的意志，个人的行动并不具有任何独立的意义。丙崽就是大家，大家也可以说就是丙崽。这就是一种整体性思维，也是一种原始思维。读者对鸡头寨的认识不是从单个的人着手，而是将其当作一个文化整体来认识。

三是"陌生化"审美追求。陌生化理论源于艺术创作，是俄国形式主义的核心概念。俄国文艺理论家什克洛夫斯基认为，所谓"陌生化"，是指在艺术创造和艺术欣赏的过程中，采用某种独特的表达方式，有意拉开审美主体和审美对象之间的距离，形成"间离效应"，使人们在司空见惯的日常事务中，获得新鲜和美感。"陌生化"的实质是借助特定的表达形式，打破审美常规，更新我们对生活的感觉，解放我们被习惯所束缚的审美思维。这一理论后来被德国表现主义戏剧理论家布莱希特运用于戏剧领域。布莱希特在《谈实验戏剧》一文中认为："放弃情感交融对戏剧来说是具有决定意义的大事。"[④] 布莱希特主张欣赏戏剧时必须节制情感，拉开作品（戏剧）与读者（观众）的距离，以保证理性的思考，形成一种有距离的审美观照。寻根文学在很多方面也体现出这种"陌生化"的审美特征。寻根文学是一次疏离现实的面向过去的历史与文化发掘活动，这使寻根文学作品因缺少现实的体温而呈现出一种冷峻的色调。同时，由于历史文化的非当下性，所以寻根文学的审美本来就是一种有距离的艺术欣赏活动。从作家主体来看，由于历史文化的客观性，这就要求寻根作

① 阿城．文化制约着人类．文艺报，1985-07-06.

② 郑万隆．我的根．上海文学，1985 (5).

③ 李杭育．通信偶得．文学自由谈，1986 (2).

④ 布莱希特．谈实验话剧//布莱希特论戏剧．丁扬忠，张黎，景岱灵，等译．北京：中国戏剧出版社，1990：26.

家在进行艺术表现时，尽可能地采取一种客观化的叙述姿态，拒绝主体与客体之间的情感交流。这些，都构成了寻根文学的“陌生化”审美效应。

例如，韩少功的《爸爸爸》和王安忆的《小鲍庄》，这两部作品犹如东方民族文化的寓言。作者叙述态度冷峻客观，很自然地将读者的情感排除在文本之外。尤其是韩少功的《归去来》，给人感觉恍若隔世，处处让人觉得既熟悉又陌生。郑万隆的“异乡异闻”系列作品，表现的是东北边陲文化，仿佛是久远的边地传说，与现实生活绝缘。莫言的《红高粱家族》，如同是旧英雄传奇的当代重现。这些作品，在表达特定的文化生活时，都有意拉开了与现实生活的距离，营造出一种审美的新鲜感。这种新鲜感，其实就是“陌生化”的审美效果。从现实主义的客观再现到表现主义的主观表现，认知方式的改变，必然带来艺术观念的变化，并最终促进了新时期小说艺术观念的转型。

三、时空观念的转变

寻根文学对新时期小说现代化还有一个重要的贡献，那就是推动了新时期小说时空观念的变革，使其由传统的一维平面走向了现代的多维立体。时空观念是小说对世界的反映方式，也是对世界的认识方式。传统的小说遵循现实主义的反映论，其时间是线性发展的，空间是平面展开的。而现代的小说以表现论为指导原则，时空是跳跃的、变换的，时间可以回环往复，空间则可以多维立体。从传统的一维平面的时空观到现代的多维立体的时空观，表明小说艺术观念的深刻变化。

新时期以来小说时空观念的变革，最早出现在王蒙、茹志鹃等人的意识流小说实验中。意识流通过对心理时空的开辟，以自由跳跃的方式，改变了传统小说单向度的时空构成，使小说的时空表现走向了现代的多维立体。20 世纪 80 年代，意识流可被视为当代小说现代主义艺术实验的第一声。寻根文学中蕴含大量的现代主义艺术审美元素，积极地推动了新时期小说时空观念的现代变革。与传统的线性时间观不同，寻根文学打破了时间的外在的客观逻辑性，模糊了时间的界限，让时间在某种程度上出现了循环。郑万隆说：“我意识到自己的时代，那是因为我在时间中。我不仅是生活在‘现在’，而且是生活于‘过去’的‘现时’；‘过去’就在‘现时’里，不是已经逝去了而是还在活着，还依然存在。”所以他认为：“远古和现在是同构并存的。”① 在他的一系列关于东北鄂伦春民族的狩猎小说中，时间的线性痕迹明显消失了，过去和现在处于一种混沌交织状态。他笔下的世界，既可以被看作远古的传说，又可以被看作现在的故事。这种“过去”与“现在”的复杂交织，体现出一种时间的循环。这种时间的循环，也让他的作品审美超越了特定的时间制约，而具有永恒的艺术魅力。

韩少功迷恋湘西的楚巫文化，而巫术文化在本质上是一种混淆了时空界限的带有神秘特征的原始文化。所谓“山中一日，世上千年”，阴阳两界，自由穿梭，说的就是这种情况。韩少功的小说，有意模糊时空的界限，追求一种混沌模糊的叙事效果，呈现出不确定性的模糊审美特征。在《爸爸爸》这部作品中，叙事时间含混模糊、回环往复，被赋予了一种象征性的意义。这部作品没有明确的时间，但从文本细节描写中，我们可以大致判断出该作品时间的两种性质：首先，从整体风貌来看，该作品展示的是一种文化原生态，如食人肉、以活人祭祀的原始仪式，远古的部落村社遗风，等等。它应当属于一种过去的时间，是一种人类的初民阶段。其次，小说又具有现代文明气息，从而打破了这种文化原生态的氛围。小说里写了一个没有出场的人物——德龙，他是丙崽的父亲，在当地人们眼中是个浪荡子，经常游走于山里山外之间，不时带进山里一些新玩意，如松紧带、照片、皮鞋、报纸、打火机等；小说里还出现了一个叫仁宝的新党人物，满嘴新词汇，对山寨的一切都不满，立志要改革。这些描写，似乎又具有现代文明的气息，表明鸡头寨并不完全属于过去，而是属于现在。这就造成了小说时间上的模糊，使小说在时态上出现了一个循环怪圈：过去和现在复杂交织，过去就在现在中，现在亦在过去里。借用小说中的一句话来表达就是：“好像从远古活动到现在，从未变什么样。”这就形成了小说时间上的象征意义，表明了中国文化在时间发展上的惰性、滞后性和封闭性，昭示出一个超稳定的前现代的古文明中国。

在空间表现上，为追求所谓的客观真实性，传统现实主义小说严格遵循限制性的叙述视角，以叙述者的眼光来决定叙事空间的构成。但在现代小说理论指导下，空间不再是视线所及的平面化展开，而是建立在视觉和心理想象基础上的复合的立体构成。每一个审美主体的内心，都是一个完整的艺术世界。这种空间观念的变化，扩展了小说的表现疆域，丰富了小说的内涵。寻根文学在空间表现上，进行了有效的艺术突破。例如，寻根

---

① 郑万隆．我的根．上海文学，1985（5）．

小说对魔幻现实主义手法的普遍运用，就是一个极好的证明。魔幻现实主义是对现实时空的变形化艺术处理，时空倒置，现实与梦幻、想象之间相互自由穿插。韩少功、贾平凹、莫言、扎西达娃等人的作品，对魔幻现实主义都有大量的运用，都体现出这种自由化的空间叙事特征。例如，扎西达娃的《西藏，系在皮绳扣上的魂》中，叙事空间有不同的维度：有现实的层面，叙述者“我”与桑杰达普活佛临终前的对话；有虚构的层面，“我”锁在抽屉里的故事中的男女主人公所处的世界；有虚幻的世界，即活佛和塔贝想象中的关于香巴拉战争的世界；还有现实与虚构相结合的世界，即“我”从山上滚下山崖，恰好来到负伤即将死去的塔贝身边，这个地方就是活佛所讲的莲花生大师的手掌之地。作者让这些不同的空间交替出现，在现实、虚构和幻觉中，在一种非逻辑的时空对接中，使小说获得了特别的魔幻象征意义。

还有王安忆的《小鲍庄》，这部作品比较典型地表现出叙事空间的立体化特征。在写作《小鲍庄》之前，王安忆一直在思索小说结构问题。所谓结构问题，实际上就是小说空间问题的艺术显现。王安忆认为：“现有的思想方式、结构形式终是单线条的。那种质朴单纯的结构方式，自有别的所替代不了的魅力。而我们这些从小生活在上海这样一个城市里的孩子，却是在这样一种环境里，那就是耳边同时可以响起几十种声音，眼里可以同时映入几十种印象，前后左右可以同时发生几十个故事，不分主次地纠缠在一起……它提供了一种新的思想方式。”① 带着这种“新的思想方式”，王安忆在《小鲍庄》中开始了新的结构试验。在这部作品中，叙事结构随着不同故事的展开，呈现出多头并进的立体空间态势。这部作品至少有三条并行的主线，即拾来的故事、小英雄捞渣的故事和文疯子鲍仁文的故事，不同的故事指向不同的叙事空间，体现出不同的意义。此外还有一些更小的叙事空间，如作者轻笔点染的正在轰轰烈烈开展“文化大革命”的千里外的北京和千里外的上海、文化子和小翠子的爱情故事、抗美援朝老革命鲍彦荣的故事、鲍秉德和疯妻的故事等等。这些故事貌似独立，但却如交响乐般交织在一起，在“仁义”这根文化主线作用下，共同组合成一个立体的艺术世界。这种复合式的故事结构，其实正是立体化的现实生活的艺术反映。与传统的平面空间艺术相比，这种立体化的空间叙事获得了更大的内容含量，也获得了尽可能大的意义空间。

---

① 王安忆．关于《小鲍庄》的对话：王安忆致陈村的信．上海文学，1985（9）.

时空观念的变革是小说现代化的一个重要标志。在中国现代文学时期，在西方现代小说观念的激发下，一些作家就积极努力，在小说的时空表达上做了积极的探索。比如20世纪30年代出现的新感觉派小说，就运用了大量的意识流、蒙太奇和心理叙事等表现手法，推动了中国现代小说时空观念的变革。但在经过1949年后一体化的文学进程之后，随着传统现实主义经典地位的确立，这种多元化的艺术探索被迫中断。但即便如此，在20世纪50—70年代我们仍然可以看到一些现代主义的艺术萌芽，可以看到一些作家为突破传统小说时空观念所做的努力，在梁斌的《红旗谱》、柳青的《创业史》、杨沫的《青春之歌》、宗璞的《红豆》等作品中，我们都多少可以看到那种久违的心理叙事和隐约的意识流表现手法。这是现代主义的艺术萌芽，是艺术不灭的鬼火。这种现代主义的艺术探索，在中国社会迈入新时期之后，迅速得到了强化。在新时期之初茹志鹃的《剪辑错了的故事》、王蒙的《布礼》《春之声》等作品中，蒙太奇、意识流等现代主义表现手法已经堂而皇之地登上艺术舞台，拓展着当代小说的时空边界，引领着新时期小说艺术观念的变革。在这些作品中，人们看到的已不再是传统小说的一维时空，而是当代文学在时空表达上的摸索进展。寻根文学则进一步推进了新时期小说时空观念的现代变革，使其由传统的一维平面最终走向了现代的多维立体，这就为随后新潮小说和先锋文学的出现做好了艺术准备。从“伤痕”、反思和改革小说的一维平面时空，到新潮小说和先锋文学的多维立体结构，中国当代小说时空观念出现了重大变革。在这一过程中，寻根文学同样是一个重要的转折点，起着承前启后的作用。这种时空观念的变革，是寻根文学为新时期以来的中国当代文学做出的又一个重要贡献。

第九章　寻根文学与新时期小说的民族化

民族化是20世纪以来中国文学努力追求的目标之一。从左翼时期的文艺大众化，到20世纪40年代解放区文学的“为工农兵服务”，到五六十年代对“中国作风和中国气派”的倡导，再到新时期以来民族化意识的张扬，直至当前中国当代文学仍对民族化不懈追求，可以说，对民族化的追求贯穿了整个20世纪以来中国文学发展的历史。寻根文学是新时期以来中国文学民族化追求的集中表达，它把文学的民族化和现代化这一对对立而又相关的概念紧密整合起来，让民族化成为实现现代化，从而让中国文学走向世界的必然途径。它改变了民族化长期以来在文学结构中的形式附属地位，把民族化追求当成艺术努力的目标，从而让民族化从文坛边缘走向了中心，开启了中国当代文学民族化书写的新局面。寻根文学为民族化所做的努力，在“五四”以来中国文学整体面貌西化的状态下，唤醒了被冷落已久的中国民族传统文化和艺术精神，增强了中国文学的艺术自信，使中国文学在世界文学格局中能够拥有自己的独特位置。

寻根文学在中国文坛兴起的时候，正值全球化文化浪潮高涨，其民族化的努力越发艰难，但也正因此，其民族化追求的价值和意义才越发凸显。寻根文学的民族化追求，是重获民族文化身份、树立民族文化自信的重要途径，是对西方文化霸权的潜在抵制。虽然寻根文学运动在中国文坛存在的时间很短，被人视为“昙花一现”，但它所倡导和开启的以民族文化审美为核心的民族化追求，却在20世纪90年代以来的中国当代文学中发扬光大，影响了一批又一批作家的写作，并结出累累硕果。例如，莫言、贾平凹、陈忠实、阿来、迟子建等人的作品中都有着浓厚的民族文化特色。2012年，作为寻根文学代表作家之一的莫言，在中国文学史上第一次获得了诺贝尔文学奖，其获奖的一个重要原因，就是他的作品具有民族化艺术特色。莫言是一位自觉地持之不懈地对民族文化和艺术进行努力探索的作家，也被认为是中国当代最具有本土民族文化意识的作家之一，他的努力和成就，体现了寻根文学民族化追求的意义和收获。

第一节　民族化意识的崛起

中国当代文学的民族化追求经历了一个从边缘到中心、从形式到内容的发展演变过程。在 20 世纪五六十年代，在工农兵文艺思想的主导下，为了更好地发挥文学的宣传教育功能，也倡导民族化，提倡“中国作风”和“中国气派”，但这显然是一种服务于政治化主题表达的民族化追求。中国当代文学民族化意识的崛起是从 20 世纪 80 年代初开始的。对于新时期文学而言，民族化意识的崛起有一个发生发展的过程。中国当代文学走出“文革”之后，进入了一个新的历史发展时期，即所谓的新时期文学。新时期文学在最初的一段时间里，由于沉湎于对“文革”所致“伤痕”的揭露和对历史灾难的反思，而无暇顾及文学的发展走向。但很快，一些责任意识强烈、艺术感觉敏锐的作家，面对这个文学发展的崭新的历史时期，为适应 20 世纪 80 年代整个中国社会的现代化发展趋势，开始了文学现代化的艺术探求。

这种努力当时主要表现为两个方面：一方面是以茹志鹃、王蒙、李陀、刘心武、冯骥才等人为代表的“伪现代派”，对西方现代艺术方法进行借鉴和实验，希望通过对西方现代艺术方法的引进、植入，来让新时期文学与国际文学接轨，从而在当时掀起了一股“现代派”的热潮。这是 20 世纪 80 年代以来中国当代文学努力的总的方向，但在当时并不成功。另一方面是以汪曾祺、刘绍棠、邓友梅、林斤澜等人为代表的边缘作家，通过对民族传统文化的回归和对民族文化意识的张扬，来追求文学的民族化，希望通过对民族化的努力，来开启新时期文学的现代化之途。最早在这方面做出努力的是汪曾祺。1982 年他在《北京文学》上发表的《回到现实主义，回到民族传统》一文，倡导文学的民族化，可视为新时期文学民族化追求的先声。汪曾祺自己的创作就是对民族化追求的实践，并取得了丰硕的成果。他的《受戒》《大淖记事》《岁寒三友》《徙》等作品都散发着浓郁的民族文化气息。但与当时处于主流位置的第一方面作家的轰轰烈烈的“现代派热”相比，这些作家都还只是在边缘处努力。但由于第一方面作家的“现代派”追求呈现出“超前性”，与 20 世纪 80 年代初期中国具体的文学和文化语境相脱离，受到人们的冷落而难以为继，所以在当时出现了一阵“现代派”的低谷，从而使人们将探寻的目光转向第二方面，即投向对民族传统文化的关注。

这种努力方向与20世纪80年代中期轰轰烈烈的“文化热”相呼应，从而刺激了寻根文学的产生。这种从对“现代派”的热衷到对民族传统文化的兴趣发掘，显然是一种文学策略。也正是在这种意义上，李陀认为：“现在的寻根派，恰恰就是昨天鼓吹向西方现代派借鉴的那一拨人。”① 由于他们认识到单纯地将西方现代艺术方法横向植入，难以使其在中国生根立足，相反，把西方现代艺术方法与本民族的传统文化意识结合起来，倒有可能为本民族文学开辟新的道路，促进本民族文学现代化的实现。这就可以理解，为什么寻根文学在文化发掘的同时，却会对西方现代艺术表现方法，诸如表现主义、象征主义、魔幻现实主义等，表现出普遍的热衷。从“现代派热”到“文化热”，标志着新时期文学民族化的追求由边缘走向了中心。

寻根文学在20世纪80年代上半期中国文坛出现的时候，正值西方全球化浪潮蔓延之际。吉登斯说：“现代性的根本性后果之一就是全球化。”②寻根文学有着强烈的现代性精神诉求，迫切希望自己融入世界，这种现代性诉求的结果，也就是加入全球化，成为世界文学大家庭中的一员，而且是有特色有成就的一员。全球化的主要特征就是抹杀各个民族文化的差别，追求全球一体化。全球化是一种西方强势的文化话语，对于中国这样一个在文化上处于相对弱势的国家来说，它体现的是一种西方文化中心主义和文化霸权。全球化以文化输出的方式，以诱惑和强迫相结合的手段，把其他弱势民族话语纳入自己的文化版图，而那些弱势民族话语往往在这种被动迎合和接受的过程中，丧失了自己的民族文化个性。

当全球化把世界以一种立体和放大的姿态推进到世界各地，特别是那些弱势民族话语面前时，往往会激起一种矛盾的文化心理：一方面，欢迎全球化，渴望融入世界；另一方面，对全球化充满戒心，往往会出现民族主义话语反弹，以一种民族化的姿态来自我保护。曾经轰轰烈烈的拉美“爆炸文学”，在面对西方强势话语时，就表现出了这种矛盾的心理。对于刚刚走出自我封闭状态、重新对外开放的新时期之初的中国文学来讲，情况也是如此：一方面渴望现代化，向往融入世界文学；另一方面对以西方

① 李陀，李欧梵，高行健，等．文学：海外与中国．文学自由谈，1986（5）．

② 吉登斯．现代性的后果．田禾，译．南京：译林出版社，2000：152．

为代表的现代化又有一种本能的抵触心理，从而表现出一种民族文化主义情绪。“全球化社会关系的发展，既有可能削弱与民族（或者是国家）相关的民族感情的某些方面，也有可能增强更为地方化的民族主义情绪。”[①] 所以，在全球化的背景之下，“民族”与“世界”之间的关系，是一种矛盾和统一的关系，这是处于全球化时代的寻根作家不得不考虑的发展策略问题。

世界已经进入中国，中国该如何面对世界？正是在此背景下，1987年，《文学评论》刊登了陈越的一篇文章：《民族化：一个防御性的口号》[②]。作者反对民族化主张，认为在中外文学交往过程中，民族化是一个防御性的口号，过分地强调民族化、民族意识和民族立场，会导致自我封闭、自缚手脚，不利于中国文学走向世界。几乎与此同时，《光明日报》也刊登了一篇针锋相对的文章——《民族化：一个战略性的口号》[③]。该文作者李方平赞同民族化主张，认为在中外文学交往过程中，民族化是一个战略性的口号，中国文学要想走向世界，其关键性因素，就是要保持自身民族文化特色，坚守自身民族文化立场，认为民族化是中国文学走向世界的重要途径。这两篇文章几乎同时出现，说明民族化问题已经成为当时中国文坛高度关注的热点话题。两篇文章旗帜鲜明，立论正好相反，一个否定民族化，一个肯定民族化，但二者的出发点和目的则是一致的，都是探讨民族文学与世界之间的关系，目的都是希望中国文学能够走向世界。二者都强调民族化之于中国文学走向世界的意义，都把民族化当成一种手段，而不是目的。这种认识，放在20世纪80年代的中国文学与文化语境中，显然是很有见地的。从后来寻根文学发展的实际来看，两位论者的观点都有表现，分别代表了中国当代文学发展的两种态势：一种是西化；另一种是在西化的过程中坚守民族化。二者之间不存在孰高孰低、谁对谁错的问题。

世界的大门已然开启，全球化是大势所趋。由此，与世界对话，走向世界，成为寻根作家的共同追求。韩少功希望寻找和重建一个可以与世界对话的审美的东方[④]；郑万隆明确希望“中国文学要走向世界”[⑤]；阿城主张“中国文化须与世界文化封闭在一起”[⑥]；郑义坚信“一代人能跨越民族

---

① 陈仲庚．现代性的别处：乡土与寻根//陈晓明．现代性与中国当代文学转型．昆明：云南人民出版社，2003：200.

② 陈越．民族化：一个防御性的口号．文学评论，1987（1）.

③ 李方平．民族化：一个战略性的口号．光明日报，1987－04－07.

④ 韩少功．东方的寻找与重造．湖南文学，1986（1）.

⑤ 郑万隆．中国文学要走向世界：从植根于“文化岩层”谈起．作家，1986（1）.

⑥ 阿城．文化制约着人类．文艺报，1985－07－06.

文化断裂带，终于走向世界”[①]；贾平凹通过对家乡商州的文化书写，希望“外边的世界知道了商州，商州的人知道了自己”[②]；还有莫言对高密东北乡的文化书写，都有着走向世界的愿望。走向世界固然是一个美好的梦想，但全球化似乎是一个无底的黑洞，在其中如何凸显自己的文化位置就成为一个难题。所以，当寻根作家真的置身于这种全球化的文化事实时，文化戒备、文化怀乡乃至文化自尊等抗拒性的文化心理自然而然就会出现。这是对全球化的一种担忧、一种潜在的逆反心理。所以，在全球化的背景下，民族文化主义的出现，就是很自然的现象。反映在文学上，那便是民族化的审美追求。在这种意义上，也可以说，民族化其实是全球化带来的一种反应，当然也是一种结果。

寻根文学就是如此。在寻根作家的文化意图中，有着强烈的复兴民族文化的动机和走向世界的愿望。显然，寻根文学的本意并非要文化复古，而是借助文化寻根，或者说是民族化追求，实现走向世界的最终目的。在寻根作家的文化蓝图里，民族化是其复兴民族文化并使之走向世界的重要手段，同时也是对抗西方文化中心主义和文化霸权的一种策略。例如，韩少功认为中国文学应该具有中国民族特色，不能“模仿翻译作品来建立一个中国的‘外国文学流派’”，“在文学艺术方面，在民族的深厚精神和文化物质方面，我们有民族的自我，我们的责任是释放现代观念的热能，来重铸和镀亮这种自我”[③]。而李杭育则坚持认为，“中国的文学总该有点中国的民族意识在里边”，否则“我们跑到世界上去，人家问起来，我们算什么人呢？我们的作品算是个什么东西呢？”[④]。这种自觉的民族文化意识，已经很清楚地表明寻根作家对西方文化的戒备心理。所以，寻根文学民族化意识的崛起，可以被视为是在全球化文化语境下，中国本土民族文化意识的一次反弹，是对西方文化霸权的抗拒和对民族文化自我的保护。正是这种民族化追求，使中国文学赢得了进入世界的门票，同时在不断强化的全球化过程中，确认和保留了民族文化身份，并最终获得了世界的认可。2012 年，莫言获得诺贝尔文学奖，以有力的文学事实，证明了中国文学民族化追求的成就和意义。

---

① 郑义．跨越文化断裂带．文艺报，1985－07－13.

② 贾平凹．商州又录·小序//贾平凹文集：寻根卷．北京：中国文联出版公司，1995：115.

③ 韩少功．文学的“根”．作家，1985（4）.

④ 李杭育．“文化”的尴尬．文学评论，1986（2）.

与以往的民族化追求不同，寻根文学的民族化追求具有自身的特色。从当代文学的直接源头现代左翼文学开始提倡的文学“大众化”，到 20 世纪 40 年代解放区文学的“为工农兵服务”，再到 50—70 年代所追求的“中国作风和中国气派”，这些都着重于从文学的民族形式入手，旨在充分实现文学的社会功用。寻根文学却与此不同。寻根文学不仅在小说的民族形式上颇费机心，更把大量的精力放在小说内容的民族性上。对于寻根文学来讲，内容上的民族化是第一位的，而形式上的民族化则要退居其次。寻根文学对民族化的追求，与其说是出于一种目的，倒不如说是出于一种手段，或曰出于一种文学策略。它与现代文学中的大众化和通俗化不同，也有异于 20 世纪 50—70 年代所提倡的民族化形式，他们的出发点首先是文学对民众的启蒙和教化作用，重在文学的社会功利性。寻根文学虽然充满了对民族文化的表现和审视，辗转之间亦不乏对民族命运的思考，但从根本上来说，其最直接的意图是追求一种特殊的审美效果，它注重的是文学的审美功能。从形式到内容，从功利到审美，寻根文学改变了中国当代文学民族化努力的方向，对后来中国文学的民族化追求，产生了深远的影响。

第二节　民族化追求的表现

寻根文学是新时期文学民族化追求的集中表现。简单地说，民族化包括民族生活内容书写和民族艺术形式追求两个方面。民族生活内容又包括民族文化、民族风情和民族心理等方面。寻根作家所寻的“根”，既指向民族文化的内容，又指向民族文化的形式。对这种“根”的挖掘和表现，从内容和形式上，体现出多方面的民族化追求。

一、鲜明和突出的风俗画描写

民族风格是民族化的重要特征，不同的民族有不同的风格。风俗是民族风格的重要表现形式。已故的文学史家唐弢先生说：“民族风格的第一个特点是风俗画。”[①] 可见风俗画之于民族化追求的意义。风俗画是民族风情画卷，它当然不是僵死的风俗图画，而是对鲜活的民族生活、民族风俗

① 唐弢．西方影响与民族风格：中国现代文学发展的一个轮廓．文艺研究，1982 (6).

和民族文化的自然呈现。寻根作品中，对风俗画的刻意书写成了寻根作家不约而同的艺术追求。寻根作家对风俗画的描写，不是作纯粹的镜式反映，虽然在部分寻根文学作品中，也有着搜奇猎胜的心理，以夸张的奇风异俗来吸引读者的眼球，但就总体而言，寻根作家是通过风俗来写文化，通过风俗来写人，从而使这种风俗描写体现出浓郁的民族风情。

其实，以风俗画入小说，在中国现代文学中就已经是很多作家共同的艺术追求。20 世纪 40 年代的萧红、师陀、端木蕻良等人即已主张在小说创作中，"应该追求四种东西：风土、人情、性格、氛围"，以抒情怀旧小说表达对民族的追忆和思考。[①] 作家们对于风土人情的倾心，各自的理由不同：有的是为打破传统小说的一贯做法，有志于融小说、散文、诗歌于一炉，如萧红、沈从文、汪曾祺等对小说文体的思考；有的则出于对特殊的审美情趣的向往，如周作人、废名等。而实际上，这两种因素又常常是交织在一起的。至于风俗画和文学的民族性之间的联系，早就为人所注意到了。早在半个多世纪以前，鲁迅就曾经精辟地指出："我的主张杂入静物，风景，各地方的风俗，街头风景，就是为此。现在的文学也一样，有地方色彩的，倒容易成为世界的，即为别国所注意。"[②] 鲁迅先生的这种观点对后世影响很大，与别的作家对文体的探索和对审美意境的追求不同，它注重的是文学风俗描写所带来的特定审美效果，即外界对作品的认识评价。而寻根作家对风俗画的描写，则又与此不同。

寻根作家对风俗画的描写，首先是为其文化主张服务的。他们对风俗画的书写，直接的目的是增强作品中的文化色彩，是书写文化。毫无疑问，风俗中蕴含文化的内容，这是风俗本身的特性。新时期以来作家们对风俗画的书写，是后来寻根文学民族化追求的前奏。新时期伊始，老作家汪曾祺就以重温"四十三年前的一个梦"为起点，开始了风俗画小说的创作。人们用惊喜的眼光读完了他的《受戒》以后，耳目不禁为之一新。小说中对江南水乡的风俗表现和自然风光描写，诗意盎然，优美纯净，令人如同在欣赏一幅现代中国的《清明上河图》。在他后来一系列的作品，如《大淖记事》《陈小手》《岁寒三友》等作品中，这种风俗画描写得到进一步张扬。汪曾祺的这种风俗文化写作开拓了新时期作家们的艺术视野，有人称他为"风俗画"作家，称他的小说为"现代抒情小说"，而风俗画和

---

① 端木蕻良．我的创作经验．万象，1994（5）．

② 鲁迅．致陈烟桥//鲁迅选集：第 4 卷．北京：人民文学出版社，1983：477．

民族文化书写都是现代抒情小说的特征。20 世纪 80 年代初，提倡书写风俗画的，还有刘绍棠、邓友梅、陆文夫、冯骥才等人。刘绍棠力推“乡土文学”，严格遵循“越是民族的，越是世界的”这一观点，全力投入对京东运河两岸的风景与民俗的书写。同是写风俗，刘绍棠的文学观与汪曾祺又有区别。汪曾祺并不认可“越是民族的，越是世界的”这一观点，对民族化持一种开放的态度，主张在坚守民族文化的基础上吸收一些世界文化的有益因素。所以，相比之下，汪曾祺的民族文化主张既传统又现代，而刘绍棠的文学观念则显得保守，他的民族化主张带有一种排外情绪。

邓友梅、冯骥才和陆文夫等人多写都市市井文化，笔下不乏对世俗风情的精笔彩绘。由于风俗本身就应该作文化看，它是带有民族与地域色彩的传承者的一种文化形式，所以上述作家的风俗写作可被视为后来的文化寻根小说的滥觞。但是二者又有区别。因为他们对风俗画的描写，更多的是出于个人的审美兴趣，是为满足各自的写作需要服务的，并不是自觉地要去书写什么文化。刘绍棠写风俗是为了实践自己建立乡土文学的主张；邓友梅等人笔下的市井风俗，渗透到人物活动的典型环境中去，成为人物刻画和时代表现的需要。他们的风俗描写，没有脱离文学的框架，没有超出艺术的层次。文化于他们只是无意识地体现，而不是有意识地表现。

寻根文学与此不同。寻根文学的风俗画描写是直接冲着文化书写的目标来的。在寻根作品中，风俗成了文化的载体，成了寻根作家书写文化的手段。有意识地将风俗作为文化资源来表现、将风俗从形式审美转移到内容审美的作家是汪曾祺。汪曾祺最早将风俗上升到小说本体的位置，提升了风俗的文化功能。汪曾祺说：“风俗是一个民族集体创造的生活抒情诗。”他以抒情性的语言表明了风俗的文化内涵。汪曾祺的小说中写了大量的风俗，其中蕴含丰富的民族传统文化。也正是因此，汪曾祺的小说被称为文化小说，他本人也被视为寻根文学的鼻祖。后来的寻根作家中，能够接续汪曾祺这种思路的是李杭育，他说：“把民俗作为一种文化现象来发现和表现，把握住它的历史内容和文化价值……这样在小说里，风俗就不仅是诗情画意的东西，而且也是富有思辨性的东西。”① 这也就是说，风俗并不仅仅只具有形式审美的功能，而是文化的载体，本身就是内容，具有意义。这种观点，其实就是汪曾祺的观点。李杭育的这种关于风俗的主张很快成为韩少功、郑万隆、郑义、贾平凹等人的共识。风俗中蕴藏着文

① 李杭育．“葛川江文化”观．青春，1984（12）.

化，对风俗的书写其实也就是对文化的表现，这是一条多么诱人的文学道路！寻根作家对风俗的书写，终于由满足审美的需要转入对文化的挖掘，这无疑是一种巨大的进步。

寻根文学的风俗画描写可以分为两种，一种是地域性的文化书写。俗话说，“一方水土养一方人”，不同的地域会形成不同的文化特征。由于寻根作家各居一隅，对中国的人文地理版图进行了瓜分，不同的地域有不同的自然景观和不同的文化风情，所以也就呈现出不同的地域风俗特征。我们在之前的寻根文学的地域文化审美中，已经论述了寻根文学不同的地域文化特色。这里要进一步说明的是，不同的地域有不同的自然条件，而不同的地理条件又孕育出不同的人文精神特征，也就是所谓的地域文化特征。例如，韩少功笔下的湘西，崇山峻岭，与世隔绝，神秘怪诞，巫术横行。作者向我们展示了一个几乎处于史前文明时代的湘西山地原始文化。例如游离于文明世界之外的原始山寨部落、蛇虫瘴疟肆虐横行的山寨、冷森森的飞泻而下的瀑布、刻着各种鸟兽图形和蝌蚪文线条的石壁、一脚踏入如同浮在云端的漫天迷雾等等，给人以文化上的原始苍凉之感，如同史前文明，太古洪荒。

还有郑万隆在他的“异乡异闻”系列小说中，有很多对东北边陲狩猎文化的书写，如漫无边际的原始大森林，白茫茫的大雪封山，神秘而又原始的部落图腾崇拜，春天冰雪融化时天崩地裂的“倒开江”，由那些从四面汇集而来的猎手、淘金者、伐木工等组成的东北边地生态群落，还有鄂伦春民族的狩猎生活等，给我们展示了一幅又一幅东北边陲的民俗风情图画。同样的情况还可见于两位少数民族作家乌热尔图和扎西达娃的作品。乌热尔图是一位鄂温克族作家。鄂温克族是个人口不到三万的少数民族，蛰居东北大小兴安岭原始森林，整个民族以狩猎为生。作者在作品中，表现了该民族原始森林生存环境、狩猎文化生活、民族文化性格等。例如，《七叉犄角的公鹿》里，作者对那只雄健、俊美、充满力量和智慧的公鹿的描写，体现的其实是一种崇拜力量、勇敢、智慧、牺牲精神和美的鄂温克民族文化精神。还有《琥珀色的篝火》和《一个猎人的恳求》等作品中，都有浓厚的鄂温克民族文化意蕴。扎西达娃则以一个藏族作家的独特感受和体验，以魔幻现实主义的笔法，在《西藏隐秘岁月》《西藏，系在皮绳扣上的魂》《骚动的香巴拉》等作品中，以现代理性眼光，重新打量藏民族的历史文化、宗教传统、民俗风情，以独特的藏民族文化身份和特殊的西藏地域风情，给我们呈现出一幅幅充满奇异和神秘色彩的藏民族生活画卷。

还有李杭育，他对东南吴越文化的书写，也颇具神韵。他的作品向我们展现了一幅幅东南地域的民族风情画卷。他虚构了一条象征南方文化精神的地域文化河流——“葛川江”。一方面，作者表现了葛川江的野蛮与凶险、自由与奔放、神秘与兴奋，如：“葛川江一出山源就汩汩不息，依傍着逶迤东来的五百里大岭过滩饶岬，急剧蛇行，湍湍于高山大岭间的峡谷、深壑，切断石崖……又那样亢奋，像是拼命地要从群山中绞出来，挤出来，喷出来。”这表达的其实就是一种南方的地域文化精神。另一方面，他还用诗情画意的笔触表现了葛川江沿岸的人文景观，如土坡、芦荡、村落、草滩甚至沙、鱼、鸟等，充满情趣。《红嘴相思鸟》中对相思鸟有着这样的描写：“春天，它们成双成对地各自散开去幽会，在阳光下嬉戏、调情、交尾；一冬一夏它们躲在深山里消夏、越冬，抚育后代；只有秋天，相思鸟才会成群结伙地飞来，飞向乌龙岗这一带……这一群赏秋的游客，沿着马兰溪向东旅行，走一程歇一阵，不慌不忙，尽情地在林间跳跃、吵闹、歌唱，那么悠闲，那么欣悦。年复一年，落霞岭山区的相思鸟始终不渝地朝着同一个方向，来回迁徙在那些古老而丰饶的峡谷间。”这表现的是一种悠然自得、充满人情味的地域色彩的文化生活。

贾平凹笔下的商州，是荆楚文化与中原文化的交汇地带。商州“兼北部之旷野，融南部之灵秀，五谷杂粮茂生，春夏秋冬分明，人民聪慧而不狡黠，风情纯朴绝无混沌”[①]。作者说：“商州是生我养我的地方，那是一片相当偏僻、贫困的山区，但异常美丽，其山川走势，流水脉向，历史传说，民间故事，乃至天上飞的，地上跑的，构成极丰富的、独特的神秘天地。我在商州每到一地，一是翻阅县志，二是观看戏曲演出，三是收集民间歌谣和传说故事，四是寻找当地小吃，五是找机会参加一些红白喜事活动，这一切都渗透着当地的文化啊!”[②] 贾平凹多次往返商州，先后写下《商州初录》《商州又录》《商州再录》及长篇小说《商州》《浮躁》等一系列表现商州地域文化风情的作品，其中既表现了商州的地理风貌特征，又表现了商州地方的风俗、人情，给我们展示了一幅又一幅商洛地域文化风情画卷，充满了山野情趣和秦汉风采。类似的情况还可见于莫言对他的家乡山东高密的地域文化书写等。

---

① 贾平凹．在商州山地（代序）//小月前本．广州：花城出版社，1984.

② 贾平凹．答《文学家》编辑部问．文学家，1986（1）.

如果人们把以上作家的风俗描写同20世纪40年代萧红、师陀等作家的作品做一下对比，会发现有很多不同。师陀的《果园城记》、骆宾基的《北望园的春天》以及萧红的《呼兰河传》等，既是画卷，也是诗篇，有惆怅和哀伤，到了萧红那里，更有广阔的苍凉。寻根作家笔下的风土人情，则膨胀着旺盛的生命力，充满了原始的生机。即使是像《爸爸爸》中村落之间的血腥仇杀和村庄化为废墟，也没有带来悲剧感和破灭感，而只使人们在如同史前的寂寞中，感到无形中主宰一切的力量的压迫。二者根本的区别在于：师陀、萧红等人的风俗画描写溶入了时代的内容，有着伤时忧世的民族情怀，所以才会打动人心；而寻根作家的风俗画描写，则是突出对文化的书写，有着文化展示甚至猎奇的心理，所以会更多地给人以新鲜乃至惊奇之感。侧重点的不同，导致了二者艺术效果的差别。

寻根作家的风俗画描写，另一种更为重要的表现是写风俗。风俗的主体是“人”，所以写风俗的目的也就是写“人”。“人”是文学的主体，是文学永恒的表现对象。20世纪80年代的中国是继“五四”之后又一个“人”的觉醒的时代，对“人”的书写是文学从政治的束缚中解放出来的重要标志。风俗作为人类创造的一种集体文化，其主体当然就是其创造者——“人”。所以，对风俗的描写也就是对“人”的书写。早在1981年，张贤亮针对新时期文学中的风俗画描写，就发表意见认为，即使是天才画家的作品，“它们的色彩和线条虽然能唤起经常是沉睡着的美感，却引不起那生动的、勃勃的激情和要去探索命运的联想。只有人，只有一幅风景画的画面中出现了人，才会在刹那间引爆起灵感的火花”①。这就表明了风景描写中“人”的意义，对于风俗描写同样如此。从寻根作家的风俗画卷中，我们可以看到，处于中心位置的始终是文化的主体——“人”，也正是如此，才突出了这种风俗画描写的意义。

寻根文学作品中，表现了很多的风俗或仪式。其实，仪式是风俗的某种特定表现形式。例如，韩少功的《爸爸爸》中，就写了一个部落祭祀的仪式：

> 火光越烧越高。人圈子中央，临时砌了个高高的炉台，架着一口大铁锅。锅口太高，看不见，只听见里面沸腾着，有着咕咕嘟嘟的声音，腾腾热气，冲得屋梁上的蝙蝠四处乱窜。大人们都知道，那里煮

① 张贤亮．满纸荒唐言．飞天，1981（3）．

了一头猪，还有冤家的一具尸体，都切成一块块，混成一锅。由一个汉子走上粗重的梯架，操起长过扁担的大竹扦，往看不见的锅口里去戳，戳到什么就是什么，再分发给男女老幼。人人都无须知道吃的是什么，都得吃。不吃的话，就会有人把你架到铁锅前跪下，用竹扦戳你的嘴。

这是一个残忍的部族祭祀的场面，有着浓厚的狭隘的初民化的意识和色彩。“人”是这种仪式的主体，其中的场景不管有多么残酷，实际上表现的都是人的野蛮和愚昧。类似的例子在郑义的《老井》中也有，那里有一个求雨的“恶祈”仪式：

设坛祈雨，这“恶祈”是最高形式了。不到万不得已，是闹不起来的。万般无奈之时，只好用“罪人”自甘受罪受罚的惨状，来触动神祇的恻隐之心。那受苦流血的场面，对神祇而言，不无要挟之意味；对观众而言，自然颇为热闹刺激的。

…………

河北牛王堡家恶祈，罪人赤膊，十字披挂铁链，粗长沉重的铁链在地上拖拽着，在毒日头下暴晒着，罪人身上烫满了泡。邻村恶祈，罪人用铁钩钩住两锁骨，一边吊一把铡刀，也很威风好看的……

“求雨”本身是一种风俗化的迷信活动，其中的“恶祈”则是一种带有表演性质的自虐式的求雨仪式，“热闹刺激”和“威风好看”。无论参与者（表演者）还是旁观者，都是“人”。在这部作品中，这种仪式的现实指涉者是孙旺泉。孙旺泉为了不负众望，不得不屈服于几千年的传统文化规范，到寡妇家倒插门，留在家乡为村民挖井取水，而与自己钟情的女子赵巧英分手，这其实也是一种“恶祈”。

郑义的《远村》中还写到了北方农村的一个陋习——“拉边套”。且看作者对这种风俗的描写：

一个光棍汉，公开或半公开地和另一家婆姨过活，实心实意把她家当成自己家，在这一带称作“打伙计”，也有人唤“拉边套”。

在这部作品中，这种风俗的现实对应者是杨万牛。杨万牛因为贫穷娶不起媳妇，而不得不为自己心爱的女人叶叶拉了20年的“边套”。这是“人”的悲剧，也是文化的悲剧。

李杭育的小说中也有大量的风俗描写，如《船长》《土地与神》《重阳》《流浪的土地》《沙灶遗风》等作品中，都有大量对婚丧嫁娶之类民俗的描写，用以表现作者所崇尚的葛川江两岸人的“幽默、风骚、游戏鬼神和性意识的开放、坦荡”精神。贾平凹的“商州”系列也浓墨重彩地表现了商州地区各种各样的婚丧嫁娶等民间习俗和对神灵的图腾崇拜祭祀仪式。例如《西北口》《古堡》等作品中，就有人们的求雨仪式和对奇形怪状的神灵象征“九仙树”的崇拜活动，表现了人类对神秘的大自然的敬畏心理。类似的风俗和仪式描写，在寻根文学作品中很普遍。显然，这些风俗、仪式不管表现的是什么样的内容，都是以“人”为中心，都是为了突出“人”的文化存在。这正是寻根文学风俗描写的意义所在。

二、对中国传统文化的现代审视

寻根文学是一次面向本土民族文化传统的文化发掘运动，寻根文学所寻的“根”，除了包括那些边缘的“不规范文化”（韩少功语）和“少数民族文化”（李杭育语），还必然地指向占主流地位的民族传统文化，虽然寻根作家对此并不看好。在中国传统文化中占主导地位的是儒家文化和道家文化。寻根文学中，这两种传统文化都得到了表现：或对其进行现代弘扬，或对其进行现代解剖和审视。这种对民族传统文化的书写，使寻根文学呈现出鲜明的民族化色彩。

先看儒家文化。儒家文化是中国传统文化的主体，中国人骨子里都有受到儒家文化哲学的影响，这种影响可以说是一种民族集体无意识。寻根文学中，寻根作家对儒家文化予以了大量表现，并进行了现代审视。最早对儒家文化进行现代弘扬的是汪曾祺，他说：“我是一个中国人。中国人必然会接受中国传统思想和文化的影响。我接受了什么影响？道家？中国化了的佛家——禅宗？都很少。比较起来，我还是接受儒家的思想多一些。我不是从道理上，而是从感情上接受儒家思想的。我认为儒家是讲人情的，是一种富于人情味的思想。”[①] 正是基于这种看法，他的作品中对传统的儒家文化和道家文化都给予了大量的正面书写，由此形成了其作品浓厚的传统文化气息。他自己也外儒内道，被视为中国最后一个士大夫，被称为文人作家。在汪曾祺笔下，儒家文化体现为乐观向上、积极有为的济世精神，体现为人与自然、人与社会、人与人之间的和谐之美。

---

① 汪曾祺．我是一个中国人//汪曾祺全集：第3卷．北京：北京师范大学出版社，1998：300－301.

典型地体现他的这种儒家文化精神的是他的两篇文人小说《岁寒三友》和《徙》。《岁寒三友》写于 1980 年，是一篇正面弘扬传统儒家文化精神的挽歌式的作品。作品中的三位儒士陶虎臣、靳彝甫和王瘦吾，恪守儒家文化规范，秉持个人操守，积极乐观，与人为善，造福社会，在给自己创造财富的同时也给他人带来快乐。但时运艰难，三人最终穷愁潦倒，陷入绝境。三人君子之交，相濡以沫，不失仁者风范。作者对这三人充满欣赏和同情，对传统儒家文化风范充满景仰，但又看到了这种文化不断式微的现实处境，对此感到隐忧和无奈。还有《徙》中的主人公私塾先生高北溟，为人兢兢业业，教书育人。但是，世风日下，主人公终究无能为力，不但给自己的恩师刻印诗稿的毕生愿望不能实现，就连自己心爱的女儿的求学人生愿望也无法满足，只能眼睁睁地看着其郁闷而死。最终，高北溟空怀抱负，潦倒终生，唱出了一曲传统文人的命运悲歌。作者欣赏主人公身上的那种“天行健，君子以自强不息”的儒家文化精神，同样对其日益逼仄的现实处境和悲剧命运表示了同情。对儒家文化的这种书写，在汪曾祺作品中还有很多。在艺术上，汪曾祺追求的是“和谐”，体现的也是儒家的“哀而不伤，怨而不怒”和中庸之道的文化精神。

寻根文学中，正面弘扬这种儒家文化精神的，还有山东几位作家的作品，例如，王润滋的《鲁班的子孙》、矫健的《老人仓》和张炜的《古船》等，都表现了儒家文化的重义轻利和文化担当精神。最典型的是张炜的《古船》，其中的主人公隋抱朴，作为洼狸镇粉丝厂的家族长子和继承人，在翻天覆地的时代变革中，不断地自我反省，为家族忏悔，忍受着以四爷赵炳为首的封建宗法势力和以赵多多为首的流氓势力的家族报复式的迫害和摧残。但在被夺走的粉丝厂因为“倒缸”而陷于覆灭时，他还是抛弃前嫌，挺身而出，力挽狂澜，挽救了粉丝厂，挽救了整个洼狸镇。作者通过对隋抱朴这个人物形象的塑造，对其身上所体现出的儒家文化“吾日三省吾身”式的反思精神、忍辱负重的隐忍精神和“修齐治平”的济世精神，予以了高度的礼赞。而作为对比，小说表现了他的弟弟隋见素的急功近利、心胸狭隘和报复心理。他视粉丝厂为家族产业，时刻想要夺回来，为此与赵多多等人明争暗斗，甚至不择手段，这是儒家文化的一种劣性发展。为表示对隋见素所代表的文化思想的否定，作者让其年纪轻轻就得了癌症，从而宣判了这种文化在现实中的死刑。还有，小说中，作者对隋家三兄妹的命名就很具文化意味，分别对应儒家文化的“抱朴，见素，含章”，这其实就是一种文化寄托。所以，《古船》虽是一部书写社会变革的文学巨著，但如从寻根的意义来看，它是对儒家文化的当代弘扬和理性审视。

这种文化审视，还可见于郑义的《远村》和《老井》。《远村》中的杨万牛一辈子为自己心爱的女人叶叶“拉边套”，隐忍苟且，这体现的其实就是儒家逆来顺受和忍辱负重的文化精神。这种精神缺乏刚性，令人无奈，但却是弱者的处世哲学。我们无法要求生活中的人都是强者，都能活得有尊严，弱者也有其存在的理由和存在的精神之道。这是现实的无奈，也是文化的无奈。《老井》中，当人与自然的对立达到了某种不可调和的程度时，为了生存，相应的文化规范也就应运而生。在这种文化规范中，人也就变成文化的囚徒。孙旺泉，被誉为“小龙再世”，有着强烈的使命感和责任心，可以被视为儒家文化的现实载体。在爱情与打井的选择之间，他忍辱负重，坚韧耐劳，知其不可为而为之。他以一种强烈的使命感和自我牺牲精神，承担起为家族打井的重任，无可奈何地屈服于他所生存其间的那种文化规范。为此，他甘愿做“倒插门”女婿，给人家充当生育工具，弃绝了与心爱的女子赵巧英远走高飞。这种悲壮豪迈之举，体现的是儒家的“故天将降大任于是人也，必先苦其心志，劳其筋骨，饿其体肤，空乏其身，行拂乱其所为，所以动心忍性，曾益其所不能”（《孟子·告子下》）的信条。在《老井》中，郑义还将这种思考上升到生态伦理的高度，认为：“老井的悲剧，不在乎缺水、贫困，而在于人与自然的敌对，在自给自足的自然经济下，这悲剧几乎是必然的，直到商品经济进入农村，黄河流域划为林牧区，大农业开始形成，历史才走完千年螺旋，人与自然才在更高层次上趋向新的和谐。”[①] 郑义的这种思考，就跳出了对一般的人与传统文化之关系的思考，而提升到对人与自然、人与社会及政治文化之关系的思考。这种思考问题的角度，就超越了同时期其他的一些文化寻根之作，使他的这部艺术上并不是很完美的作品，却具有了特别的文化含义，尤其是具备生态伦理的价值，在寻根文学中占有重要的地位。《远村》和《老井》都表现了人在传统文化中的艰难处境，以及传统文化对人的制约作用，对传统文化和人，作者都进行了现代审视和思考。这种文化书写，使郑义的这两部作品呈现出鲜明的儒家文化色彩。

王安忆的《小鲍庄》则是对儒家文化的现代剖析和审视。小鲍庄作为一个缩影，是原始儒家“仁义”精神的现实载体。全庄的村民都自视为神

---

① 郑义，施叔青．太行山的牧歌．上海文学，1989（4）．

话中的儒家原始圣人大禹的后代，所以他们都理所当然地自认为是儒家"仁义"规范的现代传人。这里有跟随陈毅打天下却自甘清贫的老革命鲍彦荣，有不嫌妻疯、"阶级情谊比海深"的鲍秉德，有破除世俗偏见、追求"崇高的爱情"而勇敢地和二婶结合的拾来，等等。但其中最有代表性的还是小英雄捞渣。如果说小鲍庄是原始儒家"仁义"精神的缩影，那么捞渣则是其现代化身。捞渣的性格以"仁义"为核心，兼及泛爱、温良、孝顺、礼让、慈善等，全面地体现了原始儒家的"仁义"精神。捞渣从小看上去"仁义"，人人喜欢，表现就更仁义。捞渣对"老绝户"鲍五爷尤为亲近。在淹没全村的水灾面前，他为救鲍五爷而被淹死，"行了大仁义"。由此，捞渣成为全庄人的"仁义"楷模，被县上封为舍身救人小英雄，受到大家礼遇。而且，捞渣死后，其"仁义"行为还在继续着。他的死给庄里的人带来了奇迹般的好运，使一些人的梦想成为现实，改变了他们的命运。例如，建设子作为小英雄的哥哥被招工，随即其婚姻问题得到解决；小翠子和文化子因为障碍排除而得以自由结合；文疯子鲍仁文因为写了一篇关于小英雄的报道《鲍山下的小英雄》，并在省城报纸发表，终于圆了一回多年的作家梦；而拾来也因冒着危险打捞起小英雄的尸体，而获得了人们的尊敬；等等。

但我们如果仔细分析一下，就会发现，小鲍庄人津津乐道、引以为荣的"仁义"里，其实又包含许多复杂的内容。例如，鲍秉德和疯妻的婚姻并不是什么"阶级情谊比海深"，实际上是既感伤又无奈。大水带走了前妻，也很难说不是一种解脱。小说还露骨地写到，鲍秉德再婚后，虽然面对的是一个麻脸的丑女人，但很快就出现了生理上的正常反应和欣悦的心情，从而戳穿了原先"仁义"神话的虚伪面具。捞渣的母亲当年不顾自家孩子多难养活，仍然收留了小翠子，表面看是一种仁义行为，可在这样的行为背后，其实藏着收养一个免费童养媳的私心。小慧子（大姑）与拾来表面以养母与养子的关系面世，但事实上拾来是大姑与货郎的私生子，二人是母子关系，但却不能承认。这就是小鲍庄"仁义"神话的真相。小鲍庄人也并非不知道，但却习以为常。这表明"仁义"文化在现实中的灵活性和复杂性，而这也正是中国文化特别浓厚的地方。《小鲍庄》的结尾，还有一段意味深长的描写：

> 捞渣的墓，高高地坐落在小鲍庄的中央，台阶儿干干净净的。不用村长安排，自然有人去扫。他大、他娘、他哥、他嫂自然不必说

了。还有鲍仁文、鲍秉德、拾来，也隔三岔五地去扫。只是要求村长买一把公用的扫帚，用自家扫地的扫帚扫坟头，总不大吉利。

这是深得中国传统儒家文化哲学"个中三昧"的艺术写照，力透纸背。王安忆以其敏锐的艺术洞察力，对儒家传统文化哲学进行了深刻的剖析和透视，传统的儒家"仁义"神话在她的笔下被剥露得体无完肤。作者以不露声色的辛辣笔触提醒我们思考，今天该如何对待儒家"仁义"文化，而传统儒家的"仁义"文化，在今天又将何去何从。

显然，捞渣是一个文化符号。这是一个过于早熟的孩子，在象征的意义上，表明了中国传统儒家"仁义"文化的过于成熟。所以，这个孩子最后的夭折，也暗示了传统儒家"仁义"文化在现实中的难以为继。《小鲍庄》是对传统儒家文化的现代剖析和审视，体现出作者王安忆对这种民族传统文化当代走向的艺术思考。这部寻根文学的扛鼎之作，具有强烈的文化批判、文化反思的启蒙意义，很容易让人将它与鲁迅先生的《狂人日记》联系起来。在20世纪80年代重建民族传统文化的背景下，其现实意义尤为突出。

接着我们来看道家文化。中国文化结构中，能够与儒家文化并列的是道家文化。儒道文化互补，是中国传统文化特色。儒家文化多见于仕途，经国治世，居庙堂之上；而道家文化多见于个人修养，修身养性，处江湖之远。道家文化亲近自然，清心寡欲，淡泊名利，主张与世无争，洁身自好，清静无为。道家文化多体现为个人人格修养和处世之道。寻根作家中，对道家文化体会深刻和表现充分的，仍然要从汪曾祺说起。汪曾祺被人称为外儒内道，他在作品中极大地弘扬了道家文化。前面我们已经讲了他对儒家文化的表现，其实，汪曾祺的作品中，儒家文化和道家文化是结合在一起的。他笔下的人物，如同他自己一样，既具儒家文化精神，又具道家文化风范。《鸡鸭名家》中的炕鸡能手余老五、赶鸭能手陆长庚，《鉴赏家》中送水果的叶三和画家季匋民，都给人以仙风道骨之感；《陈小手》中的妇产科男医生陈小手，穿白袍，骑白马，来无影，去无踪，淡泊名利，洁身自好；《钓鱼的医生》中天天外出垂钓的医生王淡人等，都给人淡泊无为之感。在汪曾祺笔下，道家文化是人物的人格修养和处世之道，具有某种特别的文化之美。

寻根作家中，对道家文化有独特体会，并予以较好表现的是阿城。阿城的《棋王》是对道家文化哲学的成功的艺术演绎，"棋呆子"王一生的艺术人生实际上正是道家文化精神的现实体现。在风雨如磐的政治革命年代里，王一生这个个性柔弱的人物，却“结庐在人境，而无车马喧”，知足常乐，随遇而安，在访棋友悟棋道中怡然自得。对王一生来说，“何以解忧，唯有象棋”，下棋是他用来躲避外界干扰、保持内心宁静自由的最好方式。这种艺术人生，很容易使人联想到道家淡泊自然、清静无为的人生处世风范。请看作品结尾作者的一段人生感悟：

> 不做俗人，哪儿会有这般乐趣？家破人亡，平了头每日荷锄，却自有真人生在里面。识到了，即是幸，即是福。

这实际上是道家“知足常乐，平淡是真”的处世哲学的现实讲义。

不仅仅是《棋王》，阿城其他的作品也都到处体现着道家文化精神。如他的《树王》和《孩子王》，甚至包括写云南边地人物风流的《遍地风流》，在人物活动背景的铺垫、人物形象的塑造、人物情感的处理及小说的语言节奏上，都体现出道家文化神韵。这些作品中故事的背景大多是远离都市的深山老林或穷乡僻壤，环境简淡萧疏，人物寂寞清淡，而这正是道家文化的蕴藏之地。这些作品中的人物，如肖疙瘩（《树王》）、王七桶（《孩子王》），如同王一生（《棋王》）一样，都是一些世俗奇人，表面口拙舌笨，沉朴木讷，但却临危不乱，身怀绝技，其实也正体现出道家文化那种藏而不露、出手不凡的文化特征。在情感表达上，这些人物也都内敛节制，不鸣则已，一鸣惊人。王一生与九人车轮大战，力敌群雄；肖疙瘩为保护大树挺身而出，以一敌众，最后更是以生命来殉大树；王七桶为了帮孩子赢得字典，在短时期内完成了常人无法想象的工作任务。这些人外表都普普通通，但一出手，就令人惊诧。还有阿城小说中的语言，简单朴素，以一当十，凝练传神，行笔节奏也优游不迫，不疾不徐。这些，都体现出道家文化神韵。因此，阿城的小说不仅在思想上，而且在文本结构上，都体现出道家文化风范。这是阿城的小说历来为人称奇、为人所难以企及的地方。

其实，在实际的文本中，儒、道往往相互交织。中国传统文化是一个浑然一体的体系，所谓的儒家文化和道家文化的区分只是为了论述的方便。在阿城的《棋王》中，除了主导的道家文化外，儒家文化也同样有所体现。在王一生超然淡泊的道家处世方式中，其实也有着儒家“一箪食，一瓢饮，在陋巷，人不堪其忧，回也不改其乐”（《论语·雍也》）的执着和坚定；与九位象棋高手的车轮大战，既体现出主人公王一生的精神超越，也体现出他乐观进取的人生态度。在王一生的身上，儒、道其实是共生互补的，只是侧重点不同而已，二者共同体现出民族传统文化精神。

除了主导的儒家文化和道家文化之外，寻根文学还探讨了中国传统文化哲学的其他分支。寻根作家中，将儒释道思想，甚至占卜、民间方术等尽情吸纳的是贾平凹。无论是《浮躁》中韩玄子、天狗身上的儒家气质和道德观念，还是《太白山记》《商州初录》中透露出的世外桃源般与世无争的道家理想，它们都有吸引贾平凹的地方，也都能赋予作品独特的哲学意蕴。贾平凹的哲学兴趣显然不是经典的儒释道就可以包括的，除了这些之外，他还对民间文化甚至江湖文化情有独钟。这些都构成了他作品中既丰富又驳杂的文化世界，贾平凹也因此而成为当时寻根作家中最具有中国民间艺术气质、最具有中国民族文化特色的一位。在这方面，他可以与莫言相媲美，二人各有所长。贾平凹的这种文化书写，一直延续至今，使他成为艺术生命比较持久的寻根作家之一。

三、对民族文化心理的揭示

民族文化心理是民族文化意识的深层积淀，是民族集体无意识的体现，也是一个民族区别于其他民族的精神标记。人是文化的载体，在有关民族性的诸多因素中，其实最有震撼力和说服力的，还是体现为民族个体的人。在很多时候，民族与民族之间的差异，正是体现为个体生命的差异，其生活方式、思维方式，其性格、命运、心理，都是最深邃动人的部分。对民族文化心理的揭示，体现出寻根文学民族化追求的深度和力度。

对民族文化心理的揭示和批判是 20 世纪以来中国文学的一个传统和未完成的任务，从而也成为 20 世纪以来中国文学民族化追求的重要内容和表现。从鲁迅先生那里，中国文学开启了对“国民性”的揭示和批判。鲁迅先生对“国民性”的揭示和批判，可谓鞭辟入里，入木三分，从而铸就了其作品厚重的历史文化价值。鲁迅笔下的阿 Q，典型地代表了中国人的精神形象，从而成为世界文学形象画廊中具有中国民族特色的独特的“这一个”，其所体现的“精神胜利法”，是中国民族文化心理的高度概括，体现出鲜明的民族特色。

一些寻根作家继承了鲁迅先生的衣钵，对国民文化心理予以揭示和批判。例如，韩少功、李锐和后来的莫言等人的作品中对国民文化心理的揭示，都明显受到鲁迅的影响。但与鲁迅对国民文化心理力透纸背般的批判不同，寻根作家对国民文化心理更多的是解剖和审视，目的是着眼于国民性重建，是一种文化改良。寻根作家对国民文化心理的揭示基于他们对文化的认识。在他们看来，人不仅是文化的创造者，同时还不可避免地成为他所创造的文化的产物，这是历史的必然。因而有人与人的不同，进而有一个民族和其他民族的不同。特别是在中国这样一个有着几千年封建文化传统、数百年间一度对外界封闭的国度，特定民族文化传统对人的制约作用就更为明显、深刻。即便在今天已经发生巨大变迁的改革时代里，民族文化心理结构的调整、变化乃至重构，就整体而言，也是一个缓慢而痛苦的适应过程，有时甚至还具有相对的稳定性。所以，民族文化心理与民族文化息息相关，什么样的文化就会决定什么样的文化心理。文化心理的改变，前提必须是文化的改变。而对于一个民族来说，其民族文化无法拒绝，只能通过不断的优化、改进，才能促其新生。这种主张，其实就是一种文化改良主义。所以，寻根文学的文化寻根，最终演变为一场以民族文化重建为宗旨的文化改良主义运动。

寻根文学中，对民族文化心理的揭示，有着多方面的表现。在这一点上，以下几位作家比较典型。

第一位是高晓声。高晓声是新时期农民文化的代言人，对农民文化心理有着深刻的体察和表现。他的《李顺大造屋》和《陈奂生上城》等通常被视为反思文学和改革文学作品，并没有被视为寻根文学作品。但这两部作品对民族文化心理的揭示，却具有相当的文化深度，因而可以被视为广义的寻根文学作品。因为寻根文学并没有一个明确的范畴，只要致力于民族文化发掘或民族文化心理剖析的，通常都可以纳入寻根文学创作阵营和研究范畴。李顺大一生非常听话，跟着形势走，没有自主意识，是一个政治上的“跟跟派”，造屋历史几起几落。他的身上有中国传统农民勤劳的一面，也有愚忠的一面，是特定历史时期中国广大农民文化心理的典型代表。而陈奂生则是一个当代的阿Q，他复活了阿Q身上的“精神胜利法”。他之前因为贫穷，家里老是揭不开锅，在人前抬不起头，精神上备受压抑。实行联产承包责任制后，他凭借劳动很快摘掉贫困帽子，并有粮食节余。吃饱了肚子的农民，开始有了精神上的需求。他为了买一顶新草帽而上县城，顺便用自家生产的粮食做了一些油绳去城里卖。忙乱中，他被人骗了两毛钱。因为心疼这两毛钱，他却意外生病，被县委吴书记送进了县招待所。在招待所里，陈奂生上演了一出精彩的阿Q式的闹剧。他舍不得掏五块钱的住宿费，要用变相的发泄的方式找回这五块钱的价值。当最后还是不得不花费这五块钱的时候，他只能通过自欺自慰的方式，获得一种心理平衡。这就是一种农民式的阿Q心理，作者赋予其新的时代内涵。高晓声的这种写法，使他的作品一定程度上具有了鲁迅先生的国民性批判特征。只是与鲁迅对阿Q等人物的辛辣的讽刺批判不同，高晓声对笔下的人物更多的是温和的讽刺和热爱。

第二位作家是张承志。写于1982年的《黑骏马》，其中就有着大量对蒙古民族文化心理，特别是民族文化劣根性的揭示和批判。小说中以老奶奶额吉和索米娅为代表的两代草原上的女人，如同世世代代的女人一样，因袭着生活的重负，对生活中的愚昧、落后和负性因素无动于衷，文化心理麻木，缺乏现代文明的理性之光。面对索米娅被强奸怀孕的不幸事实，她们表现出的是自然的母性，是无奈的忍让，是盲目的顺从，而不是现代文明的理性和抗争。这种文化的混沌、蒙昧和停滞状态，才是最让作者感到痛心的地方，也是最能打动读者的地方。对这种文化心理的揭示和对草原文化的现代反思，深化了这部作品的精神意蕴，使它远远超出一般的爱情题材书写，而具有震撼人心的精神力量。

第三位作家是韩少功。韩少功的《爸爸爸》是寻根文学中对民族文化心理揭示和批判达到相当深度的文化力作。小说中的丙崽，在文化的含义上，历来被人们拿来与鲁迅先生笔下的阿Q做比较，认为他是又一个阿Q。这种文化的定位显然很高。丙崽是一个文化怪胎，他思维混乱，语言不清，猥琐丑陋，生命力顽强，是民族文化畸形发展的产物。小说中，对民族文化心理的揭示并不仅仅局限于丙崽，而是表现了整个鸡头寨人的文化心理。这些人同样都思维混乱，蒙昧混沌，缺乏理性精神。例如，他们普遍表现得迷信、狭隘、偏激，对待丙崽一忽儿贬，一忽儿捧，全然见不出现代理性精神的指引。小说中，鸡头寨象征的是整个中国，其中山寨居民的文化心理，也象征着中国国民的文化心理。对民族文化心理的揭示和对国民劣根性的批判，使韩少功的这部作品被认为具有鲁迅的国民性批判的风格，从而也奠定了它在寻根文学乃至整个新时期以来的中国当代文学中的重要地位。韩少功在20世纪90年代发表的长篇小说《马桥词典》，也是对民族文化心理探寻的重要之作。作者借用115个词，分别对应马桥村不同的文化和心理，表现了马桥人长期在农耕文化的支配下，所形成的种种封闭、保守、愚顽和偏执的文化心理，具有特别的真实性和艺术深度。与当代文学其他作家笔下的民族文化心理描写相比，韩少功的这种文化考察和心理探寻，具有民本的思想特征，难能可贵。

这种对民族文化心理的揭示，还可见于陈忠实、张炜、郑义和李锐等人的作品。

陈忠实的《白鹿原》是表现陕西关中文化的深沉厚重之作。作者在小说扉页上引用巴尔扎克的名言："小说被认为是一个民族的秘史。"所谓"民族的秘史"当然不是意味着去进行民族史料发掘，那不是文学的任务。对文学家而言，特别是对于以虚构为根本艺术特征的小说而言，所谓"民族的秘史"更多指的是民族隐秘的文化心理，作家所要进行的就是对这种民族文化心理的发掘。所以《白鹿原》所要探究的是民族文化，尤其是其外表覆盖下的隐秘文化心理。小说表现了关中平原从清末到新中国成立初期长达半个多世纪的历史风云，在这个大的时代背景下，作者对关中文化的主体——儒家文化，进行了深刻的剖析。小说正面表现了以白嘉轩、朱先生和冷先生等为代表的正统儒家文化，批判了以鹿子霖、田福贤等为代表的糟粕性的儒家文化。但作者并未对儒家文化的这两个方面加以泾渭划分，而是你中有我，我中有你，表现了两种文化的混合，从而表现了传统儒家文化的复杂性及其变异性。例如，白嘉轩外表刚正不阿，秉公执法，以身作则，但背后也免不了自私和虚伪。如在白家和鹿家换地的问题上，白嘉轩就表现出自私和机心；在培养白孝文做族长的问题上，也可见出他的虚伪和自私。而鹿子霖，虽然一身流气，为人不端，但也不乏磊落可爱之处。再如在如何对待田小娥的态度问题上，就反映了主流的正统的、以白嘉轩和朱先生等为代表的文化势力与民间儒家文化立场之间的分野。还有对白孝文和黑娃等圆形人物的塑造，都表明了儒家文化的杂糅性，体现出较为复杂的民族文化心理。而这正是《白鹿原》这部作品的卓越之处。

山东作家张炜的《古船》是一部表现民族文化心理的深刻力作。作品以胶东半岛上的洼狸镇为中心，表现了隋、赵、李三个家族从解放前到改革开放期间长达几十年的纷争，折射出中华民族在迈向新生过程中的沉重脚步。小说中的三个家族代表了三种文化：以隋抱朴、隋见素为代表的隋家是民族资本家的代表，体现的是儒家的文化精神；以四爷赵炳和赵多多为代表的赵家是流氓无产者的代表，体现的是封建主义文化；以李之常为代表的李家是知识分子文化的代表。小说重点塑造了四爷赵炳和隋抱朴这两个人物形象，并通过他们的较量和对比，引发人们对二者所代表的历史及文化的反思。四爷赵炳是赵姓的族长，是洼狸镇的精神领袖。这是一个封建恶霸和流氓恶势力的集中体现者，表面道貌岸然，实则心狠手辣、卑鄙无耻。他通过流氓造反的方式，斗倒隋家，践踏李家，把持着洼狸镇的几乎一切，如同一个土皇帝。他以保护的名义霸占隋含章二十多年，将其当成自己发泄的玩具，直至最后含章忍无可忍，拔出剪刀将其小腹刺伤。而隋抱朴作为老隋家的长子，一直为其剥削阶级的家庭出身赎罪。他隐忍苟且，遇事忍让，一直遭受着四爷和赵多多等人的欺侮却不反抗。他长期将自己关在磨坊里，闭门思过，读书。他读的最多的两本书是屈原的《天问》和马克思、恩格斯的《共产党宣言》，表明了他的精神探索。他反对弟弟隋见素的睚眦必报和急功近利的浮躁、浅薄做法，以忍字当先，“吾日三省吾身”。最后，当洼狸镇粉丝厂遭遇“倒缸”危机时，是他——粉丝厂过去的主人——临危受命，挺身而出，力挽狂澜，挽救了粉丝厂，拯救了洼狸镇，赢得了人们的重新尊敬。作者高度肯定了隋抱朴身上的儒家隐忍精神和反思精神，赞扬了他的济世和担当精神。作者对这些不同文化的代表人物，在天翻地覆的时代变革中的文化心理进行了现代审视，对新中国成立以来的农民文化、儒家文化及知识分子文化，进行了一次深入的思考。这种文化视角的深刻剖析，使《古船》成为新时期以来一部表现农村改革的深刻厚重的优秀文化力作。

郑义的《老井》既浓墨重彩地表现了民族传统文化，特别是其中的儒家文化规范对人的制约作用，同时也用大量笔墨表现了这种文化的现实主体——主人公孙旺泉，在面对这种文化重压和个体生存之间的冲突时，所表现出的特定的文化心理。这种文化心理发掘，既具有深刻的文化意义，也具有相当的人性深度，发人深思。孙旺泉的故事之所以特别震撼人心，原因在于他在与命运和自然的抗争中所体现出的深厚的悲怆和力量。而支配孙旺泉行为的，是民族的传统文化心理。摆在孙旺泉面前的道路有两条：一是留在家乡为乡亲们打井；二是与恋人赵巧英远走高飞。孙旺泉最终选择了留下来打井，拒绝了恋人赵巧英。对于孙旺泉来说，他不无屈辱地留在家乡替村民挖井，更多的是出于一种传统的儒家文化使命感。这种使命感几乎支配了他的一切，如：他为了弟弟能够娶上媳妇而主动到寡妇段喜凤家入赘，既有对家庭的责任感，又忍辱负重；挖井过程中，他坚忍耐劳，上下求索，知其不可为而为之；等等。这种文化使命感压得孙旺泉身不由己，抬不起头。“孙旺泉本是英雄小龙再世，自带几分神气。但积历史、道德、家庭、个性的包袱于一身，渐渐，竟由人变成一口井，一口嵌死于井壁的石。”[①] 然而，孙旺泉毕竟与祖辈不同，他受过新式教育，有着自己的爱情理想。但在爱情与打井的选择上，他最终还是身不由己地选

---

① 郑义．太行牧歌：谈我的习作《老井》．中篇小说选刊，1985（4）．

择了打井。这说明，在深厚的民族传统文化意识面前，新生的文化意识根本无法与之抗衡。在这种新与旧的文化心理斗争中，他只能以一种不屈服的姿态，屈服于他所实际生存的那种文化规范。文化的悲剧在这里体现为人的悲剧。

与郑义对民族文化心理剖析相仿的，是李锐对国民性的审视。李锐的《厚土》系列继续体现出现实主义文学直面生活的那种深沉凝重的力量。《厚土》系列集中展示了农民传统文化心理愚昧、麻木、呆滞和令人痛心的一面，表达的是对国民性的批判性的艺术思考。早在 20 世纪 40 年代，社会学家费孝通就把中国广大农村地区称为“乡土社会”，在《乡土中国·无讼》篇中，他认为这种社会的秩序不是靠一个外在的权力来强制推行的，而是靠群体中的每一个分子从教化中养成的主动服膺于传统的习惯来维持的。在“生活各方面，人和人的关系，都有着一定的规则。行为者对于这些规则从小就熟悉，不问理由而认为是当然的。长期的教育已把外在的规则化成了内在的习惯。维持俚俗的力量不在身外的权力，而是在身内的良心”[①]。《厚土》系列从多方面揭示了民族文化心理中的这种习惯性心态，这在前文对寻根文学的文化启蒙主义部分的论述中，已经有所分析。其中每部作品，几乎都是一个令人心酸的乡村文化幽默。《厚土》系列突出地表现了那种早已为人们所习惯的、具有高度生存适应性的传统文化心理对农民生存方式、生活心理的支配和主导作用，在展示国民性的同时，表达的是一种批判性的艺术思考。如果《厚土》的全部指向仅止于此，那它充其量也不过达到了某种社会学和文化批判的层次，还不是一种艺术的观照。而更重要的是，读者从对奇异诡谲的故事和场景的渲染里，看到的是别一样的文化，是某种特定的民族文化心理，而不是人，人不过是这种文化的道具和符号。郑义的《远村》《老井》可以说也是如此，其中的人物都缺少主体能动性，任由文化主宰，也不过是文化的道具和符号而已。同《厚土》系列一样，这些作品的价值，就在于深切地表现了农民别无选择的不变的生存条件和生存处境，揭示了在那块土地上“生于斯，死于斯”的农民真实的生活状况及其内心世界。其中，农民在无可回避的、世代延续的生存处境中，默默地忍耐地生活下去，与此同时所凝铸成的特定心态和思维方式，是中国农民精神世界最深刻的写照，是中华民族性格和精神世界的重要组成部分。

---

① 费孝通．乡土中国　生育制度．北京：北京大学出版社，1998：55.

这种思考，使李锐曾多次反复地自问："中国是什么？中国是一个成熟得太久了的秋天。"[①] 对中国人和中国做审视后的剖析，从而将民族的根本和实质挖掘出来，这种传统以鲁迅的小说为先河，并在他的作品中表现得最为深刻，这才是有关民族性的最重要的意念。

李锐超出其他作家的地方，不仅在于他在文化和人之间所采取的独特视角，更值得注意的是他"对'国民性''劣根性'或任何一种文化形态"的态度。他认为不应该把上述这些"当作立意、主旨或是目的，而应当把它们变成素材，把它们变成血液里的有机成分，去追求一种更高的文学体现。在这个体现中，不应以任何文化模式的描述的完成作为目的……而还给人们一个真实的人的处境。"[②] 这种思考，也许更为纯粹，文学的功利色彩更少。对"国民性"的批判性的艺术展现，使李锐的作品在民族文化心理的挖掘上，具有相当的深度和力度，呈现出独特的民族化风格。在寻根作家中，不乏想方设法要营造出文学效果的人，李锐的姿态，可以算是特别的一种。

四、具有中国文化特色的形式追求

除了内容上的民族化追求外，寻根作家还普遍地表现出形式上的民族化追求。在艺术表现上，寻根作家普遍采用具有中国文化特色的艺术形式，以区别于传统的小说，更与外来的小说相区别。形式是作品的外衣，寻根文学形式上的文化特色，是其民族化追求的重要表现和组成部分。

寻根作家重返民族形式是与他们的理论主张相一致的。寻根作家所寻的"根"既指向传统文化的内容，又指向传统文化的形式。而内容和形式是相互制约的，特定的内容需要特定的形式表达；而反过来，特定的形式可以使特定的内容得到更好的彰显。对于寻根文学而言，内容上的民族化追求是第一位的，而形式上的民族化追求则要退居其次。寻根文学形式上的民族化追求，是为了更好地为其内容上的民族化追求服务。这种形式上的民族化追求，在寻根文学作品中，主要表现为以下几个方面。

第一，文体写作。这是最能体现寻根文学民族化追求的一种艺术表现形式。寻根作家不约而同地采用中国古典小说文体形式，反映了寻根文学对形式民族化的有意追求。这主要包括以下两个方面。

---

① 李锐．《厚土》自语．上海文学，1988（10）.

② 同①.

一是“新笔记体”。“笔记体”小说是我国古代文人小说的一支，它的特点是篇幅短小，言简意赅，形式自由，韵味隽永，在对客体的有限描述中，注重抒发主体精神，怡情养性。像我国古代的《阅微草堂笔记》《容斋随笔》《聊斋志异》《世说新语》等，都属于这种“笔记体”小说。这种小说因其与民族传统文化的千丝万缕的联系而被称为“文化”小说，也叫“文人小说”，是我国古代一种较具代表性的民族小说形式。“新笔记体”小说是这种“古笔记体”小说的当代承传和艺术变种。

李庆西曾写过一篇名为《新笔记体小说：寻根派也是先锋派》的文章，专门论述“新笔记体”小说。他对“新笔记体”小说的认识是：“‘新笔记小说’及其对“古笔记体”的继承和发展，可以说是文体意识上的‘寻根’，这跟当今小说界的整个‘寻根’思潮相吻合。事情不是简单地回到过去。‘新笔记小说’作家对中国笔记传统的认同，首先意味着主体精神的复活。在古典的自由境界的映照下，现代人的个性意识被升华了。作家们借助这股随意的文体，揭示了世界的另一副格局，也完成着自己的心灵构造。”“作为新时期小说的一项文体实验，‘新笔记小说’体现着一种新的小说观念。这种自由、随意的文体，必然伴随着思维的开放性，同时表明它与一切既定的规范格格不入，尤其对那种缺乏现实主义态度的‘现实主义’文学不屑一顾。”所以，他认为“新笔记体”小说既是寻根派文学，也是先锋派文学。①

寻根作家对这种小说文体的偏爱，既有文化表达上的考量，即借这种充满拟古和文化气息的小说文体来更好地为其文化主张服务，同时也有破除传统现实主义写作规范的心理动因。这种“寻根”与“先锋”的双重特性，或者说内容和形式的有机结合，在寻根文学中得到了充分的反映。这种“新笔记体”小说，在新时期以来很多作家笔下，都有所表现，如孙犁的《芸斋小说》、汪曾祺的《陈小手》《故里杂记》《故里三陈》《桥边小说》等、林斤澜的《矮凳桥风情》系列、王蒙的《在伊犁》系列、贾平凹的《太白山记》、阿城的《遍地风流》、何立伟的《小城无故事》、李锐的《厚土》系列、韩少功的《史录三遗》《马桥词典》等，从事这种文体实验的作家还有很多，如陈村、赵长天、高晓声、徐晓鹤、蔡测海、聂鑫森、肖建国等人。这种小说文体在新时期还得到相当一部分作家的倡导，如汪曾祺、李庆西、贾平凹等，其影响力一直延续到现在，成为当代一种富于

① 李庆西．新笔记体小说：寻根派也是先锋派．上海文学，1987（1）.

文化气息和私人化色彩的小说文体，受到很多作家的青睐。寻根作家对这种小说文体的普遍钟爱，充分反映了他们对形式民族化的有意追求。

二是神话、传奇体。先看神话。神话与各个民族的早期文化相连，是一个民族童年时代文化的反映，神话中蕴含该民族本真的文化内容。每个民族都有自己的神话，但每个民族的神话又各不相同，从而呈现出鲜明的民族文化特色。这是神话的固有属性。与西方神话的勇敢、力量、智慧等特征相比，中国神话多神秘、怪诞的色彩。寻根文学中有较多的神话描写，这是对其理论主张的实践。例如，韩少功倡导不规范文化，对那些“鲜见于经典，不入正宗”的“俚语、野史、传说、笑料、民歌、神怪故事、习惯风俗、性爱方式等等”[①] 予以肯定。李杭育推崇中原文化之外的少数民族文化，主张“以老庄的深邃、吴越的幽默，去糅合绚丽的楚文化，将歌舞剧形式的《离骚》《九歌》发扬光大，作为中国文学的主流”。在李杭育看来，“老庄、荆楚和吴越都讲鬼神，但态度各异。老庄从认识论上去讲，带着哲学的庄严；楚人‘信巫祝，好淫祀’，满怀激情地讴歌鬼神，态度天真，虔诚；吴越民族则幽默地游戏鬼神，开端午风气之先，‘断发文身’，龙（神）人不分，同江嬉戏。就我们今天的眼光来看，诸夏、荆楚和吴越的文化哪一个都比那个规范美丽，且它们又各有异彩，枝繁叶茂”[②]。他们认为民族文化的“根”恰恰就蕴藏在这些文化领域内。对其内容之一的“神怪故事”的主张，使寻根文学呈现出较多的神话色彩。

寻根文学的神话写作是对中国传统神话写作的当代继承。如韩少功的《爸爸爸》中，鸡头寨人关于家族历史的唱古叙述中，就有神话的因素：

> 姜凉是我们的祖先，但姜凉没有府方生得早，府方又没有火牛生得早，火牛又没有优耐生得早。优耐是他爹妈生的，谁生下优耐他爹呢？那就是刑天——也许就是晋人陶潜诗中那个‘猛志固常在’的刑天吧？刑天刚生下来的时候，天像白泥，地像黑泥，叠在一起，连老鼠也住不下。他举起斧头奋力大砍，天地才得以分开。可是他用劲用得太猛啦，把自己的头也砍掉了，于是以后成了个无头鬼，只能以乳头为眼，以肚脐为嘴，长得很难看的。但幸亏有了这个无头鬼，他挥舞着大斧，向上敲了三年，天才升上去；向下敲了三年，地才降下来。这才有了世界。

---

① 韩少功．文学的“根”．作家，1985（4）．

② 李杭育．理一理我们的“根”．作家，1985（6）．

刑天的后代怎么来到这里呢？——那是很早以前，很早很早以前，很早很早很早以前，五支奶和六支祖住在东海边上，发现子孙渐渐多了，家族渐渐大了，到处都住满了人，没有晒席大一块空地。怎么办呢？五家嫂共一个舂房，六家姑共一担水桶。这怎么活下去呢？于是，在凤凰的提议下，大家带上犁耙，坐上枫木船和楠木船，向西山迁移。他们以凤凰为前导，找到了黄泱泱的金水河，金子再贵也是淘得尽的。他们找到了白花花的银水河，银子再贵也是挖得完的。他们最后才找到了青幽幽的稻米江。稻米江，稻米江，有稻米才能养育子孙。于是大家唱着笑着来了。

同样，王安忆《小鲍庄》中关于小鲍庄家族历史的叙述中，也有神话的因素：

小鲍庄人的祖上是做官的，龙廷派他治水，用了九百九十九天时间、九千九百九十九个人工，筑起了一道鲍家坝，围住九万九千九百九十九亩好地，倒是安乐了一阵。不料，有一年，一连下了七七四十九天的雨，大水淹过坝顶，直泻下来，浇了满满一洼水。那坝子修得太坚牢，水连个去处也没有，成了个大湖。直过了三年，湖底才干。

小鲍庄的这位先人被黜了官，念他往日的辛勤，龙廷开恩免了死罪。他自觉对不住百姓，痛悔不已，扪心自问又实在不知除了筑坝以外还有什么别的做法，一无奈何。他便带了妻子儿女，到了鲍家坝下最洼的地点安家落户，以此赎罪。从此便在这里繁衍开了，成了一个几百口子的庄子……这位祖先是大禹的后代，于是，一整个鲍家都成了大禹的后人。

这种神话数字（七和九的重复叠加）和对神话源头的叙述（大禹神话），充满了神话意味。评论家黄子平将这种叙述方式视为“拟神话”，而王一川则将之视为“家族神话”。郑义的《老井》中同样编织了一个家族神话，其中有多种神话叙述。对此，王一川认为：

这部神话由四则“苦难而美丽的传说”组成。(1) 孙家始祖与村名神话，其功能是展示家族神话与“井”的神话的同一，交代旺泉所生存于其中的神话氛围。(2) 偷龙、绑龙祈雨神话，意在点明寻找水源或打井乃孙家家族精神，应当而且必须代代相传。(3) 小龙神话，表明旺泉乃小龙再生，由此再次展示家族精神已经完成交接。(4) 扳倒井神话，由孙总在惊喜中认同，暗示孙家打井精神（传统性）可以与现代科学技术（现代性）达成同一；它由旺泉的科学打井精神得到传承，表明这种家族传统能够而且已经实现了现代化。这四则家族神话的共同功能，使坚忍、悲壮的打井传统家族化。①

这种神话叙述，在贾平凹的《古堡》和扎西达娃的《西藏隐秘岁月》《西藏，系在皮绳扣上的魂》等作品中，都有明显表现。这些作品对那种神秘色彩的渲染，都较为典型地体现了中国神话的民族特征。

再看传奇。作为对中国神话传统贫血状态的补充，中国文学中的传奇倒是很丰富很成熟的。从唐传奇、宋评书，到明清的志人志怪小说，再到近现代各种奇异题材小说，传奇作为一门小说艺术日益丰富和完善，并成为中国文学传统中一种独立的特殊的小说文体。它以故事、悬念、情节的大开大合和首尾呼应的故事结构等为主要艺术特征。寻根文学继承了这种民族化的小说文体。阿城的《棋王》，就是一部世俗生活传奇。王一生作为一个普普通通的知青，外表与常人无异，但却身怀绝技，同时与九位象棋高手进行车轮大战，斗败当地所有象棋高手，令人称奇。还有小说中那个教王一生下棋的捡破烂的老头，其实也是一个民间隐藏的象棋高手，是一个江湖奇人。这就是所谓的“不著一字，尽得风流”。这种貌似写实的叙述，往往令人吃惊和感到意外，具有特别的扣人心弦的艺术效果，这就是传奇的艺术功效。类似的写作，还可见于阿城的那些表现云南边陲地区民族风情的《遍地风流》等作品。

郑万隆对东北鄂温克族原始狩猎文化的描写，对于现代的文明社会来讲，也是一种文化传奇，它带来的是一种惊险、野蛮、残酷、新奇的艺术体验。“异乡异闻”系列中，每一部作品都可以说是一部人物或文化传奇。《老棒子酒馆》中对陈三脚的描写，堪称是江湖人物传奇；《黄烟》可视为是鄂伦春民族文化传奇；《老马》《野店》可以说是男女情爱传奇。这些作品对于当代读者来讲，往往具有一种文化刺激和文明对比的意味，带来一种奇异的边地文化体验。例如，《老马》透过叙述者“我”的儿童视角，讲述了父母亲之间的情爱恩怨。“父亲”杀死了情敌——母亲曾经的恋人，却精心饲养对方骑的马，直至其老死，以此来折磨母亲，警示自己，抒发内心的某种特定情感。《野店》中的男主人公“他”，因为穷，娶不起相处多年的恋人，而只能眼睁睁地看着她被暴发户恶棍福庚娶走，并被折磨致

① 王一川．传统性与现代性的危机：“寻根文学”中的中国神话形象阐释．文学评论，1995(4)．

死。"他"在女方死后三天，带着钱赶回来，要替女方送葬和复仇，却遭闻讯赶来的福庚枪击。爱情的悲剧在此体现为人的悲哀，其实也是一种弱者的文化的悲哀。这种边地文化书写，会给普通读者一种情感的或心灵的震撼，带来一种传奇般的审美体验。

还有莫言的《红高粱家族》，就是一部典型的"新英雄传奇"，是现代传奇写作的典范文本。小说中"我爷爷"余占鳌和"我奶奶"戴凤莲之间的自由奔放的爱情，以及"我爷爷"率领土匪抗日的行为，充满了野性和血性，体现了人物身上的野性和原始的生命活力，是民间英雄人物传奇。这部作品无论是在内容上还是在形式上，都夺人眼球地突出了寻根文学的民族化追求。寻根文学运动的后期，这种传奇写作表现得很普遍，甚至有趋于泛滥之势，这与其文本的故事化、传奇化审美走向有关。

第二，寓言化写作。寻根文学在内容的表达上，大多追求一种"民族寓言"式的叙事效果，体现出寓言化写作的特征。所谓"寓言"，按美国学者阿伯拉姆的解释，乃是指"讲述一系列前后连贯的事情，还表明了另外一系列相关的意思"①。弗雷德里克·杰姆逊［詹姆森］教授在谈到第三世界国家民族写作时认为："第三世界的文本，甚至那些看起来好像是关于个人和力比多趋力的文本，总是以民族寓言的形式来投射一种政治：关于个人命运的故事包含着第三世界的大众文化的社会受到冲击的寓言。"他以鲁迅的《狂人日记》和《阿Q正传》为例，分析其中的寓言化因素，认为："所有第三世界的文本均带有寓言性和特殊性，我们应该把这些文本当作民族寓言来阅读。"②

无疑，中国属于第三世界国家，寻根作家的"民族寓言"写作，乃是由其在世界文化坐标中的地位和自身的文化立场决定的，是以民族文化的张扬来凸显自己的民族文化身份。这正像杰姆逊教授在一次采访中言及第三世界小说中的寓言现象时所认定的："那是想从理论上证明第三世界与我们不同。"③ 这种"不同"，显然是基于一种文化性的差异。而寻根作家对民族传统文化的追寻，目的就是要制造出这种不同民族文化审美中的

① 阿伯拉姆．简明外国文学词典．曾忠禄，郑子红，邓建标，译．长沙：湖南人民出版社，1987：11.

② 詹姆森．处于跨国资本主义时代的第三世界文学//张京媛．新历史主义与文学批评．北京：北京大学出版社，1993.

③ 中国社会科学院外国文学研究所《世界文论》编辑委员会．后现代主义．北京：社会科学文献出版社，1993：149.

"不同"。这种"不同"的文化意味，在杰姆逊教授看来，就是"民族寓言"——第三世界国家的作家们总是极力赋予其民族文化以某种特别的象征性的文化意味，以此希望引起世界的关注。所以，杰姆逊认为，《阿Q正传》中，"未庄"在象征的意义上，就是"中国"，"阿Q在寓言的意义上就是中国本身"。

寻根文学的一些经典作品，如韩少功的《爸爸爸》、阿城的《棋王》、郑万隆的《老棒子酒馆》、王安忆的《小鲍庄》、郑义的《远村》和《老井》、莫言的《红高粱家族》等，都是对民族文化的发掘，都是中国特定的文化语境中的民族叙事，实际上都可以当作"民族寓言"来读。"鸡头寨""小鲍庄""老井村"等在象征的意义上，就是中国的缩影或化身。其中的人物，以及围绕这些人物的叙事，比如"白痴"丙崽的故事、"棋呆子"王一生下棋的故事、豪侠仗义的陈三脚英雄般死去的故事、小英雄捞渣"仁义"死亡的故事、杨万牛"拉边套"的故事、孙旺泉舍身挖井的故事、"我爷爷"和"我奶奶"的侠义风流的故事、洼狸镇地底下的重见天日的古船的故事等等，实际上都可以当作一个个"民族寓言"来看，某种程度上都是我们民族的缩影和化身。这些故事仿佛是久远的传说，若隐若现，神秘朦胧，但故事所要传达的意味却是那么清晰明白，与现实息息相关。这些故事的语境和主人公们的生存处境似乎与我们无关，但它们指涉的仿佛就是我们的生活和现实的生存处境，具有强烈的即时性的叙事效果。例如，"我爷爷"和"我奶奶"的故事，既是家族历史，又映照着现实，用先辈的血性风流来映照后世的卑怯猥琐。这些故事的文化意味如此丰富，如此绵长，这正是寓言的美学效果。正是寓言性写作手法的运用，使上述的这些故事具有相当强的艺术概括力，也具有相当强的现实震撼力。

这种寓言化写作在寻根文学中主要表现为两种形式。

一是空间寓言。寻根文学对蛮荒的、时间不明的诡异空间的开拓，呈现为一种"空间化"的寓言表述。这种寓言表述将"中国"及其文化本质确认为一个由特异的文化和生存方式构成的社会，这种社会在空间上可以无限展开，却无时间属性，仿佛一潭死水。王安忆《小鲍庄》中的"小鲍庄"、韩少功《爸爸爸》中的"鸡头寨"、郑万隆"异乡异闻"系列中的东北边地、郑义《远村》中的"远村"和《老井》中的"老井村"等，都是中国的缩影或化身。这些特异的文化空间，作为一个特别的文化代码，似乎是轮回的、静止的，寂寞长存，可以无限地延展，而时间在此却似乎停滞，千年如此，亘古如斯。

《爸爸爸》中，鸡头寨仿佛是一个与世隔绝的世外村落，是一个独立的空间存在，其中基本上见不到时间的痕迹，只能偶尔通过打火机、梳子、镜子之类的现代文明的象征物来与时间建立一种若有若无的联系。不仅如此，小说中还运用了大量的象征手法，这使小说具有一种神秘的抽象的整体象征的意味。在寓言的意义上，鸡头寨显然指向那种僵化的、凝滞的、未开化的、静态的前文明中国。郑万隆的“异乡异闻”系列，讲述的是特定文化空间中的现代传奇故事，其故事空间大多与现代文明世界隔绝。《小鲍庄》中，小鲍庄是一个静态的停滞的农业文明的村落。故事的背景虽然延伸到了20世纪70年代，但时间似乎早就失去意义，小鲍庄人千年一日，恪守传统“仁义”文化。在寓言象征的意义上，小鲍庄显然是农业中国的缩影。作品的结尾，王安忆还特地引述了一段民谣：

> 有二字添一竖念千字，
> 秦甘罗十二岁做了宰相。
> 有一字添一竖带一钩念丁字，
> 丁朗又刻苦孝敬他的娘。
> 一二三四五六七八九十，
> 十九八七六五四三二一，
> 珍珠倒转帘那么一小段。

这段民谣除了传达出浓厚的带有沧桑感的历史意味外，其实还有着特别的文化寓意，它表明了时间的自我消除和自我循环。这意味着，对小鲍庄而言，时间不是直线前进的，而是循环往复、周而复始的。在“从一到十”和“从十到一”的不间断的逆向数字循环运动过程中，时间一边前进，一边不断地自我擦拭。这使小说在时间上呈现出封闭回环状态，使小说最终变成了一个关于空间的叙事，成为一个关于中国及其文化存在的“空间寓言”。

二是时间寓言。与空间寓言相伴的，是时间寓言。寻根文学中，时间寓言表现为两种。一种是对时间的拒绝。实际上，上述对空间寓言的论述中，都包含这种拒绝时间的时间寓言性质。例如，与世隔绝的“鸡头寨”、静态停滞的“小鲍庄”、永远走不出的“老井村”等，几乎都是被时间包围、被时间遗忘的空间存在。在寓言的意义上，它们其实都象征中国文明僵化停滞、封闭循环的一面。另一种是表现中国文明在世界时间前行进程中的落后感，有一种急于赶超的焦虑意识。这种“时间寓言”，与20世纪80年代上半期中国作为第三世界国家所处的历史发展阶段相关，表现出一种文明落后的急迫感和焦灼感。寻根文学中，相当多的作品都表现出这种落后的时间意识，如郑义的《远村》《老井》、扎西达娃的《西藏，系在皮绳扣上的魂》《西藏隐秘岁月》、张炜的《古船》等，都有对时间前进的无尽的感慨和对于文化滞后的巨大的焦虑感。

郑义的《远村》和《老井》，从物质贫困的角度，对此予以了表现和反思。杨万牛所处的时代，已经是新中国，但由于拿不出彩礼，只能眼睁睁地看着自己心爱的女人嫁给别人，而自己只能屈辱地给他人“拉边套”。“拉边套”显然是一种丑陋文化，但其根源则是经济贫困，经济的贫困导致了文化的落后。《远村》中，通过主人公杨万牛，作者直接抱怨：“这穷山沟子里，狼、狐多，石头多，就是缺个钱。”这种对物质贫困的书写，清晰地传达出时间发展的滞后感和焦虑感。这使作为“空间寓言”象征的中国的缩影——“老井村”，最终又演变成一个关于时间、关于发展的“时间寓言”。而扎西达娃的《西藏，系在皮绳扣上的魂》《西藏隐秘岁月》等作品，都是关于时间寓言的表达，从作品标题就直接表明了时间之于藏民族文化发展的意义。《古船》中，那条发掘出来的在地下沉睡了几百年的神秘的“古船”，在具象的意义上，显然象征着古老的中国；但在时间意义上，它其实暗示了中华民族曾经的“昏睡百年”和如今的扬帆起航。这显然是一种时间意识表达，一种时间反省意识，一种面向新时代的积极乐观的文化精神。自进入新时期以来，中国当代文学中充满了这种时间意识表达，这当然是蓬勃发展的当代中国社会现实的反映。在寻根作家的笔下，这种充满焦虑感的时间心理，往往都被以一种“时间寓言”的形式予以表现。

第三，语言的民族化。这种民族化形式的追求，还体现为寻根作家对民族语言的运用。不同的文化有不同的语言，不同的语言表征着不同的民族文化。对于语言与文化之间的关系，罗兰·巴尔特认为：“文化，就其各个方面来说，是一种语言。”[①] 相当多的寻根作家都意识到了语言与文化之间的对应关系。汪曾祺认为：“写小说就是写语言。”[②] 同时，他又认为：“语言是一种文化现象，语言的背景是文化，一个作家对传统文化和某一

---

① 赵毅衡．文学符号学．北京：中国文联出版公司，1990：89.

② 汪曾祺．中国文学的语言问题//汪曾祺文集：文论卷．南京：江苏文艺出版社，1993：1.

特定地区的文化了解得愈深切，他的语言便愈有特点。所谓语言有味无味，其实是说这种语言有没有文化。”① 李杭育则主张“从文化背景上找语言”：“我一直在寻找某种语言，以便用来表述我所意识到的吴越文化及其当代内容。”② 阿城则直接有“语言文化说”：“语言是什么，当然是文化。”③ 韩少功在《文学的“根”》一文中，也是从语词的消失与发现着手，来探寻楚文化的流变。所有这些，都表明了语言之于写作的重要意义。寻根作家所追求的语言是一种有文化背景的语言，而这种文化背景，当然不是别的内容，而是中华民族的传统文化。语言的这种文化内涵，表明了寻根文学对语言民族化的追求。

这种追求，在寻根文学中得到了个性化的充分表现。阿城对明清古典白话语言的师承，形成了其语言富有士大夫气和质朴平实的特点。他的《棋王》，没有华丽的辞藻，全篇词汇量固定在两千个左右，体现了中华民族语言的魅力不在其量而在其质的特点。韩少功对湘西方言俚语的研究和热爱，形成了其语言富有乡土气息和含混晦涩的特点，《爸爸爸》就是这样一部含混晦涩的带有原始色彩的呈现出浓厚乡土气息的文化小说。贾平凹对秦汉文化的感悟和对传统文言与地方方言的喜好，形成了其语言半文半白的仿古气息和朴拙厚实的特点，“商州”系列反映了这一点。李杭育对吴越文化的发掘和受这种文化中的“幽默、风骚、游戏鬼神和性意识的开放、坦荡”④ 的影响，形成了其语言幽默、明朗与乐观的格调，这一点在《土地与神》中表现得格外鲜明。郑万隆对东北边陲文化的书写，形成了其语言刚硬、冷峻的色彩，他的“异乡异闻”系列体现出了这一点。语言是文学的物质外壳，对语言的民族化追求，形成了寻根作家的艺术个性和独特风格，推动了中国当代文学的多样化发展。

第三节　民族化追求的终结

寻根文学的民族化追求是 20 世纪 80 年代中期中国民族文化意识高涨的表现，也是结果。它试图将“五四”新文学以来民族化与现代化这两种

① 汪曾祺．林斤澜的矮凳桥//汪曾祺文集：文论卷．南京：江苏文艺出版社，1993：141.

② 李杭育．从文化背景上找语言．文艺报，1985-08-31.

③ 阿城．文化制约着人类．文艺报，1985-07-06.

④ 李杭育．理一理我们的“根”．上海文学，1985（6）.

矛盾对立的发展方向相整合，并取得了一定的成就。但寻根文学也是新时期以来文学民族化追求的顶点和终结。随着寻根文学启蒙意义的迷失，其民族化追求也就流于片面和形式，并最终在新潮小说和先锋文学形式实验的冲击下，土崩瓦解。

首先，寻根文学民族化失落的首要原因是其启蒙意义的迷失。前面我们已经说过，与“五四”以来那种形式的民族化不同，寻根文学更注重内容的民族化追求，因为相较于形式，民族文化作为一种特定的内容表达，更富于民族意味，更能体现民族特色。但是，在寻根文学兴起和发展的过程中，始终缺乏一种先进的思想理念和明确的文化指引，相当多的寻根作家随着文化寻根的深入，逐渐感到困惑茫然，空有寻根的热情，却辨不清寻根的方向，更看不到寻根的出路。这导致相当一部分寻根文学作品最终放弃了文化意义追求，而流于民族形式和故事审美。形式本来是为内容服务的，当内容已经被放逐时，形式也就无所附丽，往往也就成了内容本身，成了写作目的，这就陷入了为形式而形式的艺术漩涡。这种本来是先锋文学中才出现的形式实验热衷，在寻根文学中的出现，表明了寻根文学的衰落及其艺术转向。寻根文学之后，先锋文学形式实验大潮的兴起，可以说与此不无关系。正是因为卸掉了内容的沉重负担，先锋作家们才得以轻装上阵，在历史与文化的艺术天地，无所顾忌地进行形式实验。而寻根文学的故事化审美则演变为后来的新历史主义故事虚构，借助于历史与文化的外衣，编织曲折复杂的故事，以曲折复杂的故事情节而不是其中的历史文化意蕴来吸引和打动人。越到寻根文学运动的后期，这种形式和内容的双重转变越发明显。这导致寻根文学运动很快偃旗息鼓，寻根作家风流云散，改弦易辙，其民族化追求也就此告终。直到20世纪90年代之后，在先锋文学面向现实进行艺术转向之后，当代文学中的民族化意识才在一定的程度上得到复苏。

其次，现代化对民族化的压制。寻根文学的民族化是实现现代化、走向世界的手段，民族化本身不是目的，而是手段、途径。但在20世纪80年代上半期的中国，人们对现代化的热情远远大于对民族化的热爱，这使民族化受到现代化的强大压制和冲击。在当时人们简单的观念认识中，现代化就是西方化，而民族化则是本土化。而自新时期以来，中国社会的总体发展趋向是面向西方，追求现代化，本土化则被视为落后的象征。寻根文学虽然打出了回归民族文化传统的旗帜，但在骨子里还是西方化的。寻根文学和先锋文学都出现于1985年，前者可谓昙花一现，而后者则声势浩大，二者对中国当代文学发展的影响也不可同日而语。先锋文学那种拒绝内容西化的形式实验，全面瓦解和取代了寻根文学的民族化的内容和形式。这是寻根文学的历史宿命，也是新时期文学现代化的必然结果。

最后，还有一个重要原因，那就是寻根作家写作心态的问题。寻根文学兴起的20世纪80年代上半期，正值西方文化霸权主义在中国开始横行之时。寻根文学中，最早出现了新时期以来中国文学和文化领域最具文化意味的“后殖民主义”写作现象，这对寻根文学的民族化追求造成了毁灭性的打击。直到今天，这种文化间不平等的“后殖民主义”写作现象还在延续，只不过有的时候以一定的形式进行了转换和伪装。例如近些年，一些作家为博取西方读者关注，投其所好，表现出某种写作中的“汉学心态”[①] 特征等。

寻根文学对民族文化的“根”的夸张、放大式的集中写照，在充分展示民族文化性的同时，也呈现出“后殖民主义”文化现象。“后殖民主义”文化，简单地说，就是后期资本主义的一种文化逻辑与策略，是发达资本主义国家针对欠发达的广大第三世界国家的一种新的文化霸权表现形式，是殖民主义时代结束后出现的又一种新的殖民主义文化景观。由于世界民族独立运动的兴起，世界范围内的殖民主义文化体系走向崩溃。但是这种形式上的崩溃并不代表殖民主义文化现象的真正终结。长期殖民主义统治造成广大第三世界国家与发达资本主义国家在政治、经济、文化上的不平等，所以在彼此的文化交往上，这种文化上的殖民主义现象仍是不可避免。但与以往的殖民主义时代单向式的强权性的文化输入不同，这种新的殖民主义文化现象是在一种所谓的“民主”的幌子下潜入的。发达资本主

① 这个概念较早由温儒敏提出，他在《谈谈困扰现代文学研究的几个问题》（载《文学评论》2007年第2期）中提出了“汉学心态”这个说法，后又在《文学研究中的“汉学心态”》（载《文艺争鸣》2007年第7期）中对此进行了进一步阐发：“我这里提出要克服‘汉学心态’，带有学术反思的含义，这种不正常的心态主要表现在盲目地‘跟风’。这些年来，有些现当代文学研究者和评论家，甚至包括某些颇有名气的学者，对汉学特别是美国汉学有些过分崇拜，他们对汉学的‘跟进’，真是亦步亦趋。他们有些人已经不是一般的借鉴，而是把汉学作为追赶的学术标准，形成了一种乐此不疲的风尚。所以说，这是一种‘心态’。”温儒敏的这种观点主要是从学术研究角度出发，批评当前国内学术界一些人唯国外汉学尤其是美国汉学马首是瞻、盲目跟进的不良心态和做法。而从写作的角度来看，还有另外一种“汉学心态”，主要是意识形态上的叛逆性和对西方“他者”的主动迎合。对此，学者张晓峰在《中国当代作家的“汉学心态”》（载《文艺争鸣》2012年第8期）一文中进一步认为：“如果说在当前的文学研究中，‘汉学心态’主要表现在学术思路和方法上，那么，在新时期以来的当代文学创作中，‘汉学心态’则致力于如何引起‘西方’和‘汉学界’的注意，并获得其承认。”

义国家凭借自身的霸权地位和文化优势，通过设置一些文化机构和评奖等方式，对处于弱势地位和弱势文化的第三世界国家的那些被压抑、被埋没的接近消失的本土传统文化表现出兴趣，按照自己的意愿，诱导其文化生产，甚至文化变异，以达到控制、利用乃至破坏这些第三世界国家文化的目的。而第三世界国家在利益的驱使下，为了迎合发达资本主义国家文化看客的心理，则更加卖力地发掘本土民族文化，加以包装，以获得西方文化机构的欣赏和认可为荣，并将之当成文化发掘的动力。这实际上是一种新型的文化上的“看”与“被看”的关系，是一种新的殖民主义强权文化表现形式。而第三世界国家却从这种颠倒了的文化关系中，看到了本民族文化振兴的可能和走向世界的希望，于是纷纷转向对自己本民族传统文化的挖掘，并将这种努力的结果呈现于西方文化机构面前，以博得其欣赏和青睐，这就是所谓的后殖民主义文化现象。在这种不平等的文化交往中，尽管第三世界国家文化可能会呈现出某种片面的繁荣，但它根本无法改变自身落后的文化地位及其与资本主义世界的文化关系模式。① 轰动一时的拉美“爆炸文学”，就是这种后殖民主义文化现象的表现和这种文化关系的结果。阿里斯图亚里斯、马尔克斯、略萨等作家纷纷获得诺贝尔文学奖，使这种文化关系模式得到了极大推广，对第三世界国家的文学产生了强有力的刺激。20 世纪 80 年代以来，以张艺谋导演的《大红灯笼高高挂》和《红高粱》为代表的民族文化电影，其实也是受这种后殖民主义文化关系支配的结果。以今天的角度来看，这种投西方所好的所谓民族文化影视及其传播，对于中国民族文化传承和中国国家形象建构，其负面影响不小。

无疑，中国的寻根文学运动受到拉美“爆炸文学”的极大影响，马尔克斯的《百年孤独》几乎在中国掀起了一场魔幻现实主义的旋风。早在 1986 年，陈思和就指出：“拉美魔幻现实主义作家关于印第安文化的阐扬，对中国年轻作家是有启发的。那些作家都不是西方典型的现代主义作家，而是‘土著’，但在表现他们所生活于其间的民族文化特征与民族审美方式时，又分明是渗透了现代意识的精神……（这）无疑为主张‘文化寻根’的中国作家们提供了现成的经验。马尔克斯的获奖，毋庸讳言是对雄心勃勃的中国年轻作家的一种强刺激。”② 但是，应该承认，中国的寻根

① 张清华．历史神话的悖论和话语革命的开端：重评寻根文学思潮．山东师范大学学报（人文社会科学版），1996（6）．

② 陈思和．当代文学中的文化寻根意识．文学评论，1986（6）．

作家对拉美文学影响的接受，在他们的初衷里，并没有考虑到后殖民主义文化的因素，他们只是从拉美文学身上看到了民族传统文化之于一个民族文学的意义。拉美文学的成功，使他们看到了本民族文学走向复兴走向世界的可能，看到了民族化之于实现本民族文学现代化的光辉前景。寻根作家对拉美文学的接受，更多表现为内容上的启发，而不是方法上的借鉴。而且在寻根作家的文化意图里，民族化还是其对抗西方文化中心主义和文化霸权的一种策略，如韩少功认为，中国文学应该具有中国民族特色，不能“模仿翻译作品来建立一个中国的‘外国文学流派’”，“在文学艺术方面，在民族的深厚精神和文化物质方面，我们有民族的自我，我们的责任是释放现代观念的热能，来重铸和镀亮这种自我”①。而李杭育则主张文学的民族个性，认为：“中国的文学总该有点中国的民族意识在里边，这个说法大约是不过分的。倘使我们的文学里没有一点自己的气味、自己的面孔，那我们又何必做人做文呢？我们跑到世界上去，人家问起来，我们算什么人呢？我们的作品算是个什么东西呢？”② 这其实表达的也是同样的主张。

但是，寻根文学是一次理论意图和文本实践相脱离的文学运动，寻根作家理论上的美好初衷与文本的实际美学效果之间出现了巨大的裂缝，导致了寻根作家寻根意图的落空。寻根作家原本希望通过内容和形式上的民族化追求，来开辟新时期文学的现代化道路。但是，历史文化的美学力量淹没了寻根作家的寻根追求，导致了寻根文学意义的虚空和文本的故事化、传奇化走向，使寻根作家的民族化追求流于片面和形式。如果说上述的寻根文学的民族化追求确实体现了浓厚的民族文化特色，代表了新时期文学民族化追求的成就，那么，在这之外的或曰继之而起的，还有另外一些作家的另外一种民族化追求，像冯骥才的《神鞭》、邓友梅的《那五》《烟壶》等，一些民族、民间传统文化中的腐朽性的东西如“辫子”“八旗子弟”“三寸金莲”“烟壶”等，在这些作家的笔下化腐朽为神奇，得到了审美性的艺术呈现。由于去掉了意义追寻，这些作家在对这些“国粹”进行书写时，不免流于欣赏和把玩，这就使寻根文学的民族化追求在客观上呈现出一种后殖民主义文化景观。此外，还有像莫言的《红高粱家族》等，虽然也有对意义的明确追求，但对民间神话中的绿林土匪“我爷爷”

① 韩少功．文学的“根”．作家，1985（4）．

② 李杭育．“文化”的尴尬．文学评论，1986（2）．

“我奶奶”的夸张式的艺术呈现，特别是经过张艺谋的电影艺术包装之后，同样呈现出后殖民主义文化色彩。这种后殖民主义文化现象，在20世纪80年代中期的中国文化艺术界，成为相当一部分人的艺术追求，并在某些艺术领域（如电影、美术等）获得了成功。这种艺术追求，对于后期寻根文学而言，同样如此。“后殖民主义”文化景观的出现，表明寻根文学的民族化追求走向了极端，走向了片面和形式，标志着寻根文学民族化道路的破产。自此，作为一种思潮的寻根文学运动走向终结，而新时期文学的民族化追求也就走向了瓦解。

站在今天，回望20世纪80年代的文学发展历程，我们可以清晰地看到80年代中国作家探寻文学现代化的努力。从当初的“现代派热”到“文化热”，表明作家们将探寻的目光从西方现代艺术转向民族传统文化，但寻根文学的民族化追求仍然无法实现新时期文学的现代化。既然民族化的道路走不通，那么作家们只好再次将视线投向西方，这就有了寻根之后新潮小说的出现和先锋文艺思潮的大量兴起。但与最初的“现代派热”相比，这一次的西化努力要成熟得多，影响和建树也都要大得多。但这条路仍然走不通，作家们只好再次向本民族文学与文化传统靠近，这便有了20世纪90年代之后先锋文学向文学和文化传统的集体转型。正是由于这些反反复复、持续不懈的努力，中国当代文学才得以一步一步地前进，一步一步地向现代化迈进。

这让人再次想到李陀的那句话：“现在的寻根派，恰恰就是昨天鼓吹向西方现代派借鉴的那一拨人”，但“问题是寻根让这些伪寻根派，这种做寻根状的人搞坏了”①。说“寻根派”实质上是“现代派”，今天已经不会有太大的争议。李陀说当初的那些寻根派是“伪寻根派”，并指责他们把“寻根”搞坏了，这个问题比较复杂。客观地说，李陀的指责是有一定道理的。文化是一个大的命题，是文学取之不尽、用之不竭的宝库。寻根文学张扬起文化的大旗，却昙花一现，这不能不说与这些作家的准备不足和急功近利的写作态度有关。20世纪90年代之后，当代文学中的文化书写仍然取得了丰硕的成果，莫言、贾平凹、陈忠实、阿来、迟子建等作家，都自觉地不约而同地张扬起文化的旗帜。陈忠实的《白鹿原》、莫言的《檀香刑》、贾平凹的《秦腔》、阿来的《尘埃落定》、迟子建的《额尔古纳河右岸》、格非的《人面桃花》等作品，都具有浓厚的民族文化意识，

---

① 李陀，李欧梵，高行健，等．文学：海外与中国．文学自由谈，1986（5）．

以强劲的文学事实推动了中国当代文学中的民族文化书写，再次证明了文化之于文学的巨大魅力。这些作品都呈现出鲜明的民族化特征，这是文化寻根在当代文学中的持续表现，也可以说是寻根文学的历史延续。

但是，寻根文学的民族化努力及其艺术成就，如前所述，有目共睹，不可否认。寻根文学的民族化追求，是新时期以来中国文学民族化追求的最集中表达，是面对汹涌而来的西方文化大潮的本能抗拒，是在全球化的文化大潮中，对民族文化母体的依恋和回归。虽然寻根文学的艺术建树有限，但有一点值得肯定，那就是寻根作家为本民族文学的出路上下求索的艺术精神。而且正是寻根作家的努力，使文学的民族化与现代化相挂钩，使民族化成为现代化的必经之途和组成部分。这对于中国当代文学来讲，是一份贡献，更是一个警醒，避免了中国当代文学的片面化发展。虽然寻根文学的失落标志着新时期以来中国文学民族化努力的溃败，但自此，民族化的意识在中国当代文学中生根立足，对后来文学的发展产生了深远的影响。例如对先锋文学而言，民族化就是一种纠偏，防止了其过分欧化的倾向；对新历史主义小说而言，民族化也是体现其艺术魅力和赢得读者的一个重要途径，这只要看看苏童的《妻妾成群》、陈忠实的《白鹿原》、王安忆的《长恨歌》、莫言的《檀香刑》、迟子建的《额尔古纳河右岸》等作品，就可以理解。这些作家的努力，延续了寻根文学的文化探寻宗旨，把中国当代文学的民族化追求推进到一个新的境地。2012 年，莫言获得诺贝尔文学奖，以强有力的文学事实，指明了中国当代文学民族化的发展前景。莫言的获奖，可以说是寻根文学民族化追求结出的一个硕果，证明了中国当代文学民族化追求所取得的艺术成就。

第十章　批评视域中的寻根文学

文学批评与文学创作并行，文学批评在很大的程度上推动着文学创作，并把某些特定的文学创作以文学史的形式确定下来，将文学创作历史化和经典化。对于寻根文学来讲，文学批评就承担着这样的功能。对20世纪80年代的中国当代文学来讲，寻根文学从奇峰突起到迅速沉落，不过是一个雷声大雨点小，来也匆匆、去也匆匆的文学思潮。这个由青年作家们通过文学结盟的形式主动发起的文学思潮，因为目标不清，理论紊乱且与文本实践相脱离，最终很快以潦草方式收场。但是，在中国当代文学史上，寻根文学却写下了厚重的一笔，成为20世纪80年代众多文学思潮轮替中重要的一环，以至于任何一本中国当代文学史都无法漠视寻根文学的存在，都要为其单列章节。每年都有众多的寻根文学研究论文出现，包括若干硕士和博士学位论文。这种状况的出现，寻根文学批评功不可没。

关于寻根文学的批评，其实早在寻根文学运动拉开帷幕之前，就已经开始了，这主要是针对20世纪80年代初的一些文化写作的。从1985年寻根文学运动正式登场至今，已经过去30余年了。这30余年，可以说是中国社会，也是中国当代文学的黄金时代。这是一个日新月异的时代，各种各样的新的思想方法与艺术观念，不断地更新着人们的审美思维，关于寻根文学的研究也不断趋于深入和复杂。在寻根文学运动落潮之后，关于寻根文学的批评研究却掀起热潮，而且经久不息，其声势早已超过了极为有限的寻根文学创作。众多批评声音的出现，使寻根文学这场本来发展得很不充分的文学运动，得到了较为充分的学术关注，获得了特别的文学史地位，并被赋予了充分的学术意义。

在长期的文学批评中，关于寻根文学的批评研究逐渐聚焦于一些特定的领域。本章将在众多批评研究的基础上，对之进行梳理、概括和归纳，以方便研究者们系统认识寻根文学。同时，寻根作家自身的声音和姿态，也颇耐人寻味，成为寻根文学批评中，不可忽视的内容。从最初的若干同人揭竿而起，到后来的风流云散，甚至有意淡化和刻意回避，寻根作家作为历史当事人的表现，成为寻根文学运动和寻根文学批评中意味深长的一笔。

但是，寻根文学批评在为寻根文学运动造势，乃至文学史定型的过程中，也出现了不少的失误，甚至某种程度上违拗了寻根文学的初衷，改变了寻根文学发展的方向。寻根文学后来的迅速沉落，不能说和这种不无武断的文学批评没有关系。这也正是我们今天在探讨寻根文学批评时，不得不加以反思和检讨的地方。对于寻根文学批评来讲，“功”与“过”并存，就看后人如何评论。30 余年来，关于寻根文学的批评接连不断，反观这些批评文字，我们不难找出其中的一些阶段性的和焦点性的问题。这对于我们全面、深入地认识寻根文学及其批评，不仅有益，而且必要。

第一节　寻根文学理论批评

与中国当代其他文学思潮不同，寻根文学是一次通过发表理论宣言发起、有着明确理论主张的文学运动，几乎可以说是理论先行，而创作实践却没跟上。1985 年 4 月，韩少功率先在《作家》杂志发表《文学的“根”》一文，举起了寻根文学运动的大旗。紧接着，一些文学同道相继发表文章对其进行呼应，如郑万隆的《我的根》（《上海文学》1985 年第 5 期）、阿城的《文化制约着人类》（《文艺报》1985 年 7 月 6 日）、郑义的《跨越文化断裂带》（《文艺报》1985 年 7 月 13 日）、李杭育的《理一理我们的“根”》（《作家》1985 年第 6 期）和《“文化”的尴尬》（《文学评论》1986 年 2 期）等。这些文章的出现，标志着寻根文学理论的出台，并随即引发了批评界的广泛关注和争议。这是寻根文学批评的初始阶段，问题主要集中在以下几个方面。

第一，关于寻根文学中的民族文化意识和世界意识。寻根作家倡导民族文化意识与世界意识，符合了 20 世纪 80 年代以来改革开放历史进程中中国文学的发展走向，赢得了相当多的论者的肯定。如 1985 年《文艺报》开辟“寻根文学”讨论专栏，一些论者以积极的态度肯定了寻根作家的这种努力。王东明在《文化意识的强化与当代意识的弱化》一文中认为：“将浓厚的民族文化意识灌注于小说创作，在韵致独特、情境超拔的艺术世界中发掘民族文化的底蕴——作为一个生气勃勃的文学运动，一种色彩斑斓的文学现象，正为越来越多的读者所注目。”“民族文化意识的灌注与强化，标志着作家在审视民族生活时寻找到了一个新的基点，审美情趣和审美体验升腾到了新的境界，主体对客体的把握获得了更加深沉阔大的背景。”因此，作者认为：“民族文化意识的灌注与强化，正是小说观念发生根本性变革的前奏。”① 刘梦溪在《文化意识的觉醒》一文中说：“《文艺报》以‘报’的姿容面世以后，接连刊载结合文化背景谈文学创造和文学发展的文章，使人耳目一新。我感兴趣的是阿城的《文化制约着人类》和郑义的《跨越文化断裂带》。……两篇文章写得庄重、认真、恳切，充满深沉的自省精神，反映出文化意识的觉醒。”② 仲呈祥在《寻“根”，与世界文化发展的同步》中认为：“文学欲以历史的、美学的目光来宏观地观照人类复杂的心态，就一定要强化渗融其间的民族文化意识。这实在是文学自身的发展规律所决定了的。”“时下出现的文学创作自觉强化民族文化意识的趋向，我认为是与当今整个世界文化的发展走向同步的。……因为中国文学倘要同世界对话，就必须在自己的作品中，渗融鲜明的中华民族文化的意识。”③ 刘思谦在《文学寻“根”之我见》中认为：“一些青年作家提出寻‘根’问题，这是在新的历史条件下民族文化意识的觉醒。”“寻‘根’的深层含义，实乃寻找民族文化的个性，使当代文学成为文明古国传统文化的历史延续和发展更新，并以其鲜明的民族性自立于世界文学之林。”作者“主张把寻‘根’意识与‘全球意识’结合起来，既做诸子百家、屈原、司马迁、曹雪芹的子孙，也做荷马、但丁、巴尔扎克、托尔斯泰的子孙，同时目光四射，追踪当代小说发展的新信息，广泛吸收、博采众长，把民族文化放到世界文化的坐标系里比较衡量，在横向的吸取中实现纵向的继承”④。陈骏涛认为：“向民族文化寻‘根’，这是顺乎世界文化潮流，也是使中国文学能够自立于世界文学之林的有远见的战略行动。”⑤ 这些评论文章都指出了寻根文学民族文化意识强化的事实，及其世界化的艺术目标。

第二，关于“五四”新文化运动造成“文化断裂带”的论争。寻根作家在各自的理论宣言中，以“五四”为靶子，批判“五四”新文化运动造

① 王东明．文化意识的强化与当代意识的弱化．文艺报，1985－09－21.

② 刘梦溪．文化意识的觉醒．文艺报，1985－09－21.

③ 仲呈祥．寻“根”，与世界文化发展的同步．文艺报，1985－09－21.

④ 刘思谦．文学寻“根”之我见．文艺争鸣，1986（1）.

⑤ 陈骏涛．寻‘根’，一股新的文学潮头．青春，1985（11）.

成了民族传统文化的断裂，从而出现“文化断裂带”。韩少功在《文学的“根”》中认为：“‘五四’以后，中国文学向外国学习，学西洋的、东洋的、俄国和苏联的；也曾向外国关门，夜郎自大地把一切洋货都封禁焚烧。结果带来民族文化的毁灭，还有民族自信心的低落。”[①] 郑义在《跨越文化断裂带》中认为：“‘五四运动’曾给我们民族带来生机，这是事实。但同时否定的多，肯定的少，有隔断民族文化之嫌，恐怕也是事实？‘打倒孔家店’，作为民族文化最丰厚积淀之一的孔孟之道被踏翻在地，不是批判，是摧毁；不是扬弃，是抛弃。痛快自是痛快，文化却从此切断。”[②] 阿城则批判“五四”新文化运动的民族文化虚无主义态度：“‘五四’运动在社会变革中有着不容否定的进步意义，但它较全面地对民族文化的虚无主义态度，加上中国社会一直动荡不安，使民族文化的断裂，延续至今。‘文化大革命’更其彻底，把民族文化判给阶级文化，横扫一遍，我们差点连遮羞布也没有了。”[③] 李杭育则对“五四”新文化运动颇为不恭，对“五四”一代作家，特别是以鲁迅为例，进行了不留情面的嘲讽和批判。这些言论最终引发了关于“五四”“文化断裂带”的激烈的论争。

针对上述作家们的观点，刘火以《我不敢苟同》为题，为“五四”新文化运动辩护：“确实，汉文化历史曾有过断裂带，但‘五四’却是把一个行将就木的古典文学传统拯救了出来，给予了重新的解释和运用，并以辉煌的业绩跻身于世界文学潮流。”[④] 刘梦溪则表示承认“文化断裂带”的存在，但认为并非由“五四”造成：“阿城和郑义两人的文章，都谈到了传统文化在发展中出现的脱节现象，确是符合实际之论，我抱有同感。不过应该补充一点，由于多年的闭关锁国，很少进行文化交流，我们与当代世界文化的发展也是隔膜的。因此，要说断裂，在我们面前横亘着两个断裂带——与传统文化的断裂带和与当代世界文化的断裂带。”“两个文化断裂带的形成，绝非始于‘五四’，而是在第二次世界大战以后，特别是五十年代后半期和六十年代的‘左’倾以及随之而来的十年动乱，使我们与传统文化和世界文化隔离开了。”“不承认文化断裂的存在，盲目地呼唤文

① 韩少功．文学的“根”．作家，1985（4）.

② 郑义．跨越文化断裂带．文艺报，1985－07－13.

③ 阿城．文化制约着人类．文艺报，1985－07－06.

④ 刘火．我不敢苟同．文艺报，1985－08－10.

学高峰，或夸大文化断裂，徒唤奈何，都不是科学的态度。关键在于采取怎样的对策。”① 张炯不赞同寻根作家所谓的“文化断裂带”的说法，主张要辩证地看待，认为：“‘五四’运动所要决裂的只是与科学和民主相对立的封建的愚昧的东西，而非我们中华民族的所有文化传统。”“‘五四’新文化、新文学对传统旧文化、旧文学的叛逆，是既有批判也有承继的，它不是也不可能是一刀两断的截然‘断裂’。”② 刘思谦也不认可寻根作家的所谓的“五四”“文化断裂带”说法，认为：“以‘五四’运动对传统文化的过火行为而断言‘文化从此切断’，说明论者对儒学正统文化顽强的生命力估价不足。至于以毁灭一切文化为特征的‘文化大革命’，对待传统文化的民族虚无主义态度，不能与‘五四’运动同日而语。”③ 李劼则对寻根文学的意向与偏向进行了个人分析，表示：“有一种说法将‘五四’称为民族文化的断裂层，而我的看法恰好相反，‘五四’中断的不是传统文化而是对传统文化的批判。”“‘五四’达到了社会革命政治宣传的目的，却没有完成思想启蒙的任务。尽管当时的‘整理国故、昌明国粹’遭到了鲁迅的强烈批判，但传统文化的幽灵却附在后来兴起的革命文学身上得到了逐步的复归。这种复归一直走到把人连同文学扭曲到不能再扭曲的地步时，才重新回到人的觉醒和对传统文化的批判上。”④ 他认为，所谓的“文化断裂带”在“五四”时期根本就未出现。

第三，对寻根文学理论主张的质疑和否定。针对寻根文学理论主张，一些论者对其表示质疑甚至否定。其指向之一，就是担忧寻根文学对民族传统文化的刻意强调，会导致文学作品现实感和当代意识的削弱。寻根文学运动兴起之前，20 世纪 80 年代初的“伤痕”文学、反思文学和改革文学与现实的关系非常紧密，文学几乎是贴着现实来写。所以，习惯了这种文学审美的读者，一旦面对寻根文学有意脱离现实而向历史文化的逃遁，当然会感到某种不适应，乃至担忧。上述王东明在《文化意识的强化与当代意识的弱化》一文中，在充分肯定寻根作家文化意识表达的同时，也对这种创作现象表示担忧：“有必要提醒这场文学运动的倡导者和实践者们注意：在民族化意识强化的同时，是否可能出现当代意识弱化的倾向?”作者认为：“这里所说的当代意识的弱化，不仅指少数作家中存在的厚古

① 刘梦溪．文化意识的觉醒．文艺报，1985－09－21.

② 张炯．寻根之我见．文学自由谈，1986（1）.

③ 刘思谦．文学寻“根”之我见．文艺争鸣，1986（1）.

④ 李劼．寻根的意象与偏向．文学自由谈，1986（1）.

薄今、贵远贱近、忽略当代文化的苗头，而是表现在少数作家在触及民族传统文化时，只是满足于文化形态、文化现象的照相式反映，缺乏主体观照客体时须臾不可分离的当代意识的熔铸，缺乏富有当代性的审美理想的烛照。在我看来，吸取传统文化，目的在于丰富我们自己。因而，在传统文化面前，只有融汇了当代意识，艺术地观照、思考，才能使我们站在更高的高度上俯察它，也才能使对于传统文化所做的一切具有现实意味。”① 李泽厚提倡文学的“战斗性”，对寻根文学脱离现实的创作倾向表示不满。他说：“一些作家便跑到深山野林中、荒凉大漠中去歌颂那拙朴、原始、粗犷、纯净、严峻、神秘的生命力量，在其中感叹、表达、歌颂人性，去探求那似乎是超时代超现实的永恒的人生之谜，的确创造出了一些在审美和艺术上有相当水平的好作品。但就我个人来说，却总感到不满足。……我仍然认为，只有战斗才有人生。刚才提到的那些艺术性强的作品其实也如此认为，也如此描写。但为什么一定要在那少有人迹的林野中、洞穴中、沙漠中而不是在千军万马中、日常世俗中去描写那战斗、那人性、那人生之谜呢?”② 老作家唐弢同样对寻根文学脱离民族文化实际表示不解和不支持：“我以为‘寻根’只能是移民文学的一部分，‘寻根’问题只能和移民文学同在，如果不是移民文学，也就无所谓‘寻根’，无从去寻根了。”“先生们，难道你们不是中国人、不是彻头彻尾地生活在中国大地上的吗？还到哪里去‘寻根’呢?”他奉劝寻根作家：“不要寻了！‘根’是你们生命的起点，‘根’就在你们的脚下，踏实些，再踏实些吧!”③

其指向之二，是批判寻根文学的反现代性。寻根文学向民族传统文化的回归，被一些激进的论者视为逆时代潮流而行的反现代化、反现代性行为，而遭到了措辞严厉的批判。李书磊在《文学对文化的逆向选择：评寻根文学思潮及其论争》一文中，将寻根文学的文化寻根分为两种，即“对原始生命强力的追寻与对中国传统文化的追寻”。作者肯定前者的努力，却对后者予以了严厉批判。他以汪曾祺的创作为例，批评其在传统文化意识上的落后性：“汪曾祺的偏差在于他忽略了这样一个现象，那就是他所批判的东西和他所歌颂的东西是属于同一个文化系列并具有共同文化性质的……汪曾祺歌颂了他不该歌颂的东西。”进而认为寻根文学对民族传统文化的追寻，

① 王东明．文化意识的强化与当代意识的弱化．文艺报，1985-09-21.

② 李泽厚．两点祝愿．文艺报，1985-07-27.

③ 唐弢．一思而行：关于“寻根”．人民日报，1986-04-30.

同汪曾祺一样，本质上是“反历史的、反审美的。只有社会现代化才能给人带来真正的幸福、美与美感。而这种抗拒新生活的寻根应该引起文艺界与作家的认真反省”。他认为：“中国社会正在艰难地摆脱传统文化向现代社会过渡，还处于新与旧剧烈冲突的阶段，这时候的文化寻根必然导致对历史进程的反动。”[①] 在他的另一篇文章《从“寻梦”到“寻根”》中，他对寻根文学进一步批评，认为那种“以怀旧情感为作品主线的‘文化寻根’，不但是反生活的，也是反美学的”[②]。荒甸在《悖离现代意识的抉择和追求：也论阿城》中，从现代意识的角度来批评阿城，认为：“他对传统文化明显地缺乏一种科学的评价和抉择，表现出一种全面认同的回归态度。在他的作品中，透露出一种和我们民族所处的时代极不相符，和我们民族十分需要但才刚刚觉醒还不强烈的现代意识相抵牾的意向。”[③] 朱大可批评寻根文学的反现代化倾向，认为：“从低海拔飞起的中国当代文学目前所发动的‘寻根’运动，明显偏离了人类文化和世界文学的一般进化方向。”他认为寻根文学是“过剩的历史意识和乡土意识绵绵不绝地从脑皮质的记忆细胞群间涌泄而出，支配了作家的审美操作程序。人们无比虔敬地找河、打井，从废墟里抖抖索索地捧出一堆表象瓦砾，然后下跪，歌呜呼呼、涕泗横流。病态的民族崇拜以及表象崇拜的形式呈示了自己：土地、庄稼、痴童、蠢妇、蹒跚不前的古老村庄……一切都在生与死的更替接续之中永生，阴郁的美有如某种咒语，使读者惘然迷失于岁月的旷野。这是价值退化和表象时间反演的出色例证，它表明某种文化惰性可能是乡土（或边塞）意象的搜索行动的主要心理背景，这种品质猥琐的惰性借助审美表象获得超度与合理化。”[④] 这些论者都从不同方面批评了寻根文学的反现代性特征。

针对上述批判，寻根作家做了部分的回应。郑万隆在《中国文学要走向世界：从根植于“文化岩层”谈起》中认为：“这种表现在美学理想上对历史的反思和对传统文化心理结构的探索，绝不是一种简单的‘回归’和‘复古’，或躲进洞穴山林中去，或躲进儒道禅宗、易经八卦中去，或回老家寻祖庙祖坟，甚至回到奶奶的怀抱中去；不是简单的‘拼贴’，从民俗、民间艺术、地理历史的‘鞋样儿’‘烟袋坠儿’或者故纸堆里、碑

---

① 李书磊．文学对文化的逆向选择：评寻根文学思潮及其论争．评论选刊，1986（5）.

② 李书磊．从“寻梦”到“寻根”．当代文艺思潮，1986（3）.

③ 荒甸．悖离现代意识的抉择和追求：也论阿城．小说评论，1987（2）.

④ 朱大可．半个当代文学和它的另半个．文论报，1986－04－01.

铭墓阙上找点玩意儿，凑凑热闹；更不是要逃避什么，把自己隐逸起来的自我感叹。他们努力追求的是真正的民族风格和民族特色的体现，对民族文化重新认识和重新发现的对象化的体现，是审美意识中潜在的文化因素和潜在的历史因素的苏醒。”[①] 这种观点其实在韩少功的《文学的“根”》中早就表述过：“这［寻根］大概不是出于一种廉价的恋旧情绪和地方观念，不是对方言歇后语之类浅薄的爱好，而是一种对民族的重新认识，一种审美意识中潜在历史因素的苏醒，一种追求和把握人世无限感和永恒感的对象化表现。”2007 年，韩少功在接受中国人民大学博士生的访谈时，将当年对他及寻根文学的这些批判归结为两种：“一种批评来自左派，认为‘寻根’是回到封建主义落后文化，主张‘根’只能在延安（如贺敬之）；另一种来自右派，认为‘寻根’是守旧和排外，是抗拒欧美的进步文化。”二者的共同点都是要与五千年的民族历史文化决裂，“其实这两种立场都体现了急切的现代化冲动，都有强烈的西化色彩”[②]。

第二节　寻根文学批评的聚焦

随着寻根文学运动落潮，关于寻根文学理论及其价值取向的论争，似乎也就变得没有必要，而不再成为批评界关注的中心。由于寻根文学作为一种文学现象长期存在，不断有新的具有寻根倾向的作家作品出现。所以，自 20 世纪 80 年代后期开始，寻根文学作为一种文学思潮和文学现象，其中的作家作品，受到了批评界的持续关注。在 30 余年的时间里，逐渐形成了一些批评的聚焦点。对这些批评聚焦点进行梳理，有利于后来者对寻根文学的认识和研究。

一、文化视角的批评

寻根作家所谓的寻根，在直接的意义层面上，就是发掘民族传统文化。对寻根文学来讲，文化是其核心和使命，自然而然也就成为寻根文学批评重要的研究视角。文化领域的开辟，使寻根文学得以摆脱政治、社会的层面，而进入历史、文化、自然和人的层面，也使寻根文学批评摆脱了

---

① 郑万隆．中国文学要走向世界：从植根于“文化岩层”谈起．作家，1986（1）．

② 韩少功，李建立．文学史中的“寻根”．南方文坛，2007（4）．

此前政治化批评的单一视角，开辟了新的文学批评空间。

寻根文学的兴起，源于一些年轻的作家对文化的兴趣和关注。在1984年底的“杭州会议”上，文化就成为与会作家们不约而同关注的话题。在韩少功、阿城、郑义、李杭育等人的寻根主张中，都一再地强调文化的意义。韩少功认为：“文学有‘根’，文学之‘根’应深植于民族传统文化的土壤里，根不深，则叶难茂。”① 这表明文化是文学的土壤，而文学不过是这种土壤上面长出的树而已，突出了文化对于文学的意义和重要性。阿城认为“文化制约着人类”，“没有一个强大的、独特的文化限制，大约是不好达到文学先进水平这种自由的，同样也是与世界文化对不起话的”②。郑义主张“跨越文化断裂带”，坚信“一代人能跨越民族文化断裂带，终于走向世界”③。李杭育在梳理了中国民族文化的“根”后，发出了“‘文化’的尴尬”这样的感叹。来自寻根作家的这些批评，都突出了文化的重要性。

从批评界来看，从文化视角来论述寻根文学的非常多。在上节关于寻根文学理论的论争中，大多数论者秉持的就是文化批评视角。而在当时所有的文化批评中，奠定这种文化批评视角的，可以陈思和于1986年发表的《当代文学中的文化寻根意识》这篇文章为代表。在这篇激情洋溢的长文中，论者高屋建瓴，从1926年“北京人”的被发现谈起，谈及中华民族的文化由来，认为“中华民族的形式，本身就是一种文化现象”，“文学艺术为文化的审美形态，也是文化的精粹表征”，“新时期文学中，‘文化寻根’文学崛起，正与国运与文化发展趋势相应”。进而谈到“在新时期的社会主义建设过程中，人们迫切需要在现代科学发展的基础上重新认识民族力量，重新挖掘民族文化的生命内核，以寻求建设现代化的支撑点”。“正因为如此，说文化寻根意识的产生标志着民族文化的更新与走向新的成熟，并不过分。”④ 这种论述，将对寻根文学的认识纳入对文化的重新审视之中。1989年，季红真接连发表两篇带有总结性质的寻根文学研究论文：《历史的命题与时代抉择中的艺术嬗变：论“寻根文学”的发生与意义》和《文化“寻根”与当代文学》。两篇文章都从文化的角度，谈到了寻根文学的发生和意义，认为“‘寻根文学’无疑是使普泛的文化意识发

① 韩少功．文学的“根”．作家，1985（4）．

② 阿城．文化制约着人类．文艺报，1985-07-06．

③ 郑义．跨越文化断裂带．文艺报，1985-07-13．

④ 陈思和．当代文学中的文化寻根意识．文学评论，1986（6）．

展到登峰造极的重要一环”，“‘寻根文学’与新时期小说中普遍具有的文化意识之间既有联系又有区别”；“寻根文学”正是在东西方文化大冲撞大交汇的总体背景中，此一时代的人们在被动的局面中，所做的主动反应，希望变通传统以进入现代文明①；认为“文化，作为一个契机，加快了文学的艺术嬗变与文艺理论与批评的学术回归”②。吴俊的《关于寻根文学的再思考》③，则以一种反向的思维，对寻根文学的文化价值及其立场予以了再次思考，体现出新的时代认识。

地域文化研究是寻根文学文化批评中的一个重要组成部分。韩少功在《文学的“根”》一文中，也以兴奋的语气描述了当代文学的地域性创作现象：“近来，一个值得欣喜的现象是：作者们开始投出眼光，重新审视脚下的国土，回顾民族的昨天，有了新的文学觉悟。贾平凹的‘商州’系列小说，带上了浓郁的秦汉文化色彩，体现了他对商州细心的地理、历史及民性的考察，自成格局，拓展新境；李杭育的‘葛川江’系列小说，则颇得吴越文化的气韵。杭育曾对我说，他正在研究南方的幽默与南方的孤独。这都是极有兴趣的新题目。与此同时，远居大草原的乌热尔图，也用他的作品连接了鄂温克族文化源流的过去和未来，以不同凡响的篝火、马嘶与暴风雪，与关内的文学探索遥相呼应。”季红真在《历史的命题与时代抉择中的艺术嬗变：论“寻根文学”的发生与意义》中，也描述了寻根文学运动展开之前，中国当代文学的这种地域写作景观：“及至 1984 年，人们突然惊讶地发现，中国的人文地理版图，几乎被作家们以各自的风格划分了。贾平凹以他的《商州初录》占据了秦汉文化发祥地的陕西；郑义则以晋地为营盘；乌热尔图固守着东北密林中鄂温克人的帐篷篝火；张承志游荡在中亚地区冰峰草原之间；李杭育疏导着属于吴越文化的葛川江……”④评论者张学军在《寻根文学的地域文化特色》中，对寻根文学的地域文化创作特征予以了综合概括，认为：“寻根的任务就是要把散落在偏僻的边地或山村的、规范之外的、生气勃勃的民间文化和少数民族文化重新发掘出来。这就使寻根作家们对自己所熟悉的人文环境、自然生态、地理风貌表现出浓厚的兴趣，从而使寻根小说带有色彩鲜明的

① 季红真．文化“寻根”与当代文学．文艺研究，1989（2）．

② 季红真．历史的命题与时代抉择中的艺术嬗变：论“寻根文学”的发生与意义．当代作家评论，1989（2）．

③ 吴俊．关于寻根文学的再思考．文艺研究，2005（6）．

④ 同②．

地域文化色彩。”[①] 而关于单个具体寻根作家与其所处的地域文化之间的关系，则得到了比较详尽的研究，这类的研究很多，丰富了寻根文学的地域文化批评。如费秉勋的《贾平凹与商州》[②]、耿艳艳的《论李杭育小说中的地域文化色彩》[③]、张世岩的《回望故乡的巫风楚雨：论韩少功创作与楚文化的关系》[④] 等。随着大量具有地域文化特征的作家作品的出现，这种地域文化研究，已经成为当代文学批评中的一个重要类型。

二、审美视角的批评

寻根文学除了文化发掘，还有一个重要的功能就是促成了新时期小说审美意识的更新。一些有见地的论者较早地注意到了寻根文学的这种意义，从文学审美的角度对寻根文学进行了阐释。陈思和在《当代文学中的文化寻根意识》一文中认为：“文化既然是人类精神活动的结晶，它的最高形态应该是人类的审美境界。这一派文学作品一问世便给文坛带来耳目一新的感觉，主要也是它们体现了与过去的文学传统完全不一样的审美经验与美学境界。”论者还将文化寻根的价值划入科学范畴，认为对于文学来讲，寻根文学“真正的、现实的意义还在于对当代文学的审美领域的贡献”[⑤]。季红真在《文化“寻根”与当代文学》一文中，从新时期初学术回归的大的时代背景出发，将对寻根文学的研究纳入学术研究的框架，认为：“无论从积极的意义上，还是从消极的意义上，人们都注意到了，‘文化寻根’思潮的真正作用，不在文化价值抉取方面的科学与否，而是在文学自身的观念蜕变与风格更新。”[⑥] 而集中从审美角度来阐释寻根文学的，当属李庆西的《寻根：回到事物本身》一文。李庆西借助现代西方哲学现象学的理论观点，从“经验还原”的角度来分析寻根文学，主张对寻根文学的研究，要回到寻根这一事物（现象）本身，从而看到了寻根作家在“寻根”的口号下，对以往的政治意识形态观念支配下的认知习惯的背叛和对新的审美体验的追求，“试图以注重主体超越的东方艺术精神去重新构建审美表现的逻辑关系，确立自己的艺术价值观念”。作者强调，寻根

① 张学军．寻根文学的地域文化特色．山东大学学报（哲学社会科学版），1994（3）．

② 费秉勋．贾平凹与商州．唐都学刊，1993（1）．

③ 耿艳艳．论李杭育小说中的地域文化色彩．湖北经济学院学报（人文社会科学版），2007（4）．

④ 张世岩．回望故乡的巫风楚雨：论韩少功创作与楚文化的关系．时代文学，2007（2）．

⑤ 陈思和．当代文学中的文化寻根意识．文学评论，1986（6）．

⑥ 季红真．文化“寻根”与当代文学．文艺研究，1989（2）．

作家的寻根，其实也是一种艺术的“自我寻找”。论者还对相当多的寻根作家作品做了富有见地的审美解读，让人为之一新。[①] 这种新的审美阐释，无疑帮助读者跳出了那种通常的表面的文化视角，开辟了寻根文学研究的新思路。同样从审美角度来解读寻根文学作品，做得较早较好的，还有黄子平的《语言洪水中的坝与碑：重读〈小鲍庄〉》这篇文章，该文借助罗兰·巴尔特的结构主义理论，对《小鲍庄》文本进行审美剖析，指出这部作品的题旨其实就是制约现代语言洪水的“坝”与象征传统文化伦理的“碑”之间的关系：“当我们无法筑坝以阻拦语言的洪水时，能否建一个高出于‘村东头的柳树’的碑，来铭记我们‘理水’的努力和牺牲呢？能否以此救赎我们写作的原罪呢？……碑的意象以挺拔于空间的实体铭刻历史，企图超越时间之流，汇聚事实、价值和权威的永恒性。然而，铭记便是一种书写，一种神话的诠释，它不仅被语言的洪流所播撒，而且被时间的雨水所侵蚀。”[②] 这是关于《小鲍庄》的一次别开生面的文本解读。但总体来说，这种审美视角的批评，在寻根文学研究中不算太多，对寻根文学的审美解读也不充分。

三、现代性视角的批评

寻根文学身处 20 世纪 80 年代中国现代化的文化语境之中，有着强烈的现代性审美冲动。无论是他们的理论主张，还是文本实践，都或多或少涉及了诸如“五四”、民族、国家、现代化、国民精神启蒙、审美现代性和日常生活审美等一系列问题，都体现了现代性的审美特征。相应地，在文学批评方面，对寻根文学的现代性精神分析，也成为一个重要的批评视角。关于这个方面的研究论文很多，还出现了不少的硕士和博士学位研究论文。王一川的《传统性与现代性的危机：“寻根文学”中的中国神话形象的阐释》一文，是较早探讨寻根文学现代性精神特征的文章。该文以韩少功的《爸爸爸》为例，指出了寻根作家在传统性和现代性认识上的混乱，导致寻根文本创作与其理论主张相互拆解：“理论文本力图使‘传统性’复活，但小说文本却发现它无法重建这一惊人‘现实’。这意味着理论文本与小说（审美）文本构成相互拆解。透过这种拆解，不难发现 80 年代文学与文化潮流中的重大悬疑：我们究竟应当依据‘现代性’还是

① 李庆西．寻根：回到事物本身．文学评论，1988（4）.

② 黄子平．“灰阑”中的叙述．上海：上海文艺出版社，2001：191.

‘传统性’去重建中国形象?”[①] 这种论述深刻有力地指出了寻根文学现代性的困惑。孟繁华的《启蒙角色再定位：重读“寻根文学”》则从启蒙的角度来看待寻根文学，认为“新时期文学可以整体地看作是一个‘启蒙的故事’”，“1985年中期的‘寻根文学’则是一场文化启蒙”；“在精神向度上，‘寻根文学’仍然是世纪之梦的延续，它的关切视点没有超越宏大的叙事目标和国家话语的范畴，它的启蒙角色的意识依然强烈地存在，它的文化使命感里仍然隐含着鲜明的百年传统的内容”[②]。关于这方面的研究还有刘忠的《“寻根文学”的精神谱系与现代视野》[③]、南帆的《八十年代：多义的启蒙》[④] 等。

旷新年的《“寻根文学”的指向》是近年来寻根文学研究中比较有分量的一篇文章，作者认为：“‘寻根文学’是‘新时期文学’的一个重要潮流，它包含了复杂的流向。‘寻根文学’一方面是‘新启蒙主义’和‘国民性批判’这一主流思路的延续，另一方面又是20世纪80年代一种对于现代化最初不自觉的反应。‘寻根文学’的兴起使‘新时期文学’主流产生了深刻的分化，导致了文学从‘干预生活’到‘日常生活’的转变。”[⑤]这种现代性视角的批评，极大地开拓了寻根文学研究的思路。

四、比较视角的批评

寻根文学批评中，一些论者跳出寻根文学本身，以一种关系比较的研究思维，拓展了寻根文学研究的疆域和思路。这种比较视角的文学批评主要包括两种：一是影响研究，二是平行研究。

对寻根文学来说，其最大的外来影响就是拉美的魔幻现实主义文学思潮。拉美“爆炸”文学的成功，对与之历史和文化条件非常接近的中国文学产生了强有力的刺激。马尔克斯的《百年孤独》几乎在中国掀起了一场魔幻现实主义的旋风，对中国寻根文学运动的兴起，有着直接的推动作用。这种来自异域的文学影响，在寻根文学兴起之初，即受到中国文学界的关注。韩少功在《文学的“根”》中，就已经注意到“拉美的‘魔幻现

---

① 王一川．传统性与现代性的危机：“寻根文学”中的中国神话形象的阐释．文学评论，1995（4）．

② 孟繁华．启蒙角色再定位：重读“寻根文学”．天津社会科学，1996（1）．

③ 刘忠．“寻根文学”的精神谱系与现代视野．河北学刊，2006（3）．

④ 南帆．八十年代：多义的启蒙．文学评论，2008（5）．

⑤ 旷新年．“寻根文学”的指向．文艺研究，2005（6）．

实主义'，与拉美光怪陆离的神话、寓言、传说、占卜迷信等文化现象是否有关"这个问题。陈思和在《当代文学中的文化寻根意识》中也较早提到了拉美文学对中国寻根文学的影响："拉美魔幻现实主义作家关于印第安文化的阐扬，对中国年轻作家是有启发的。那些作家都不是西方典型的现代主义作家，而是'土著'，但在表现他们所生活于其间的民族文化特征与民族审美方式时，又分明是渗透了现代意识的精神。这种富有现代感，同时又融会了民族文化独特性的文艺创作，无疑为主张'文化寻根'的中国作家们提供了现成的经验。马尔克斯的获奖，毋庸讳言是对雄心勃勃的中国年轻作家的一种强刺激。"此后，关于魔幻现实主义对寻根文学影响的研究论文大量出现，其中较具研究深度的有吴家荣的《魔幻现实主义与寻根文学之比较》，该文认为，拉美魔幻现实主义文学与中国寻根文学在创作背景、作家的创作心态、对待传统文化的态度以及表现手法等方面，都有很多共同之处。但二者也有明显不同，中国寻根文学总体格调是乐观的，而拉美魔幻现实主义文学则充满了宿命论、神秘色彩和悲观思想，这是由二者所处的文化现实的不同决定的。① 陈黎明的《魔幻现实主义文学与"寻根"小说》认为："魔幻现实主义文学给予'寻根'小说的冲击是全方位、多层面的，其中最重要的是引发了小说创作思维中心向民族传统文化的转移，使得此期小说创作出现了一次精神返乡。魔幻现实主义文学在改变和丰富了'寻根'小说对人的认识、拓展了人的观念的同时，也激扬起一股开拓文学艺术空间的热情，使得此期小说在一定程度上超越了传统现实主义与现代主义的文学实践。"② 这种研究，将通常对魔幻现实主义的形式的文化的研究，上升到对文学思维方式的研究，开拓了此类研究的新思路。除此之外，还有一些研究探讨了马尔克斯或《百年孤独》对中国当代作家或当代文学的影响，如沈琳的《试析加西亚·马尔克斯对贾平凹创作的影响》③，就较为详细地探讨了马尔克斯所代表的魔幻现实主义创作观和创作方法对贾平凹的影响，以及这种影响产生的原因。类似的研究还体现在莫言等人身上。

寻根文学与"五四"之间的关系比较，是寻根文学批评中的一个重要内容。由于寻根作家在理论宣言中都不约而同地对"五四"进行发难，所

① 吴家荣．魔幻现实主义与寻根文学之比较．外国文学研究，1997（3）．

② 陈黎明．魔幻现实主义文学与"寻根"小说．文学评论，2006（2）．

③ 沈琳．试析加西亚·马尔克斯对贾平凹创作的影响．外国文学研究，1999（3）．

以关于寻根文学与“五四”的关系对比，就成为一个重要的研究话题。在之前我们所讲到的关于寻根文学理论的论争中，很多就已经涉及关于“五四”的讨论。而集中地将寻根文学与“五四”进行全面对比的是季红真的《历史的命题与时代抉择中的艺术嬗变：论寻根文学的发生与意义》①，该文将“五四”与寻根文学两个历史时代进行了纵向对比，先是从大的方面指出了“五四”与寻根的共同之处：“毫无疑问，‘五四’和今天都是开放的时代，而所面临的又都是如何改变中华民族的落后现状，赶上人类整体前进步伐的共同历史任务。”紧接着，作者更是从“民族传统文化在社会生活中的地位不同”“参照系发生了明显变化”“目的发生了极大变化”几个方面，详细深入地比较了二者的不同，对这两个时代的本质特征，有一个整体的概括和比较。

这种比较研究中，还有一个重要的内容表现就是大陆寻根文学与台湾乡土文学或寻根文学的比较研究。由于特定的政治和文化的原因，“寻根”可以说是台湾乡土文学中一个永恒的主题。在这方面，大陆的寻根文学与台湾的乡土文学获得了比较的可能性。吴奕锜的《新时期“寻根文学”与台湾“乡土文学”之比较》是这方面的代表。该文较为细致地论述了大陆寻根文学与台湾乡土文学的发生及其论争，认为大陆寻根文学的发生“从理论上的倡导到创作上的实践，本身便是对前一阶段文学的重心过分横移的反拨，是民族文学民族文化的‘自我保护’机制发生作用的结果”，其论争也是正常的纯文学纯学术的行为。而台湾的乡土文学的出现及其论争，则充满政治色彩，是一场非正常的非纯粹的文学和学术运动。“可以这样说，70年代期间一系列岛内外重大政治经济事件的冲击，直接推动和加快了台湾文学与现实结合的进程，而积聚于70年代初期，集中爆发于70年代中期的‘乡土文学’运动，则是台湾文学界在时代风云的冲击下参与当时这一社会性思考并付诸实践的具体行动。”② 谭光辉、何希凡的《当代台湾“寻根小说”文化考察》对台湾的“寻根小说”进行了文化分析，认为：“虽然，台湾文化小说并没有打出‘寻根’的旗号，但包孕于其中的‘寻根’内涵却是有意识的，是对现代主义的反拨和对传统的有意识回归，这一点与大陆的文化小说是不一样的。因为大陆文化小说中的文

---

① 季红真．历史的命题与时代抉择中的艺术嬗变：论寻根文学的发生与意义．当代作家评论，1989（2）．

② 吴奕锜．新时期“寻根文学”与台湾“乡土文学”之比较．社会科学，2001（5）．

化内涵是业已存在于人们内在文化心理之中的，而台湾文化小说中的文化内涵是对传统的刻意寻求和挖掘。”作者认为“是从大陆到台湾的作家和从台湾到海外的台湾本土作家的‘文化乡愁’以及由此而萌生的对母体文化的强烈认归感造就了台湾的寻根文学，它使‘寻根文学’带上了浓重的回归意识和民族化倾向”。对台湾“寻根小说”的主题，作者认为：“与大陆寻根小说刻意从传统文化中寻求现代价值支撑点不同，台湾寻根小说着重表现的是一种‘无根’的漂泊感和疏离感，并由此而生发出‘寻根’的主题。”① 这种将大陆与台湾的文学进行“文化寻根”主题比较的研究还有很多。

五、寻根作家论

除了上述那些综合的外围的寻根文学研究外，一些具有代表性的寻根作家及其作品也受到了广泛的研究关注。早在 1986 年寻根文学运动的初始阶段，曾镇南在《文学寻“根”研究刍议》中，就提出“作家群”研究的主张，即“对寻‘根’的一群中的每一位稍具重要性的作家作个别的深入讨论，写出一批作家论”，从而“对这寻‘根’的一群作综合的整体研究，写出较有概括性的作家群论”②。在这之后，他相继发表了《阿城论》《南方的生命力与南方的孤独：李杭育小说片论》，就是从单个的作家作品分析出发，总结其中的审美特征，进而扩展到对整个寻根文学的认识。王晓明的《不相信的和不愿意相信的：关于三位“寻根”派作家的创作》，以寻根文学的三位主将韩少功、郑义和阿城为例，分析他们的人生经历、情感缺憾和精神补偿性的文学追求，指出其中的悖谬和做作之处，从而表示了对寻根文学的怀疑和担忧。作者的结论是：“‘寻根’本来就是一个空洞的名目，谁都可以根据自己的需要，从它那里引申出一套合适的‘文化’观念，或者用来解除创作思想上的困惑，或者就干脆用来给作品着色添彩。硬要去追究这样一个口号的确切含义，的确是太迂执了。”③ 这种研究逻辑推理严密，细腻真实，说服力强。此后，几乎所有的寻根文学代表作家，如韩少功、李杭育、阿城、郑义、郑万隆、贾平凹、莫言等，都从

① 谭光辉，何希凡．当代台湾“寻根小说”文化考察．西南民族大学学报（人文社科版），2004（4）．

② 曾镇南．文学寻“根”研究刍议．文学自由谈，1986（5）．

③ 王晓明．不相信的和不愿意相信的：关于三位“寻根”派作家的创作．文学评论，1988（4）．

文化寻根的角度，得到了反复的多方面的研究。如王彬彬的《李杭育论》[①]、陈仲庚的《韩少功：从“文化寻根”到“精神寻根”》[②] 等。而像贾平凹、莫言、韩少功等人，由于其创作生命力的延续和对文化主题的持续发掘，除了单篇的研究论文外，围绕他们的寻根创作倾向，还出现了不少硕士和博士学位研究论文。

第三节　当事人的历史述说

寻根文学批评中，还有一种特别的声音，那就是寻根当事人的历史述说。寻根文学运动肇始于 1984 年底的“杭州会议”，相当一部分作家和批评家参加了那次会议，成为寻根文学运动的亲历者和历史见证人。事后，很多的作家和批评家都对寻根文学运动予以发言，有些是即时性的，而有些则是追忆性的。由于历史当事人的身份，他们的言说具有特别的权威性，也特别引人注目，成为寻根文学批评中一道特殊的风景。

先看寻根作家的发言。寻根文学运动中，引人注目的作家是韩少功、李杭育、阿城、郑义、郑万隆等几位。而至于像贾平凹、莫言等人，则属于事后追认的寻根外围的作家，王安忆的《小鲍庄》被视为寻根文学的重要收获，但她却不认可自己是寻根作家，也不发表寻根文学主张，在学术界也很少被视为寻根作家。

韩少功是寻根文学的倡导者，也是寻根作家中走得最远的一位。1985 年 4 月，他率先发表《文学的“根”》，举起寻根文学的大旗，得到其他作家同人的热烈响应，使寻根文学短期内形成席卷全国之势。但随着国内“文化热”的不断高涨，寻根被狭隘地理解成是用文学的方式来对民族传统文化进行考古，甚至被人讥讽为“发思古之幽情”，韩少功敏锐地意识到了这种简单的理解背离了自己的寻根初衷。于是在 1986 年，他又发表了《寻找东方文化的思维和审美优势》一文，正面表达了他的寻根主张：“就我自己的理解，所谓寻根就是力图寻找一种东方文化的思维和审美优势。”他从当时中国文坛的现状出发，阐发了他的寻根意图：“当代中国作家中，中年层受苏俄文学影响较重，像张贤亮，明确提到过苏俄文学是最

① 王彬彬．李杭育论．文艺争鸣，1992（2）．
② 陈仲庚．韩少功：从“文化寻根”到“精神寻根”．文艺理论与批评，2002（2）．

好的文学；蒋子龙的作品中，可以看出柯切托夫等作家的影响。当然他们有自己独特的发现和发展。至于青年一层，读书时正值中苏关系交恶，所以受欧美现代文学影响较大。现在二十几岁的，都写得几首朦胧诗，甚至能够以假乱真。对于屠格涅夫、契诃夫等人，反而较为陌生和疏远。这两种影响都是好的、意义重大的。可以说，没有这些影响，就不会有中国文学的今天和明天。但向外国开放吸收以后，有一个中国文学自立于世界的问题，光只有模仿和横移，是无法与世界对话的。”所以，作者主张要重新发掘东方文化的审美和思维优势。而对于怎么寻根及寻根的目标，作者有自己的看法：“东方文化自然有很落后的一面，不然的话，东方怎么老是挨打？因此寻根不能弄成新国粹主义、地方主义。要对东方文化进行重造，在重造中寻找优势。”“现在是东方精神文明的重建时期。我们不光看到建设小康社会的十几年，还要为更长远的目标，建树一种东方的新人格、新心态、新精神、新思维和审美体系，影响社会意识和社会潜意识，为中华民族和人类作贡献。”[①] 这篇文章是韩少功对自己寻根理念最为集中的一次表达。随着寻根文学运动的潦草落幕，韩少功对待寻根文学的态度发生了明显改变，在后来的多次言论中，他有意淡化寻根文学。例如，在寻根文学运动十几年后，在与人谈到寻根文学时，韩少功出人意料地说：“八十年代的‘文化寻根’与我有一点关系，但我从来不用这个口号。我已经多次说过，‘寻根’只是我考虑的问题之一，并不是问题的全部。任何一个简单化的概念，即便有些道理，也不过是一些思维的‘方便’，是应该‘随说随归’的，一旦僵固下来就可能形成遮蔽，就可能危害思维。”[②] 从中可以看到他对“文化寻根”有意的回避。2001 年，韩少功发表关于寻根文学运动的追忆文章《杭州会议前后》，针对“某位西方汉学家出版了一本书，书中说到中国八十年代的‘文化寻根’运动发起于 1984 年的杭州会议，完成于 1990 年的香港会议云云（大意如此），而有些国外的文学批评家后来都采用这种近乎权威的说法”，他予以反驳说：“在我的印象中，这两个会议完全没有那位汉学家笔下那种‘有组织、有计划、有纲领’的‘寻根运动’；恰恰相反，所谓‘寻根’的话题，所谓研究传统文化的话题，在这两个大杂烩式的会议上的发言中充其量也只占到 10% 左右的小小份额，仅仅是很多话题中的一个，甚至仅仅是一个枝

① 韩少功．寻找东方文化的思维与审美优势．文学月报，1986（6）.

② 韩少功．在小说的后台．济南：山东文艺出版社，2001：158－159.

节性的话题，哪能构成‘从杭州到香港’这样电视连续片式的革命斗争和路线斗争大叙事?”“至于后来境外某些汉学家谈‘寻根文学’时总要谈到的美国小说《根》，在这次会上根本没有人谈及，即便被谈及大概也会因为它不够‘先锋’和‘前卫’而不会引起什么人的兴趣。同样，境外某些汉学家谈‘寻根文学’时必谈的加西亚·马尔克斯也没有成为大家的话题，因为他的《百年孤独》似还未被译成中文，他获诺贝尔奖的消息虽然已经见报，但‘魔幻现实主义’这一陌生的词还没有什么人能弄明白。”所以他认为，“这次会上的‘寻根’之议并不构成主流”①。2007 年，在接受中国人民大学博士生的专访时，韩少功又说：“‘寻根’也不是当时所有文学问题的全部，只是当时作家们讨论的诸多问题之一，其要点是在政治视角之外再展开一个文化视角，在西方文化坐标之外再设置一个本土文化坐标。”“我一般来说不愿意提什么‘寻根派’和‘寻根文学’，因为被插上标签的这些作家其实千差万别，不是一个什么队列方阵。”② 在 2009 年发表的《寻根群体的条件》一文中，韩少功继续强化他的这种观点，对当初的“寻根”表示怀疑：

> 什么是“寻根”? 寻什么“根”? 怎样去“寻”? 你寻到了什么……问题一旦笼统和通俗到这个地步，事情就不好谈。二十多年前谈不清楚，二十多年后肯定还是谈不清楚。正是考虑这一点，很久以来我对这个话题能躲则躲。
>
> 文化是个筐，什么都可以装。上至主义与体制，下至厕所与厨房，世间万物无不文化。那么跳进“文化”这个辽阔泥潭里起舞，还想勾搭出什么共识，只能是找死。即便是约定了边界和规则，以木代林、同床异梦、阴差阳错、头痛医脚也常是讨论时的乱象。③

很显然，韩少功的这些话，仍然是在有意淡化寻根文学概念，拉开与寻根文学的距离。作为寻根文学主将和扛旗者，韩少功的态度为何会发生如此变化，这当然是耐人寻味的，是一个有意思的研究话题。但无论韩少功怎样撇清他与寻根文学之间的关系，在文学史上，韩少功作为一位作家的身份却始终与“寻根文学”“文化寻根”等字眼联系在一起，这大概也是让他倍感无奈的。

---

① 韩少功．杭州会议前后．上海文学，2001（2）.

② 韩少功，李建立．文学史中的“寻根”．南方文坛，2007（4）.

③ 韩少功．寻根群体的条件．上海文化，2009（5）.

除了韩少功，另外几位寻根倡导者的表现则比较令人失望，可谓偃旗息鼓，一蹶不振。李杭育、阿城、郑义、郑万隆等人都是寻根文学运动中的活跃者，姿态、格调都很高。在寻根大潮中，李杭育先后发表《理一理我们的“根”》《“文化”的尴尬》两篇充满才情和抱负的文章，给人感觉才华横溢而又锋芒毕露，似乎在寻根文学领域将大有作为。后来，又发表《从文化背景上找语言》创作谈，认为：“一个作家的最终出息，就在于找到了最合他脾胃，同时也最适宜表现他的具有特定文化背景之韵味的题材的那种语言。”[①] 此外，还发表有《通信偶得》等短文，表示在寻根创作上要“不甘落于他人之后”[②]，从中可见其对自己的创作充满自信。但在这些有限的发言和创作之后，李杭育却兴趣转移，从文学领域基本上消失了。直到现在，去检阅李杭育的文学成就，可以发现，除了 20 世纪 80 年代中期寻根文学运动前后，他有所表现外，其余的将近 30 年时间，基本上是一片空白。20 世纪 90 年代以来他主要忙于艺术资料收集和艺术赏鉴，沉迷于音乐，忙于教学和编电视剧等，其作家身份是越来越淡了。

还有阿城，也是如此。阿城先是以一篇知青题材的小说《棋王》爆得大名，在寻根文学运动中，他发表的理论文章《文化制约着人类》，被视为寻根文学的宣言之一，受到广泛关注。此后，他还发表了关于《棋王》的《一些话》[③]《又是一些话》[④] 两篇不算成熟的创作谈和《话不在多》[⑤]等杂感。除此之外，迄今为止，阿城基本上不再发声。与他在海内外的盛名相比，其作品和言论的数量实在是有点寒碜。王德威在《世俗的技艺：阿城论》一文中，盛赞阿城，在文章结尾，对阿城提出殷切期待：“然而比诸张大春的多产，阿城的惜墨如金到底要让我们觉得若有所失。从上一本《棋王》问世，十五年已经过去了。《遍地风流》的多数作品也是成于阿城序中所谓‘彼时正年轻’的日子。阿城为何对写作如此散淡？是见好就收，还是因被‘世俗’左右，另有寄托？还是蓄养元气，徐图大举？这些年他的注意力早已转移到其他艺术媒体上。”[⑥] 从现状来看，其期待估计也只是一厢情愿。德国汉学家顾彬对阿城也充满期待，并以他为例，认为

① 李杭育．从文化背景上找语言．文艺报，1985-08-31.
② 李杭育．通信偶得．文学自由谈，1986（2）.
③ 阿城．一些话．中篇小说选刊，1984（6）.
④ 阿城．又是一些话．中篇小说选刊，1985（4）.
⑤ 阿城．话不在多．文汇报，1985-04-22.
⑥ 王德威．世俗的技艺：阿城论//当代小说二十家．北京：三联书店，2006：316.

中国作家缺乏敬业精神。如今现实中的阿城，似乎离文学已经越来越远，而将更多的时间和精力用在编电视剧等杂务上面。从文化到经济，从理想到现实，阿城的世俗气息太浓了。

同样的情况还可见于郑万隆和郑义。二人当时也是寻根文学的大力呼告者，写出了各自的寻根代表作，发表了寻根文学主张。寻根文学运动中，郑万隆发表了“异乡异闻”系列小说，受到文坛关注和好评；发表了理论文章《我的根》，主张“每一个作家都应该开掘自己脚下的‘文化岩层’”，成为寻根文学运动的倡导者之一。后来，郑万隆还发表了《中国文学要走向世界：从植根于“文化岩层”谈起》[①] 等理论文章，针对寻根的一些问题予以辩解，继续倡导文化寻根。除了这些有限的声音，郑万隆也很快沉寂。20 世纪 90 年代后，郑万隆将主要精力转向了影视行业，与文学渐行渐远，更遑论什么寻根了。

还有郑义，在寻根文学阶段，发表了《远村》和《老井》两部中篇小说，影响巨大，《老井》还被改编成电影；此外，还发表了寻根文学纲领性文章《跨越文化断裂带》，支持阿城的文化“断裂论”，响应韩少功的寻根文学主张。后来还发表了创作谈《太行山的牧歌》，主张寻根就是要寻找“一种植根于传统小说美学，并且能与现代人类意识沟通的独创性的形式”，“一种与西方文学站到同一认识高度，而且表达了中国人独特的审美观念的形式”[②]。这种认识接近于韩少功所谓的“寻找东方文化的思维和审美优势”的主张。但郑义的文学活动也基本上仅限于此，随后便兴趣转移了。

除了这些核心层的寻根作家，还有一些外围的作家也参与了寻根文学批评，典型如贾平凹、王安忆等。贾平凹没有参加被视为寻根文学运动滥觞的“杭州会议”，也没有像上述那些作家一样发表什么寻根宣言，但他在 20 世纪 80 年代上半期发表的那些以商州为背景的系列小说，如《商州初录》《商州又录》《商州再录》等，由于其中的风俗文化书写，深受好评，被视为寻根文学的前期收获。对于文化与寻根，贾平凹在一些杂论中发表了一些零散的看法，不乏真知灼见，备受关注。贾平凹的《“卧虎”说》被认为颇得寻根文化神韵，他从汉代名将霍去病墓前的石刻卧虎，联想到中华民族几千年的历史，从卧虎“重精神，重情感，重整体，重气

① 郑万隆．中国文学要走向世界：从植根于“文化岩层”谈起．作家，1986（1）．

② 郑义，施叔青．太行山的牧歌．上海文学，1989（4）．

韵，具体而单一，抽象而丰富”[①] 的特征，联想到我们民族的精神，指出了传统之于我们今天的重要意义。此后，贾平凹多次表达了他对民族传统与现代意识、民族文学与世界文学的看法，主张要“弄通弄懂什么是民族传统的东西，什么是外来的现代的东西，融汇化合，走出一条极民族化的又极具有现代意识的路子”[②]。对于当时正在轰轰烈烈开展的他自己也参与其中的社会变革及其文化书写，贾平凹认为：“一切变革，首要的是民族性格的变革，也就是不能不关注到这个民族的文化基因。”[③] 这种考虑问题的思路，已经非常接近于韩少功和李杭育等人的寻根文学理念了。

还有一个特别的作家是王安忆。王安忆当年错过了“杭州会议”，事后感到非常遗憾，不过，她却以中篇小说《小鲍庄》强有力地介入了寻根文学。王安忆专门谈寻根文学的言论不多，而且她拒绝承认自己是寻根作家。她在接受访谈谈到寻根文学时说：“那几年我们的动作太大，速度也过快，把我们写作能量消耗殆尽……‘寻根’文学有点像能源开发，拼命学习西方现代派技巧，寻根也变成了寻找故事。”[④] 二十多年后，她写了一篇回忆寻根文学运动的文章《“寻根”二十年忆》[⑤]。在这篇文章中，她回忆了 20 世纪 80 年代中期的寻根文学运动。“杭州会议”召开时，“我正在徐州探亲，收到会议通知，已临到会期，立即忙着买车票。从徐州往杭州，直达只有一班北京发出的普通快车，经停徐州，每日只有寥寥几张坐票。去找一位铁路工作的朋友搞票，那朋友表示了为难，眼看赶不上会期，心中十分失望。在作雪的阴霾里，悻悻地走回，只觉得寂寞和荒凉。而此时此刻的江南杭州，则热气腾腾”。会后第二年，阿城来到上海，召集各路作家。“他很郑重地向我们宣告，目下正酝酿着一场全国性的文学革命，那就是‘寻根’。他说，意思是，中国文学应在一个新的背景下展开，那就是文化的背景，什么是‘文化’？他解释道，比如陕北的剪纸，‘鱼穿莲’的意味——他还告诉我们，现在，各地都在动起来了——西北，有郑义，骑自行车走黄河；江南，有李杭育，虚构了一条葛川江；韩少功，写了一篇文章，《文学的‘根’》，带有誓师宣言的含义，而他最重视

① 贾平凹．“卧虎”说//中华散文珍藏本：贾平凹卷．北京：人民文学出版社，1995.

② 贾平凹．对当前散文的看法//平凹文论集．西宁：青海人民出版社，1985：15.

③ 贾平凹．四月二十七日寄友人书．上海文学，1985（11）.

④ 王安忆，斯特凡亚，秦立德．从现实人生的体验到叙事策略的转型：一份关于王安忆十年小说创作的访谈录．当代作家评论，1991（6）.

⑤ 王安忆．“寻根”二十年忆．上海文学，2006（8）.

的人物，就是贾平凹，他所写作的《商州》，可说是‘寻根’最自觉的实践。阿城没有提他自己的《遍地风流》，是谦虚，但更像是一种自持，意思是，不消说，那是开了先河。”“阿城的来上海，有一点像古代哲人周游列国宣扬学说，还有点像文化起义的发动者。”王安忆的这种回忆，文字间充满温馨和愉悦，乃至有一些文化自豪感。在王安忆的回忆中，寻根文学似乎是有组织和意图的，这与韩少功的回忆似乎出入挺大。

除了作家外，一些参加过“杭州会议”的评论者也以亲历者的身份对寻根文学予以了批评。陈思和、季红真、黄子平等人都参加过“杭州会议”，都是寻根文学的历史见证人，都发表过相关的批评文章，前面已经多次提及，此处不再赘述。在此值得一提的是另外两位参与者：蔡翔和李庆西。蔡翔是“杭州会议”的发起者和组织者，后来他应邀写了一篇回忆性文章《有关“杭州会议”的前后》，尽可能地将这次会议面貌全盘托出。在蔡翔的描述中，“这次会议不约而同的话题之一，是‘文化’。我记得北京作家谈得最兴起的是京城文化乃至北方文化，韩少功则谈楚文化，看得出他对文化和文学的思考由来已久并胸有成竹，李杭育则谈他的吴越文化。而由地域文化则引申至文化和文学的关系。其时，拉美文学‘爆炸’，尤其是马尔克斯的《百年孤独》对中国当代文学刺激极深，由此则谈到当时文学对西方的模仿并因此造成的‘主题横移’现象”[①]。值得注意的是，蔡翔的这种描述与韩少功明显矛盾。韩少功刻意否定“杭州会议”的文化动向，并否认马尔克斯等的外来文学影响，竭力把“杭州会议”降温，变成20世纪80年代一次普通的文学会议。蔡翔后来曾专门纠正过韩少功的记忆描述，认为可能是其记忆失误所致。但联系韩少功后来的一系列的言论，他似乎并非记忆失误，而是在有意淡化寻根。

李庆西也参加过“杭州会议”，事后写有评论文章《寻根：回到事物本身》[②]，最早地回忆了“杭州会议”：“在一部分青年评论家的记忆中，一九八四年十二月的杭州聚会，至今历历在目。这番情形就像一个半大孩子还陶醉在昨日的游戏之中。也许对他们来说，像那样直接参与一场小说革命的机会难得再能碰上了。”言辞之中，充满了欣悦。在这篇批评文章中，李庆西从现象学的理论出发，对包括“杭州会议”在内的寻根文学及其作品，予以了审美评价，认为寻根文学将中国当代文学从“政治、经济、道

① 蔡翔．有关“杭州会议”的前后．当代作家评论，2000（6）．

② 李庆西．寻根：回到事物本身．文学评论，1988（4）．

德与法”的范畴过渡到“自然、历史、文化与人”的范畴。李庆西的这篇文章从审美的角度确认了寻根文学的文学史价值，成为寻根文学批评中的一篇重要文献。多年后，李庆西又发表了长篇论文《寻根文学再思考》[①]，对寻根文学再次予以全面的高度评价，体现出其一以贯之的文学热情。

还有一位评论家季红真，也参加了“杭州会议”，也是寻根文学的当事人。她在 20 世纪 80 年代曾写有《历史的命题与时代抉择中的艺术嬗变：论“寻根”文学的发生与意义》和《文化“寻根”与当代文学》等总结性文章，为寻根文学呐喊并进行历史定位。2014 年，她又发表《寻根文学的历史语境、文化背景与多重意义》[②]，对寻根文学进行一次文学史的回顾，纪念寻根文学运动三十周年。这些寻根文学历史当事人的言说，有着特别的真实性和历史价值，是寻根文学研究的重要文献。

第四节 寻根文学批评的误区

寻根文学批评伴随寻根文学而生，已经历时三十余年，直到今天，各种关于寻根文学的批评仍然不断出现。不可否认，寻根文学批评对于寻根文学的现象解读、理论建构、文学史地位的确立和作家作品的解读，确实功不可没。但是，如同寻根文学内部充满悖论一样，寻根文学批评同样发育不全，存在着明显的批评误区。在 20 世纪 80 年代众多的文学思潮及其批评中，寻根文学思潮可谓来势汹汹去也匆匆，寻根文学批评同样表现得简单、肤浅、粗暴和武断。在笔者收集整理关于寻根文学批评资料的过程中，除了上述有限的批评外，寻根文学研究给人感觉普遍简单，存在着大量的重复，深入的有建树的批评研究并不算太多。这对于一个影响巨大轰轰烈烈的文学思潮来讲，多少显得有点寒碜。

寻根文学批评中，最大的批评失误是将“根”与“文化”简单地等同。在相当一部分批评者的意识中，“根”就是“文化”，而且狭隘地理解为那些边缘的或已经消失的民族传统文化，如韩少功所认为的“非规范文化”和李杭育所主张的“少数民族文化”，寻“根”就是寻找曾经辉煌而

① 李庆西．寻根文学再思考．上海文化，2009（5）．

② 季红真．寻根文学的历史语境、文化背景与多重意义：三十年历程的回望与随想．文艺争鸣，2014（11）．

现在失落的民族传统“文化”。在这种简单思维的支配下，寻根文学就变成了文学范畴内的文化考古。在这种理解下，那些距离当代生活时间越久远、位置越偏僻的民族文化就被认为越有价值。这就导致了很多人跑到深山老林、边疆荒野中去搜奇猎胜，去所谓“寻根”。所以，在当时寻根就被人讥讽为“寻到猴子屁股上去了”，这当然有失偏颇。这种批评观念的直接后果，就是用“文化”劫持了寻根。① 这种文化“劫持”，从一开始就改变了寻根文学的发展方向，左右了寻根文学批评的格局，对寻根文学的创作与批评产生了深刻影响，最终把寻根文学逼上了绝路。

这绝非危言耸听，而是寻根文学理论和创作的事实。我们不妨再重新检视一下寻根作家的理论初衷。在中国当代文学中，“寻根”这个概念最早出现于少数民族作家李陀与乌热尔图的通信中。1983年底，李陀在致乌热尔图的信中说：“一定的人的思想感情的活动、行为和性格发展的逻辑，无不是一个特定的文化发展形态以及由这个形态所决定的文化心理结构的产物。近几年来我国有些作家开始注意这个问题，如汪曾祺、邓友梅、古华、陈建功……我很想有机会回老家去看看，去‘寻根’。我渴望有一天能够用我的已经忘掉了许多的达斡尔语结结巴巴地和乡亲们谈天，去体验达斡尔文化给我的激动。”乌热尔图则说：“我国边疆虽然偏僻、闭塞，但那些地区确实可以说是一座沉睡着的文化宝库。比如云南、西藏和新疆，这广袤的土地，自然景观的奇丽，民族文化的悠久，色彩的丰富，层次的繁多——一句话，文学土壤的丰沃令人惊叹。从苏联文学的发展来看，西伯利亚边远而神奇的森林地带，为苏联的文学界一批一批输送了多少有影响的作家；美国的‘南方文学’，不光冲击了美国文坛，而且，产生了具有世界影响的作家；从世界角度看，拉丁美洲可以被称为边缘地带，它的‘爆炸文学’震惊了世界。对比起来，我国的边疆文学虽然使人感到有些遗憾，但已经具备了多方面的条件，显示出雄厚的潜力，需要整个文学界给予更多的注目和关切。”这封通信是关于“寻根”这个文学概念的最早表达。

值得注意的是，在这封通信中，李陀和乌热尔图二人对“寻根”的理解，并不是后人所简单认为的“文化”。李陀说他之所以想回去“寻根”，并非要回去发掘那些达斡尔族文化，如他已经忘掉了许多的达斡尔民族语言，而是要“去体验达斡尔文化给我的激动”。换句话说，他所要追求的

① 刘立群．“寻根文学”研究．北京：北京师范大学，2011．

是一种文化体验所带来的感觉，而不是文化发掘本身。他之所以对乌热尔图的作品感兴趣，并认为后者激发了他“寻根”的意图，正是因为他欣赏乌热尔图对鄂温克民族文化的书写：“我觉得你的小说的另一个值得注意的特点，是你对鄂温克族文化的表现。从某种意义上说，你的小说是对处于一个特定历史发展阶段的鄂温克民族的特定文化心态的研究和记录——当然是以审美的、艺术的方式。”追求文化表现的“审美的、艺术的方式”，这是李陀对“文化”寻根的理解。李陀所欣赏的这种“文化”，在乌热尔图的小说中，表现为“大量关于鄂温克族的生活方式、风俗习惯、宗教意识以及民族心理方面的描写”，及“以现实主义的生动和准确为读者展现了一幅幅鄂温克族人怎样狩猎、怎样分配食物、怎样安置营地、怎样吃饭和穿衣、怎样感受和思考自然、怎样对待天灾和死亡等生活图画”[①]。从李陀的表述中，可以看到，他所谓的“文化”并不是那种抽象的、固态的文化，而更多的是具体的、感性的文化，带着人性的现实的体温。他对“寻根”的理解，不在文化发掘本身，而更多的是一种文化体验和文化审美。追求一种审美的文化呈现，这是寻“根”的本来含义。

但是，这样的理解很快就被寻根文学批评所歪曲。在韩少功的《文学的“根”》、李杭育的《理一理我们的“根”》等理论主张中，文化都被做了简单化的二元划分：规范文化和不规范文化；中原文化和少数民族文化。而且，一些作家的写作被简单地视为地域文化写作，如韩少功之于湖南湘西文化、贾平凹之于陕西商州文化、李杭育之于东南吴越文化、郑义之于山西太行文化等等。在这种分门别类的划分中，文化都被当成某种先念的固化的东西，被予以肢解了。陈思和在他的那篇对寻根文学批评颇有影响的长文《当代文学中的文化寻根意识》中，开篇就从考古学上的人类文化发掘着手，洋洋洒洒，最终将寻根与特定的文化发掘相联系，似乎意味着所谓寻“根”，也就类似于某种文学考古。这种认识，可以说某种程度上误导了寻根文学及其批评的走向。在这方面，倒是稍后的李庆西在《寻根：回到事物本身》这篇文章中，超越了陈思和的那种文化发掘意义上的寻根观点，而是借助现象学理论，从审美的角度，将寻根视为一种风格意识的“自我寻找”和“重新构建的审美（表现的）逻辑关系”。应该说，这种审美视角的批评，更为接近“寻根”的原意。只是寻根文学批评中，能够像这样从审美的角度来进行批评的文章并不多。

---

① 李陀，乌热尔图．创作通信．人民文学，1984（3）.

这种文化观念的出现，显然与20世纪80年代中国社会上盛行的“文化热”有关。在当时，说文化、写文化成为一种时髦，作用于当时的文学创作与批评，文化也就成为一个惯常的批评视角。王安忆当年曾说道：“那个时候如果有一个人说他不要文化，那是一件很丢人的事情，人家是不敢说没有文化的，因为文化很时髦。”① 王安忆说这话的时间是1986年，基本上还是寻根文学的现场，从中可以看到“文化”对于当时文学创作与批评的影响。

在这种文化观念支配下，文化似乎成为一种特定的文学宝藏，寻根就是对这些文学宝藏的发掘。这种生硬的文化视角的植入，很快就改变了寻根文学及其批评的发展方向。于是，在创作上，一些作家为文化而文化，甚至为吸引读者，而不惜将这些文化予以传奇化和故事化文本包装，搜奇猎胜，争奇斗艳。在这些作品中，我们可以看到各种各样的不乏奇异之感的所谓“文化”，但却很难体会到这些文化的价值，尤其是它们与当代社会生活的关系。这就导致寻根文学与现实生活脱节，变成了一种临空蹈虚的文字游戏。寻根文学的这种发展，终于使其卸掉了文化发掘的意义负担，使一些寻根作家得以轻装上阵，在历史与文化的时空中，恣意驰骋自己的才情和想象，使寻根文学最终汇入了20世纪80年代后期出现的新历史主义小说创作的大潮。

这种文化视角的确立，使寻根文学批评表现出理念化倾向，变得简单甚至粗暴。既然寻根就是文化发掘，那么，那些被视为寻根的作品之中，一定蕴含了某种民族文化。在这种文化批评思路支配下，一些具有代表性的寻根文学作品就被简单化地贴上了某种文化的标签，如韩少功的《爸爸爸》就被认为是对民族文化劣根性的批判，王安忆的《小鲍庄》被认为是对儒家仁义文化的现代解剖，阿城的《棋王》被认为是对儒家和道家文化的积极弘扬。三部作品表现了三种民族传统文化，三种文化的代表人物分别是丙崽、捞渣和王一生。这种解读直观明了，当然也谈不上什么不对，但是对于那些内涵丰厚的文本，这样的解读是不是显得太简单了一些？这三部作品通常被视为寻根文学的扛鼎之作，每个文本都表现了不同文化的复杂和魅力，都散发出现代主义的文本气息，有着巨大的审美张力，并不是给它们贴上一个文化标签就可以简单认定的。这种单一的文化批评视角，造成了多少审美的遮蔽，包括内容和形式两方面，甚至扼杀了多少有

① 王安忆．我在逆向中寻找．文学自由谈，1986（3）．

价值的文本，表现出文学批评的暴力，这恐怕是没有多少批评者愿意正视和承认的。批评家李洁非就比较早地注意到这种文化批评的粗暴倾向，认为寻根作家关于文化的二元分法、关于中西文化优劣论和中西文化体用之分的讨论等，这些本来属于社会学讨论的问题，无形中转移或替代了寻根文学的发展方向，而对寻根文学本身却关注较少。他提出质疑："'寻根文学'的提倡者、实践者，还是它的讨论者，都把这种文学现象放在'文化'意义上来解释、检讨、阐发和争议。结果，一场文学运动似乎并没有引起多少文学上的话题，而主要地导向了有关一般性质的人文价值取向的辩白。当然，这种话题本身并非毫无意义，它可能是有趣的，也可能十分切合当时文坛的焦点，但由于过分偏重这个侧面，一个最主要的问题却被错过了、疏忽了，这便是作为一种艺术（而非文化）过程的'寻根文学'，它究竟想做什么？它会给 1984、1985 年的小说形式带来什么？"① 王安忆也曾以自己的创作为例，来说明这种单一的文化批评的武断和粗暴："我在写《小鲍庄》的同时，还发了一个《大刘庄》，我自己觉得并不比《小鲍庄》差。但是，《小鲍庄》碰上了文化热，所以它的影响特别大，把《大刘庄》湮没了。"② 类似的这种情况，在当时应该不少。

事实上，一些寻根作家很早就意识到了这种文化批评对寻根文学的扭曲。韩少功在《文学的"根"》中倡导寻根时，一开始就指出寻根"不是出于一种廉价的恋旧情绪和地方观念，不是对方言歇后语之类浅薄的爱好，而是一种对民族的重新认识，一种审美意识中潜在历史因素的苏醒，一种追求和把握人世无限感和永恒感的对象化表现"。这表明韩少功最初主张的寻根，不是廉价的文化发掘，而是站在当下立场上的文化审美。但当寻根文学风起云涌，"文化"横扫一切时，韩少功很快就意识到了这种文化泛滥对文学创作的不利影响。1986 年，他发表《好作品主义》③ 一文，主张拥护各种主义名下的好作品而反对各种主义名下的坏作品；反对那种给文学贴标签，脱离具体作品来折腾各种主义的做法。显然，这篇文章是对当时文坛文化至上论的一种纠偏。同年，他还发表《寻找东方文化的思维和审美优势》④ 一文，再次重申寻根不是新国粹主义，也不要把寻根弄成新地方主义，而是要"寻找东方文化的思维和审美优势"。2009

① 李洁非．寻根文学：更新的开始（1944—1985）．当代作家评论，1995（4）.

② 王安忆．我还是真诚的：王安忆答本刊记者问．青年作家，1987（4）.

③ 韩少功．好作品主义．小说选刊，1986（9）.

④ 韩少功．寻找东方文化的思维和审美优势．文学月报，1986（6）.

年，在《寻根群体的条件》[①] 一文中，韩少功再次正面谈论寻根文学，他首先抨击了那种文化批评视角，认为："文化是个筐，什么都可以装。上至主义与体制，下至厕所与厨房，世间万物无不文化。那么跳进'文化'这个辽阔泥潭里起舞，还想勾搭出什么共识，只能是找死。即便是约定了边界和规则，以木代林、同床异梦、阴差阳错、头痛医脚也常是讨论时的乱象。"接着，他阐述了对寻根文学的认识："一种另类于西方的本土文化资源，一份大体上未被殖民化所摧毁的本土文化资源，构成了'寻根'的基本前提。""往根本上说，文化资源的活态呈现就是生活与人，那么这些生活与人是怎样进入作家的视野？怎么变成了小说、诗歌、散文以及理论批评？"韩少功认为，寻根作家大多当过知青，有过底层生活经历，"丰富的自然生态和艰辛的生存方式，方便人们在这里触感和体认本土，方便书写者叩问人性与灵魂。这样，他们曾在西方与本土的巨大反差之下惊讶，在自然与文化的双轴坐标下摸索，陷入情感和思想的强烈震荡，其感受逐步蕴积和发酵，一遇合适的观念启导，就难免哗啦啦地一吐为快。他们成为'寻根'意向最为亲缘与最易操作的一群，显然有一定的原因"。在韩少功看来，知青作家们的文化寻根，显然是有感而发，并非"为赋新诗强说愁"，为文化而写文化。这种表述表明韩少功的寻根观点已经跳出文化这个"辽阔的泥潭"，从"生活和人"的视角，尤其是从知青们特定的人生、情感经历来考察寻根文学的发生。这种认识与时俱进，与众不同，无疑是一种进步。长期以来，韩少功对寻根文学一直有着自己特定的思考。前文说过，韩少功一直刻意淡化和回避寻根，感觉一个重要的原因就是，当年他曾倡导过文学寻根，但是后来的寻根文学运动进程却严重违背了他的初衷，被弄得面目全非。他不愿意接受现实中的文学寻根，但又无法否认自己的寻根文学发起人身份，无法摆脱自己与寻根文学之间的历史联系。所以，他只能尽可能地保持与寻根文学之间的距离，刻意地回避，有意地淡化。

还有阿城，对甚嚣尘上的文化批评也有所警惕和反感。1987 年，在与香港作家施叔青的谈话中，阿城就发表了有别于一般人的对其《棋王》的文化解读。他认为他的那些悟道、老庄哲学的感受来源，"有书，但大部分直接从我们环境里来，如果说中国传统是孔子、老子、庄子的东西，那确确实实是从中国人的生活当中来，所以我们作为中国人，生活在自己

① 韩少功．寻根群体的条件．上海文化，2009（5）.

的环境里面，他会无儒不在”[①]。阿城的意思很明显，我们本来就生活在文化之中，文化无处不在，不需要刻意地去寻根。他写的不是什么具体的文化，而是文化之中的人和人的特定的精神状态。王一生说“待在棋里舒服”，用文化概念怎么解读？显然，这说的是文化感觉和文化存在，而这正是作者所要传达的内容。在与施淑清和李陀、李欧梵等人的两次谈话中，阿城都特别提醒读者注意，小说中“王一生和叙事者‘我’是两个元”，但是，绝大多数读者只注意“王一生”而忽略了叙事者“我”的存在，这种阅读是片面的。“《棋王》发表以后的评论，我多多少少看过一些，几乎都没有提到第一人称‘我’，只有一个季红真提到。《棋王》里其实是两个世界，王一生是一个客观世界，我们不知道王一生在想什么，我们只知道他在说什么，在怎么动作，对于一些外物的反应，至于他在想什么，就是作者自己都不知道，怎么体会呢？另外一个就是‘我’，‘我’就是一个主观世界，所以这里面是一个客观世界跟主观世界的参照，小说结尾的时候我想这两个世界都完成了。”[②] 在阿城看来，那种只注意“王一生”的阅读，是一种简单的文化视角的阅读，先入为主，直奔主题。而他写《棋王》的本意，是表现人的存在和人的特定精神状态，只有将“王一生”与第一人称叙事者“我”结合起来，仔细体会二者各自的世界，才是正确的阅读方式。而这种阅读显然是一种审美视角的阅读，但却很少有人能够做到。这种批评的简化或误读，就导致很多人传颂《棋王》，但实际上却没有几个人能够真正读懂它。1998 年，《棋王》再版时，针对长期以来关于《棋王》的种种文化解读，阿城在序言中再次表达了他的不满：“大概是《棋王》里有些角色的陈词滥调吧，后来不少批评者将我的小说引向道家。其实道家解决不了小说的问题，不过写小说倒有点像儒家。做艺术者有点像儒家，儒家重具体关系，要解决的也是具体关系。若是，用儒家写道家，则恐怕两家都不高兴吧？”[③] 嘲讽之意，溢于言表。

寻根文学批评中，还有一个批评乱象是批评的范围无限地拓展，泛滥无边。这其实仍与上述的泛文化批评有关。自寻根文学出现后，当代文学中，只要与所谓的文化相关的各种作品，都被纳入寻根文学及其批评的视野。于是，除了通常所说的寻根文学之外，批评界还出现了所谓的“前寻

① 施叔青．与《棋王》作者阿城的对话．文艺理论研究，1987（2）．

② 同①。类似的谈话内容还见于阿城与李陀、李欧梵等人的谈话［文学：海外与中国．文学自由谈，1986（5）］。

③ 阿城．棋王·序言．北京：作家出版社，1998．

根”“后寻根”等概念。相当多的与寻根本意相差甚远甚至风马牛不相及的作品，仅仅因为其中有某种特定的文化意蕴，就被视为“寻根”。在这些文学批评中，“寻根”似乎成为一个文学标签，哪儿需要哪儿贴。其实，文化是一个巨大的概念，几乎可以指涉一切；而“寻根”不过是一种狭义的表达，有其特定的内涵与文学主旨。这种批评滥用的结果，是将本来意义上的“寻根”的内涵与外延都给搞混淆了。真正意义上的寻根文学运动早已结束，而普泛意义上的“寻根”文学及其批评却仍如火如荼，绵延不绝。这到底是寻根文学的幸，还是不幸?

结　语　永远的寻根

十年磨一剑，本课题的研究历经多年磨炼而成。记得 2014 年的暑期，在京城的酷热中，我一面忙着撰写本书稿，为申请国家社科基金后期资助项目做准备，一面偷闲观看了一些电视节目。在当时中央电视台众多的节目信息中，有两条引起了我的关注：一条是中央电视台面向全球华人，为纪录片《记住乡愁》发起征集主题歌词活动。另一条是姜戎的长篇小说《狼图腾》被改编成电影，即将上映。这部多年前出现的作品艺术上并不被看好，但却在海内外受到广泛欢迎。这两条消息之所以引起我的关注，显然与我当时正在进行的寻根文学研究有关，因为它们都涉及了文化寻根的主题。

在我看来，"记住乡愁"其实就是文化寻根；为《记住乡愁》全球征集歌词，就是一次有意识的全球范围内的华人文化寻根活动。为什么要记住乡愁？那是因为故乡正在离我们远去。随着当代中国社会现代化、城市化和全球化进程的加快，人们生活的时空正在发生巨变，故乡逐渐从一个地理性的概念转变为精神性的概念。今天的中国，城镇化的快速推进使农村正在以前所未有的速度消失，而现代化和国际化所带来的人口流动使人们居无定所，故乡概念日渐淡薄。终有一天，那些生活在城市高楼大厦里的人、那些生活在异国他乡的人，似一片飘零的落叶，无乡可怀，不知故乡在哪里。姜戎的《狼图腾》则是一部文化人类学作品，宣扬人类原始的力量、勇气和生存智慧，表现出优胜劣汰的强者生存策略，与现代文明所导致的人性羸弱形成鲜明对照，对当前中国周边紧张的国际局势，似乎也有一些文化借鉴意义。这两条节目信息不过是偶尔所得，说明不管是在影视作品中还是在文学作品中，文化寻根从来就没有断绝。

寻根文学终结了吗？答案显然是否定的。寻根文学诞生于现代性的文化语境之中，是对现代性的文化反思。只要传统与现代之间的矛盾冲突依然存在，文化寻根就不可能消失。当代中国社会正在经历现代化和全球化的热潮，传统与现代之间的矛盾冲突空前激烈。高速运行的中国现代化列车正在以史无前例的方式和速度，颠覆和瓦解着中国的传统的社会结构、生活方式和文化伦理，但同时也让我们尝到了现代化的恶果。日益严重的环境污染、资源枯竭、人性异化和道德失落等问题，都在威胁着当代人的存在，都在对现代化提出质疑，都在迫使人们进行文化反思。这种传统与现代之间的矛盾冲突，正是文化寻根得以出现的温床。越是在传统与现代矛盾冲突激烈的时候，文化寻根的迫切性和意义就越发突出。就此而言，只要中国的现代化进程还在继续，文化寻根就不可能消失，寻根文学也不可能终结。

同时，全球一体化时代的到来，也要求和呼唤各民族文学和文化的寻根。文化寻根是对文化多元化的认可和倡导，是对民族文化身份的认同，包含求同存异的文化思想和对抗西方文化霸权主义的潜在用心。当前的中国正在快速地崛起和融入世界，作为一个文明古国和文化大国，作为一个后发赶超型的国家，在全球化的过程中，中国如何确保自己的文化身份，警惕西方文化霸权主义的侵扰，是一个重要的文化问题。在此背景下的文化寻根，对于文化地位落后、处于文化赶超位置的中国文学和文化来讲，其意义更为突出。文化是一个民族的身份标记，当前中国文学的海外传播正在轰轰烈烈地展开，文化也成为中国文学在海外发挥影响的一个重要因素。文化是中国当代文学叩开世界文学大门的一把钥匙，文化寻根是在国际文化交流过程中，确保民族文化身份、对抗西方文化霸权主义的有效途径。文化寻根采取的是一种文化人类学的视角，而文化人类学可以说是未来世界文学和文化融合的方向。文化人类学在中国当代文学中才刚起步，发展得很不充分。在这方面，在追赶世界文学的道路上，中国当代文学还有很大的发展空间，还有很长的路要走，还要努力文化寻根。

所以，处于现代化和全球化进程中的当代中国，不管是在文学还是在其他艺术领域，文化寻根不可能终结。这是一个艺术领域的问题，也可以说是一个政治层面的问题。当前中国正在努力实现中华民族伟大复兴的中国梦，显然，民族复兴不可能简单地被理解为经济振兴，而是同时包括民族文化复兴。这是政治对文化的要求，也是文化发展的时代使命。目前，这种文化工作已经在蓬勃开展，例如遍布世界各地的孔子学院，就是中国的文化输出和国家文化软实力的体现。通过文学的文化发掘，来振兴民族文化，进而使其走向世界，这本来就是寻根文学的目的。在这方面，文化寻根与国家的主流意志相吻合，具有强大的发展动力和广阔的发展空间。

从中国当代文学的实际来看，文化寻根从来就没有停止过。虽然寻根文学运动被人称为“昙花一现”，已经不可能重现，但文化寻根却从此在当代文学中生根立足，成为当代文学的必然内容，并结出累累硕果。20世纪90年代后，当代文学的文化寻根呈现出多元化发展态势：陈忠实的《白鹿原》、莫言的《丰乳肥臀》《檀香刑》等是历史文化寻根；贾平凹的《秦腔》、张炜的《九月寓言》等是乡土文化寻根；韩少功的《马桥词典》是民间文化寻根；王安忆的《长恨歌》《富萍》《考工记》是城市文化寻根；阿来的《尘埃落定》、迟子建的《额尔古纳河右岸》是少数民族历史文化寻根；贾平凹的《怀念狼》、姜戎的《狼图腾》等是文化人类学寻根；等等。众多文化寻根作品的出现，使当代文学呈现出生机勃勃的发展局面。虽然当年寻根文学的一些弄潮儿早已风流云散，像阿城、郑万隆、李杭育等人，早已放弃了写作，但是却有更多的创作实力强劲的作家加入文化寻根的行列，文化寻根方向也日渐多元化。寻根文学的队伍不是缩小了，而是在壮大；寻根文学的发展道路不是变窄了，而是越走越宽；文化寻根也从当初的有意为之转化为如今的文学常态。从这方面来讲，文化寻根推动了当代文学的进步。

从审美角度来看，寻根文学也不可能终结。文化是一个民族物质生活和精神生活的结晶，文化之中天然包含艺术审美的成分。文化能够滋润人的心灵，陶冶人的情操。当前中国社会正在快速地进入消费主义时代，高速发展的经济也容易造成当代人内心的沙漠化，传统中国人内心的诗意和美感在商品欲望的冲击下正在逐渐丧失。当代中国人正在面临精神空虚、内心荒芜、焦虑不安、无所适从等严重的人文精神危机。这个问题在20世纪90年代曾引起学界广泛的关注和讨论，如今依然存在，而且愈发严重。在此情况下，文化寻根通过对民族传统文化的发掘，将文化特别是民族优秀传统文化引入当代国人的生活，滋润国人干涸的内心，具有心灵治疗的功用。这对于缓解当代国人内心的紧张、焦虑，恢复当代国人内心失落的诗意和美感，重建当代国人心灵的绿洲，具有重要意义。从这方面来讲，经济高速发展的中国当代社会也迫切需要和呼唤文化寻根。

无论是中国当代文学的发展，还是中国当代社会的发展，都需要文化寻根。所以，文化寻根不会过时，寻根文学也不会终结，它们将会伴随着中国当代文学和当代社会的历史化进程，走向深入，持续到永远。

参考文献

一、主要参考书目

艾布拉姆斯．镜与灯：浪漫主义文论及批评传统．郦稚牛，张照进，童庆生，译．北京：北京大学出版社，1989.

艾恺．世界范围内的反现代化思潮：论文化守成主义．贵阳：贵州人民出版社，1991.

鲍曼．现代性与矛盾性．邵迎生，译．北京：商务印书馆，2003.

本雅明．发达资本主义时代的抒情诗人：论波德莱尔．张旭东，魏文生，译．北京：三联书店，1989.

布鲁姆．影响的焦虑．徐文博，译．北京：三联书店，1989.

陈定家．全球化与身份危机．开封：河南大学出版社，2004.

陈思和．笔走龙蛇．济南：山东友谊出版社，1997.

陈思和．中国当代文学史教程．上海：复旦大学出版社，1999.

陈晓明．现代性与中国当代文学转型．昆明：云南人民出版社，2003.

陈众议．拉美当代小说流派．北京：社会科学文献出版社，1995.

费孝通．乡土中国　生育制度．北京：北京大学出版社，1998.

佛克马，伯顿斯．走向后现代主义．王宁，等译．北京：北京大学出版社，1991.

佛克马，蚁布思．文学研究与文化参与．俞国强，译．北京：北京大学出版社，1996.

弗莱．批评的剖析．陈慧，袁宪军，吴伟仁，译．百花文艺出版社，1998.

弗里德曼．文化认同与全球性过程．郭建如，译．北京：商务印书馆，2003.

韩少功．在小说的后台．济南：山东文艺出版社，2001.

亨廷顿．文明的冲突与世界秩序的重建．周琪，刘绯，张立平，等译．北京：新华出版社，2002.

洪子诚．中国当代文学史．北京：北京大学出版社，1999.

怀特．后现代历史叙事学．陈永国，张万娟，译．北京：中国社会科学出版社，2003.

黄子平．“灰阑”中的叙述．上海：上海文艺出版社，2001.

吉登斯．现代性的后果．田禾，译．南京：译林出版社，2000.

加缪．西西弗的神话：论荒谬．杜小真，译．北京：三联书店，1998.

杰姆逊．后现代主义与文化理论．精校本．唐小兵，译．北京：北京大学出版社，1997.
卡林内斯库．现代性的五副面孔．顾受彬，李瑞华，译．北京：商务印书馆，2002.
老木．青年诗人谈诗．北京：北京大学五四文学社，1985.
李欧梵．现代性的追求：李欧梵文化评论精选集．北京：三联书店，2000.
列维-斯特劳斯．结构人类学：巫术·宗教·艺术·神话．陆晓禾，黄锡光，译．北京：文化艺术出版社，1989.
林秀琴．寻根话语：民族叙事与现代性．镇江：江苏大学出版社，2012.
刘小枫．现代性社会理论绪论：现代性与现代中国．上海：上海三联书店，1998.
鲁迅．中国小说史略．天津：百花文艺出版社，2002.
莫言．小说的气味．沈阳：春风文艺出版社，2003.
南帆．文本生产与意识形态．广州：暨南大学出版社，2002.
史密斯．全球化时代的民族与民族主义．龚维斌，良警宇，译．北京：中央编译出版社，2002.
汤因比，等．历史的话语：现代西方历史哲学译文集．张文杰，编．桂林：广西师范大学出版社，2002.
汤哲声．中国文学现代化的转型．南京：南京大学出版社，1995.
瓦岱．文学与现代性．田庆生，译．北京：北京大学出版社，2001.
汪曾祺全集．北京：北京师范大学出版社，1998.
王德威．当代小说二十家．北京：三联书店，2006.
王德威．想象中国的方法：历史·小说·叙事．北京：三联书店，1998.
王铁仙，杨剑龙，方克强，等．新时期文学二十年．上海：上海教育出版社，2001.
王晓明．二十世纪中国文学史论．上海：东方出版中心，1997.
王岳川．后殖民主义与新历史主义文论．济南：山东教育出版社，1999.
威廉斯．文化与社会．吴松江，张文定，译．北京：北京大学出版社，1991.
韦伯．新教伦理与资本主义精神．彭强，黄晓京，译．西安：陕西师范大学出版社，2002.
韦勒克，沃伦．文学理论．刘象愚，刑培明，陈圣生，等译．北京：三联书店，1984.
许志英．五四文学精神．南京：江苏文艺出版社，1991.
伊格尔顿．后现代主义的幻象．华明，译．北京：商务印书馆，2014.
张京媛．新历史主义与文学批评．北京：北京大学出版社，1993.
张颐武．从现代性到后现代性．南宁：广西教育出版社，1997.
中国社会科学院外国文学研究所《世界文论》编辑委员会．后现代主义．北京：社会科学文献出版社，1993.

二、主要参考论文

阿城．话不在多．文汇报，1985－04－22.
阿城．文化制约着人类．文艺报，1985－07－06.

阿城．一些话．中篇小说选刊，1984（6）．
阿城．又是一些话．中篇小说选刊，1985（4）．
蔡翔．有关“杭州会议”的前后．当代作家评论，2000（6）．
陈冲．我还在寻找．文艺报，1985-09-21．
陈黎明．魔幻现实主义文学与“寻根”小说．文学评论，2006（2）．
陈思和．当代文学中的文化寻根意识．文学评论，1986（6）．
陈思和．民间的浮沉：对抗战到“文革”文学史的一个尝试性解释．上海文学，1994（1）．
陈思和．中国新文学对文化传统的认识及其演变．复旦学报（社会科学版），1986（3）．
陈越．民族化：一个防御性的口号．文学评论，1987（1）．
陈仲庚．韩少功：从“文化寻根”到“精神寻根”．文艺理论与批评，2002（2）．
丁帆，徐兆淮．新时期风俗画小说纵横谈．文学评论，1984（6）．
费秉勋．贾平凹与商州．唐都学刊，1993（1）．
高远东．未完成的现代性（下）：论启蒙的当代意义并纪念“五四”．鲁迅研究月刊，1995（8）．
古华．木屋，古老的木屋……．小说选刊，1981（9）．
韩少功，李建立．文学史中的“寻根”．南方文坛，2007（4）．
韩少功．东方的寻找与重造．湖南文学，1986（1）．
韩少功．杭州会议前后．上海文学，2001（2）．
韩少功．文学的“根”．作家，1985（4）．
韩少功．寻根群体的条件．上海文化，2009（5）．
荒甸．悖离现代意识的抉择和追求：也论阿城．小说评论，1987（2）．
黄子平，陈平原，钱理群．论“二十世纪中国文学”．文学评论，1985（5）．
黄子平．论中国当代短篇小说的艺术发展．文学评论，1984（5）．
黄子平．语言洪水中的坝与碑：重读《小鲍庄》．北京文学，1989（7）．
季红真．历史的命题与时代抉择中的艺术嬗变：论“寻根文学”的发生与意义．当代作家评论，1989（2）．
季红真．文化“寻根”与当代文学．文艺研究，1989（2）．
季红真．文明与愚昧的冲突：论新时期小说的基本主题．中国社会科学，1985（3，4）．
贾平凹．答《文学家》编辑部问．文学家，1986（1）．
贾平凹．《高老庄》后记．收获，1998（5）．
旷新年．“寻根文学”的指向．文艺研究，2005（6）．
雷达．对文化背景和哲学意识的渴望．批评家，1986（1）．
李方平．民族化：一个战略性的口号．光明日报，1987-04-07．
李杭育．从文化背景上找语言．文艺报，1985-08-31．
李杭育．“葛川江文化”观．青春，1984（12）．
李杭育．理一理我们的“根”．作家，1985（6）．

李杭育．通信偶得．文学自由谈，1986（2）.
李杭育．“文化”的尴尬．文学评论，1986（2）.
李劼．寻根的意象与偏向．文学自由谈，1986（1）.
李洁非．寻根文学：更新的开始（1944—1985）．当代作家评论，1995（4）.
李欧梵．当代中国文化的现代性和后现代性．文学评论，1999（5）.
李欧梵．文学：海外与中国．文学自由谈，1986（5）.
李庆西．新笔记体小说：寻根派也是先锋派．上海文学，1987（1）.
李庆西．寻根：回到事物本身．文学评论，1988（4）.
李庆西．寻根文学再思考．上海文化，2009（5）.
李锐．春色何必看邻家：从长篇小说的文体变化浅议当代汉语的主体性．当代作家评论，2002（2）.
李锐．《厚土》自语．上海文学，1988（10）.
李书磊．从“寻梦”到“寻根”．当代文艺思潮，1986（3）.
李泽厚．两点祝愿．文艺报，1985-07-27.
梁启超．论小说与群治之关系．新小说，1902（创刊号）.
林伟平，李陀．新时期文学一席谈：访作家李陀．上海文学，1986（10）.
刘火．我不敢苟同．文艺报，1985-08-10.
刘立群．“寻根文学”研究．北京：北京师范大学，2011.
刘梦溪．文化意识的觉醒．文艺报，1985-09-21.
刘思谦．文学寻“根”之我见．文艺争鸣，1986（1）.
刘忠．“寻根文学”的精神谱系与现代视野．河北学刊，2006（3）.
孟繁华．启蒙角色再定位：重读“寻根文学”．天津社会科学，1996（1）.
莫言．两座灼热的高炉．世界文学，1986（3）.
莫言．小说是越来越难写了．南方文坛，2004（1）.
沈琳．试析加西亚·马尔克斯对贾平凹创作的影响．外国文学研究，1999（3）.
施叔青．与《棋王》作者阿城的对话．文艺理论研究，1987（2）.
宋君健．二十世纪八十年代文化热回瞻．云梦学刊，2008（6）.
谭光辉，何希凡．当代台湾“寻根小说”文化考察．西南民族大学学报（人文社科版），2004（4）.
唐弢．一思而行：关于“寻根”．人民日报，1986-04-30.
汪晖．韦伯与中国的现代性问题//王晓明．批评空间的开创：二十世纪中国文学研究．上海：东方出版中心，1998.
汪晖．预言与危机：中国现代历史中的“五四”启蒙运动．文学评论，1989（3，4）.
王安忆，斯特凡亚，秦立德．从现实人生的体验到叙述策略的转型：一份关于王安忆十年小说创作的访谈录．当代作家评论，1991（6）.
王安忆．关于《小鲍庄》的对话：王安忆致陈村的信．上海文学，1985（9）.

王安忆．我还是真诚的：王安忆答本刊记者问．青年作家，1987（4）．
王安忆．我在逆向中寻找．文学自由谈，1986（3）．
王安忆．“寻根”二十年忆．上海文学，2006（8）．
王彬彬．李杭育论．文艺争鸣，1992（2）．
王东明．文化意识的强化与当代意识的弱化．文艺报，1985－09－21．
王建刚．不确定性：对韩少功文化心态的追踪．理论与创作，1998（2）．
王蒙．我在寻找什么？（自序）//王蒙小说报告文学选．北京：北京出版社，1981．
王庆生，樊星．新中国文学民族性的回顾与思考．文学评论，1999（4）．
王晓明．不相信的和不愿意相信的：关于三位“寻根”派作家的创作．文学评论，1988（4）．
王晓明．一份杂志和一个“社团”：重评五四文学传统//王晓明．批评空间的开创：二十世纪中国文学研究．上海：东方出版中心，1998．
王一川．传统性与现代性的危机：“寻根文学”中的中国神话形象阐释．文学评论，1995（4）．
王友琴．我只赞成阿城的半个观点．文艺报，1985－08－31．
吴家荣．魔幻现实主义与寻根文学之比较．外国文学研究，1997（3）．
吴俊．关于寻根文学的再思考．文艺研究，2005（6）．
吴若增．民族心理与现代意识//周安平，赵增锴．文学的现代意识．南宁：广西人民出版社，1990．
吴晓东．中国现代文学中的审美主义与现代性问题．文艺理论研究，1999（1）．
吴奕锜．新时期“寻根文学”与台湾“乡土文学”之比较．社会科学，2001（5）．
肖鹰．论新时期文学现代主义的转化．文艺研究，2000（5）．
徐菊凤．乡土文学的人道主义和启蒙主义．文学评论，1990（1）．
徐友渔，丁东，刑小群，等．我对80年代“文化热”的回顾．人物，2011（5）．
许子东．现代主义与中国新时期文学．文学评论，1989（4）．
杨炼．传统与我们．山花，1983（9）．
叶舒宪．文化寻根的学术意义与思想意义．文艺理论与批评，2003（6）．
於可训．中国当代文学的现代性问题论纲．福建论坛（人文社会科学版），2001（1）．
扎西达娃．你的世界．文学自由谈，1987（3）．
张承志．《黑骏马》写作之外．民族文学，1983（3）．
张炯．寻根之我见．文学自由谈，1986（1）．
张清华．历史神话的悖论和话语革命的开端：重评寻根文学思潮．山东师范大学学报（人文社会科学版），1996（6）．
张士楚．近年来我国东西方文化比较研究概述．中国社会科学，1985（3）．
张兴劲．“文学现代化”命题的理论界定．文学评论，1987（6）．
张学军．寻根文学的地域文化特色．山东大学学报（哲学社会科学版），1994（3）．

张颐武．新时期小说与“现代性”．文学评论，1995（5）．
郑万隆．我的根．上海文学，1985（5）．
郑万隆．中国文学要走向世界：从植根于“文化岩层”谈起．作家，1986（1）．
郑义．跨越文化断裂带．文艺报，1985－07－13．
郑义．太行牧歌：谈我的习作《老井》．中篇小说选刊，1985（4）．
仲呈祥．寻“根”，与世界文化发展的同步．文艺报，1985－09－21．
周政保．小说创作的新趋势：民族文化意识的强化．文艺报，1985－08－10．
朱大可．半个当代文学和它的另半个．文论报，1986－04－01．

图书在版编目（CIP）数据

中国当代寻根文学思潮论／熊修雨著．--北京：中国人民大学出版社，2020.1
国家社科基金后期资助项目
ISBN 978-7-300-27732-5

Ⅰ.①中… Ⅱ.①熊… Ⅲ.①中国文学－当代文学－文学研究 Ⅳ.①I206.7

中国版本图书馆 CIP 数据核字（2019）第 268850 号

国家社科基金后期资助项目
中国当代寻根文学思潮论
熊修雨　著
Zhongguo Dangdai Xungen Wenxue Sichaolun

出版发行	中国人民大学出版社		
社　　址	北京中关村大街 31 号	**邮政编码**	100080
电　　话	010－62511242（总编室）		010－62511770（质管部）
	010－82501766（邮购部）		010－62514148（门市部）
	010－62515195（发行公司）		010－62515275（盗版举报）
网　　址	http://www.crup.com.cn		
经　　销	新华书店		
印　　刷	涿州市星河印刷有限公司		
规　　格	165 mm×238 mm　16 开本	**版　　次**	2020 年 1 月第 1 版
印　　张	18.5 插页 2	**印　　次**	2020 年 1 月第 1 次印刷
字　　数	305 000	**定　　价**	65.00 元